소리
⑧

소리 8

초판 1쇄 발행 2014년 3월 1일

지 은 이	정상래
발 행 인	권선복
편　　집	김정웅
디 자 인	최새롬
마 케 팅	서선교
전 자 책	신미경
표지글씨	예광 장성연
발 행 처	도서출판 행복에너지
출판등록	제315-2011-000035호
주　　소	(157-010) 서울특별시 강서구 화곡로 232
전　　화	0505-613-6133
팩　　스	0303-0799-1560
홈페이지	www.happybook.or.kr
이 메 일	ksbdata@daum.net

값 13,500원
ISBN 979-11-5602-040-0　04810
　　　979-11-5602-000-4(세트)

도서출판 행복에너지는 독자 여러분의 아이디어와 원고 투고를 기다립니다. 책으로 만들기를 원하는 콘텐츠가 있으신 분은 이메일이나 홈페이지를 통해 간단한 기획서와 기획의도, 연락처 등을 보내주십시오. 행복에너지의 문은 언제나 활짝 열려 있습니다.

도서출판 행복에너지 홈페이지를 방문하여 회원가입 하시면 신간발행 소식과 함께 (주)휴넷 조영탁 대표님의 행복한 경영이야기 소식을 전송하여 드립니다.

소리

제2부 혼이 소리가 되어

정상래 대하소설 ⑧

도서출판 행복에너지

책을 펴내며

•

　먼저 『소리』 제1부 〈한이 혼을 부르다〉 4권을 어려움 없이 출간하여 독자들 손에 쥐어주게 되었음을 기쁘게 생각한다. 제1부에서는 남도에 짙게 깔려져 내려오는 한의 정서와 소리문화를 한 여인을 통해 조명해보았다. 독자들은 한결같이 한의 정서와 남도의 소리문화를 실감 나게 맛볼 수 있어 좋았다고 했다.

　여기 제2부 「혼이 소리가 되어」에서는 대를 이어 엄마가 이루지 못한 명창의 꿈을 혼으로 받아들이는 내용이다. 그녀는 스스로 신분제적 한계를 뛰어넘어 소리꾼이 되어 살아간다. 그러나 일제식민통치 제3기(1932~1945)에 해당하는 때라서 그리 쉽지 않았다.

　당시 일제는 만주사변과 중일전쟁 그리고 태평양전쟁까지 일으켜 조선을 전쟁물자 보급창으로 여기고 병참기지화 정책을 펴나갔다. 거기에다 조선을 아예 일본으로 만들려는 '민족문화말살정책'을 수행해 나갔던 것이다. 그들의 혹독한 탄압은 결국 힘없는 사람들에게 더욱 가혹할 수밖에 없었다. 꿈을 펴보기도 전에 처녀공출(위안부)의 마수에 걸려 피신 길에 오르고, 민족적인 문화 활동을 금지하는 소용돌이 속에서 비참하다시피 살아가는 고회를 맛본다. 그리고 더 나아가 남편이 징용으로 끌려가며 한 많은 삶은 계속된다. 그러나 일념불생 소리를 혼으로 간직한 그녀는 결국 명창의 꿈을 이뤄내고야 마는 삶의 의지도 보여준다. 그러기까지는 훌륭한 스승이 있었기에 가능한 일이었다.

본 소설에서는 다음에 의미를 부여하고 싶다.

첫째 일제의 민족문화말살정책 과정에서 힘없는 민초들의 처절한 고통을 들여다볼 수 있다. 일제는 우리 땅을 무력으로 차지한 후 식민지화, 가혹한 수탈뿐만 아니라 민족자체를 지구상에서 소멸시키려 들었다. 그 과정에서 힘없는 소리꾼들이 겪은 고충은 더할 나위 없었다. 일제의 만행 앞에 그들의 삶을 진솔하게 들려주려 힘썼다.

둘째로 문화 창달은 각고의 고통 없이 이뤄질 수 없다는 것이다. 일제강점기에도 민족문화 창달에 기여한 선지자들도 있었음을 알려주고 싶었다. 자신의 모든 것을 바쳐가면서 훌륭한 제자들을 길러낸 위대한 스승이요 민족국악인이었으며 현대 판소리를 대표하는 보성소리를 일궈낸 송계 정응민 선생님의 숭고한 정신을 알려줄 수 있는 것이 큰 기쁨이라 할 수 있다.

다시 한 번 본 소설을 출판해준 행복에너지 권선복 대표이사님과 제1부를 읽고 큰 호응을 주신 많은 독자들에게 감사드리는 바이다.

2014년 2월

鄭 相 來

추천사

안양옥(한국교원단체총연합회 회장)

　문학은 삶의 현장에서 양분을 흡수하여 현실을 추상화시키는 동시에 현실성을 높여가는 언어예술입니다. 그 중심에 선 소설이 우리나라에 수용된 지 한 세기가 다 되었습니다. 단편과 장편에서 질적, 양적으로 괄목할 만한 성장세와 성과를 보여주었지만 한 시대를 다 담아낼 수는 없습니다. 독자들이 대하소설을 갈구하는 까닭이 여기에 있습니다.

　그래서 우리 전통문화를 바탕으로 한 시대를 조명하는 대하소설 『소리』의 출간에 큰 기대와 축하를 보냅니다. 저자는 한평생 교직생활을 해오면서 이 소설을 집필하는 데 십 년이란 인고의 세월을 보냈다고 합니다. 교직자이면서도 작가적인 열정을 뜻깊은 결실로 일구어냈다는 점에서 귀감이 될 만합니다.

　소설 『소리』는 우리 민족에 대한 일제의 탄압과 통제가 극에 달한 시대의 정서를 강렬하게 보여주고 있습니다. 잊혀 가는 우리 문화의 재조명과 역사적 비극이 가져다주는 교훈은 교육 현장에서 보존적 자료로 널리 활용할 수 있으리라 확신합니다.

채치성(국악방송 사장)

요즘 들어 우리나라, 우리 것이 얼마나 소중한지 깨닫게 됩니다. 그리고 반만년 역사를 자랑하는 한민족은 그 어떤 민족보다 끈끈하고 뜨거운 연(緣)으로 서로를 묶고 있습니다. 그 까닭은 끊임없이 외세의 침략을 받아온 우리의 역사에 비롯되며, 그 중심에 '한(恨)'의 정서가 있습니다.

소설 『소리』는 우리의 '소리'를 통해 그 '한'이 무엇인지 잘 드러내고 있습니다. 일제 강점기, 견딜 수 없는 핍박 속에서도 소리를 통해 그 고통을 승화하고자 했던 우리 민족의 삶이 고스란히 담겨 있습니다. 하나의 민족을 이끄는 정서는 쉬이 사라지지 않으며, 앞으로도 그 민족을 이끌 혼불과 다름없습니다. 우리 민족의 '한'이 아름답게, 영원히 타오르는 광경을 독자들은 소설 『소리』에서 확인할 수 있을 것입니다.

정종해(보성군수)

　보성은 서편제의 비조 박유전 명창과 보성소리를 정립하신 정응민 선생을 배출한 우리나라 판소리의 본향이며, 또한 녹차로 유명한 고장입니다. 정상래 선생님께서는 천혜의 자연과 아름다운 전통문화를 간직하고 있는 고향 땅 보성에 대한 향수와 보성소리에 대한 애정으로 10년이라는 세월동안 피땀어린 열정을 쏟아내신 결과, 대하소설 『소리』라는 값진 작품이 세상의 빛을 보게 된 것을 온 군민과 함께 진심으로 축하드립니다. 우리 판소리는 오랫동안 소중히 이어져 내려온 세계무형문화유산이며, 앞으로도 자자손손 계승되어야 할 아름다운 문화의 자산입니다. 그런 의미에서 대하소설 『소리』의 탄생은 소리에 대한 새로운 지평을 열었다 할 것입니다. 보성을 배경으로 한 이 소설이 온 국민에게 읽혀 보성의 문화가 대한민국을 넘어 세계에 알려지고 수많은 독자들의 마음에 우리의 소리, 한민족의 정신과 긍지가 깊이 자리매김하기를 진심으로 기원합니다.

이인권(한국소리문화의전당 대표)

불과 백여 년 전 일제에 의한 국권 침탈을 당하고 6·25 전란을 겪는 동안 대한민국 여인네의 한恨은 절정에 달했습니다. 늘 눈앞에 없는 임을 그리워해야 했고 한편으로는 억척스럽게 삶을 꾸려 나가야만 했습니다. 개인적인 열망은 생각조차 할 수 없는 형편이었습니다. 그 어떤 작은 소망 하나도 이루지 못한 주인공 성요의 생은 참혹하기까지 합니다. 하지만 책을 읽는 내내 가슴을 먹먹하게 하는 그녀의 한이 감동으로 다가오는 까닭은 무엇일까요. 아마도 그 시대를 버티게 해준 우리의 위대한 어머니, 여인네의 피가 제 몸에도 흐르기 때문일 것입니다.

지금 제 마음에는 그 여인, 주인공 성요의 '소리'가 울려 퍼지고 있습니다. 그 거대한 울림에 가슴이 뜨겁습니다. 그녀의 애잔하면서도 당당했던 삶을 구성지게 풀어낸 소설 『소리』는 오늘날 풍요로움에 묻혀 '한'을 잊어가는 세대들에게 한국의 정서와 한국인의 정감을 보여주는 귀중한 역사자료가 될 것으로 믿습니다.

제2부
혼(魂)이 소리가 되어

제2부

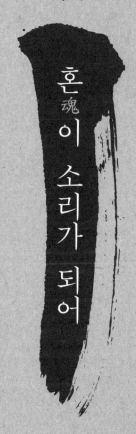

혼魂이 소리가 되어

31
대명창을 찾아가
딸에게 소리공부를 시키다

"수양아! 얼른 일어나거라!"

밥을 하다 말고 방문을 열고 딸을 깨웠다. 아직 봄이 여물지 못한 영등달이라 새벽기운이 차가운 탓에 어린 것은 따뜻한 이불 속이 좋은 것 같았다. 부르는 소리에 눈을 떴다가 다시 재그시 감곤 했다.

"수양아! 일찍 가야 한당께. 빨리 일어나란 말이다. 어서 일어나!"

급한 마음에 다시 문을 열고 달래듯 소리쳤다. 그제야 눈을 비벼대고 일어났다.

"멀리 갈라면 세수도 허고 머리도 빗어야제."

"엄니! 학교 데려다 줄라고요?"

수양은 잠결에도 호들갑스럽게 소리치며 반색을 했다.

"가보면 안당께. 얼른 세수하고 밥묵어야제."

"예. 알았어요."

어린 것은 신바람을 내며 샘물로 내달렸다.

아직 농사철이 아니어서 바쁠 일도 없는데 엄마는 새벽부터 일어나 밥을 지었다.

잠이 많아 늦잠 자기가 일쑤였던 딸을 깨워 세수를 시키고 머리까지 빗도록 했다. 날마다 학교에 보내달라고 보채던 수양은 학교에 가는 줄 알고 제풀에 어깻바람을 내기 시작했다. 그동안 수도 없이 엄마를 졸라댔지만 아무런 대답이 없자 잠잠했던 것인데…….

그녀가 가고 싶어 하는 학교는 웅치국민학교였다. 마을에도 서당이 있지만 사람들은 하나같이 자녀들을 학교에 보내려 들었다. 또래 아이들이 책보자기를 메고 학교엘 오가는 것을 볼 때면 부러운 눈으로 바라보곤 했기에 서당보다 학교를 선호했다. 그러나 민순은 딸을 학교에 보내고 싶지 않았다. 어려운 형편이기도 했지만 그보다도 서출이라고 해서 괄시받을 처지를 그냥 두고 볼 수 없을 것 같았다. 학교엘 보낸다면 서출이라고 해서 천덕꾸러기 대접은 피해갈 수 없는 운명일 게 뻔한 일. 비록 자기는 소리꾼을 따라 살았지만 업신여김을 당하는 삶을 자식에게까지 물려주고 싶지 않았다.

그러나 수양은 엄마의 속마음을 알지 못했다. 마냥 학교엘 다니겠다고 기를 복복 쓰며 보채왔던 것이다. 그럴 때면 조금 있으면 학교보다 더 좋은 곳엘 보내주겠다고 달래 왔다. 민순은 딸과의 약속을 더 이상 미룰 수 없었다. 오늘만은 결단을 내리고 말 요량으로 아침부터 서둘렀던 것이다. 민순은 글공부보다 정작 소리를 가르치고 싶었다. 자신이 접은 꿈을 딸이 이뤄주길 바라고 있었다. 어려서 집을 나올 때부터 마음속에 품고 있었던 꿈이 명창이었던 그녀. 돌아가신 친정엄마께서 이루지 못하고 세상을 떠난 것이 한이 되었던 까닭에 자신은 꼭 명창이 되고자 했던 것인데…….

나라를 뺏긴 세파는 그녀의 꿈을 산산조각으로 만들어버렸다. 하지만 마음 한구석에는 늘 명창이 되고자 하는 혼(魂)만은 간직하고 있었다. 남편이 타국으로 끌려간 비통은 그 흔적마저 지우려 들었다. 그녀는 마음 한구석에 깊이 묻어둔 채 남편이 돌아오면 기어코 소리를 배워 명창이 되겠다고 속량을 키웠던 것. 하지만 지금은 하릴없는 일이 되고 말았다. 그렇다고 해서 포기할 수는 없었다. 이제 기대볼 곳 또한 오직 딸밖에 다른 도리가 없었다.

대를 이어서라도 기어코 엄마의 한을 풀어주고 싶었던 것이다. 때문에 아침부터 야단을 떨었던 것이다.

모녀가 찾아가는 곳은 회천면 영천리 도강재라는 마을이었다. 수양은 예상했던 것과 달리 학교 가는 길과 반대쪽으로 나아가자 대번에 눈치를 채고서 성에 차지 않은 표정부터 지었다.

"엄니! 왜 이리로 가요? 학교에 갈라믄 저기 중리로 가야지라우."

수양은 심사가 뒤틀린 듯 입을 빼뚜름하게 날로 세우며 물었다.

"수양아! 오늘 가는 곳은 학교보다 더 좋은 곳이란다."

"학교보다 더 좋은 곳이라고요?"

"그럼! 소리를 배우러 가는 곳잉께."

"소리요?"

"그럼. 너는 소리를 배워야 쓴단 말이다."

"지는 글공부를 하고 싶당께요."

"글공부는 엄니가 가르쳐 줄 것잉께 걱정 말고 소리를 배우랑께."

"그래도 저는 학교 가서 공부하고 싶당께요."

"너는 엄마가 이루지 못한 소리를 배워 명창이 되어야 헌단 말이다."

민순은 딸의 염원엔 아랑곳하지 않은 채 회천이란 곳으로 찾아가고 있었다. 민순은 회천이라는 곳은 난생처음이었다. 한치재를 넘어가야 한다는 말만 들었을 뿐 실제 가본 적이 없었다. 낯선 땅이라 아침 일찍부터 길을 나섰다. 말로 들었던 고갯길은 천인 낭떠러지와 같은 수직 경사가 진 곳이었다. 하도 가파른 탓에 한 발짝만 잘못 딛어도 저 아래

골짜기로 굴러 떨어지기 십상이었다. 한치재는 곰재와 회천을 연결해주는 유일한 고개였다. 호남정맥을 이루고 있는 일림산 자락과 활성산 자락이 서로 맞닿아 낮게 팬 고갯마루. 동쪽으로 송곳 같은 활성산과 봉화산 자락이 솟구쳐 있고, 서쪽으로 일림산과 삼비산이 어깨를 나란히 하고 있었다. 산자락에 이르니 높은 고봉들이 마치 병풍처럼 펼쳐져 눈앞으로 다가왔다. 그 순간 얼른 눈에 띄는 것은 일림산이었다. 원한의 일림산을 바라보니 뼛속 마디마디가 저려들면서 피맺힌 가슴의 멍울이 불쑥 치밀어 올랐다. 집안을 갈기갈기 찢어놓았던 그 한 많은 사연이 가슴을 옥죄기 시작한 것. 민순은 일림산만은 쳐다보지 말자고 입술을 파르르 떨면서 고개를 돌리고 말았다. 한치재 산마루에 이르니 눈앞에 예상에 없던 광경이 펼쳐졌다. 끝없이 펼쳐진 푸른 바다가 눈길 안으로 들어왔다. 산 아래 바다가 있을 줄이야…….

바다는 어디서부터 시작해서 어디서 끝나는지 보이지 않았다. 하늘과 함께 손을 맞잡고 나란히 달려간 바다. 신묘하게도 크고 작은 섬들이 중중첩첩 어깨를 맞댄 곳에선 신기루(蜃氣樓) 같은 오색영롱한 기운이 드솟았다. 기운은 이내 버글버글한 비누거품 같은 하얀 구름이 되어 뭉실뭉실 피어 올랐다. 연푸른 하늘은 솜털처럼 아름다운 구름송이를 자그시 끌어당겨 산마루를 향해 유유히 흘려보내고 있었다.

저 멀리 고흥반도가 거센 파도를 막아주기 위해 바다를 비끄러매고 누워 있는 것처럼 보였다. 그것은 영락없이 커다란 고래가 바다에 누워 파도와 싸우고 있는 늠름한 모습 그대로였다. 왕망한 바다에 외로운 돛단배 하나가 미끄러지듯 물 위를 떠가고 있었다. 돛단배는 어디로 가는지 알 수 없지만 하늘과 맞닿은 곳까지 다가가더니 이내 작은 점이 되어버렸다. 일순간 보이지 않게 된 작은 점은 마치 자기의 심중과 같다는 생각을 지울 수 없었다. 남편은 저 푸른 바다 건너에 있을 것이어서 애타게 기다리는 마음이 돛단배처럼 가슴속에서 떠다니고 있기 때문이었다. 그래도 바다는 호호망망하여 막힌 마음을 시원하게 뚫어주는 느낌이었다.

그동안 일본은 히로시마와 나가사키에 원자폭탄을 얻어맞고 조건 없이 항복했다고 했다. 나라가 독립하게 되었다고 하지만 그 아픔은 끝나지 않고 있었다. 징용으로 끌려간 남편이 해방이 되어도 돌아오지 못하고 있기 때문. 끌려간 지 십삼 년이 지나도록 생사조차 알 길이 없었다. 돈 벌어 보내주겠다고 했던 남편인데, 돈은커녕 소식조차 묘연한 상태였다.

나라 잃은 설움의 상처가 아물기도 전에 느닷없는 여순반란사건이 일어나 동족끼리 피비린내를 풍겨대었다. 사람들은 일제 강점기보다 더 혹독한 시련을 겪었다. 그것도 잠시 2년 후에는 6·25동란까지 일어나 사람들의 숨통을 조였다. 민순은 동란 중에는 어린 것들을 데리고 자정골을 비우고 솔뫼 여우동집에서 머물렀다. 일종의 피난생활을 한 것이다. 동란이 끝나갈 무렵 여우동은 세상을 떠나고 말았다. 민순은 다시 아이들을 데리고 자정골로 들어왔다. 손수 농사를 지어가며 자식들을 키워내고 있었다. 그녀는 밤에는 자식들에게 글을 가르쳤다. 글을 모르면 눈이 있어도 봉사나 다름없는 일이어서 어떻게 하든 눈을 뜨게 해주려고 안간힘을 다했다. 다행히도 남매는 엄마 덕분에 글을 깨우쳐 눈을 뜬 꼴이 되었던 것이다. 도강마을에는 6·25동란이 일어나기 전부터 유명한 대명창이 소리를 가르친다고 했다. 소식을 접한 민순은 가슴이 설렜다. 들리는 바에 의하면 대 명창은 소리를 배우고자 하는 이라면 누구를 막론하고 따뜻하게 맞아주며 가르쳐준다는 것. 거기다가 가난한 이에겐 가르치는 월사금마저 받지 않는다고 했다. 학교에 보내려면 많은 돈이 드는 것인데……

한식경 동안 넋을 놓고 바다에 눈길을 빼앗기고 있던 민순은 딸 손목을 잡고 자리에서 일어났다. 내리막길은 그야말로 가파른 단애(斷崖)와도 같은 길이었다. 꼿꼿하게 서서는 한시도 걸을 수 없는 험한 산길이었다. 어린 것 손목을 잡고 간신히 구불구불한 산길을 돌고 돌아 아래로 내려갔다. 울창한 해송이 우거진 솔숲이 보이고, 그 너머로 확 트인 백사장도 보였다. 눈이 부시도록 모래알이 햇빛에 반뜩반뜩거렸다. 도강재 마을은 바닷가에서 멀리 떨어져 있었다. 두 산자락이 팔을 벌리고 마을을 보듬고 있는 산형(山形)을 이루고 있었다.

산자락을 따라 왼쪽과 오른쪽에서 마을들이 서로 마주보고 있는 형세. 오른쪽에 길게 뻗어있는 산자락은 봉화산에서 뻗어 나와 험한 산비탈을 일구어 놓았다. 회천에서 보성으로 나가는 유일한 길 봇재는 아흔아홉 굽이굽이 감도는 길이라고 했다. 건너편 마주보는 산은 활성산 자락으로 가파른 절벽이 마을까지 드리워져 있었다. 두 자락 사이로 에너른 들판이 끼어든 채 천혜의 병풍과 같은 호남정맥이 서북쪽을 가로막아 남쪽의 바다를 향해 내달리는 형국이었다. 길옆에 펼쳐진 도랑에는 이른 봄인데도 맑은 명당수가 콸콸거렸다. 아침나절이 무르익어 갈 즈음 모녀는 도강재에 이르러 있었다. 바다에서 갯내어린 훈훈한 봄바람이 불어오고, 따스한 봄볕이 내리쬐는 둔덕에는 벌써부터 봄의 정령 새싹들이 아지랑이를 곰실곰실 피어 올렸다. 간들거리는 바람에 푸릇푸릇한 실버들이 하늘거리고, 당산나무에서는 은은한 향기 서린 망울들이 수줍게 발롱발롱거렸다. 나지막한 산자락 길을 돌아드니 저 멀리 산곡에 사람들의 모습이 보였다. 구불구불 오르막길을 휘돌아들자 촌촌이 마디진 대나무 밭이 고아한 기와집을 포근히 감싸고 있었다. 이리 휘고 저리 휜 동백나무가 삐주룩한 우듬지를 길컨으로 뻗은 채 세월의 풍상을 말해주었다. 발그족족한 이파리에 온통'붉은 물을 뿌려놓은 듯 빨간 꽃들이 휘늘어지게 피어 있었다.

"여보싯시오. 혹시 명창께서 사신다고 해서 왔는디 그 집이 어디잉 가라우?"

민순이 지나가는 아낙을 향해 물었다. 여인은 말 대신 턱살을 쭉 밀어 집을 가르쳐주었다.

"시방 가면 명창님을 만나뵐 수 있능가요?"

민순은 못내 불안한 표정을 감추지 못한 채 물었다.

"요새 소리 연습을 시작했능개빕디다. 북소리 들리는 것을 보면 계시겠지라우."

아낙은 누르스름한 이를 드러내며 말해주었다. 민순은 일단 안심이 되면서도 조바심이 일어나기 시작했다. 꿈속에서 그려왔던 명창을 만난다는 생각에 자못 불안해지면서 가슴이 울렁거렸다. 동백 숲을 뒤로하고 몇 발자국을 내딛기도 전. 높다란 돌담이 양 날개를 펴고서 까만 기와를 머리에 이고 있었다. 정갈하면서도 단정한 솟을 쌍바라지 대문에는 보성군 회천면 영천리 714번지 정응민(鄭應珉)이라고 새겨진 문패가 품위 있게 달려 있었다.

민순은 긴장과 흥분이 함께 얽혀들면서 가슴이 콩닥콩닥 뛰기 시작했다. 감히 대 명창을 함부로 찾아오다니…… 엄두도 못 낼 일이라는 조바심에 문밖에서 집 안을 엿보며 미적미적거렸다. 갑자기 머릿속이 헛돌면서 그동안 품어왔던 대망의 꿈마저 멈춰버린 느낌이었다.

그러나 그동안 가슴속에 묻어두었던 명창에 대한 꿈을 접을 수는 없는 일. 비록 자신에겐 한낱 백일몽에 불과했을지라도 대를 이을 어엿한 딸이 있음에 그냥 돌아설 수는 없었다. 부끄러움을 무릅쓰고 대문 계단으로 올라섰다. 한쪽 대문은 열려 있었고 집 안에서 사람 소리가 들렸다. 열린 대문 사이로 슬그머니 고개를 내밀었다. 너른 마당에는 또 다른 계단이 기와집으로 연결시켜주고 있었다. 계단 위에는 취죽(翠竹) 우거진 둔덕 밑에 육간 기와집이 고즈넉하게 자리 잡고 있었다. 민순은 딸을 손목을 잡고 끄집었다. 그런데 딸은 선뜻 내키지 않은 듯 눈치를 살피면서 미적거리는 표정을 지었다. 얼굴에는 다소간 실망스러운 빛도 서려 있었다.

"학교보다 좋은 곳이 아니구만요."

못마땅한 표정을 지으며 짜증스럽게 말했다. 학교보다 더 좋은 곳으로 가자고 데려왔던 것인데 기와집으로 드는 것이 마음에 차지 않은 것 같았다.

"아니랑께. 여긴 학교보다 좋은 곳잉께 어서 나만 따라오란 말이다."

민순은 핀잔투로 눈까지 흘겼다.

"학교는 마당도 크고 집도 아주아주 큰디 여기는 쬐끔하잖아요."

수양은 초롱초롱 맑은 눈망울을 뙤룩이며 못내 성에 차지 않은 속내를 털어놓았다.

쓸데없는 소리 그만허고 얼른 따라와!"

민순은 성급하게 딸의 소매를 잡고 을러메듯 다그쳤다. 수양은 어쩔 없이 안으로 따라 들어갔다. 민순은 내킨 걸음에 다시 돌계단을 올랐다. 덩실한 기와집이 있고 옆 마당에는 까무퇴퇴하면서도 기묘한 바위가 북처럼 자리 잡고 있었다. 집 뒤에는 길차게 자란 대나무 숲이 우거져 있었다. 그녀는 총총 걸음으로 냅다 계단을 기어올랐다. 토방 위에 놓인 댓돌에는 사람들의 신발이 수북이 놓여 있었다. 열린 문틈 사이로 창 소리가 새어나오고 있었다. 낯선 사람이 다가가자 옆 마당에서 젊은 총각이 다가왔다. 길게 딴 머리에 장삼을 입은 그는 손에 든 종이를 들여다보며 외우고 있었다. 의심스러운 눈초리로 빤히 쳐

다보며

"누구를 찾으러 오셨능가요?"

"말씀 좀 물을라요. 명창님을 만나 뵐 수 있을까요?"

민순은 겸연쩍은 희떠운 웃음을 지어보이며 가녀린 목소리로 물었다.

"스승님을요?"

"예. 소리를 가르치시는 명창님을 만나뵐라고 왔구만요."

고개를 참하게 끄덕이며 말했다.

"소리를 배우고 싶어 오셨능가요?"

"혹시 가르쳐주실 수 있을까 싶어 왔구만이라우."

"딸이신가요?"

그는 수양을 의구심 어린 눈빛으로 위아래를 쭉쭉 훑어보면서 물었다.

"예."

"잠깐 계싯시오."

그는 댓돌로 다가가 방문을 열고서

"스승님! 소리를 배우고 싶다고 딸을 데리고 오셨구만요."

꾸벅꾸벅 머리를 조아리며 아뢰었다. 잠시 문이 삐거덕하고 열리면서 안에 있던 사람들이 내다보았다. 하나같이 호기심이 가득 찬 시선으로 바라보았다.

잠시 뒤 오십 줄이 넘어 보이는 분이 밖으로 모습을 드러냈다. 상투머리에 갓을 쓰고 비단바지저고리에 조끼를 입었고. 바지 끝에는 옥색 대님까지 매무새가 정갈하고 단정해 보였다. 얼른 봐도 명창이라는 위풍을 짐작할 수 있었다. 명창과 눈을 마주친 민순은 저절로 움찔해지면서 심장이 후끈거렸다. 얼굴이 달아오르는 것을 참느라 마치

수줍은 할미꽃처럼 고개를 숙였다. 명창도 물끄러미 바라보다가

"나를 찾아왔소?"

헙수룩한 맵시를 요리저리 뜯어보고서 입을 떼었다.

"예. 명창님."

"무슨 일로 오셨소?"

"명창님을 뵙고 드릴 말씀이 있어 왔구만요."

"어허! 나를 어떻게 알고 왔소?"

서글서글한 눈매에 가는 웃음집을 매달며 물었다.

"소문을 듣고 왔구만요."

"그래요. 무슨 소문을 들었다는 것이요?"

"소리를 잘 가르쳐주시는 대 명창이 계신다고 허드구만요."

"어허! 누가 그럽디까?"

"저기 곰재서 들었어라우."

"아무튼 이리로 들어오싯시오."

명창은 문을 열어놓고 따라오라고 손짓을 했다. 민순은 이리저리 눈치를 살피는 척하다가 딸과 함께 마루로 올라섰다. 젊은이가 다시 방으로 안내해주었다. 방문은 열려 있었고 먼저 들어간 명창이 아랫 목에 자리를 잡고 앉아 있었다. 머무적거리다 모녀는 슬그머니 들어 울목에 꿇어앉았다. 방에는 광기가 짜르르한 검정 자개장롱이 놓여있 고 자개문갑도 보였다.

"그래 찾아온 까닭이 뭣인지 말해 보싯시오."

명창은 서글서글한 표정을 지어가며 짐짓 다정스럽게 물었다. 듣던 바와 같이 단아한 품새만큼이나 성품이 너그러운 것 같았다.

"제 딸에게 소리를 가르쳐주시라고 왔구만요."

뒤설레는 마음으로 머리를 조아리며 말했다.

"소리를 가르쳐달라고요?"

"예."

"누구한테요?"

명창은 짐작이라도 가는 듯 수양을 향해 매운 눈길을 보내며 물었다.

"제 딸한테요."

"딸을 이쁘게도 낳아놓았소. 지금 몇 살이나 묵었소?"

"열두 살이구만요."

"어허! 학교엘 보내 글공부를 시켜야제 소리를 가르쳐 어디다 쓸라고 그러는 것이요?"

하지만 명창은 얄브스름한 웃음을 입가에 그리며 넌지시 맘을 떠보려 들었다.

"꼭 소리를 가르치고 싶어서요."

"그럴 만한 이유라도 있소?"

마음이 차분하게 가라앉은 말투로 얼굴을 바라보며 물었다.

"할아버지께서 소리꾼이었고, 저도 명창이 되려고 애를 썼지만 뜻을 이루지 못했구만요."

"그래요? 아주머니께서 명창이 되려고 했었다고요?"

"예."

"왜 소리를 하려고 했었는가요?"

"저의 친정 엄니께서 명창이 되려다 뜻을 이루지 못하고 돌아가셨당께요. 그것이 한이 되어 지라도 명창이 될라고 집을 나왔는디 뜻을 이루지 못했구만이라우."

민순은 금방이라도 눈물을 글썽일 것처럼 슬픈 표정을 지었다.

"소리를 하겠다고 집은 나왔는데도 뜻을 이루지 못했다 그 말씀이요?"

"그럴·수밖에 없었구만이라우."

"까닭이라도 있었소?"

"지는 명창이 되고 남편은 고수가 되자고 했는데 그만……."

민순은 그만 슬픔을 참지 못하고 눈에 눈물이 핑그르르 돌아 말을 잇지 못했다.

"말 못 할 속사정이라도 있었소?"

명창은 궁금하다는 듯 눈을 둥그렇게 뜨고 쳐다보았다.

"저희 부부는 소리로 만났지라우. 그런데 일본으로 징용을 떠난 통에 그만……."

민순은 아무런 허물도 없이 그간에 겪은 곡절을 설움에 잠긴 어조로 털어놓았다.

"어허! 거 참 안되었군요. 해방이 되어 징용으로 끌려간 사람들이 많이 돌아왔다는데 여태껏 오지 않았다니 무슨 변고가 생긴 것 아닝가요?"

명창은 심각한 표정으로 혀를 끌끌 차며 말했다.

"해방이 되어 돌아왔다고요?"

민순은 흠칫 놀라면서 몹시 당황하는 눈빛을 보였다.

"그랬지요. 물론 돌아오지 못한 사람들도 있다고 헙디다만……."

씁쓰레한 표정을 지어가며 짐짓 안타까운 마음을 털어놓았다. 하지만 민순은 이미 남편에 대해선 자포자기에 빠진 상태였다. 징용으로 떠난 지 13년이 되도록 소식이 없었다. 남들은 소식도 보내오고 돈까지 보내온다고 하더니만 남편은 생사조차도 두절되었던 것. 해방된 지 어언 7년이 지났건만 변고가 없지 않고서야……. 포기를 했다가도 징용만 들먹이면 울컥 슬픔이 복받쳐 올랐다. 솔직히 죽었다는 것을 알기라도 한다면 제사라도 지내줄 것인데……. 참으로 이러지도 저러지도 못 한 채 망연스러운 나날을 보내고 있었다. 그 순간에도 남편의 잔상이 머릿속에서 끊임없이 맴돌았다.

"할아버지께서 소리꾼이셨다고요?"

명창은 기대에 찬 눈빛으로 넌지시 물었다.

"예. 소리를 하시다 한평생을 살다 가셨구만요."

"소리로 내림을 받은 집이구만요. 성함이 뉘신가요?"

풍긴 인상만큼이나 자애로운 표정을 지으며 물었다.

"지금은 돌아가시고 안계시구만요. 성함은 학자 동자라고 허십니다요."

"학동 씨라……. 성은요?"

"하동 정씨여라우."

명창은 기억을 곰곰이 더듬어 보면서 생각에 잠겨들다가

"내가 젊었을 땐 한양에서만 있어서 고향에서 활동하시는 분들은 잘 모르겠구만요."

"소리를 배우기란 뼈를 깎는 고통이 따를 것을 알고 왔소?"

명창은 중정이라도 떠보려는 듯 넌지시 물었다.

"다 알고 있구만이라우."

민순은 이미 각오를 해 둔 사람처럼 당당하게 대답했다.

"어린 것이 배워도 마땅히 써먹을 곳도 없을 것인데요?"

명창은 무슨 속사정이라도 찾아내려는 다시 돌려세워 물었다. 자칫 흐트러지기 쉬운 마음을 곧추세우라고 타이르듯 말했다

"그래도 기어코 가르치고 싶구만요."

민순은 한에 젖은 사람답게 어금니를 지그시 옥물면서 말했다.

"어허! 소리 집안다운 말이요. 피는 못 속인다고 하더니만 할아버지 피가 흐르고 있나 봅니다."

"글공부는 혼자서도 할 수 있지만 소리는 명창님에게 배워야 헌담서요?"

"맞는 말이요. 소리는 아무나 하는 것이 아니지요. 말마따나 좋은 스승이 계셔야 허는 것 또한 소리지요."

"글공부는 밤으로 지가 가르칠라요."

"글자를 아시는가요?"

"처녀 때 소리를 하고 싶어 야학에서 배워뒀구만요."

"거 참! 소리에 대한 열정이 대단하셨군요."

"기어코 명창이 되려고 했는데 그만 일제의 가혹한 탄압 때문에……."

일시에 그녀의 목소리는 침울하게 잠겨들면서 말을 잇지 못했다.

"일본 섬사람들이 소리 같은 것을 알 것이요? 지들은 할 줄 모르는데 조선 사람들이 하고 있으니 괜히 심통이 난 것이지요. 그래서 소리를 못 하도록 온갖 협박과 공갈을 쳐가며 방해를 한 것이지요."

스승은 눈을 살포시 내려감은 채 지난날을 회고하면서 침통한 표정을 짓기도 했다.

"소리공부를 허다가 그만 멈추고 말았구만요."

"명창이 되기란 죽기 살기로 달려들어도 힘든 것인데 만행에 시달리기 싫어 그만 둔 사람이 많지요. 그래서 한이 되었는가 봅니다."

명창은 연한 웃음기를 입에 머금은 채 위로의 눈길을 던지기도 했다.

"명창님, 지 딸에게 소리를 가르쳐주실 수 있으신가요?"

"소리꾼이 소리를 배우고 싶다고 찾아온 사람을 내칠 수는 없지요. 글공부를 먼저 해야 하는 것인데 모친이 도와준다고 하니 잘할 것 같습니다."

"감사합니다. 명창님. 저희 딸은 우리글은 다 깨우쳤구만요. 벌써 배운 지가 삼 년째 되었어라우."

민순은 기쁜 기색으로 반가운 미소를 지어보였다.

"소리는 우리글은 말할 것도 없고 한문도 배워야 합니다. 천자문을 익힌 다음 삼강오륜이며 명심보감 정도는 알아야 소리를 배울 수 있지요."

"부족한 것은 지가 힘닿는 데까지 도와줄 것이구만요."

민순은 고개를 숙여 굽실거리며 말했다. 만면에 희색을 감추지 못한 채 감개 어린 표정을 짓기도 했다.

"네 이름은 뭣이냐?"

스승은 윗목에 다소곳이 앉은 채로 그를 바라보고 있는 수양을 향했다.

"수양이라고 허구만요."

"수양이라! 참 부르기 좋은 이름이구나. 소리를 배워보고 싶으냐?"

명창은 여유로운 웃음을 머금은 채 물었다.

"예."

"그럼 되얏다. 아무리 엄니가 보챈들 다 소용없는 짓이다. 니가 하고 싶어야 허는 것이다. 그럼 나한테 한번 배워보도록 해라. 얼굴도 예뻐 명창이 되면 이름께나 날릴 것 같다."

명창은 인후한 웃음을 머금은 채 흔쾌히 승낙하고 나섰다. 민순은 하늘로 날 것만 같았다. 너무 기쁜 나머지 북받쳐 오르는 흥분을 진정할 수 없었다. 훈훈한 정감에 사로잡힌 그녀는 이왕지사 허락을 받았으니 세세한 일까지 알고 싶었다.

"소리를 배우려면 이리로 와야 하능가요?"

"그렇게 해야지요. 내가 가르치니까."

명창은 고개 춤을 추며 말했다.

"그건 그렇고 어디서 왔소? 곰재라고 했소?"

"예, 곰재 자정골이구만요."

"곰재라고 헐라치면 저기 한치재를 넘어 다녀야 헐 것인디, 그 먼 길을 어린 것이 어떻게 넘어 다닐 것이요?"

갑자기 표정이 심각해지면서 의심의 똬리를 틀고 나섰다. 민순은 당혹스러움을 감추지 못하다가 이내 연한 미소를 그려가면서

"지가 날마다 데려다 주고 오후에 또 데리러 올 것이구만요."

말하기가 거북살스러운 듯 쇠잔한 목소리로 말했다.

"여기서 곰재라면 가는 길만도 십 리인데 날마다 오가면 이십 리 길을 다닐 것이란 말이요? 한치재는 너무 가팔라서 오르기 힘들 것인데 어린 것한테 무리가 되지 않을까 모르겠소."

스승은 빙긋이 웃으면서 속마음을 뜨개질이라도 할 듯 넌지시 물었다.

"아니어라우. 딸만 명창이 된다면 그보다 힘든 일도 마다하지 않을 거구만요."

"어허! 참으로 결의가 대단하시요. 그대의 성의를 봐서라도 내 열심히 가르쳐주겠소."

명창은 가엾은 동정의 눈빛으로 바라보며 엷은 미소를 지어보였다. 민순은 심신이 고무풍선처럼 부풀면서 허공으로 날아오르는 것 같았다. 감격에 찬 나머지 눈시울이 붉어지기도 했다.

"아가! 내일부터 나한테 오니라. 느그 엄마를 봐서라도 꼭 명창이 되어야 쓰겄다. 힘이 들어도 꼭 참고 명창이 되면 얼굴 값 허겄다."

명창은 수양의 손을 쓰다듬어주면서 생글생글한 미소를 풍겼다. 수양은 어리둥절하면서도 연실 고개를 끄덕였다.

"되얏다. 오늘은 이만 마치고 그냥 돌아갔다가 내일 만나도록 허자. 내일 데리고 오시지요."

명창은 자리에서 일어나 마루로 나갔다. 민순은 토방으로 내려가 고개 숙여 공손히 인사를 드렸다. 젊은이들이 마루로 나와 떠나가는 모녀를 바라보면서 방긋한 미소로 인사를 했다.

아래 마당을 향해 돌계단을 내려간 민순은 무겁게 깔려들었던 마음이 일순간에 사라지는 기분이었다. 대문 밖으로 나왔다. 오던 길을 다시 되돌아서서 바쁜 걸음을 재촉했다. 다시 한치재 비탈길을 오르기 시작했다. 해는 어느덧 중천에 가까이 다가와 찍어내리듯 햇볕을 뿌려대었다. 바다에서 불어오는 훈훈한 바람이 봄기운을 가득 싣고서 일림산 자락을 넘고 있었다. 바다에서 불어오는 산들바람을 맞은 진달래들이 도톰한 꽃망울을 발롱발롱 피어내고 있었다. 길가에 떼 숲을 이루고 있는 개나리도 노란 꽃망울을 터뜨리기 시작했다. 산곡에는 푸릇푸릇 피어나는 수양버들이 머리채를 풀어헤친 채 흐늘거렸다. 민순은 비탈진 산길마저도 힘들지 않았다. 되레 없던 힘이 솟아나면서 발길이 가벼웠다. 꿈에 그리던 명창을 만났다는 것만으로도 감격스러울 일인데…… 하물며 딸에게 소리를 가르쳐주겠다는 철석같은 언약까지…….

마냥 마음이 뒤설레어 기분은 하늘을 날고 마음은 공중으로 떠가는 느낌이었다. 무엇보다 만인에게 칭송을 받는 대명창이라는 것을 접어 놓고서라도 고결한 인품에 고개가 저절로 숙여졌던 것이다. 듣던 대로 6·25동란 중에도 인민군마저 명창의 인품에 반해 굽실거렸다는 까닭을 알 것만 같았다. 단걸음에 한치재를 올라 산마루에 올라 남해바다를 향해 눈길을 뿌렸다. 저 멀리 남쪽 바다 건너 일본이 있다는 생각에 가슴이 저렸다. 일본에 살아있을 남편을 향해 꼭 소식을 전해주고 싶은 생각이 새삼스럽게 떠올랐다. 우리가 이루지 못한 꿈을 딸이 이뤄낼 것 같으니 걱정 말고 어서 돌아오라고…….

일각에 눈물이 왈칵거리면서 목이 멘 소리로 중얼거렸다. 지금쯤 살아 있는 것인지…… 아니면 얄궂은 운명의 제물로 객귀가 되었는지…….

햇살에 반짝이는 바다만을 하염없이 바라보면서 초조한 마음을 금할 수 없었다.

"수양아."

"예. 엄니."

"꼭 학교에 가고 싶으냐?"

수양은 얼른 입을 떼지 못했다. 물끄러미 쳐다보며 주저주저하다가

"솔직히 학교에 다니고 싶었구만이라우."

입에 맹물을 머금은 사람처럼 보로통한 얼굴로 대답했다. 아직도 학교에 대한 충동질을 잠재우지 못하고 있었다. 칙칙한 어린 것의 낯빛을 바라보는 순간 마음만은 천근만근 무거웠다. 하지만 어려서부터 신분제적 서얼차대의 슬픔을 맛보게 할 순 없었다. 모로 돌아가더라도 명창으로 키우는 것만이 거친 세파를 헤치고 나아가는 길이라는 생각을 지울 수 없었다.

어차피 서출의 신분에 소리꾼 탈을 쓰고 살아갈 바엔 일찍 최고의 소리꾼이 되는 것이 현명한 길임에 틀림없을 성싶었다. 그것은 또한 집안에서 간직해온 혼을 피워내는 일이기도 했다. 민순은 딸이 명창이 되는데 작은 불쏘시개가 되어주자고 어금니를 사리물었다.

자신의 혼을 딸에게 물려준 꼴이기도 했지만…… 운명으로 받아들이기엔 너무 가슴 아픈 사연이지만…… 그대로 묻어둘 순 없어 딸이 이뤄주길 간절히 바랄 뿐이었다.

"수양아! 학교는 글공부만 허는 곳이란다. 글공부는 집에서 엄마랑 계속하고 너는 소리를 배우도록 해라. 인자 명창의 가르침을 따라 소리만 열심히 배우면 된단 말이다. 엄마도 꼭 명창이 될라고 했단다. 그런데 일본 사람들 때문에 못했제. 엄마가 하지 못했던 일을 딸이 이뤄준다면 그보다 좋은 일이 어디 있겠냐? 너는 꼭 명창이 되어야 헌당께. 다른 생각은 말고 스승님 말씀 잘 듣고 열심히 해야 쓴다."

민순은 심곡에 묻어두었던 애달픈 심정을 꺼내어 절절히 호소하듯 말했다. 품어왔던 심혼을 딸에게 넘겨주는 것이 부담스러운 듯……. 눈빛은 애절함으로 가득 차 있었고 목소리는 침중함에 잠겨 있었다.

"엄마! 그런데 명창은 뭣 하는 사람잉가요?"

수양이 초롱초롱 빛난 눈을 굴려가며 의문에 찬 시선을 모았다. 명창이 무슨 일을 하는 것인지 모르고 눈망울을 의아스럽게 굴렸다. 눈으로 본 적이 없고 귀로 들어본 적이 없었기에 당연한 노릇일 수밖에 없었다. 아직도 어린 것은 동무들과 재미나게 놀수 있는 학교에 대한 미련을 버리지 못한 채 못내 아쉬워하는 눈치였다.

"웅. 창을 잘하는 사람을 두고 허는 말이란다. 춤도 잘 추고 노래도 잘하는 사람이 명창이란다."

"아까 그 어른 같은 분을 명창이라고 허능가요?"

"그러제. 그분한테는 많은 사람들이 창을 배우러 오는 것이여. 그래서 집으로 찾아온 사람들에게 창을 가르치는 스승님이랑께."

"명창이 되면 스승님이 되능가요?"

"그럼! 훌륭한 스승님이 되는 것이제."

어린 것은 이제 알았다는 듯 고개를 끄덕였다.

"명창이 되면 스승님처럼 큰 기와집에서 사는가요?"

무슨 중정에서인지 사뭇 부러워하는 표정으로 물었다.

"그럼! 명창이 되면 부자가 될 수 있제."

"엄니! 우리는 왜 아빠랑 같이 안 살아요?"

이번에는 난데없는 아픈 속가슴을 쿡 찔러왔다. 눈을 실긋거리며 묻는 말에 민순은 한 조각의 간장이 덜렁 떨어져나가는 것 같았다. 무슨 말을 해줘야 할지 당혹감을 감추지 못한 채

"아니, 너는 아직 어려서 몰라. 엄니가 나중에 가르쳐 줄게. 알았지?"

민순은 반눈을 감은 채 입술을 지그시 비틀며 말했다. 어린 딸에게 상처를 주고 싶지 않았던 것. 그녀는 길을 가다 말고 저 멀리 일림산을 향해 원망의 눈길을 뿌리고 말았다. 솔직히 수양은 아빠가 나기중 어른이라는 것을 알고 있었다. 옷은 물론 그리고 맛있는 것까지 보내주었기 때문이다. 단지 서출로 태어난 딸이라는 것을 가르쳐주지 않았을 뿐이었다. 망연스러운 엄마의 표정을 읽은 어린 것은 이내 정색을 하며

"엄니. 지가 명창이 될께요."

칙칙한 무거움이 내려앉아 있던 얼굴 표정을 벗어 던지고 밝은 눈웃음을 방긋거리며 말했다. 이내 엄마의 손을 잡고 끌어당기며 쌩긋거리는 애교도 잊지 않았다.

"아이고! 그래서 너는 내 딸이랑께. 요렇게 이쁜 딸이 어디서 나왔을끄나?"

민순은 길을 가다 말고 딸을 끌어당겨 가슴에 묻은 채 얼굴을 쓸었다. 일순간에 뜨악했던 기분이 풀리면서 눈이 감겨들도록 천진의 웃음을 쏟으며

"수양아! 너는 이 땅에 제일가는 명창이 되어야 헌단 말이다. 아니 너는 될 수 있당께. 내 딸만큼 이쁜 여자도 없다. 니가 명창이 되면 분명 최고가 될 것이다."

웃음 진 얼굴로 딸을 끌어안은 민순은 기쁨을 감추지 못했다. 솔직히 엄마의 속을 알아준 딸이 한없이 자랑스러웠기 때문이었다. 어린 것도 탱글탱글하게 여문 옥수수처럼 해맑은 미소를 머금은 채 앞으로 내달렸다.

집으로 돌아온 모녀는 기쁨에 들떠 잠을 이루지 못했다. 세상을 다 얻은 것처럼 마냥 행복스러웠다. 민순은 돌아가신 엄마가 생각났다. 명창이 되고 싶어 백일공부를 나서다 할머니한테 보따리를 뺏긴 채 울부짖던 모습이……. 그동안 엄마의 한을 풀어주지 못한 죄책감에 울었던 것인데……. 이제 엄마의 묘에도 갈 수 있다는 생각에 가슴조차 떨렸다.

기쁨에 들떠 있던 하루가 지나가고 또 다른 여명의 빛이 밝아 오고 있었다.

단잠에 빠졌던 민순은 산새들이 재잘거리는 아름다운 소리에 잠을 깼다. 새벽부터 산새들이 우짖었다. 예서제서 고운 노랫소리로 아침노을을 부르고 있었다. 그녀는 바삐 부엌으로 들어갔다. 도강재로 딸을 데리고 가야 하기 때문이었다. 부지런히 쌀을 씻고 담가놓은 보리쌀로 밥을 안쳤다. 밥솥에 보리개떡과 하지감자를 올려놓았다. 전대에 넣어 허리춤에 채워줄 어린 딸 점심. 밥솥에 뜸을 드려놓고 어린 딸을 깨웠다. 전날 먼 산길을 다녀온 어린 딸은 몸이 고단했던지 아침까지 코를 골며 곤잠에 들어 있었다.

"수양아! 소리 공부하러 갈라믄 어서 일어나야제."

민순은 딸을 달래듯 아침잠을 깨우려 들었다. 어린 것도 영념했는지 잠결에도 금세 눈을 뜨고 말았다. 어제와는 사뭇 다른 밝은 모습으로 자리에서 일어났다. 아침을 먹은 수양은 전대를 허리에 차고 곧장 주섬주섬 옷을 챙겨 입었다.

"오늘부터 나가시능가요?"

송곡 할멈께서 바삐 사립문으로 향하는 모녀에게 물었다.

"예. 할머니 오늘부터 소리공부 배울거구만요."

수양은 몹시 기대에 찬 눈빛이었다.

"오늘부터 소리공부를 하기로 했어라우."

민순도 흐뭇한 웃음을 지으며 말했다.

"아이고! 참말로 훌륭한 명창께서 가르쳐주시면 금방 명창이 되어불겄제."

송곡 할멈은 부러움이 가득 찬 눈빛으로 바라보며 말했다.

"예, 아주 인자하신 스승님을 만났어라우. 당장 오늘부터 가르쳐주신다고 허셨구만요."

민순은 옅은 웃음을 입가에 매달고서 싱글벙글 웃었다.

"그나저나 좋은 분한테 배워서 좋겄지만 어린 것이 다니느라 고생허겄는디."

"그래서 지가 날마다 데려다주고 데리러 다닐 것이구만요."

"그것도 쉬운 일이 아닐 것인디."

"괜찮구만요. 그럼 다녀 올라요."

민순은 인사를 드리고 곧장 삼수로 나아갔다. 삼수마을 앞길에는 하루가 다르게 수양버들이 푸른색을 띠어가고 있었다. 휘늘어진 수양버들 사이로 동백꽃이 선혈을 뿌리듯 붉은 칠을 해놓았다. 꽃 속에 감춰둔 노란 수술에는 벌들이 앉아 한가로이 꿀을 빨아대었다. 아직은 봄이 일러 아침 공기가 차갑지만 벌들은 꿀의 유혹을 물리칠 수 없는 듯 새벽부터 꽃 속으로 몸을 숨겨들고 있었다. 개나리가 꽃망울을 터뜨리면서 가지마다 누르스름한 빛을 뿜어내기 시작했다. 도톰하게 부풀어 오른 진달래 봉오리도 봉싯봉싯거리며 봄을 피워내고 있었다.

한치재에 이르렀다. 산마루에 이르러 쭉 펼쳐진 남해바다를 바라보았다. 안개가 자욱하게 깔려 있었다. 마치 흰 옥양목을 깔아놓은 것처럼 보였다. 흰 구름이 바다에 내려앉은 것 같았다. 자오록이 피어오르는 안개는 스멀스멀 산자락을 타고 기어오르기도 했다.

"엄마! 하늘을 나는 것 같당께요."

어린 것이 올올하게 다가오는 하얀 안개 덩어리를 바라보며 감탄에 젖은 소리를 내질렀다.

민순도 마찬가지였다. 안개가 덩이덩이가 되어 산자락으로 솟아오르는 것이었다. 마치 하늘의 구름처럼 기이한 형체를 만들어가며 날아올랐다. 안개 위로 갈매기가 끼룩거리며 솟구치다가 다시 속으로 몸을 감춰들었다. 안개 속에서 철썩철썩 파도치는 소리만 들렸다. 모녀는 산비탈을 내려와 도강재로 들어섰다. 아직 소리 연습이 시작되지 않은 것 같았다. 마을 앞 당산나무 밑에도 사람이 없었다. 산곡에도 사람들의 모습은 보이지 않았다.

숫을대문으로 다가서자 마당에는 젊은 남자 둘이서 대나무 빗자루를 들고 마당을 쓸고 있었다. 기와집의 대청마루 문이 열어젖힌 채 어린 여자들이 방비자루로 쓸고 걸레질을 하는 모습이 눈에 띄었다. 또다른 여자들은 부엌일을 하고 있었다. 아마도 소리를 배우러 온 아리따운 처녀들로 비춰졌다. 민순은 다시 계단으로 올라갔다. 젊은 남자들은 어제 보았던 이들이었다. 벌써 낯이 익다는 듯 생글생글 웃으며 반겨주었다.

"어서 오싯시오. 앗따 일찍부터 먼 길을 오셨구만이라우."

어제와는 달리 한층 다정스럽게 말했다.

"예. 안녕하셨능가라우?"

민순은 차분한 어조로 고개를 숙이며 말했다.

"안녕하셨어라우?"

수양이 싱글 눈웃음을 치며 인사를 했다. 그 젊은이도 벙글거리며 고개를 끄덕였다. 민순은 우선 마음이 놓였다. 벌써 인사를 할 줄 안다고 생각하니 마음이 흐뭇했다.

"아그들아 이리 나와 보거라."

마당을 쓸다 말고 부엌문 쪽으로 다가가 손을 까불거리며 어서 나오라고 소리쳤다. 부엌에서 차림새가 협수룩한 처녀들이 나왔다.

"어제 그녀가 왔능가요?"

키가 큼직하면서도 얼굴이 넓적한 이가 생기발랄한 표정으로 물었다. 부엌에서 일을 하다 말고 나온 이가 야슬거리기까지, 들창코처럼 큰 콧구멍이 하늘을 향해 있어 왠지 심란하게 보였다. 그러나 서글서글한 눈매며 야들야들한 말씨는 인정이 넘쳐나는 것 같았다.

"점순아! 니 동생이 들어왔다."

뒤따라 나오는 이에게 점순이라고 불렀다. 그녀는 예쁘장하면서도 앳된 얼굴이었다. 어렴풋이 나이가 들어 보이면서도 얼굴은 곱상인데 눈매를 보아 하니 성깔은 있어 보였다. 마지막에 나온 여자는 나이가 지긋했다. 과년에 찬 처녀든지 아니면 시집간 새댁처럼 보였다. 얼굴이 맷돌짝만큼이나 넓으면서도 네모나게 각이 져 있었다. 입이 무겁고 말 수효가 적은 사람일 것 같아 보였다. 민순은 딸과 함께 소리를 배워갈 이들이어서 무척 관심을 두고 살폈던 것이다. 모두들 인상만은 온화하게 보였다. 안심이 되었다. 그들은 수양을 향해 눈이 뚫어지도록 쳐다보았다. 새로 들어온 이라서 무척 관심이 쏠리는 눈빛들이었다.

"앗따매. 이쁜 동생이 들어와부렀다. 한사코 친동생처럼 도와주거라잉."

젊은이는 서글서글한 눈웃음을 쳐가며 타이르듯 말했다.

"하믄이라우. 아이고! 인자 나도 물 기르러 가는 일은 끝났네!"

키가 큰 이가 들창코를 벌씸벌씸거리며 허허로운 얼굴에 웃음을 띠며 말했다. 아마도 막내여서 물을 긷는 일을 도맡았던 것으로 보였다.

"처음에는 조금씩 도와줘사제, 어린 것한테 다 맡겨불면 쓴다냐? 얼굴 좀 봐라. 엄마 젖 떨어진 지 얼마 안 됭 것 같은디 힘든 일을 시켜서야 쓰겠냐?"

젊은 남자는 민순의 눈치를 슬슬 살펴가면서 제법 고맙고 미더워지는 말을 해대었다. 민순은 내심 싫지만은 않았다.

"그러믄 덕보 오빠가 좀 도와 주시랑께요."

예쁘장하고 앳된 이가 입을 쭉 내밀면서 아니꼽살스럽다는 듯 말했다.

"앗따! 그걸 말이라고 허냐? 서로 돕고 살아사제."

젊은이는 이름이 덕보라는 것이 알려졌고, 덕보는 무안쩍은 듯 머리를 쑥쑥 긁으며 물었다.

이렇게 수인사를 끝내고 민순은 딸을 데리고 댓돌로 다가갔다. 서로들 주고받는 인사를 들었던 명창께서 아내와 함께 대청마루 끝으로 나오셨다. 용모와 자태가 하나같이 정갈하고 단정했다. 곱게 빗은 상투머리에 갓을 쓰고 연한 옥색 비단바지저고리에 조끼를 입은 채로, 옷매부터 표정 하나하나까지 흐트러짐이 없어보였다. 부인(김대임 여사) 또한 마찬가지였다. 동백기름을 함함히 발라 빗은 머리에 옥비녀가 반짝거렸다. 엷은 남색 하늘하늘한 치마에 옥색 저고리를 입은 그녀는 버선코가 보일락 말락 하게 서있었다. 민순과 눈이 마주치자 부인은 얼굴에 얄브스름한 웃음을 지어 보이며 훈훈한 정을 느끼는 표정을 지어보였다. 모두들 명창 내외를 곱작곱작 허리를 굽혀 인사부터 하고 나섰다. 민순도 위엄에 눌려 허리를 굽히지 않을 수 없었다.

"어서 오싯시오. 먼 길을 일찍부터 오셨구만요."

명창은 위엄이 가득 찬 어조로 먼저 반갑게 맞이해주었다. 민순은 딸의 손을 잡고 깍듯이 여사님께 인사를 드렸다.

"따님은 그냥 놔두고 가셨다가 이따 석양에 데리러 오시도록 허세요."

명창은 점잖은 어조로 말했다. 두 번째 만났는데도 왠지 정감이 물씬 느껴진 풍모였다.

"예. 그렇게 하겠습니다요."

민순은 허리를 굽힌 채 뒤로 물러서서 계단으로 갔다. 딸과 얼굴을 마주치며 찔끔거렸다. 명창님 말씀 잘 듣고 열심히 배우라는 암시를 주는 시늉이었다. 민순은 곧장 계단을 내려 대문으로 나섰다. 엄마 곁을 처음 떨어진 수양은 모든 것이 서먹서먹하고 정신이 얼떨떨한 기분이었다.

잠시 대문 쪽에서 남자들이 다가오는 소리가 들리기 시작했다. 언니들은 슬그머니 자리를 피하려 부엌으로 들어갔다. 점순이 수양의 손목을 끄집었다.

"여기 있지 말고 저리로 가자."

수양은 점순이 끄집은 대로 따라갔다. 부엌으로 들어갔다가 대청마루 뒤로 돌아갔다. 옆 마당에는 뭉툭하면서도 커다란 북처럼 생긴 바위가 있었다. 잠시 남자들이 옆 마당으로 다가왔다. 수양은 무척 호기심이 일기 시작했다. 남자들은 바위를 둥그렇게 나란히 두르고 섰다. 손에는 하나같이 북채를 들고 있었다.

"언니! 바위를 왜 둘러싸는 것이다요?"

"응, 너도 이다음에 해야 헌단 말이다."

"저도 해야 한다고요?"

"그럼 말이라고 허냐? 소리를 배울라면 장단부터 읽혀야 헌당께."

"장단을 읽히는데 왜 바위를 둘러싼당가요?"

"저 바위는 북신이 들려서 북바위라고 부른당께."

"워매! 북신이 다 있다요?"

"그럼. 나중에 비가 올 때 들어봐라. 북소리가 들릴 것잉께."

수양은 바위에서 북소리가 난다는 것이 신기하면서도 미심쩍게 느껴졌다. 잠시 남자들이 바위를 향해 쪼그리고 앉아 배례를 했다. 이어 일어서자 한 사람이 소리를 외쳤다.

"자 먼저 자진모리로 놀아보자!"

그들은 모두 똑같이

"덩--덩-쿵 덕. 덩--덩-덩 쿵 덕 …….."을 외치면서 장단을 쳐대었다. 모두가 한목소리를 내면서 신명지게 장단연습을 했다. 보는 이로 하여금 절로 홍이 나지 않을 수 없었다. 방망이질을 하는 것처럼 장단에 맞춰 토드락거렸다. 한참 동안 치다가 이번에는 "중모리"라고 외쳐대었다.

"덩 쿵 따 쿵 따 따 쿵 쿵 척 쿵 쿵 쿵…….."을 외쳐대며 장단을 치고

"중중모리"

"덩 쿵 따 쿵 쿵 따 쿵 궁 척 쿵 쿵 쿵…….."을 쳐대었다.

이어 "진양조"라고 외치고서

"덩 쿵 쿵 쿵 척 척 쿵 쿵 쿵 쿵 당그라닥 따악딱 쿵 쿵쿵 쿵 척 쿵 쿵 쿵 쿵 쿵 구궁 구웅궁"까지. 그들은 신명이 난 채 숨을 헐떡거리며 팥죽 같은 땀을 바작바작 흘리기도 했다. 수양은 겁이 나면서도 한편으론 홍겨울 거라는 생각도 들었다.

아침나절 소리공부가 시작될 시간이 되었는지 바위장단을 끝낸 이

들이 대청으로 들었다. 대청에는 앉은뱅이책상이 놓여있었다. 책상을 바라보며 모두가 자리에 앉았다.

"너도 인자 안으로 들어가야 쓴당께. 이리 따라와."

점순이 수양의 손목을 잡고 끄집었다. 까닭을 몰라 어리둥절하면서도 뒷문으로 들어갔다. 대청에는 남자만도 열다섯 명이나 되었고, 여자는 네 사람이었다. 수양은 맨 뒤 구석에 쪼그리고 앉았다. 처음 맞는 일이라 정신이 어리벙벙했다. 잠시 뒤 스승님께서 방문을 열고 대청으로 나오자 자리에 앉아 있던 모두가 일어섰다. 앉은뱅이책상 앞에 선 스승을 향해 두 손을 앞으로 모아 잡고 배례를 올렸다. 스승님은 머리를 단정히 빗은 채 흐트러짐 없는 옷매무새였다. 매무새에서부터 고매한 인격적 풍모를 느낄 수 있었다. 스승님이 앉자 모두들 따라 앉았다. 자상하기만 하던 스승 그 순간만은 싹 달라진 표정을 지어 보였다. 제자들 모두 한결같이 스승의 위엄 앞에 쩔쩔 매는 눈치였다. 잠시 긴장감이 흐르면서 장내 분위기는 엄숙해졌다. 스승과 제자들 사이에는 엄격한 계율이 있는 것 같았다.

"연습은 많이들 했느냐?"

스승이 제자들에게 물었다.

"예. 스승님."

"오늘은 새 식구가 들어왔으니 알려주겠다."

스승님은 손으로 수양을 가리키며 일어서라고 했다. 수양은 부끄러워 고개를 들지 못하고 일어섰다.

"아직 어린 동생이 소리가 배우고 싶어 저기 곰재에서 왔단다. 이름은 수양이라고 부른다. 길바닥에 돌도 연분이 있어야 찬다는 것인데 하물며 같이 소리공부를 하게 되었으니 죽는 날까지 못 잊을 인연이 아니겠느냐? 아직 아무것도 모를 것이니 친동생이라고 생각하고 잘 가르쳐주도록 해라."

스승은 위엄 있는 어조로 당부하듯 말했다.

"예. 스승님."

"그럼 오늘도 소리공부를 시작하기 전에 보성이 우리나라 소리의 성지가 된 까닭부터 알고 시작하자. 그렇게 된 것은 국창 박유전 선생님께서 여생을 보내신 곳이기 때문이다. 국창께서는 소리꾼으로는 유일하게 선달요지라는 벼슬을 받은 분이셨고, 궁궐에서 유생들과 친밀하게 지내시면서 새로운 강산제를 창시하신 분이다. 얼마나 소리를 잘하셨으면 대원군께서 '네가 천하 제일강산이다.'라며 벼슬을 주었겠느냐? 그 소리를 내 백부님께서 이어받으셨다. 그리고 내가 백부님으로부터 전수받았던 것이다. 오늘 내가 너희들에게 전해주고 있는 것도 그분의 강산제다. 강산제는 국창께서 유생들과 교류를 쌓으시면서 삼강오륜과 인의예지 그리고 효제충신의 가르침을 소리에 접목시킨 것이다. 사람이 즐겁게만 살려고 소리를 만드는 것은 아니다. 그 안에는 심오한 지혜와 뜻이 담겨 있음이다. 사람으로서 응당 지켜야할 도리가 녹아들어 있는 것이다. 국창 어른께서는 이에 어긋난 것은 소리로 취급조차 하지 않으셨다. 때문에 강산제 소리는 수신제가한 후에 평천하 하라고 가르치고 있다.

그럼 우리가 진정한 소리꾼이 되기 위해서는 무엇부터 해야 할 것인가 생각해봐야 할 것이다. 먼저 자신의 몸가짐부터 바르게 해야 한다. 명창이 되려거든 정심, 정음, 사채의 길로 나아가야 한다. 먼저 정심이 내 마음속에 자리 잡아야만이 인격을 갖추게 되어 진정한 소리꾼이 되는 법이다. 정심이란 참다운 사람을 두고 하는 말이다. 효를 행하는 소리꾼이 심청가를 부를 적엔 생명감이 넘쳐흐르고 기가 충만하여 참된 소리가 나오겠지만, 불효를 저지른 이는 열기가 없어 죽은 소리가 나오기 마련이다. 비단 소리꾼만이 아니라 세상 사는 모든 이에게도 마찬가지 아니겠느냐? 정음이라는 것은 열과 성을 다하여 득음의 경지에 이르러야 한다는 것이다. 우리 육신에는 형부로칙태타이폐(形不勞則怠惰易弊)라 것이 있다. 수고롭게 하지 않으면 게을러서 허물어지기 쉬운 것이 우리 몸이라는 말이다. 근위무가지보(勤爲無價之寶)란 말을 명심해야 한다. 다시 말하면 부지런함은 값으로 매길 수 없는 보배라는 것이다. 소리를 배우고자 하는 자가 득음을 한다는 것이 결코 쉽지 않은 일이다. 열과 성을 다하다 보면 이룰 수 있는 것이다. 다음으로 사채라 함은 품위가 단정한 동작을 익혀야 하는 것이다. 너름새가 무게 있고 민첩하며 정중함이 있어야 진정한 소리꾼이 되는 것이다. 쓸데없이 사방으로 활보를 하거나 멋도 없이 부채질을 자주 하는 태도는 난잡하여 소리의 멋을 떨어뜨리는 것이다."

스승은 엄위에 찬 자세로 침착하게 또박또박 말했다. 제자들이 나아가야 할 길을 조목조목 들려주었다. 스승은 소리공부를 시작하기 전 소리꾼으로서 본분을 다하라고 이렇게 가르쳤다. 제자들은 머리를 조아리며 스승의 가르침을 새겨듣고 있었다. 민순은 아직 어린 탓에 무슨 말인지 알아들을 수가 없었다. 그러나 소리꾼은 몸가짐부터 바르게 해야 한다는 것을 알 수 있었다. 이어 소리공부를 시작할 차례가 된 것 같았다. 모두들 목청을 다듬고 소리책을 넘기면서 준비에 들어갔다.

스승은 맨 먼저 만석이라는 자를 불러 세웠다.

"만석이 너부터 할 차례다. 연습 많이 했느냐?"

"예."

"소리는 일 청중, 이 고수, 삼 명창이라고 하는 것이다. 그럼 여기 있는 사람들이 관중이라 여기고 한번 해보거라."

스승은 훈훈한 눈빛으로 만석을 바라보면서 위엄이 있는 어조로 말했다.

"예. 스승님."

만석은 스승에게 공손히 인사를 하고서 합죽선을 폈다.

"지난번엔 어디까지 했느냐?"

"심청가 중 심봉사 눈 뜨는 대목을 할 차례입니다요."

"그래 알았다."

명창은 소리북을 끌어당겨 발로 괴고서 시작을 알리는 듯 북채로 북통의 꼭대기를 힘 있게 탁 쳤다.

-아니리-

「이게 모두, 부처님의 도술(道術) 이것다. 심봉사(沈奉士) 눈 뜬 훈
(熏)김에, 여러 봉사들도, 따라서 눈을 뜨는디!…… 」

아니리가 끝나자 스승은 합--궁--쿵-탁궁 자진모리 북장단을 쳤다. 이어 만석은 북장단이 울리자마자 창을 하기 시작했다. 합죽선을 폈다 오므렸다를 반복하면서

〈잦은머리=단계면〉

「만좌(滿坐) 맹인(盲人)이 눈을 뜬다. 어떻게 눈을 뜨는고 하니, 전라
도(全羅道) 순창담양(淳昌潭陽), 새 갈모 떼는 소리로 짝 짝 하더니마
는, 모두 눈을 떠버리는구나. 석 달 동안 큰 잔치에, 먼저 나와 참여하
고, 내려간 맹인들도 저희 집에서 눈을 뜨고, 미처 당도 못한 맹인, 중
로(中路)에서 눈을 뜨고. 가다가 뜨고, 오다가 뜨고, 서서 뜨고, 앉아 뜨
고, 실없이 뜨고, 어이없이 뜨고, 화내다 뜨고, 울다 뜨고, 웃다 뜨고, 떠
보느라고 뜨고, 시원히 뜨고, 앉아노다 뜨고, 자다 깨다 뜨고, 졸다 번뜻

뜨고, 지어(至於) 비금주수(飛禽走獸)까지, 일시(一時)에 눈을 떠서, 광명천지(光明天地)가 되었구나.」

스승은 북장단을 치면서 '옳지', '아믄', '그렇지' 홍겨운 추임새로 신명을 더했다. 만석은 부채를 흔들어 대다가 눈을 감아 뜨는 너름새를 능수능란하게 보여주었다. 조금도 막힘없이 내지르는 쉬지근한 목소리. 듣는 이의 마음을 사로잡을 만큼 애환이 서린 한 대목을 유창히 뽑아내었다. 스승은 웃음기 내려앉은 얼굴로 바라보며

"소리는 음보다 장단이 더 중요한 것이다. 북장단에 잘 맞춰서 해야 쓰고, 다음으로 끊는 목에서는 날카롭게 소리를 끊어야 헌다. 파는목에선 아래로 깊이 파고 들어가는 소리를 내야 쓰는 법. 느릴 때는 느린목을 그리고 흩는목에서는 무덕무덕 흩어 내야 허는 것인데 이점에 있어 아직 그 연습이 부족한 듯 보인다. 장단을 처가면서 연습을 허도록 해라."

스승은 창자(唱者)에게 부족한 점을 하나하나씩 지적했다. 만석은 알았다는 듯 고개를 끄덕끄덕해가며 들었다.

"오늘은 이만 됐다. 그 다음으로 이어가도록 해라."

"예. 스승님."

"다음은 인채 네 차례다."

"예. 스승님."

"오늘은 어느 대목을 할 차례냐?"

"지는 수궁가 별주부 세상 나오는 대목 중 모친 만류를 해보겠습니다요."

인채는 합죽선을 확 편 채 목울대를 꿈틀거리며 목청을 다듬기 시작했다. 스승은 또다시 소리북을 끌어당겨 발로 괴었다. 시작을 알리

듯 북채로 북통의 꼭대기를 힘 있게 탁 쳤다. 북소리가 들리자마자 합죽선을 폈다 오므리기를 반복하면서

-아니리-

그 때여 주부 모친 대부인 암자래 한 마리가 청춘과부로 늙었는디, 꼭 여든아홉 살 묵었든가 보더라. 이놈이 주부 세상 간단 말을 듣고 만류로 나오다가 주부 얼굴을 딱 보더니, 주부를 못 가게 만류하는디.

이어 스승님의 덩 쿵 쿵 쿵 척 척…… 진양조 장단이 시작되었다.

「여봐라 주부야! 여봐라 소상강 손아. 이 내 말을 들어 봐라. 네가 세상을 간다고 허니, 무엇허로 갈라느냐? 삼대독자 네 아니냐? 장탄식 병이 들어 뉘 알뜰히 구원을 하며, 네 몸이 죽어져서 골폭사장의 허여져서 오연의 밥이 된들, 뉘라 후여 쳐서 날려줄 이가 뉘 있드란 말인거나, 일일사친십이시로고나, 옛날에 너희 부친도 세상 귀경을 간다고 허시더니, 십리 장강 모래 속에 남 모르게 잠신을 허였다가, 쇠꼬치로 들이 찔려 어부의 장사가 된 연후에 백골안장을 뉘허였느냐. 너마저 가려느냐? 가지를 말어라. 가지를 말어라. 세상이라고 허는 데는 한 번 가면은 못 오느니라. 위방불입 이니 가지를 마라……」

인채는 쫙 벌어진 가슴에서 우람찬 소리를 내질렀다.
"소리를 조금 빠르게 하도록 해라. 그리고 뱃속에서 바로 뽑아 올려 덜미소리를 내야 헌다. 그래야 웅장하고 남성적인 소리를 만들어내지 않겠느냐?"
"예. 스승님. 그렇게 힘쓰겠습니다요."

"소리꾼은 단전에 힘을 주고 통성을 뽑아내는 연습을 해야 헌다. 뱃속에서 바로 뽑아내는 덜미소리를 내야 허는 것이다. 남의 흉내를 내려들지 말고, 너만의 소리를 낼 줄 알아야 그것이 명창이 되는 길이다."

"다음은 필남이 네 차례다."

그러나 필남은 아직도 술기운이 가시지 않은 듯 얼굴이 뻘건 채로 하품을 해대었다. 무안쩍었는지 슬며시 고개를 숙인 채 일어서서 스승에게 인사를 했다. 스승은 억지웃음을 웃어 보이며

"너는 어디까지 해 왔느냐?"

"예, 심청가 곽씨부인이 죽어 상여나가는 대목까지 해 보겄구만요."

"외우기는 했느냐?"

"열심히 하고 있구만이라우."

"그래? 한번 해보거라."

　-아니리-

그러나 필남은 합죽선만 펴들고 악을 쓰듯 얼굴을 찡그렸다.

「동리사람들이, 모두 모여들어, 여보 봉사님, 사자(死者)는 불가부생(不可復生)이라. 죽은 사람 따라 가면, 저 어린 자식은, 어찌하려오. 곽씨부인 어진 마음, 동리 남녀노소 없이, 모여들어, 초종지례(草終之禮)를 마치는데, 곽씨시체 소방상(小方狀)댓돌 위에, 덩그렇게 모셔 놓고, 명정공포(銘旌功布) 삽선등물, 좌우(左右)로 갈라 세우고, 거릿제를 지내는데, 영축기가 왕즉유택, 재진견례 영결종천 관음보살.」

아니리를 하면서도 목청을 긁어 파기라도 할 듯 헛기침을 해대었다. 그러다가 다시 얼굴이 발개지면서 잔주름을 모아보지만 목이 점

48

점 잠겨들면서 소리가 나오지 않았다. 또 한 번 마른기침을 해보지만 역시 마찬가지였다. 은근히 술 냄새가 방 안에 감도는 것 같았다. 이어 스승은 아무렇지도 않다는 듯 북채를 잡고 중모리 장단 「합 궁 딱 궁 딱 딱 궁 쿵 탁 궁 궁 궁, ……」 장단을 쳐댔다.

이어 필남은 심학규의 부인 곽씨의 상여나간 대목을 해나갔다.

「요령은 땡그랑 땡그랑 땡그랑. 어허넘차 너화너, 북망산천(北邙山
川)이 멀다더니, 저 건너 안산(案山)이, 북망(北邙)이로다……

목쉰 어린 아이처럼 목소리가 밖으로 나오지 않았다. 목울대를 손으로 만져보고 눌러도 보지만 막무가내였다.

"소리라는 것은 큰 소나무처럼 뜻을 세우고 전력을 다해도 바늘만큼밖에 이루지 못하는 법인데 공술이라고 해서 새벽까지 마셔대서야……. 어찌 명창이 되겠다고 허는 것이냐?"

스승은 인채를 보고 혀를 쩝쩝 차면서 나무랐다.

"다시 그 뒤를 해보거라."

필남은 눈치를 슬금슬금 보면서 다시 합죽선을 펴들었다. 스승의 북장단 소리가 들리자

「어허, 넘처 너화너. 새벽 종달이 쉰길 떠, 서천명월(西天明月)이 다
밝아온다. ……」

온 얼굴이 홍당무가 되도록 널브러진 소리를 질러보지만 목소리가 나오지 않았다. 갑자기 외운 내용마저 잊었는지 창을 하다 말고 우두커니 서고 말았다.

"그만 멈추도록 해라. 어허! 정성을 쏟아야지. 소리공부는 아무나 하는 것이 아니다. 죽기 살기로 해도 안 되는 것이 소리라는 것인디, 주막에 가서 술이나 퍼마셔서야……. 여러 날이 되었는디 아직 그걸 못 외우고서야 어떻게 완창을 허겠느냐? 먼저 달달 외워서 내 것으로 만들어야 소리가 되는 것이제. 외우질 못허고 어떻게 소리를 허느냔 말이다."

스승은 북을 쭉 밀어내면서 허탈한 표정을 지으며 나무랐다. 다시 혀를 쩝쩝 차며 못마땅한 듯이 이맛살을 찌푸리기도 했다.

"저는 머리가 둔한 개비여라우. 외워도 잘 들어가지 않는당께랑우."

필남은 뒷머리를 긁적이며 계면쩍은 듯 자조적인 웃음을 지어보였다.

"밤을 새어 외워도 어려울 판국인데 저녁이면 주막거리에서 술을 마시고 다닌다는 소리를 내 들었다. 그래가지고선 토막소리를 내는 소리꾼 밖에 더 되겠느냐? 명색이 나한테 소리를 배우러 와갖고 완창을 못해서야 어찌 명창이 될 수 있겠느냐? 그 알량한 토막소리로 인기나 얻으려고 세속에 뛰어들어서는 명창이라 할 수 없다."

스승님은 노발대성으로 꾸짖었다. 게으름에 대한 호된 꾸지람을 마다하지 않았다.

"스승님. 지가 잘못했구만이라우. 다시는 그런 일 없을 터이니 한번만 용서해주싯시오."

필남은 털썩 무릎을 꿇고서 두 손을 모아 용서를 빌었다.

"오냐, 알았다. 소리를 하려고 왔으면 지극정성을 다해야제. 낙숫물이 바위에 구멍을 뚫는다는 소릴 못 들었냐? 지성이 지극하면 돌에도 꽃이 피는 법이다."

"예. 스승님. 열심히 할랍니다요."

"밤을 새워서라도 연습을 해오도록 해라."

"예. 그리 하겠습니다요."

이어 국봉이라는 남자가 일어섰다. 눈매가 야무지게 생겼고 막힘없이 당당하게 생긴 얼굴이었다.

그는 심청가를 갓 시작하고 있었다.

"장단 연습은 잘 허고 있느냐?"

"예, 스승님."

"먼저 장단을 잘 익혀야만이 창을 하는 법이다."

그는 아직 창을 배우지 않고 장단을 배우며 초두가(初頭歌)를 익히는 것 같았다. 그는 호남가 한 대목을 불렀다.

"예. 스승님."

"사람이 노력을 하면 못 이룰 일이 없는 것이다."

이어 마지막으로 깍짓동만 한 허우대에 이목구비가 반드르르 잘생긴 얼굴이었다. 그의 시연이 끝나자 남자들은 모두 물러갔다. 이렇게 아침나절이면 남자들은 한꺼번에 모여 연습한 내용을 스승님 앞에서 시연했다.

수양은 꼼짝도 하지 않은 채 쪼그리고 앉아 구경했다. 소리공부하는 모습을 처음 보았던 터여서 어리둥절해 있을 수밖에 없었다. 그러나 소리를 어떻게 배워가는지 감을 잡을 수 있을 것 같았다. 대목 대목마다 연습을 해온 사람들이 스승님께 들려주고 부족한 것을 다시 배워 가는 것을 직접 보았다.

배우는 일이 쉽지만은 않을 것 같으면서도 노력해서 못 이룰 일이 없다는 스승님의 말씀에 가슴이 출렁거렸다. 열심히 하면 이룰 수 있겠다는 자신감도 생겨나기도 했다.

이윽고 점심시간이 다가오자 모두들 썰물처럼 어디론가 떠나갔다.

소리를 배우기 위해 멀리선 온 그들은 마을에서 자취를 하고 있다고
했다. 아침나절엔 스승님께 소리를 배우고 오후에는 혼자서 또는 짝
을 이뤄서 연습에 들어간다고 했다. 점심때는 집에 아무도 없었다. 갈
곳 없는 수양은 옆 마당 바위에 걸터앉아 엄마가 싸준 전대를 풀었다.
그 속에는 보리개떡 세 개와 찐 하지감자 네 개가 들어있었다. 누가 볼
까 봐 바위 뒤로 가서 움츠리고 먹었다. 아직은 이른 봄이라 온몸이 오
들오들 떨리지만 그래도 배고픔에 비길 바 아니었다. 보리개떡과 감
자로 뱃속을 채운 수양은 따뜻한 봄볕을 쐬며 바위에 앉아 있었다. 향
기로운 바닷바람이 불어오고 따사로운 봄볕을 쐬이니 썰렁했던 기운
도 잠시뿐이었다. 온몸이 노곤해지면서 속절없는 잠이 몰려들었다.
스르르 감긴 눈을 떴다가 다시 감기를 반복하고 있었다. 어느새 점심
시간이 지나갔는지 시끌벅적한 소리가 날아들었다. 수양은 졸고 있다
가 언니들이 돌아오는 소리에 눈을 떴다.

"밥은 묵었냐?"

점순 언니가 걱정스러운 표정을 지어가며 물었다.

"예, 언니."

"밥을 싸가지고 왔었냐?"

"엄마가 떡을 쪄서 싸주셨어요."

"워매! 그랬으면 우리 따라가서 김칫국이라도 마실 것인디 그랬다."

"아니어라우. 괜찮아요."

그때 애심이 언니가 빨리 오라고 손짓을 하면서 불렀다. 점심을 먹
고 난 뒤엔 여자들이 배울 시간이라고 했다.

"어서 가자. 스승님께서 기다리시겠다."

점순은 얼른 따라오라고 하며 토마루로 갔다. 뒤를 따라가면서도
수양은 가슴이 두근거리며 당황스러웠다. 처음이라서 무엇을 배울지

도 모르기 때문이었다. 순란 언니와 애심 언니는 이미 대청으로 들어가고 난 뒤였다. 대청마루로 들어갔다. 여자는 네 사람뿐이었다. 스승님 바로 곁에는 애심 언니와 순란 언니가 앉아 있었다. 수양은 슬그머니 눈치를 살폈다. 어디에 앉아야 할지조차 망설여졌다.

"이리 와서 앉어."

순란 언니가 자기 옆에 와서 앉으라고 방석을 가르쳐주었다. 점순 언니와 나란히 마주보고 앉았다. 잠시 후 스승님께서 나오셨다. 자리에서 모두 일어나 공손히 손을 모아 배례를 올렸다.

"처음이라서 뭐가 뭔지 얼떨떨해서 잘 모르것지야?"

스승님은 입 언저리에 엷은 웃음빛을 머금은 채 물었다. 수양은 수줍은 듯 얼굴을 붉혔다.

"이렇게 한 자리에서 공부를 허게 되었다면 얼마나 큰 인연이었겠느냐? 서로 사이좋게 지내도록 해라. 아직 어린 나이라서 아무것도 모를 것이다. 먼저 온 언니들이 잘 도와줘야 허는 것이다. 동생에겐 가르쳐줘야 허고, 수양이 너는 언니가 가르쳐줄 땐 항상 고마운 마음으로 배워야 허는 것이다."

스승은 서로 마음을 북돋기라도 하려는 듯 다정스럽고도 엄숙한 어조로 말했다. 서로 상부상조하며 지내야 함이 옳은 미덕임을 가르쳐주었다.

"예, 스승님."

스승은 책상서랍을 열고 책을 한 권 꺼내어 수양에게 건네주었다.

"수양아, 이 책을 너에게 주마. 우리글을 읽혔다고 했지야?"

"예. 스승님."

"거 참 다행이다. 우리글만 읽을 줄 알아도 소리를 쉽게 배울 수 있제. 책장을 한 장 넘겨보거라."

민순은 시킨 대로 책장을 넘겼다. 그것은 우리글로 써진 소리 책이었다. 군데군데에 한자가 섞여 있기도 했다.

"읽어 볼 수 있겠느냐?"

"예?"

"잘 못 읽어도 괜찮다. 언니들 앞에서 한번 읽어보도록 해라."

수양은 아직껏 사람들 앞에서 책을 읽어본 적이 없기도 하지만 스승님 앞이라는 두려움이 가슴을 짓눌렀다. 얼굴이 홧홧 달아오르면서 진땀까지 나기 시작했다. 하지만 두근대는 가슴을 달래가며 떨리는 목소리로 더듬더듬 읽었다.

「옛날옛적 황주땅 도화동에 한 소경이 살았는데, 성(姓)은 심가(沈哥)요, 이름은 학규(學奎)라. 누대(累代) 명문(名門)거족(巨族)으로 명성(名聲)이 자자터니, 가운(家運)이 불행(不幸)하여 삼십전(三十前)에 안맹(眼盲)하니, 뉘라서 받들소냐. 그러나 그의 아내 곽씨부인(郭氏婦人) 또한 현철(賢哲)하사 모르는 게 전혀 없고, 백집사(百執事) 가감(可堪)이라. 곽씨부인(郭氏婦人)이 품을 팔아, 봉사 가장(家長)을 받드는데,······.」

발음이 어눌해지면서 자꾸만 더듬거려졌다. 뜻을 모르는 글을 읽으려니 숨결마저 가빠지면서 목소리는 점점 가늘어지는 것이었다.

"되았다. 그만 읽거라."

스승은 그녀를 바라보았다. 언니들도 모두 그녀에게 시선을 돌렸다.

"학교 교문을 넘어본 적이 없다면서 어떻게 글을 깨우쳤느냐?"

스승은 의아스러운 눈으로 쳐다보았다. 수양은 조롱거리나 되지 않을까 조마조마했는데 칭찬이나 다름없는 질문에 눈망울이 초롱초롱 반짝거렸다.

"엄마가 가르쳐주셨구만요."

"어허! 참 장한 일이로구나."

스승은 가벼운 웃음을 지으며 칭찬해주었다. 수양은 여덟 살 때부터 우리글을 배우기 시작했다. 밤이면 엄마한테 오빠 성음과 함께 글을 읽혔다. 엄마는 공책과 연필이 없을 땐 산에서 청미래덩굴 잎을 따다 잿물에 담가 종이 대신 사용하기도 했다. 호롱불에 피어오른 그을음을 모아 먹을 만들어 썼다. 스승님은 서랍을 열고서 연필과 공책까지 꺼내주며

"오늘부터는 이 공책에 써가며 달달 외우도록 해라."

입가에 방긋한 미소를 풍기면서 건네주었다.

"예."

"이번에는 점순이 니가 읽어보거라."

스승님은 이번엔 점순을 향해 그 동안 공부한 내용을 읽어보라고 했다. 점순도 들어온 지 얼마 되지 않은 듯 책을 들고는 오들오들 떨었다.

「동리사람들이, 모두 모여들어, 여보 봉사님, 사자(死者)는 불가부생(不可復生)이라. 죽은 사람 따라 가면, 저 어린 자식은, 어찌하려오. 곽씨부인 어진 마음, 동리 남녀노소 없이, 모여들어, 초종지례(草終之禮)를 마치는데, 곽씨시체 소방상(小方狀)댓돌 위에,…….」

심청가 곽씨 부인이 죽은 대목이라고 했다. 글을 읽는 솜씨가 마치 장님 골목길 걸어가는 것처럼 더듬거렸다. 수양은 안심이 되었다. 자신과 엇비슷한 이가 있다는 짐작에 두려웠던 마음이 한결 가라앉은 느낌이 들었다.

"조금 나아졌지만 부지런히 읽어오도록 해라. 그래야 소리공부를

할 수 있제."

"예, 알았구만요."

이어 순란 언니 차례가 되었다. 언니는 우리글은 이미 깨우쳤고, 한자를 읽히고 있었다. 거기에다 책도 외우고 있었다. 이곳에 들어온 지 2년이 넘어 소리공부를 시작한 지도 오래되었다고 했다.

"먼저 호남가부터 읊어보아라."

스승님께서 눈을 슬며시 내려 감으며 두 팔을 모아 잡아 팔짱을 끼고서 말했다. 순란 언니는 자리에서 일어서 똑바로 서서 외우기 시작했다.

「함평천지(咸平天地) 늙은 몸이 광주고향(光州故鄉)을 보려하고
제주어선(濟州漁船)을 빌려 타고 해남(海南)으로 건너 갈 제
흥양(興陽)에 돋은 해는 보성(寶城)에 비쳐있고,
고산(高山)의 아침안개 영암(靈岩)에 둘러있다.
태인(泰仁)하신 우리 성군 예악(聖君 禮樂)을 장흥(長興)하니
삼태육경(三台六卿)은 순천심(順天心)이요.
방백수령(方伯守令)은 진안(鎭安)이라.
고창성(高敞城)에 높이 앉아 나주풍경(羅州風景) 바라보니」

조금씩 더듬거리면서도 곧잘 읊듯 읽었다. 긴 글을 외워대는 모습이 참으로 신통방통했다.

"장단연습은 다 했느냐?"

"예. 스승님."

"그럼 심청가를 외워보아라."

순란 언니는 다시 심청가를 외우기 시작했다.

「범피중류(泛彼中流) 둥덩실 떠나간다. 망망(茫茫)한 창해(滄海)이

56

며 탕탕(蕩蕩)한 물결이로구나. 백빈주(白頻洲) 갈매기는, 홍요안(紅蓼岸)으로 날아들고, 삼강(三江)의 기러기는, 한수(漢水)로만. 돌아든다. 요량한 남은 소리, 어적(魚笛)이 여기렸만. 곡종인불견(曲終人不見)의 수봉(數峯)만 푸르렀다. 의내성중(疑乃聲中) 만고수(萬古愁)는, 날로 두고 이름이라. 장사(長沙)를 지내 가니, 가태부(賈台傅)는 간 곳 없고, 멱라수(泊羅水)를 바라보니, 굴삼여(屈三閭) 어복충혼(魚腹忠魂), 무량도 하시든가. 황학루(黃鶴樓)를 당도하니, 일모향관(日暮鄕關) 하처재(何處在)요, 연파강상(煙波江上) 사인수(使人愁)는, 최호(崔灝)의 유적(遺跡)이라. 봉황대(鳳凰臺)를 돌아드니, 삼산(三山)은 반락청천외(半落靑天外)요. 이수중분(二水中分) 백로주(白鷺洲)는 이태백(李太白)이, 노던데요. 침양강(浸陽江)을 다달으니, 백낙천(白樂天) 일거후(一去後)에, 비파성(琵琶聲)이 끊어졌다. ……」

순란 언니는 심청가 범피중류(泛彼中流) 한 대목을 카랑카랑한 목소리로 거침없이 외웠다. 조금도 더듬거림도 없이 떨지도 않았다.
"참 잘했다. 심청가는 다 외웠느냐?"
"예. 스승님."
"고생했다. 그정도 외웠으면 이제 장단에 맞춰 소리로 헐 줄 알아야 허느니라. 그러기 위해서는 피나는 연습을 해야 허겠제. 너는 아직 생목이다. 목을 세게 다스려야 쓰는 법. 이제 저기 허궁골로 가서 연습에 매진하도록 해라. 갈 때는 소금을 가지고 가야 한다. 목이 쟁기고 아플 때는 굵은 소금을 입에 넣고 물로 헹궈내도록 해라. 그리고 간혹 소금물도 마셔두는 것이 좋다."
스승님은 마치 세정 모르는 어린아이 가르치듯 자상하게 가르쳐주었다.

"예 스승님."

"소리 연습을 하기 전에는 먼저 목을 가볍게 풀어주어야 한다. 그러기 위해서는 단가부터 익혀야지. 읊었던 호남가를 불러보도록 허자. 통성의 덜미소리를 내어 나를 따라 하도록 해보거라."

스승님은 북을 끌어 앞에 놓고는 장단을 치며 말했다. 호남가의 마디마디를 중모리 장단과 부침새에 맞춰 선창을 하고 나섰다.

「함 평 천 지 - - 늙 은 몸 이 - - 광 - 주 고 향 을 보 랴 - 허고, 제 주 어 선 - - - - 빌 려 타고 해 - - 남 으로 건 너 갈 제   홍양 에 돈은 - 해는 - 보 - 성 에 비 쳐 있 고, 고산 - 의 아 - - 침 안 개 - - - 영 암을 둘 러 있 다. …….」

순란 언니는 스승의 선창에 맞춰 호남가를 따라했다. 스승은 장단이 틀리거나 부침새가 어긋나면 몇 번이고 반복해서 가르쳐주었다. 흥에 겨운 구성진 가락 호남가가 울려 퍼졌다.

잠시 후 순란 언니의 사사(私事)가 끝나자 애심이 언니의 차례가 되었다. 스승님의 이마에 땀이 배어나왔다. 마른 수건으로 땀을 닦아내고서 곧바로 사사가 시작되었다.

"애심아! 연습 많이 했느냐?"

"예. 스승님."

"그럼, 먼저 목을 풀 겸 단가부터 한 곡 해보거라."

"예. 사철가를 먼저 해보겠습니다요."

"오냐. 그래라."

스승님은 북을 끌어다 가까이 안고 북채로 북통의 꼭대기를 힘 있게 탁 치며 시작을 알렸다. 북장단 소리가 울려 퍼지자 그녀는 부채를 폈다 오므렸다 하면서 사철가를 불러대었다.

'얼씨구' 하며 흥겹게 추임새부터 넣었다.

「이산 저산 꽃이 피니 분명코 봄이로구나. 봄은 찾어 왔건마는 세상 사 쓸쓸허드라.

나도 어제 청춘일러니 오날 백발 한심허구나. 내 청춘도 날 버리고 속절없이 가버렸으니

왔다 갈 줄 아는 봄을 반겨 헌들 쓸데있나. 봄아 왔다가 갈려거든 가 거라. 니가 가도 여름이 되면 녹음 방초 승화시라. 옛부터 일러있고 여 름이 가고 가을이 돌아오면 한로삭풍 요란해도 제 절개를 굽히지 않는 황국단풍도 어떠헌고. 가을이 가고 겨울이 돌아오면 낙목한천 찬바람 에 백설만 펄펄 휘날리어 은세계가 되고 보면 월백 설백 천지백허니 모 두가 백발의 벗이로구나. 무정세월은 덧없이 흘러가고 이내 청춘도 아 차 한 번 늙어지면 다시 청춘은 어려워라. 어~어~ 어화 세상 벗님네들 이네 한 말 들어보소.」

애심 언니는 창 솜씨가 노련했다. 막힘도 없이 줄줄 외워가며 사철 가를 완창하고 나섰다.

스승님도 흐뭇한 웃음을 머금은 채 북장단을 쳐주었다.

"그래, 그만하면 단가는 되었고, 심청가와 춘향가는 다 익혔지 않 느냐?"

"예. 스승님. 이제 수궁가를 해볼 참이구만요."

"어허! 참으로 자랑스럽다. 진정 이름 있는 명창이 되려면 완창을 할 수 있어야 한다. 외는 것이 힘들지라도 한 바탕의 소리를 온전히 완 창을 할 줄 알아야 그게 진정 소리꾼이다. 토막소리를 배워 명창이 되

려는 것은 나뭇가지로 건물의 기둥을 세우는 꼴과 다름이 없는 일. 나무 한 그루를 보고 숲을 보았다고 하는 사람과 다르지 않다. 토막소리꾼이 명창인 양 창극을 따라다니면서 소리를 팔아 장사하는 것을 보면 우리 소리판의 미래가 걱정이 된단 말이다."

스승은 평소에 늘 진정한 소리꾼이길 강조했다. 그것은 정통 판소리, 완창 판소리로의 지향을 강조했기에 신식소리나 창극조의 소리를 거부했다. 그러면서도 창조적이면서도 새로운 변화, 장단의 다양성을 추구, 질 높은 예술성을 강조했던 것이다.

성음에 있어서도 기본적으로 통성을 구사하는 덜미소리를 기반으로 하고 있다. 때문에 웅장하고 남성적인 소리를 만들어 내면서도 세성(細聲)의 한스러움도 남성적 덜미소리로 발성토록 가르쳤다. 자기만의 고제를 고집하지 않고 끊임없는 변화와 숙고과정을 거쳐 새로운 소리를 창달해가며 제자들을 가르쳤다. 개인의 특성을 살려 사설과 논리적 해명을 가감했으며 감정표현을 상대적으로 부연했다. 제자들을 가르칠 때 함께 앉아 서로 평가해가면서 장단점을 고쳐 나아가는 토론 중심적 수업방식이었다.

"스승님의 고제를 다 익혔으니 이제 백일공부를 떠나 독공을 하고 올라요."

"어디로 가려고 허느냐?"

"저기 화순 이양으로 가려고 하구만요."

"화순 이양이면 고향이지 않느냐?"

"그렇구만이라우."

"어디로 가든 너 할 나름이다. 벌써 너는 완창을 할 수 있도록 사설을 다 외웠고 장단도 익혔으니 백일공부를 하는 것도 무방하다."

"예, 스승님."

애심은 함빡 웃음을 웃고서 고개를 끄덕거렸다.

이렇게 여자들의 소리 사사(私事)가 끝났다. 수양은 얼떨결에 스승님과 처음 만남을 가졌다. 두근거리기만 했던 가슴이 가라앉았다. 소리공부를 어떻게 하는지 대충 알 것 같았다. 앞으로 해야 할 일은 글을 잘 읽고 소리 책을 외우는 것이었다. 수양은 소리 책을 들고 마당으로 나왔다. 책장을 넘겨보았다. 읽고 외는 것이 쉽지만은 않을 것 같았다. 그러나 기어코 외우고 말겠다고 이를 악물었다.

해가 서산으로 기울어들자 엄마가 기다려졌다. 데리러 오실 것이기 때문이었다. 책을 읽다가도 자꾸 대문 쪽으로 눈길이 가곤했다. 예상했던 대로 엄마가 어김없이 대문에 손짓을 했다. 언니들은 산골짜기로 떠나고 없었다. 그날 배운 내용을 연습하기 위해서였다. 이곳저곳에서 북장단과 함께 소리가 들려오고 있었다. 수양은 스승님에게 달려갔다.

"스승님! 안녕히 계싯시오."

"엄니가 데리러 오셨느냐?"

"예."

집 뒤 밭에서 감자를 심고 계시던 스승님은 손을 저으며 어서가라는 신호를 보냈다.

수양은 대문으로 나와 엄마와 함께 한치재로 향했다.

"스승께 어리광을 피우지나 않았냐?"

"아니랑께요. 스승님께서 저보고 이 책을 주심서 읽어보라고 허셨당께라우."

"책까지 주셨단 말이냐?"

"공책과 연필까지 주셨구만요."

수양은 아직도 벅찬 감격에 흥분을 감추지 못하고 있었다.

"책을 주심서 멋이라고 허시드냐?"

"첫 장을 넘겨 읽어보라고 허셨어요."

"그래서 읽었냐?"

"그러믄이라우. 여러 언니들 앞에서 읽었당께요."

"떨리지 않더냐?"

"떨렸지라우. 얼마나 떨리는지 글자가 잘 보이지 않았어요."

아직도 목소리가 떨고 있었다.

"그래도 읽기는 읽었어?"

민순은 못내 궁금한 듯이 물었다.

"더듬거리며 읽기는 읽었어요. 그랬더니 '학교 교문을 넘어본 적이 없으면서도 어떻게 글을 깨우쳤냐' 하고 물으시드랑께요."

수양은 입을 뱅끗거리면서 뿌듯한 표정을 지어가며 말했다. 어린 속으로도 내심 무척 흡족해하는 눈빛이었다. 민순은 우울했던 마음이 싹 가신 채 허공으로 날아갈 듯 기뻤다.

"그래서 뭐라고 말씀드렸냐?"

"엄니가 가르쳐주셨다고 했당께요. 그랬더니 참 장한 일이라고 칭찬을 해 주셨어라우."

수양은 생글생글 웃으면서 깡충깡충 뛰기까지 했다. 민순은 마냥 좋아하는 딸을 보면서 앞으로 좋은 일이 있을 거라는 예감에 이끌렸다. 훌륭한 명창을 찾아왔다는 생각에 가슴이 뿌듯했다.

어린 것은 길을 가면서도 노상 책을 펴들고 걸었다. 첫날부터 스승님의 가르침에 이끌리어 흐뭇해하는 모습을 바라보니 딸이 한없이 기특했다.

집으로 돌아온 모녀는 일찍 저녁을 먹고 글공부를 시작했다. 어린 것은 피곤함도 잊은 채 책을 읽었다. 모르는 글자가 있으면 읽어달라고 기를 복복 쓰며 보채기까지 했다.

소리 책에는 군데군데 한자말이 들어있어서 그 뜻을 헤아리기 쉽지 않았다. 그럴 때면 천자문 책을 꺼내어 찾아주곤 했다. 딸을 위해서 다시 한자공부를 하기로 마음먹었다. 딸을 위하는 일이라면 머리를 뽑아서 신을 삼아준들 아프지 않을 것만 같았다. 밤이 깊도록 책을 읽은 어린 것의 눈에 소르르 졸음이 찾아온 것 같았다. 하품을 해대는 딸을 재우고 나서 그녀는 천자문을 읽기 시작했다. 기어코 딸에게 도움을 주는 엄마가 되고 싶은 마음뿐이었다.

수양은 아침에 일찍 일어나야 했다. 어제보다도 더 빨리 가야 했다. 마루청소를 해야 하기 때문이다. 점순 언니가 했던 것인데 늦게 들어온 수양에게 물려주었던 것. 어려운 일은 아니지만 아침식사가 막 끝나면 제자들이 소리를 배우기 때문에 일찍 청소를 해야 할 곳이었다. 민순은 아주 어두컴컴할 때 일어나 아침을 지었고, 또 다시 점심때 먹으라고 보리개떡과 하지감자 찌는 일도 잊지 않았다. 아침을 먹고 집을 나설 때는 새벽 쪽빛 어둠이 물러가기도 전이어서 어둑어둑했다. 이른 새벽이라 아랫마을에서 새벽닭의 홰치는 소리도 들렸다. 어두운 산모롱이를 돌아설 땐 무섬증까지 일기 시작했다. 금방이라도 산짐승이 불쑥 튀어나올 것만 같았다. 외딴 산길을 돌아들 때는 머리끝이 꼿꼿하기도 했다.

민순은 어린 딸을 끌어당겨 가슴에 품듯 산길을 걸었다. 이내 삼수마을로 넘어들자 동쪽 하늘이 희붐해지면서 날이 밝아지기 시작했다. 한치재로 올라서자 저 멀리 동쪽 하늘에 치자 물을 뿌려놓은 것같이 황등색으로 변해가기 시작했다. 이어 고추장을 발라놓은 것 같은 햇덩이가 바닷물을 헤집고 불기둥처럼 솟구쳤다. 바닷물이 맨드라미 물감을 뿌려놓은 것처럼 붉어지면서 반짝반짝거리기 시작했다. 산 위에서 내려다보는 아침 해돋이는 황홀하도록 아름다웠다. 바쁜 걸음으로 도강재로 달려갔을 땐 스승님 집에서는 아침 식사 중이었다. 그녀는 도랑으로 달려가 걸레부터 빨았다. 이어 대청을 쓸고 닦고 있었다.

"어허 그제 들어온 수양이로구나!"

"예. 사모님."

"아니 그런데 저 곰재 산다면서 벌써 왔단 말이냐?"

화들짝 놀란 모습으로 말했다.

"엄마께서 일찍 데려다 주셨구만요."

그녀는 그다지 대수롭지 않은 일이라는 듯 무색한 표정을 지으며 말했다.

"아침은 먹고 왔느냐?"

"예. 먹고 왔구만요."

"엄니 인상이 참 좋더구만 딸에 대한 정성이 대단하구나. 그런 정성이라면 너를 명창으로 키워낼 것 같다."

생글한 웃음을 머금으며 모녀를 극구 칭찬하고 나섰다. 민순은 칭찬을 들으니 가슴이 뭉클했다. 새삼 엄마에 대한 감사한 마음이 불끈 솟구쳤다. 기어코 명창이 되어 엄마한테 보답하고야 말겠다는 의지가 느껴졌다. 그녀는 틈만 나면 소리 책을 펴놓고 읽고 썼다. 지극한 정성은 책 읽는 솜씨를 일취월장으로 성장시켰다. 도무지 외울 수 없을 것만 같았는데 한 쪽씩 죽기 살기로 매달리다 보니 외워지는 것이었다. 오가는 길에서도, 밤에도 손에서 책을 놓지 않았다. 수양은 심청가를 외우면서 스승님 앞에서 사사(師事) 받은 지 어느덧 넉 달이 되어가고 있었다.

"너는 정성이 지극하여 뜻을 이룰 수 있겠다."

스승은 그녀의 실덕을 볼 때면 칭찬을 아끼지 않았다.

"작은 개미가 탑을 쌓듯이 어린 것이 하루도 거르지 않고 정성이 대단하구만이라우."

제자들도 한결같이 입입이 칭송을 아끼지 않았다. 수양은 칭찬을 들을 때마다 가슴이 뿌듯해지면서 기분이 좋았다. 알게 모르게 심청가를 다 외우고 있을 때였다.

"수양아! 너는 다른 사람과 달리 일찍 한문공부를 시작해도 쓰겄다."

하지만 수양은 한자만은 자신이 없었다. 엄마가 천자문 책을 들척이며 가르쳐주긴 했지만…….

"스승님 한문도 공부해야 허능가요?"

"그럼. 한문을 모르면 소리공부를 할 수 없는 법이란다. 입으로만 하는 것이제. 소리는 입으로 하는 것이 아니라 마음으로 해야 하는 것이다. 사람은 사람으로서 마땅히 지켜야 할 도리가 있다. 옛날 선비들의 가르침이 모두 소리 속에 녹아들어 있단다. 삼강오륜(三綱五倫)과 수신제가(修身齊家)의 마음까지도 말이다. 소리를 하려거든 논어와 맹자 그리고 명심보감과 소학은 읽어야 하는 것이다. 이를 모르면서 소리를 한 사람은 수박을 거죽부터 먹은 사람과 다를 바 없는 것이다."

스승은 조목조목 자상하게 말해주었다.

"스승님! 열심히 헐께요."

"그래라. 명창이 되려면 그런 마음을 가져야 허는 것이다. 처음부터 할 수 있다고 맘을 먹으면 할 수 있는 것이다. 하늘 아래 뫼인 태산도 한 걸음부터 올라야 하고, 티끌도 모으면 태산이 되는 것이다. 너는 기어코 해낼 것이다."

수양은 칭찬을 들으니 좋았다. 칭찬을 듣기 위해서라도 열심히 하고 싶었다.

그녀가 한치재를 넘어 다닌 지도 어언 넉 달이 지났다. 스승은 그녀에게 직접 한자까지 가르쳤다. 천자문 책과 화선지에 붓과 먹까지 사주었다. 날마다 부수, 필순, 음, 훈까지 가르쳐주고 소리 책에 나온 글자를 찾아 읽게 해주었다. 스승은 화선지 위에 먹물을 갈아 붓으로 직접 필순에 따라 써 보이며 따라 써 보도록 했다. 산길을 오가면서도 스승님께서 써주신 글자를 읽고 손바닥에 써보기도 했다. 밤이면 엄마와 함께 한자를 써가며 공부했다. 이렇게 글공부를 시작한 지 두 달이 지나고 있을 때였다.

"글공부는 끝이 없는 것이다. 게을리하지 말고 날마다 조금씩 하도록 해라. 이제 다음으로 해야 할 일은 장단을 익혀야 헌다. 소리를 배울 때 가장 중요한 것이 장단이라고 생각하면 된다. 음은 다소 틀리는 한이 있어도 장단이 틀리면 안 되는 것이 소리니라."

스승은 북을 들고 장단을 쳐 보였다. 그리고는 북신이 들렀다는 북바위로 데리고 가 장단을 외워가며 치는 법을 가르쳐주었다. 혼자 하는 것보다 함께하는 것이 재미있다고 해서 점순이랑 같이 하도록 했다.

둘이는 날마다 아침 청소만 끝나면 북바위로 달려갔다.

"느그들 명창이 될라믄 이 바위에 정화수를 떠놓고 빈 다음에 장단을 치란 말이다."

먼저 들어온 애심이 언니가 다가와 진지한 태도로 말해주었다. 바위 뒤편 오목하게 팬 곳을 지적해주며 샘에서 물을 떠다가 올려놓고 비손부터 하라고 일러주었다. 둘은 가르쳐준 대로 정화수를 올려놓고 꼭 득음을 해서 명창이 되게 해달라고 빌었다. 두 손을 모아 빌 때면 마음이 한결 진술해지면서 의욕이 솟구쳤다. 그들은 날마다 비손을 하고나서 땀이 나도록 북장단을 쳐댔다. 둘이서 맞춰가는 손장단은 흥을 돋워주고 실감을 느끼게 해주었다.

그녀가 도강재로 들어간 지 일곱 달이 지나가고 있을 때였다. 때는 시월로 접어들어 가을걷이가 끝나고 온 들판이 황량하고 을씨년스러웠다. 산에는 울긋불긋 단풍이 물들고 낙엽이 떨어지고 있었다. 수양은 그날도 부침새를 머릿속으로 그려가며 심청가를 끝내고 춘향가를 외우며 장단연습에 빠져 있을 때였다.

"수양아! 그동안 고마웠다."

애심 언니가 북바위까지 다가와 손을 잡고서 헤어짐이 못내 서운하다는 표정을 지었다. 수양도 언니와 이별이 무척 아쉬웠다. 그토록 애처로운 감정을 느낀 적이 별로 없었다. 인정이 많아 동생들을 잘 가르쳐주고 이끌어주었던 맏언니였던 것이다. 믿고 따랐던 언니가 이제 홀로 떠나간다고 했다.

"언니! 꼭 가셔야 돼요?"

수양은 눈물을 울컥거리며 목이 메는 소리로 말했다.

"그럼, 이제 독공을 하러 떠나가야제."

애심은 서글픈 미소를 지어가며 말했다. 못내 아쉬운 듯 눈가에 이슬이 맺혀들었다. 곁에 있던 점순은 손등으로 눈물을 닦아내었다. 애심은 동생들의 손을 꼭 잡아주면서

"나중에 또 만날 수 있응께 그때 만나자. 스승님 말씀 잘 듣고 열심히 배워 꼭 만나도록 하자."

"예, 언니."

"그런데 언니는 지금 어디로 가시는 건가요?"

"웅, 이제 백일공부를 떠나기로 했다."

"백일공부라니요? 그것이 멋이다요?"

수양은 들어보긴 했지만 잘 모른 탓에 호기심이 가득 찬 눈빛으로 물었다.

"이다음에 너도 가야돼. 득음을 하러 가는 것이야."

"득음요?"

"그럼. 이제 사설을 다 익혔으니 좋은 목소리를 얻는 것이란다. 좋은 목소리를 얻어야 명창이 되는 것 아니겠냐? 스승님 앞에서 득음을 하고 싶지만 마음묵은 대로 안 되드라. 그래서 절로 떠나기로 했다."

애심은 만면에 밝은 미소를 지어가며 다짐하듯 말했다. 눈빛에는 굳은 결의 같은 것이 서려 있었다. 민순은 이제야 득음이라는 것을 알 수 있을 것만 같았다.

"득음을 하려면 꼭 절로 가야 허는가요?"

수양은 아직도 궁금한 것이 많았다. 나중에 해야 한다는 부담감이 궁금증을 자아내게 했던 것이다. 자신도 걸어야 할 길인 것도 같아 자세히 알고 싶었다.

"절이나 제각 아니면 외따로 떨어진 바위굴로 가서 소리만 하면서 백 일을 보내는 거란다. 꼭 그런 것은 아니지만, 아무래도 혼자 가서 소리에 전념하면 쉽게 득음할 수 있단다. 사람이 많이 있는 곳에서는 시끄러워 피해를 주는 것이제."

"어디로 가실 건가요?"

"내가 살았던 곳으로 갈란다. 이양에는 쌍봉사란 절이 있어. 그곳으로 가고 싶어서."

애심 언니는 화순군 이양면에서 온 사람이었다. 도강재에 들어온 지 4년 만에 백일공부를 위해 떠나간다고 했다.

"백일공부를 하지 않으면 명창이 못 되는가요?"

수양의 궁금증은 조금도 사그라지지 않았다. 알고 싶은 것이 있으면 뿌리를 쏙 뽑아내야만이 심성이 풀리는 것이 그의 성미였다. 여태껏 듣고만 있던 점순이 훌쩍이던 눈물을 멈춘 채 한 다리를 끼어들고 나섰다.

"앗따! 스승님께서 말씀하셨잖혀. 독공을 해야만이 울대가 째지면서 쉬지근한 소리를 낼 수 있다고. 그것뿐잉가? 명창이 될라믄 자신만의 독특한 소리를 가져야 한다고 누차 말씀하셨잖냐? 나도 빨리 독공이나 갔으면 좋겠다. 언니는 얼마나 좋을까이."

점순은 침을 꼴딱꼴딱 삼켜가며 넉살을 떨었다.

"득음을 할라믄 목에서 피가 넘어온다면서라우?"

점순은 자못 두려운 눈초리로 바라보며 물었다.

"그럼. 목구멍이 터져서 피가 나온 사람들이 많제. 그렇다고 죽는 것은 아닝께 걱정할 것까지는 없고. 토하지 않고 그냥 득음한 사람들도 많단다."

애심은 생그레 웃으며 점순의 손목을 꼭 잡아주며 말했다. 하지만 민순은 가슴이 철렁했다. 혹시 피가 넘어와 죽지 않을까 두근거렸다.

"그럼 나중에 보자."

애심은 손을 흔들며 발길을 돌렸다. 수양과 점순은 떠나가는 언니를 향해 허리를 구부려 인사를 하면서 손을 흔들어주었다. 수양은 자꾸 눈에서 눈물이 맺혀들었다. 형제간 없이 살아온 수양은 친언니처럼 따랐던 언니와 이별이 너무 아쉬웠다.

백일공부를 하는 까닭은 득음을 위한 것이면서도 자기만의 소리를 갖기 위한 과정의 하나를 두고 이른 말이다. 소리를 처음 배울 때는 누구나 스승의 전승을 배우게 된다. 이를 기초로 해서 백 일 동안 새로운 변이를 창조해가기도 한다. 득음은 좋은 목소리를 얻는 것이기도 하지만, 자기만의 독특한 음색을 갖는 것이기도 하다. 성대를 무리하게 사용하게 되면 목이 쉬고 상처가 나기 마련이다. 그런데도 계속 반복하게 되면 상처는 아물어가면서 성대는 흉터투성이가 된다. 소리꾼들은 이런 상태로 소리를 낸다. 그래야만이 자기만의 음색으로 창을 할 수 있다. 그러나 득음을 하기란 쉬운 일이 아니다. 성대에 상처를 내고 아물어지도록 소리공부를 한다는 것은 뼈를 깎는 고통이나 다름없는 일이다.

애심 언니는 득음을 하고 나면 다시 돌아오겠다고 말했다. 언니가 떠나가고 나자 여자는 세 사람이었다. 점순 언니는 도강재에 들어온 지 벌써 이 년이 다 되었지만 한글을 늦게 깨우친 탓에 한글을 배우고 있었다. 읽음마저 더듬거렸다. 때문에 장단솜씨도 늦을 수밖에 없었다. 반면 늦게 들어온 수양은 모든 것이 빨랐다. 지극정성으로 도와준 엄마 덕분에 빠른 진척을 보였던 것이다. 점순은 수양에게 뒤 떨어지자 늘 짜증을 내곤 했다. 이렇게도 어둔하냐고 혼잣소리로 푸념을 늘어놓기도 했다. 자기는 바보라고 자조하며 씁쓸하게 웃을 때가 많았다. 그럴 때면 수양은 민망스러우면서도 엄마가 가르쳐주기 때문이라고 안심시키려 들었다.

어느덧 겨울이 돌아왔다. 눈이 오면 한치재는 오르내릴 수가 없었다. 바닷가라서 눈이 내리는 경우야 드물지만 땅 고드름이 솟아오른 비탈길은 무척 미끄러웠다.

"수양아! 겨울에는 춥고 미끄러워 재를 넘기 힘드니 열흘 만에 한 번씩 오도록 해라. 그 대신 집에서 할 것을 내가 정해주겠다. 알았느냐?"

스승님은 빙그레 웃으며 인자롭고 다정하게 말했다.

"예. 스승님. 집에서도 열심히 할께라우."

"그럼! 명창이 되려면 피가 터지고 뼈를 깎는 고통이 뒤따르는 법이란다. 그것을 이겨내는 자만이 되는 것이 명창이란다. 내가 봤을 때 수양이 너는 이름 있는 명창이 될 것 같다."

스승은 언제나 입에 칭찬을 달고 살았다. 항상 제자들에게 다정다감하게 다가와 기를 살려 주려 애를 썼다.

수양은 이미 심청가 사설을 줄줄 외웠다. 나오는 한문도 거침도 없이 읽혀 뜻도 알 수 있었다. 겨울에는 춘향가 사설을 외우는 데 집중하라고 스승님께서 가르쳐주셨다. 심청가를 반복하며 장단 치는 것도 잊지 말라고도 일러주셨다. 수양은 추운 겨울을 집에서 보내며 소리 공부를 했다. 잠시도 게을리하지 않았다. 항상 곁에는 엄마가 있어 도와주었다. 사설을 외는 데는 물론이고 장단까지 맞춰주었다.

어느덧 설이 지나고 이월 영등달이 돌아왔다. 수양은 또다시 도강재로 다니며 소리공부에 정성을 쏟았다. 도강재에는 겨울에도 소리를 배우려는 사람들로 발길이 멈추지 않았다. 저 멀리 한양에서 온 사람도 있고, 전라북도에서 온 이도 있었다.

32
고절한 인품과 학식으로
숭앙받은 명창 정응민

이월 영등달이 하순으로 저물어 들 무렵이었다. 점순과 수양이 허궁다리에서 소리연습을 하고 돌아올 때였다. 스승님 집 대문에 이르렀을 때였다. 낯선 사람 두 사람이 대문 안으로 고개를 내밀며 집 안을 살피고 있었다. 한 사람은 나이가 지긋하고 코밑수염을 길게 기른 어른이었고, 또 다른 이는 자주색 댕기를 늘어뜨린 아직 앳된 처자로 보였다.

"누구싱가요?"

점순이 얼른 앞으로 다가가 물었다.

"말 좀 물어도 되능가? 혹시 이 집이 정 명창 집이 맞능가?"

유난히 둥글넓적한 얼굴에 까무잡잡한 남자가 코밑수염을 어루만지며 반말로 묻는 것이었다. 아직껏 한 번도 본 적이 없는 사람이었다.

"맞구만이라우."

"아이고 맞게 찾아 왔는개비다."

남자는 문패를 바라보고서 한시름을 놓았다는 듯 안도의 한숨을 내쉬었다. 곁에는 시커먼 반달눈썹에 소 같은 왕방울 눈을 가진 처자가 만면에 웃음을 지어보였다. 맷돌만큼이나 둥글넓적한 얼굴에다 너럭바위를 달고 다닌 것마냥 광대뼈가 도드라진 여자였다. 얼굴이 차돌처럼 빤질빤질하기도 했다.

"명창을 만날 수 있능가?"

남자는 점순을 향해 말을 던졌다. 만나게 해달라고 부탁을 청하듯 말했다. 점순은 쉽게 대답을 하지 못하고 집 안만 넌지시 들여다보았다.

"워매! 귀는 놔뒀다 보리흉년에 삶아 묵을 것잉가?"

남자는 그 순간을 참지 못하고 화롯불에 밤 튀는 소리를 내질렀다. 그들은 깜짝 놀라며 눈길을 끌어당겼다.

"잠깐만 계셔보싯시오잉. 스승님께 말씀 드리고 올께라우."

점순이 얼른 계단으로 뛰어 올라갔다. 두어 계단을 오르다 말고 마음에 내키지 않은 것이 있는지 뒤를 돌아보고서

"누구라고 말씀드려야 허능가요?"

"저기 남평에서 소리를 배우러 온 최달수라고 전하게."

목소리가 생뚱맞기 그지없었다.

"쪼끔만 기다리시오잉."

점순은 알았다는 듯이 고개를 까불까불거리며 계단을 올라 안채로 갔다.

"누구나 소리를 배울 수 있능 것잉가?"

그는 수양을 바라보며 나지막한 목소리로 물었다. 그러나 수양은 알 수 없는 일이었다. 그것은 오직 스승님께서 하시는 일이고 자기완 상관없기 때문이었다. 그때 점순이 계단 앞으로 다가와 소리쳤다.

"수양아! 손님 모시고 이리 올라와. 스승님께서 기다리고 계신당께."

"알았어요. 언니."

수양이 앞장서 계단으로 올랐다. 두 사람은 수양의 뒤를 따랐다. 스승님께서는 벌써 대청마루에 나와 계셨다. 점순 언니는 토방으로 가 있었고 까불까불 손짓을 해댔다.

"스승님! 모시고 왔구만이라우."

"모시고 들어오너라."

"들어오라고 허십니다요."

수양은 공손하게 두 사람에게 말했다. 그는 고맙다고 고개를 까딱거리고는 당당하게 뒤를 따라 들어왔다. 스승님께선 벌써 앉은뱅이책상 앞에 앉아 계셨다. 대청으로 들어간 점순과 수양은 허리 숙여 인사부터 드렸다. 손님도 목례를 했다. 명창은 나이 지긋한 어른을 보고는 자리에서 일어나 목례로 예의부터 갖추었다.

"이리로 앉으시지요."

명창은 모두에게 방석이 놓인 자리를 권했다. 바닥에는 푹신푹신한 방석이 깔려있었다.

남자는 도포자락을 뒤로 젖히고는 발을 개고 앉았다. 처자도 그 옆으로 가서 가지런히 무릎을 모은 채 단정히 앉았다.

"소리를 배우고 싶다고 허셨능가요?"

"그렇네."

"누가 배우실 것인가요?"

"내 생질이 배울 것이구만."

그는 곁에 있는 처자를 가리키며 말했다. 처음 본 사람인데도 반말 짓거리로 빈정대듯 말했다. 그러나 명창은 가부간 내색도 없이 공손하게 말했다.

"어디서 오셨능가요?"

"저 나주 남평이란 곳을 아능가?"

"잘 모릅니다요."

"광주에서 기차를 타고 오면 화순 못 미친 곳이 남평이제."

"그 먼 곳에서 오셨단 말입니까요?"

명창은 흠칫 놀라며 그를 바라보았다.

"그렇네."

"어떻게 여길 알고 오셨능가요?"

"내가 소리를 무척이나 좋아하지. 작년 가실에 내가 사는 고을에 '임방울과 그 일행'이라는 공연을 한다고 해서 조카자식을 데리고 구경을 간 적이 있었네. 어쩌나 쑥대머리를 잘허든지 한번 배워보고 싶었지만 나이가 들었으니 어쩔 수 없는 일 아니겠능가? 다행이 이 애가 내 생질인디 지도 소리를 배워보고 싶다고 허기에 데리고 왔구만. 얼굴도 이만 허면 어디다 내놓아도 부족함이 없을 것이고, 몸매도 이뻐서 춤도 잘 출 것 같고. 소리만 배우면 이름 난 배우가 될 것 같아서 데리고 왔제."

그는 시치름한 표정을 지어가며 말했다. 길지도 않은 반백의 코밑수염을 쓱쓱 어루만지는 것이 교만스러워 보였다. 말과는 달리 둥글넓적한 얼굴에 부리부리한 눈과 도드라진 광대뼈로 봐서 예쁜 곳이라곤 없어 보이는데도 자랑을 해대었다. 다만 훤칠하게 빠진 늘씬한 몸매로 봐서 춤을 추면 예뻐 보일 것 같았다. 명창은 아무 내색도 없이 듣고만 있다가

"그 창극을 보고서 소리를 가르치고 싶었다 그 말인가요?"

"집안사정이야 여기서 말하긴 싫네. 먼저 한 가지 물어보겠네. 명창이라면 소리를 가르칠 수 있을 테니 내 조카에게 가르쳐 줄 수 있겠능가? 보성엘 가면 명창이 소리를 가르친다고 해서 잊지 않고 있다가 따뜻한 봄에 가보자 하고 데리고 왔으니."

그는 방자한 어투로 다그치듯 묻고 나섰다.

"소리를 배우고 싶다고 허면 마다할 이유가 없지요. 하지만 저는 창극배우를 길러내자고 소리를 가르치는 사람은 아니요."

"창극배우를 가르치지 않는다는 것은 무슨 뜻잉가? 창극배우가 소리꾼이제."

"제가 가르치는 것은 정통 소리꾼이지 창극이나 따라다니는 토막소리꾼이 아닙니다."

"어허! 명창이란 것들이 멋잉가? 굿판 광대를 두고 한 말 아닝가? 정통소리꾼은 어떻고 토막소리꾼은 또 어떻다는 것잉가? 그놈이 그놈이것제."

비꼬는 듯 눈치를 힐끔힐끔거리며 게두덜거렸다. 남의 심사는 헤아리지도 않은 채 절로 터진 입이라고 함부로 야물야물거리는 모습이 무척 경망스러워 보였다. 마치 비위짱을 긁어대러 온 사람마냥 이말저말 너주레하게 지껄여대었다. 남의 집 안방에까지 들어와 양반자랑을 해대는 꼴을 보면 염통에 털이 난 사람이 아니고서야……. 하지만 명창은 대꾸는커녕 표정 하나 바꾸지 않았다. 반말 짓거리에 모멸스러운 비아냥거림까지 참아가면서 묵묵히 듣고만 있었다.

"가만히 봉께 양반 광대가 나셨구만! 그래서 못 하겄다 그 말잉가?"

"저는 신식 소리나 창극을 하자고 소리를 배우러 온 사람에겐 가르칠 수는 없소. 거기다가 생질이라면서요? 어찌 부모님께서 데리고 오시지 않으셨능가요? 소리를 배워도 된다고 허락은 허시든가요?"

명창은 자신의 소신을 굽히지 않은 채 단호하게 거절하고 나섰다. 특히 임방울 명창의 세속화된 소리에 회의를 느끼고 정통 소리, 완창의 소리를 고집하면서 제자들을 가르치고 있었기 때문에 최달수의 건의를 들어줄 수 없었다.

"앗따! 그것은 남의 집 가정사이니 묻지 말소."

그는 은근히 불안한 눈길을 거두지 않은 채 손사래를 치며 말했다. 그를 바라본 명창은 의심의 눈길을 감추지 못하고 쳐다보았다. 갈수록 의구심이 칡넝쿨처럼 배배 꼬여가는 기분이었다. 까닭을 알 수 없는 명창은 고개를 갸우뚱거리며

"외삼촌과 부모님은 엄연히 구별되는 것이 아니겠소?"

"그건 당연하제. 하지만 그까짓 소리 좀 배우는디 뭐가 그리 대단하다고 꼬치꼬치 따지고 달려드능가? 생질잉께 못 데리고 올 사람도 아니지 않능가? 거두절미하고 가르쳐줄 수 있겠능가?"

툭 비어져 나온 눈망울을 번들번들 돌려가며 다짜고짜 추궁하듯 말했다. 말끝을 물고 늘어지는 것으로 봐서 뭔가 말 못할 사연을 감추고 있는 것 같기도 했다. 흐트러짐 없는 몸가짐으로 소문난 명창이 그냥 넘어갈 리가 없었다. 아주 근엄히 일장 훈계를 하듯 말했다.

"듣자 하니 부모님 허락이 없었던 것 같구만요. 아직은 나이가 어린 것 같은데 그것은 온당치 못한 일이지 않소? 이웃 동네에서 왔다고 해도 배우는 일에는 부모님의 허락이 있어야 하지 않겠습니까? 하물며 남평에서 오셨다면서 부모님께서 허락이 없어서야……."

"그까짓 소리 좀 배우는디 뭐가 그리 대단하다고 시시콜콜 따지는 것잉가?"

"저는 이제껏 부모님 허락 없이는 어린 사람에게 소리를 가르쳐본 적이 없소."

차분한 목소리로 담담하게 소신을 피력했다. 그는 허탈한 심정을 가누지 못하고 탄식을 하듯 한숨을 내쉬었다. 분심(忿心)에 불을 당겨준 꼴처럼 비쳤다.

"양반이 하자고 허면 그대로 헐 일이지 무슨 말이 그렇게도 많은가?

외삼촌도 부모와 다름없는 것인디 도둑놈을 옆구리에 끼고 사는 사람 같구만. 사정이 여의치 않아 부모 몰래 데리고 왔으니 꼬치꼬치 따지지 말고 하자는 대로 가르쳐주소."

눈꼬리에 칼날을 세운 것처럼 눈망울을 모로 틀어 흘겨보며 말했다. 흥분을 가라앉히지 못하고 얼굴이 벌게지면서 오만상까지 찌푸렸다. 하지만 명창은 조금도 흐트러짐이 없었다. 오히려 잘못된 일을 따끔하게 충고해주고 싶은 듯 채근하고 나섰다.

"부모님 허락도 받지 않고 어떻게 남의 자식을 데리고 있겠소? 저는 그런 짓을 할 수는 없소. 정 배우고 싶다면 부모님께서 오셨으면 합니다."

"어허! 걱정도 팔자구만. 내가 부모 대신 방도 얻어줄 것이고 돈도 대줄 것잉께 걱정 말랑께."

"공자님께서 말씀하시길 부모재(父母在) 불원유(不遠遊)하며 유필유방(遊必有方)이라 하셨소. 부모님 살아 계실 젠 멀리 가서 놀지 말며, 설령 가더라도 반드시 방문하는 장소를 남겨두라고 하셨지 않습니까? 그런데 이 멀리까지 오면서 부모님 몰래 왔다면 나는 허락해줄 수 없소."

구구절절 마음에 와 닿는 말로 조금도 거침없다는 듯 단호하게 거절하고 나섰다. 명창은 산자락을 훑고 내려온 음산한 바람을 맞은 사람처럼 일각에 얼굴이 굳어져 버렸다. 올곧은 성품의 소유자요 한눈팔지 않고 오직 지고지순하게 소리 하나만을 위해 걸어온 명창으로서 도저히 묵과할 수 없는 일이었다. 솔직히 생질인지조차 알 수 없는 일. 남의 자식을 데려다 창극배우로 만들고 싶어 하는 사람들이 간혹 있었기 때문이다.

"어허! 시방 나한테 문자를 쓰는 것잉가? 듣자 듣자 하니 무엄하고 방자하구만. 양반 앞에서 감히 공자님 함자를 들먹이며 타이르려 들다니. 소리를 가르쳐달라고 했더니만 서당 훈장님 노릇을 하려 드는구만. 이래 봬도 나는 엄연히 낭주최씨 27대 손으로 양반 중 양반인 걸 모르능가? 문자는 격에 맞는 사람이 써야제. 소리꾼은 소리꾼다운 말을 해야제 감히 나에게 공자님 말씀을 나불거린단 말잉가? 우리 고조할아버지께서 참의 벼슬까지 하셨으니 나만큼 양반 핏줄을 받고 태어난 사람은 없을 것이네."

그는 분에 찬 듯 입술을 씰룩거렸다. 입귀에 허연 게거품을 부질부질 모아가면서 혓바닥에 독가시가 든 것처럼 게걸스럽게 내뱉었다. 마치 아물어든 상처의 딱지를 억지로 뜯어낸 것처럼 안면도 구겼다. 하지만 명창은 표정 하나 변하지 않았다.

"보자 허니 나를 가르치려 드는구만. 나도 소싯적엔 글깨나 읽은 사람이네. 백정이 양반행세를 하면 동네 개가 짖는 법이네. 소리꾼이 글을 읽으니 양반을 가르치려 드는구만. 양반은 얼어 죽을지라도 짚불은 안 쬐는 것인디 시방 나를 가르치려 드능가?"

달수는 가살스러운 눈웃음을 쳐가며 비꼬는 어투로 격한 소리를 내질렀다. 소리는 점점 커지면서 바깥으로 새어나갔다. 밖에서 그 소리를 들은 점순이와 수양이 대청 문틈으로 들여다보고 있었다. 스승님께 삿대질을 하는 모습을 보고 잔뜩 겁이 났다. 이내 발을 동동 구르며 안절부절 어찌할 바를 몰랐다.

"언니! 어떻게 해?"

수양이 점순을 향해 숨 가쁜 소리를 내질렀다.

"수양아 너 여기 꼼짝 말고 지키고 있거라잉. 가만히 있어서는 안 될 것 같단 말이다. 내가 가서 오빠를 데리고 올 것잉게 스승님을 지켜보고 있어라. 혹시 내가 갔다 오는 사이 스승님을 때리기라도 하믄 죽자 살자 달려들어 물어뜯기라도 해야 쓴다. 스승님을 지켜드려야제. 알았지야?"

수양은 초조하고 다급한 마음에 고개만 끄덕끄덕거리고 말았다.

점순은 통통거리며 계단을 내리달렸다.

"언니. 빨리 모시고 와야 돼."

말이 떨어지기도 전에 점순은 날아가듯 허궁골로 내달렸다. 그곳에는 남자들이 득음을 위해 소리연습을 하고 있었다. 혼자 남은 수양은 애가 타기 시작했다. 그동안 스승님께 아무런 일이 없기만을 바랄 뿐이었다. 대청에서 날아든 소리는 점점 도를 더해가고 있었다.

"공짜로 소리를 가르쳐 달라고 허는 것도 아니고 명창 대접을 안 해 준 것도 아닌데 사람을 그렇게 무시하려 드는가? 나주에서 새복 밥 묵고 물어물어 찾아왔는디 그렇게 모멸차게 대해도 되는 것잉가?"

말투가 점점 사나워지면서 삿대질까지 해댔다. 생긴 얼굴만큼이나 괴팍한 성미인지는 몰라도 한번 구긴 얼굴을 펼 줄 몰랐다. 그러나 명창은 마치 돌부처처럼 곧게 앉아 듣고만 있었다. 눈을 지긋하게 감은 채 아랑곳하지 않았다.

"진정하시지요. 한마디 말을 가지고 노할 것까지야 없지 않소? 너무 서운하게 생각하지 마십시오. 저희 집에 오신 손님에게 미안합니다."

명창은 공손히 사과까지 점잖게 말했다. 하지만 그는 주먹을 움켜쥐고 벌떡 일어섰다.

"듣자 하니 병주고 약을 주는 것이네. 시방 양반을 놀리는 것이여? 워매 시상이 조금 나아져서 그러제 소리꾼이 감히 양반한테 가르칠라고 하다니. 신식 창극배우면 어떻고 아니면 어떨 것이여? 그것이 그것이제. 소가 웃을 일이구만."

그는 입술을 삐죽이며 비웃기까지 했다. 그래도 명창은 꼿꼿한 자세로 흐트러짐을 보이지 않았다.

"진정하시라니까요."

"진정하라니? 소리꾼이 무슨 벼슬이라도 되는개비구만. 양반이 허자고 허면 고분고분 따라야 하는 것이제, 시방 시비곡절을 따져보자 그 말잉가?"

갈수록 가자미눈으로 흘겨보면서 핀잔을 늘어놓는 꼴이 가관이었다. 그때 대문 쪽에서 발걸음 내닫는 소리가 퉁퉁퉁 들려왔다. 수양은 일단은 안심이 되었다. 문틈으로 보이는 이는 유식이 오빠와 장규 오빠였다.

계속해서 달수는 경멸에 찬 눈길로 명창을 째려보며 언성을 높였다. 분을 삭이지 못한 것 같았다. 잠시 마루문이 열리면서 유식과 장규가 들이닥쳤다. 스승님을 보고는 공손하게 인사부터 예의를 표했다. 그러나 얼굴에는 독기가 서려 있는 것 같았다. 혈기왕성한 유식은 숨을 씨근덕대고, 장규는 이를 바드득바드득 옥물었다. 당장이라도 덜렁 들어 바깥마당에 내동댕이칠 태세였다. 하지만 스승님 앞에선 정결하게 처신을 해왔던 터라 함부로 하지 않았다. 스승님의 눈치만 힐끗힐끗 살피며 처분만 기다리는 눈치였다.

"워매! 떼거지로 몰려들어 행패를 부릴 참잉가?"

그의 양반위세는 조금도 수그러들지 않은 채 당당했다. 붉힌 낯으로 볼멘소리를 흘리고 있었다. 그때 유식이 아랫입술을 으드득 내려 물고는 그에게 달려들었다. 치밀어 오르는 억울함을 더는 견디기 힘든 눈치였다.

"양반 상놈이 없어진 지 언제인디 지금 와서 행패를 부리는 것이요. 손맛을 조금 봐야 쓰겄구만."

유식은 손바닥에 침을 뱉어 쓱쓱 비벼가며 본때를 보여줄 태세였다.

"아니어! 절로 터진 입이라고 말을 함부로 허는구만. 이차에 주뎅이를 고쳐줘야쓰겄네!"

장규도 우악스러운 목소리로 거들고 나섰다. 분을 삭이지 못한 그들이 달려들려고 하자 왕방울 눈을 휘굴리며 긴장하는 눈빛이 돌기도 했다.

"워매! 우리 스승님이 어떤 분인 줄도 모르고 왔능개비네. 일본 순사도 우리 스승님한테는 굽실거렸고, 그 포악했던 인민군 빨갱이도 고개를 숙였는디 감히 어디서 반말질이여? 쎄바닥이 반 도막잉가부네? 어른도 못 알아보는 이런 자식은 혼쭐이 나봐야 안당께."

유식이 주먹뺨이라도 한 대 후려칠 것처럼 달려들었다. 장규는 험상궂게 얼굴을 일그러뜨리며 멱살을 거머쥐려 덤벼들었다.

"이게 무슨 짓들이냐? 당장 물러서라."

언짢은 표정을 짓고 있던 스승이 호통을 치고 나섰다. 제자들의 행태가 썩 마음에 내키지 않는 눈치였다. 스승의 표정을 힐끔 훔쳐본 그들이 곧장 뒤로 물러섰다.

"어허! 개는 인사가 싸움이라고 하더니, 역시 소리꾼은 다르구만."

달수는 여전히 당돌한 말을 내깔렸다.

"유식아, 악인이 선인을 꾸짖거든 대꾸하지 말라는 가르침을 잊었느냐? 대꾸하지 않으면 마음이 맑고 한가하나, 꾸짖는 자는 입에 불이 붙는 것처럼 뜨거워지는 것이다. 그것은 하늘에 침을 뱉는 격이 되어 도리어 자기 몸에 떨어지는 것과 다름없는 것. 배웠으면 행하는 것이 바른 도리거늘 무슨 무뢰한 짓을 하려드는 것이냐?"

스승은 위엄에 찬 어조로 무례한 행동을 점잖게 나무랐다. 그들은 스승의 꾸짖음에 그만 고개를 숙였다.

"예. 스승님."

스승은 늘 지행일치를 강조했다. 날마다 소리공부를 시작하기 전에 소리꾼으로서 본분을 다하라고 늘 가르쳐왔던 것. 명창에게 배운 제자들은 하나같이 소리를 배우기 전 논어와 소학 그리고 명심보감을 흠송(欽頌)하였다. 하루 일과를 시작할 땐 어김없이 한 구절을 독송하고, 끝마칠 때도 마찬가지였다. 때문에 정응민 명창 밑에서 소리를 공부한 사람들은 효와 열의 윤리적 가치를 먼저 익혀나갔던 것이다. 명창은 이렇게 먼저 사람다운 사람이 되어야 한다고 강조했다. 양선(良善)한 마음을 터득하고 이를 실천해야 한다고.

"스승님! 저희들이 잘못했구만이라우. 지들을 무시하는 것은 참겄는디 스승님한테 그런 것은 죽어도 못 참겄당께요."

장규가 게두덜거리듯 말했다. 아직도 치미는 화를 누르지 못하고 최달수를 힐긋대고 건너다보았다. 유식은 고개를 푹 숙인 채 용서를 청하는 표정을 지어보였다.

"유식아! 왜 배운 것을 실천하지 못하느냐? 태공이 말하길 무엇이라 했다고 배웠느냐?"

"예. 물이귀기이천인(勿以貴己而賤人)하고, 물이자대이멸소(勿以自大而蔑小)하며, 물이시용이경적(勿以恃勇而輕敵)이라고 하였습니다요."

유식과 장규는 똑바로 서서 합창을 하듯 또박또박 말했다.

"그 말이 무슨 뜻이냐?"

"예. 스승님. 나를 귀하게 여김으로 남을 천하게 여기지 말고, 자기가 크다고 남의 작은 것을 업신여기지 말 것이며, 용맹을 믿고서 적을 가볍게 여기지 말라는 것이구만요."

그들은 조금도 틀림없이 외우고 있었다.

"그래 잘했다. 배운 것을 몸소 실천하지 못하면 무슨 소용이 있겠느냐? 진정 소리꾼이 되려고 한다면 참는 법부터 배워야 하는 것이다. 그리고 배웠으면 행실로 옮기는 것은 말할 것도 없고 언행에 있어서도 마찬가지다."

명창은 제자들의 경거망동을 보고 지청구를 쏟아내었다. 명창은 지행일치를 이루지 못하면 차라리 배우지 않은 것만 못하다고 엄격하게 가르쳐왔던 것이다. 올곧은 성품의 소유자였기에 수많은 제자들을 가르치고 있었던 것이다.

"배우고 실천하지 못한 소리꾼을 뭣이라 부른다고 했느냐?"

명창의 노여움을 계속되고 있었다.

"토막소리꾼이라고 하셨습니다요."

"토막소리꾼이 되고 싶으냐?"

"아닙니다요. 스승님. 가르침 명심하겠습니다요."

명창은 성에 차지 않은 듯 끝까지 못마땅해 하면서 따지듯 물었다. 그것은 일종의 가르침이었다. 진정한 소리꾼답게 그의 허물을 용서하고 관용(寬容)을 베푸는 일이기도 했다. 길이 아니거든 가지 말고 말이 아니거든 탓하지 말라는 것을 다짐해두고자 함이었다.

잠시 후 마당에는 제자들로 가득 차고 말았다. 모두들 점순의 말을 듣고 소리연습을 하다 말고 달려온 것이다. 제각기들 서서 웅성웅성 얘기를 주고받고 있었다. 하나같이 분함을 참지 못하고 서운함을 토로하는 것 같았다.

달수는 쥐죽은 듯 숨을 죽이고 있다가 양심에 가책을 느낀 듯 놀란 토끼 눈을 하며 어리둥절한 표정을 지었다. 명창의 눈치를 흘금흘금 살피기도 했다. 명창의 점잖은 기품에 놀란 기색을 보이더니 술을 마신 사람처럼 얼굴이 벌그죽죽해지기 시작했다.

양반이라고 도도했던 기세가 한풀 꺾이는 것 같았다. 아까까지만 해도 살을 에는 바람처럼 냉갈령을 뿌려대더니 무한함에 수박만 한 머리통을 푹 수그렸다.

"어르신께서는 임방울 명창의 공연을 보셨다고 했지요?"

비 맞은 삼베옷처럼 단박에 풀이 죽어 소곳이 앉아 있는 달수를 향해 명창이 먼저 말을 걸고 나섰다. 갑자기 질문을 받은 달수는 곰방대로 목덜미를 한 대 얻어맞은 사람처럼 어리둥절한 표정을 지었다. 고개를 들어 이리저리 눈치를 살살 살피기 시작하더니 금시 어눌한 사람처럼 말을 더듬는 척하다 어물어물 말꼬리를 흐리기 시작했다.

"예에에. 그랬구만이라우."

머쓱한 눈빛으로 사람들을 힐긋거리며 겸연쩍은 웃음을 멋쩍게 흘렸다. 일순간에 반말을 걷어치우고 나선 그의 모습은 웃음을 자아내기에 부족함이 없었다. 사람들은 헤죽헤죽 웃음을 터뜨렸다. 명창도 웃음이 절로 나오지만 참을 수밖에 없었다.

"저도 임방울 명창을 잘 알고 있소. 참말로 쑥대머리를 잘하지요. 그래서 창극의 귀재라고 부르는 사람이요. 당대의 명창임에 틀림없는 사람이요."

명창은 임방울 명창을 치켜세웠다. 타고난 천구성과 수리성으로 일제 강점기 민족의 애환을 노래한 임방울 명창. 하지만 그도 정응민 명창에게 소리를 배웠으면 한이 없겠다고 말했던 터였다.

"임방울 명창의 공연을 보러 갔을 때 들었당께요. 보성에 가며 대명창이 소리를 가르친다고 헙디다. 그분한테 배우면 임방울처럼 이름난 배우가 된다고 하드랑께요. 그래서 조카를 데리고 왔구만이라우. 그런디 훌륭하신 명창을 몰라 뵙고 교만을 떨었으니 죽을죄를 지었구만이라우. 용서허시고 지 조카를 받아주시면 안 되겠습니껴?"

달수는 애원에 절은 목소리로 사정을 해대었다. 호기심에 찬 눈빛으로 명창 앞으로 바싹 다가와 사정을 하였다.

"솔직히 말씀드릴께라우. 지 조카는 타고난 성음이 좋고 배우지 않
았는데도 춤 하나는 기생보다 더 잘 춘당께요. 그래서인지 꼭 임방울
명창 같은 배우가 되는 것이 지 소원이 되어부렀구만요. 집안이 어렵
고 해서…… 요모조모 생각 끝에 그쪽으로 나아가는 것이 좋을 것 같
구만요. 우리 매형이 인물 잘난 데다가 허우대 또한 멀쑥하게 잘생겨
한량으로 살아왔었지요. 증조부께서 고을원님까지 하신 탓에 물려받
은 재물만도 많았지라우. 천석꾼 부자라고 했는디 하도 술을 좋아해
서 그 좋던 살림살이가 거들이 나불었다요. 처자식은 안중에도 없이
날마다 곤드레만드레 곤죽이 되도록 술만 마시고 있단 말이요. 오죽
했으면 외삼촌인 지가 나서서 데리고 왔겠소? 지금 나이가 열세 살잉
께 딱 어울릴 나이것지라우. 여기서 배우는 삯은 지가 부담할 것이구
만요. 명창님께서 불쌍한 이 하나 살려준 셈치고 도와주시면 죽어도
그 은혜 잊지 않겠구만요."

쇠 방울눈을 이리저리 굴려가면서 비진사정을 해댔다. 마치 입술이
터지도록 이를 악물며 다짐도 잊지 않았다. 얼굴에는 비장한 각오가
칼날처럼 서려 있었다.

눈을 감고 가만히 듣고 있던 명창이 지그시 눈을 뜬 채 알았다는 듯
고개를 끄덕였다. 이제껏 소리를 배우고 싶다는 사람을 물리치는 경
우가 한 번도 없었던 터여서 얼굴에는 난감한 빛이 역력했다.

"다시 말하지만 저는 창극을 위해 소리를 가르치지 않소. 소리를 배
워 굿판이나 뛰어다니는 것을 나는 바라지 않습니다. 인기를 끌기 위
해 소리를 배우다 보면 소리다운 소리를 할 수 없는 것이지요. 집을 나
와 떠돌아다니면서 소리를 팔며 살아가는 장사치 소리꾼을 나는 좋아
하지 않습니다. 소리는 우리 민족의 삶과 생활에 깊이 뿌리박고 있는

전승예술문화이기 때문에 정통소리를 가르치고 있지요."

명창은 자신의 소신을 조금도 구김 없이 당당하게 피력하고 나섰다. 명창은 어린 시절 백부님을 따라 한양에서 한문과 소리를 익힌 후 전문연예인들과 원각사를 중심으로 활약했다. 백부님이 돌아가시고 나서 고향으로 돌아온 명창은 서편제 소리의 비조 박유전 국창에게 물려받은 소리를 창조적으로 변화시켜 예술성 높은 보성소리를 일궈내었다. 보성소리는 음악적 구성이 치밀하고 섬세하며 다양한 부침새를 쓰는 것이 특징이다. 통성의 덜미소리를 중요시하여 다양한 기교를 개발하였다. 고향을 떠나지 않고 세속에 묻혀 지내며 제자들을 길러내는 데 혼신의 힘을 다하고 있었던 것이다. 무엇보다 명창은 수많은 제자들에게 윤리성을 바탕으로 소리를 전수하면서도 자신은 한없이 겸허함을 보여 주는 진정한 교육자였다.

"지가 뭘 알것습니까요? 토막소리가 뭣인지 잘 모르지라우. 그저 남 앞에 서서 창도 허고 춤을 출 수 있도록 배우기만 하면 더 바랄 것 없당께요."

애원해대는 달수의 눈빛이 몹시 간절해 보였다. 허리춤을 잡고 비진사정이라도 하려는 듯 애달픈 하소연을 쏟아내었다. 그러나 명창은 단호했다.

"소리를 배운다고 하는 것은 뼈를 깎는 아픔이 따르는 것인데 강요할 수는 없는 것이요. 소리를 하게 되면 일생 소리를 하며 살아가야 하는 것이요. 때문에 부모님의 말씀을 들어봐야 되겠지요. 남의 여식을 함부로 받아줬다가 잘못되기라도 한다면 어떻게 할 것이요? 내 비록 소리를 배우겠다고 찾아온 사람을 물리치지 않았으나 부모의 허락 없이는 가르칠 수는 없소."

진지하면서도 신중함이 배어난 어조로 말했다.

"그러면 부모님을 모시고 오면 되능가요?"

"일단은 그것이 도리이지 않겠소. 과년에 찬 여식인데……."

분위기는 점점 숙연해지면서 긴장 속으로 빨려 들어가고 있었다. 한바탕 호된 나무람을 당한 달수는 머쓱한 표정으로 넋을 잃은 듯이 몽롱한 시선으로 바라보다가

"명창님! 즈그 아부지가 나설 형편이 못 되어 그렇습니다요. 가르쳐 만 주신다면 그 보답이야 톡톡히 해드릴 텡게 한번만 봐주시지요."

하염없이 사정을 하고 나섰다. 그러나 명창은 일언 대꾸도 없이 생글생글한 미소를 입가에 매달았다.

"저는 소리를 가르치면서 단 한 푼도 보상을 받아본 적이 없소. 앞으로도 소리를 가르치는 삯은 받지 않을 것이오. 오직 소리를 익혀 훌륭한 명창이 되어 우리 전승예술을 잘 이끌어 가길 바랄 뿐이오."

올곧게 외길을 걸어온 명창답게 겸손하면서도 당당했다. 표정에서부터 소리에 대한 열정과 신념이 물씬 피어나고 있었다.

"그럼 공짜로 가르치신단 말잉가요?"

달수는 의외롭다는 듯 고개를 비틀어가며 눈을 부릅떴다.

"나는 먹고사는 데 지장이 없는 사람이오. 소리를 배우겠다고 찾아온 어려운 총생들에게 돈을 받을 순 없소. 소리를 위한 일이라면 이보다 더한 일도 도와줄 것이오."

명창은 마치 모든 것을 초월한 사람처럼 담담한 표정으로 말했다. 후덕하면서도 고상한 인품이 물씬 풍겨들었다. 소리를 향한 열정과 신념이 확고하게 드러나고 있었다.

소리를 교훈적이고 윤리적으로 품위 있게 이끌어 정대한 소리를 만드는 데 앞장선 사람이었다. 흥보가는 사설이 비속하다 하여 아예 가르치지도 않았다는 점에서 명창의 올곧은 성품을 읽을 수 있다.

"명창님 지가 잘못했구만요. 솔직히 이렇게까지 인품이 후덕하신지 몰랐지요. 배움도 없는 주제에 조상을 팔아 양반행세를 하고 다닌 지가 부끄러워 몸 둘 바를 모르겠습니다요. 과연 명창님은 훌륭하시구만이라우. 명창님 말씀을 들어보니 염통에 고름 든 줄은 모르면서 손톱눈에 가시 든 줄만 알고 살았구만이라우. 무례하기 짝이 없는 이놈을 용서해 주싯시오."

달수는 벌떡 일어나 명창 앞에 무릎을 꿇고 용서를 청했다. 처음부터 무례하게 굴었던 자신의 잘못을 진솔하게 털어놓았다.

"괜찮소. 무릎까지 꿇어야 할 잘못은 아니었지요. 솔직히 우리 소리꾼들을 잘못된 시각으로 보는 경우가 많았지요. 그러나 우리들은 묵묵히 소리만 하면서 남을 즐겁게 해주고 있지요."

명창이 손님과 실랑이를 하다 보니 때는 이미 석양 무렵이었다. 창문으로 비치는 서쪽 하늘에 구름들은 뻘그죽죽히 물들어가고, 햇덩이는 기우스름히 그 속으로 파고들 태세였다.

"오늘은 이미 날이 저물어 집으로 일모도궁(日暮途窮)에 맞닥뜨렸으니 여기서 유하시고 내일 날이 밝거든 떠나도록 허싯시오."

명창은 자신을 찾아온 사람이면 누구를 막론하고 따뜻하게 맞이해 줄 뿐 아니라 인격적으로 대해주었다. 낮은 신분임에도 뭇 사람들로 숭앙받은 까닭이 여기에 있었다.

우리나라에는 수천 년 동안 반상의 차별이 이어져온 것은 다 아는 사실이다. 1894년 갑오개혁으로 인해 신분제가 공식적으로 혁파되었지만 하루아침에 사라지지 않았던 것. 때문에 일제 강점기만 해도 양반과 상인이라는 인습이 엄연히 존재했던 것이다. 비록 명창이라고 하지만 소리꾼들은 화척(禾尺)·재인(才人)·백정(白丁)·사당(社堂)·무격(巫覡)·창기(娼妓)·악공(樂工)과 같이 광대(廣大)라고 해서 낮은 신분에 속해 있었다. 때문에 양인들은 그들을 함부로 대하는 경향이 있었던 것이다. 그러나 명창은 뛰어난 학식의 소유자일 뿐 아니라 인품 또한 고결하여 고장에서 으뜸으로 숭앙받은 인물이었다. 그를 상대해본 사람은 그의 학식과 인격에 감화되지 않을 수 없었다고 말해 왔다. 일제 강점기 때부터 소리를 가르쳤으나 일본순사도 함부로 대하지 못했다는 것. 그 혹독한 여순반란 사건과 6·25동란 때도 인민군마저도 그를 숭앙했다고 했다. 그의 고결한 인품과 학식에서 우러나온 덕망으로 사람들을 감복시켰기 때문이다.

...... 수양이 도강재를 다니면서 소리 공부를 시작한 지도 일 년 하고도 석 달이 지나갔다.

계절은 청초 우거진 가절(佳節)이었다. 녹음방초에서 들려오는 산새들의 지저귐은 아름다운 자연에 대한 찬가였다. 유독 새들의 낙원으로 이름 난 활성산. 자정골은 산새들의 우짖는 고운 노랫소리의 경염(競艶)장으로 빠져든 느낌이었다.

아침저녁으로 엄마의 손을 잡고 한치재를 넘어 소리를 배우러 다닌 수양은 벌써 심청가는 물론 춘향가 사설을 다 외워가고 있었다. 산길을 오르내리면서도 잠시도 멈출 줄 모르는 그녀의 지극은 하늘이 감동하고도 남을 정도였다. 엄마가 곁에서 보조를 맞춰주면서 온갖 정성을 쏟아준 탓도 있지만 소리에 대한 어린 것의 열정은 대단했다. 그 바탕에는 훌륭한 스승의 가르침이 있었기에 가능한 일이었다. 스승은 날로 일취월장해가는 그녀를 대할 때마다 입이 닳도록 칭양해 주었다. 그럴 때마다 그녀는 하늘을 나는 기분이었고 얼굴에는 흐뭇한 미소가 넘쳤다.

열심히 소리공부를 하는 딸을 바라본 엄마 민순의 마음은 더욱 기뺐다. 오직 낙이라곤 딸이 소리공부를 하는 것밖에 없는데 스승으로부터 칭찬을 들을 땐 세상에 부러울 게 하나 없었다. 자기가 이루지 못한 꿈을 딸이 이뤄주는 것 같아 그보다 고마울 수 없었다. 열네 살 어린 나이에 집을 나온 것도 오직 명창이 되고자 함이었는데 일제의 만행에 짓밟혀 뜻을 이루지 못한 그녀는 오직 딸에게 희망을 걸 뿐이었다. 딸이 명창이 되는 일이라면 자신의 몸과 마음을 다 바칠 작정이었다. 날마다 급경의 이십 리 비탈길을 오르내리는 것도 마냥 즐거웠다. 그것만이 아니었다. 딸 몫으로 빌려준 논농사를 손수 지어왔다. 품을 앗을 수 없는 까닭에 혼자서 들일을 했다. 쟁기질 대신 논바닥을 파서 뒤집고 고르는 일까지 손톱이 닳도록 일을 해야 했다. 못자리에서부터 모내기며 논메기까지 손수 할 수밖에 없었다. 때문에 봄부터 여름까지 종일 논에서 살다시피 했다.

33
득창이 징용에서 돌아오다

　계절은 어느덧 모내기철이 돌아왔다. 낮이 가장 길다는 하지가 닷새 앞으로 다가왔다. 민순은 그날도 홀로 모내기를 하고 있었다. 일을 하다 말고 해거름이 다가오자 그녀는 곧장 한치재로 달려갔다.

　그런데 햇덩이가 서산마루에 한 뼘 남짓 걸려있을 때 활성산 마루에 올라 지난날을 더듬는 이가 있었다. 노을 진 석양을 바라보며 자홀에 빠져들면서도 땅이 꺼지도록 한숨을 내쉬기도 했다. 지난날 감회에 젖어들면서 눈언저리에 이슬까지 맺혀들고 뼈아픈 회한이 진하게 배어 있었다. 자정골을 바라보며 흘리는 눈물은 지난날 쌓인 정회(情懷)의 사무침. 흘러간 세월의 무게를 이겨내지 못하고 초췌한 몰골이 되어 돌아온 이는 허름한 감색양복에 손때 묻은 가방을 들고 나무지팡이에 몸을 의지하고 있었다. 다리를 절뚝절뚝 절면서도 옛 정분을 되돌리려 사방으로 눈길을 흩뿌리기도 했다.

　눈길 안으로 들어온 제암산에는 임금님 바위가 하늘에 매달린 채 구부정 내려다보고, 남해의 거친 바닷바람을 병풍처럼 막고 있는 사자산과 삼비산도 옛 모습 그대로였다. 어둠 속으로 빨려 들어가는 일림산 산마루를 바라보았다. 원한이 뼈에 서리서리 사무쳐 있는 곳. 목장으로 오르던 대흔동 뒷산길이 석양의 그늘에서도 어렴풋이 드러났다. 일순간 설움이 땅가시넝쿨처럼 휘휘친친 뒤엉켜들면서 하염없이 눈물샘을 자극하기 시작했다. 흐르는 눈물을 감당할 수 없는 그는 길섶 돌무지에 덥석 주저앉아 도드라지게 툭 튀어나온 망가진 무릎뼈를 만져보면서 억분(抑忿)을 한숨으로 달랬다. 토해본들 하릴없는 짓, 한번 실수는 병가(兵家)의 상사(常事)라고 했는데 도장 한번 잘못 찍은 죄가 이렇게도 클 줄이야. 십삼 년이 넘도록 지옥 같은 타국생활을 하게 될 줄은 정말 몰랐던 것이다. 명창이 되고자 하는 아내의 꿈을 산산수포로 만드는 비탄의 사연이 될 줄이야. 지난날의 회포에 잠긴 그는 금방이라도 비탈진 언덕 아래로 굴러 떨어져 죽고 싶은 심정 그대로였다. 만감이 교차하면서 지난 일들이 마치 하늘의 별처럼 머릿속에서 반짝거리기 시작했다. 북장구를 짊어지고 이사를 오던 일에서부터 북을 들고 장마당으로 뛰어다니며 굿판을 벌이던 일…… 아내와 초례청에 마주서 맞절을 하던 일…… 봄나물을 뜯어 저자로 달려가던 일이며 국화빵을 가슴에 품고 달려오던 추억…… 일림산 목장에서 징용지원 도장을 찍던 일…… 헌병보조원에 잡혀 끌려가던 일들이 머릿속에서 서로 매닥질을 시작했다. 생각하면 생각할수록 쓰라린 운명 같은 사연들이 주마등처럼 눈앞을 스쳐지나가는 것. 그는 한참동안 가슴 뭉클한 추억에 빠져들다가 지팡이를 터덕거리며 돌너덜길을 내려 걸었다. 햇덩이가 저녁노을과 숨바꼭질을 하다가 서산마루를 슬그머니 넘어다 볼 때 발길은 자정골 산지기 집에 닿아 있었다. 어둑어둑해진 산골 하늘에 뻐꾸기 한 마리가 애타게 울면서 어디론가 날아가고 있었다. 가슴을 짓찢고도 남을 만큼 슬픈 비곡으로 다가온 것이다. 그 늘진 슬픔을 대신 노래해주는 새. 아내를 두고 타국으로 떠나야 했던 비통함을 노래해주고는 활성산 우금목으로 향하고 있었다.

십 년이면 강산도 변한다고 했는데 자정골만은 옛적 그대로였다. 아내가 아직껏 살고 있는지조차 의심스러울 뿐이었다. 연약한 아녀자의 몸으로 외진 산골에서 기다려 줄 것이라는 예감을 버린 지는 이미 오래되었지만, 그러나 반딧불보다 가물가물한 작은 희망의 빛이 몸의 한구석을 비추고 있었다. 생사의 갈림길에서 사투를 벌이며 찾아온 것도 그 불빛이 있었기에 가능한 일. 고국을 떠난 뒤 지금까지 단 하루도 아내를 잊어 본 적이 없었다. 그러나 그것은 아집에 사로잡힌 어리석음이나 다름 아니었다. 옹졸하고 편협한 자신의 잘못을 아내에게 전가시키는 비겁한 행위에 불과한 짓이었다. 이루지 못할 꿈에 취해 타국으로 끌려간 주제에 무슨 낯짝으로 기다려주길 바라겠는가?

빈대 낯짝만큼도 못한 불고염치. 아내는 부인이기 전에 이미 한 여자이거늘 기다려 줄 거라는 것은 한 여자의 운명에 질곡을 채워놓고 그것도 모자라 혹심한 징벌까지 더해준 꼴이나 마찬가지였다. 자신의 과욕으로 말미암아 사지로 끌려가 놓고 욕심을 채우려 드는 외틀어진 고약한 심보임에 틀림없었다. 극빈만 남겨놓고 떠난 주제에 기다림의 희망을 바라보는 자신이 증오스러웠다. 젖살이 오르기도 전에 집을 떠난 아비가 무슨 낯짝으로 아들의 얼굴을 맞댈 수 있을까? 설령 처자식이 기다리고 있다 할지라도 염통에 털이 난 놈이 아니고서야……. 망가진 몸으로 아내를 지켜줄 힘도 능력도 이미 다 잃은 처지여서 오히려 부담스러움으로 다가올 뿐이었다. 세상살이는 원인이 있으면 반드시 그에 상응하는 낙고(樂苦)의 결과가 있기 마련인데……. 돌이켜 생각해보면 헌병보조원이 되어 고대광실 기와집에서 쌀밥에 고기반찬으로 살고 싶은 자신의 과욕이 빚어낸 인과응보였던 것이다. 사람의 눈에 욕심이 끼어들면 앞이 보이지 않는다는 옛말이 틀림없었다.

터무니없는 욕심은 인간을 파멸로 몰아간다는 것을 몸소 뼈저리게 겪었던 것이다. 그러나 아직도 마음 한구석에 아내에 대한 욕심이 남아있다는 생각에 자신이 불쌍했다.

이제 진실 된 마음으로 되돌아가자고 자신을 채근했다. 그것은 고국으로 돌아오고자 했던 진정한 명분이기도 했다. 아버지 묘소를 참배하지 않고서는 눈을 감을 수 없었기에. 아버지의 묘소가 있을 활성산을 바라보니 이제 죽어도 여한이 없을 것 같았다. 천고에 없는 불효자식이 용서를 청하고자 사투를 벌이며 고국으로 돌아왔던 것이다. 용서를 비는 것만으로도 가슴이 뿌듯하고 마음은 한결 홀가분해졌다. 천고의 한이었던 참배를 이루고 나면 그럭저럭 한세상 떠돌다 죽어도 더 미련은 두지 않기로 작정을 하고 현해탄을 건넜던 것이다. 다리 밑에 까대기 하나 쳐놓고 살더라도 근신하는 맘으로 살기로 마음먹었다. 집도 절도 없이 떠나갔던 터여서 등짝 붙이고 살 것이라고는 언감생심 꿈도 꾸지 않았다. 모든 것을 땅바닥에 내려놓고 살자고 또 다시 채근해보지만 그래도 마음만은 허허로웠다. 그리운 고국 땅이라 할지라도 못내 마음은 심히 괴로웠다.

사립문으로 다가섰다. 예전과는 달랐다. 대나무를 쪼개 엮어 만든 사립문은 보이지 않고 두꺼운 송판으로 튼튼하게 짠 대문이 시선을 끌어 당겼다.

잡혀가던 그날의 울울한 심회가 가슴을 짓찢어 오르며 울컥거렸다. 엄청난 참화를 가져오게 했던 곳에 이르니 뜨거운 인두로 지짐질해대는 것처럼 앙가슴이 화끈거리기 시작했다.

달아오른 가슴에서 조바심마저 일며 다리가 후들후들 떨렸다. 심장의 고동 소리가 거칠어지면서 쿵쿵 가슴팍을 두드렸다. 은연중 아내를 한번 불러보고 싶은 비겁한 마음이 솟구쳤다. 그러면서도 슬그머

니 들여다보고 다시 나와야 한다는 망설망설도 마음 한구석으로 파고
들었다.

이윽고 십삼 년 만에 마당으로 들어섰다. 집은 옛날 그대로 변함이
없었다. 마당에는 보릿단이 수북하게 쌓여있고 하지감자 무더기가 눈
에 띄었다. 아내가 지은 농사라고는 도저히 믿기지 않았다. 문득 불길
한 예감이 머릿속을 휘젓기 시작했다. 아내가 없다고 해도 서운해하
지 말자고 속다짐을 해두었지만 막상 현실 앞에선 감정마저 예민해지
고 있었다. 사람 마음처럼 간사스러운 것이 없다고 하더니만 일순간
세상의 허무와 절망의 나락으로 빠져드는 느낌. 멍한 허탈감 속에서
집안을 들여다보고 있을 때 백발이 성성한 노인이 부엌에서 바가지를
들고 나왔다. 허리가 낫처럼 굽어진 노인은 사람이 온 것조차 알아차
리지 못하고 샘으로 가고 있었다. 말순 할머니도 아니고 여우동 할머
니도 아니었다. 전혀 보지 못했던 노인은 귀가 어두운 것 같았다.

노인이 샘물을 바가지에 떠들고 돌아서는 순간이었다. 마당가에 사
람이 서 있는 것을 알아차리고서 이내 소리쳤다.

"누구요."

몸을 흠칫하더니 화들짝 놀라며 소리쳤다.

"저 말씀 좀 물읍시다."

"누구냐닝께?"

묻는 말은 아랑곳하지 않은 채 째지는 목소리로 매몰차게 내뱉었
다.

"혹시 여기 살던 성음이 엄마는 어디로 이사를 갔는가요?"

득창은 떨리는 목소리로 나직이 물었다. 하지만 노인은 알아듣지
못한 것 같았다.

"누구냥께 귀가 묵었소?"

96

되레 노성(怒聲)을 쏟아내며 면박을 주고 나섰다.

"지는 성음이 아빠구만요."

득창은 있는 힘을 다하여 고성대언을 토해내었다.

"뭐라고요? 성음이 아빠라고 했소?"

"예. 그렇구만요."

노인은 고개를 갸웃거리며 눈초리를 움찔거렸다.

"일본으로 징용 가갔고 죽은지 산지 모르다고 허든디 오셨능가라우?"

"예."

"워매, 십 년이 넘도록 소식도 없드니만 살아와서 참말로 다행이요."

득창은 노인에게 가까이 다가갔다.

"그런데 여기 살던 성음이 엄마는 다른 데로 이사를 갔능가요?"

귀에 대고서 큰 소리로 물었다. 낯선 노인이 집에 있다는 것만도 불길한 징조임에 틀림없었다. 새로운 산지기가 들어온 것으로 보였다. 그렇다면 아내는 쫓겨났든지 아니면 예감대로 자기만의 삶을 위해 그 어디로 떠나갔으리라……. 마음속으로 다짐을 하고 왔지만 막상 현실 앞에서는 그 허탈한 심정이야 이루 말할 수 없었다. 떡심이 풀리면서 하늘이 무너져 내리는 기분이었다. 삶의 방향은 말할 것도 없고 의지마저 꺾인 채 머릿속이 텅 비어버린 것이었다. 아내가 없으면 어디론가 정처 없이 떠나고 싶은 감정만 몽클하게 피어올랐다. 가다가 죽더라도 발길을 돌리자고 입술을 옥물고 있을 때

"아니어라우. 여기 살고 있어라. 날마다 눈이 빠지도록 기다리드만 참말로 잘했소."

노인은 그간의 사정을 허심탄회하게 털어놓았다. 그는 일각에 꿈인

지 생시인지 분간하기 어려운 미궁의 세계로 빠져든 기분이었다. 분명 앞에는 노인이 서있고 활성산이 보이는 것으로 봐서 현실임을 알아차린 순간. 눈물이 핑 돌면서 정신도 몽롱해지기 시작했다. 심장에서는 두방망이질이 시작되고 아내의 잔상이 눈앞에서 맴돌았다. 등골을 타고 흘러내리는 짜릿한 전율이 흥겨운 북장단이 되어 날아들었다. 삶의 굴레를 벗겨주는 것이었고, 생의 의미를 돌려주는 것이었다.

그러나 한편으로는 그는 자책에 빠져들기 시작했다. 자신이 너무 옹졸했다고 여긴 소견머리가 정수리를 짓눌렀다. 아내의 진실 된 마음을 알아주지 못한 자신이 너무 용렬스러웠던 것이다. 순간마다 뱀처럼 간교스러운 생각을 한 자신이 너무 부끄러워 고갤 떨구었다. 불구자가 되어 돌아온 자신을 원망하면서 비탄의 한숨도 내쉬었다. 아내의 고결(高潔)한 지절(志節)앞에 자신이 너무 비천(卑賤)해 보였다.

"지금은 어디 갔능가요?"

그는 떨리는 목소리로 다시 물었다.

"올 때가 되었구만이라우."

"어딜 갔는디요?"

"날마다 딸 소리공부 시키는디 데려다 주고 데리러 다닌당께요."

딸이라는 말에 그는 짐짓 놀라지 않을 수 없었다. 또다시 우렁이 껍질 속으로 빠져 들어간 느낌이었다. 어슴푸레 짙어가는 땅 거미와 같은 미궁 속. 도무지 알 수 없는 딸이라는 말이 귓속을 흔들어대었다. 전신에 피가 멈춰버린 듯 머리가 핑 돌면서 현기증이 나기도 했다. 그 이면에는 필시 무슨 곡절이 있을 거라는 예감이 머릿속을 뚫고 지나가면서도, 따져 물을 계제도 아니어서 그는 그만 말허리를 돌렸다.

"어디로 데리고 다닌답디여?"

"저기 회천 영천 도강재로 다닌다고 헙디다."

"이제껏 할머니랑 같이 살아 왔능가요?"

분명 아내가 산다고 해놓고 낯선 노인이 집에 있는 것이 무척 궁금했다.

"나는 우리 영감하고 여기서 살고, 성음 어매는 저기 기와집에 산당께라우."

그제야 감을 잡을 수 있었다. 이곳 산지기로 새로운 노인이 들어와 있음을 알 것 같았다.

"집에 가서 기다리싯시오. 때가 다 되어 금방 오겠소."

노인은 바가지에 물을 떠들고 부엌으로 들어갔다. 득창은 마음을 질정할 수 없었다. 가슴 한복판에 다시 불덩이 같은 지짐질이 시작되는 것 같았다. 그는 다리를 절뚝거리고 기와집으로 갔다. 기와집은 어둠 속으로 빨려 들어가고 있었다. 어둠 속에서 어슴푸레 드러난 모습은 옛날 그대로 변함이 없었다. 아내와 함께 북장단을 치며 소리를 하던 옛 생각이 안개처럼 몽실몽실 피어올랐다. 아내에 대한 애달픈 정감이 벼락같이 솟구치기도 했다.

어느덧 어두움이 처마 밑까지 짙게 깔려왔다. 숲에서 산새들이 푸드덕푸드덕거리며 잠자리로 찾아드는 것 같았다. 예전과 다름없이 산골짜기에 흐르는 물소리가 산속의 적막을 두드리고 있었다. 그는 방에도 들지 못하고 마루 끝에 걸터앉아 활성산만 바라보았다. 어둠의 그늘로 숨어드는 산은 새까만 숯덩이로 변해가고 있었다. 산 위에는 무수히 많은 별들이 서로들 반짝거렸다. 옛날에 보았던 그 별들이었다. 어둠이 짙어지자 별들은 금방이라도 쏟아질 것처럼 눈을 깜박거리며 돌아온 그를 반겨주는 것 같았다.

잠시 사립문 쪽에서 발자국 소리와 함께 도란도란거리는 목소리가 들려왔다. 득창은 가슴이 벌떡벌떡 뛰기 시작했다. 말로 표현할 수 없는 감정의 불길이 가슴을 달구기 시작했다. 태산 같은 중압감이 숨통마저 옥죄면서 심장이 펄떡펄떡 뛰었다. 발자국 소리가 점점 가까이 다가오면서 나직한 목소리가 귀청을 뒤흔들었다. 분명 아내의 목소리였다.

"할머니 다녀왔구만이라우."

아내가 노인에게 다녀왔다는 인사부터 하는 것 같았다.

"아이고메! 왔어! 왔드랑께."

노인이 숨이 꼴깍 넘어갈 것 같은 목소리로 소리쳤다.

"오다니요? 누가 왔어라우?"

"워매! 자네 서방이 왔당께. 얼마 전에 와서 집으로 갔단 말이시. 어서 가봐."

"뭐라고라우? 남편이 왔다고요?"

"그랬당께. 성음이 아빠라고 허드랑께."

아내는 발걸음을 내딛지 못하고 그 자리에서 멍하니 서 있었다. 아마도 무망중에 들었던 것인지 무척 당황스러워 경황이 없는 것 같았다. 남편이 돌아왔다는 소식은 그녀에게 하나의 충격으로 다가왔던 것. 아내도 무척 기다리고 있었음을 알 수 있었다.

잠시 기와집 쪽으로 멍하니 눈길을 뿌리고 서 있다가 이내 정신을 가다듬고서 발걸음을 뗐다. 득창은 마루 끝에 앉아 아내를 바라보고 있었다. 아내가 앞으로 다가와도 너무 감격스러운 나머지 입이 떨어지지 않았다. 머릿속은 고무풍선처럼 텅 비어버리고 입마저 굳어버린 탓에 물끄러미 바라만 보고 있었다.

"여보! 성음 아빠."

아내는 경경(哽哽)한 목소리로 애통히 부르며 다가왔다. 벅찬 감격을 감추지 못한 채 오열하는 목소리였다. 눈물이 질금질금 흘러내려

볼을 적시고 있었다. 득창은 복받치는 감정을 억누를 수 없었다. 아내와 재회를 하리라곤 꿈에도 생각 못했던 것인데. 믿기지 않던 일이 실상으로 다가온 것이다. 지고지순한 아내의 숨결이 가슴팍으로 파고들었다. 아내는 북받치는 감정을 달래지 못하고 가슴에 얼굴을 묻은 채 껵껵 울고 있었다. 둘이는 한참을 부둥켜 안고서 벅차오르는 심회를 누르지 못했다.

"여보! 성음 엄마. 여태껏 가지 않고 지키고 있었구만."

그는 아내의 볼 위로 흘러내리는 눈물을 쓸어가면서 울먹이듯 말했다.

"가긴 어디를 간다요? 당신이 올 날만 눈이 빠지도록 기다리고 있었구만. 그 무슨 서운한 말을 허는 것이요? 반드시 돌아올 것이라 굳게 믿었당께요."

민순은 애잔한 눈빛으로 바라보며 그동안 다져왔던 심회를 털어놓았다. 아내의 목소리는 간장을 설설 녹이고도 남았다. 순간 자탄의 숨소리가 가슴팍을 두드리면서 심장을 옥죄었다.

"나는 떠나가고 없을 거라고 생각했제."

"그런 소리 마싯시오. 자나 깨나 당신만 기다리고 사는 사람한테 그 무슨 섭섭한 말을 허요?"

"이 산골에서 뭘 묵고 살았능가? 굶어죽지 않고?"

"옛말이 맞습디다. 산 입에는 거미줄 치지 않는다는 말이요. 살다봉께 그냥저냥 버텨지더구만요."

"당신이 살아 있다는 것이 꿈만 같당께. 전쟁에도 살아남았다니 이건 하늘의 도움이 아니고서야."

"나는 당신이 살아 돌아온 것이 더 꿈만 같구만요. 징용 간 사람이 해방이 되어도 돌아오지 않으면 죽었을 거라고 허드랑께요. 그래서 포기하고 있었구만요. 그런디 어떻게 했기에 이제사 돌아왔소?"

"죽을 고비를 여런 번 넘겼제. 뜻이 있으면 길이 있다고 허드니만 그것이 사실이더구만. 기어코 가겠다고 마음을 먹은께 길이 생기드랑께."

"워매! 다행이요. 해방이 된 지 8년이 지나도록 돌아오지 않아서 인자 포기하고 있었지라우. 죽은 줄이나 알면 제사라도 지내줄 것인디, 소식을 알 수 없으니 애만 태웠지요."

민순은 울먹이면서 그동안에 쌓였던 만단회포를 털어놓았다.

"여보! 나를 용서해줄 수 있능가?"

"용서라니요? 꼭 살아온다는 약속을 지켰는디 용서는 무슨 용서다요?"

민순은 살가운 정이 넘쳐나도록 얼싸안으며 소리쳤다.

"당신이 기다리고 있을 거라고 생각을 못했구만. 솔직히 그래서 늦게 왔당께."

"말도 안 되는 소리 그만 허싯시오. 자나 깨나 당신만 기다리고 살았는데 그 무슨 섭섭한 소리를 자꾸만 해대는 것이요?"

"미안해. 여보. 내가 생각이 짧았당께."

득창은 아내를 힘주어 껴안았다.

"우리 성음이는 어디 갔능가?"

그는 처음부터 아들이 보이지 않자 몹시 궁금했던 것이다. 꿈에서도 잊을 수 없던 하나밖에 없는 아들이 너무 보고 싶었다.

"저기 순천으로 갔구만요. 비석공장에서 묵고 자며 기술을 배우고 있어라우."

"비석공장에서?"

"예. 집을 나간 지 벌써 이 년 되었구만요."

"집엔 안 오고 거기서 사는 것잉가?"

"한 달에 한 번씩은 왔다 갑디다. 하도 멀어서 자꾸 올 수 없다고 허 든디요."

득창은 가슴이 미어지도록 아팠다. 아들만은 기어코 학교에 보내겠 다고 맹세를 했던 것인데 비석공장으로 보냈다는 말에 그만 가슴팍을 도려내는 아픔이 밀려들었다.

"얼른 방으로 들어갑시다. 내 얼른 밥 해 갖고 들어갈 께라우."

민순은 몸을 일으켜 세우면서 남편을 채근하고 나섰다. 그 순간 마 루 끝에 지팡이가 세워진 것을 바라본 민순은 괴이한 생각을 감출 수 없었다. 어딘지 모르게 서있는 남편의 자세가 불안정하면서도 힘이 없어 보였던 것이다.

"여보! 이것은 무슨 지팡이당가요?"

민순이 슬픈 표정을 지으며 물었다. 아직은 젊은 나인데 지팡이를 짚는다는 것이 이상스러웠던 것이다. 그동안 말 못할 사연이 있었음 을 직감하는 눈치였다. 그녀는 더 이상 묻지 않고 싶었다. 괜히 아픈 상처를 건드리는 것 같아 되레 마음만 서글퍼졌다. 그녀는 얼른 말허 리를 돌리고 나섰다.

"여보! 어서 들어갑시다."

득창은 비척비척거렸다. 민순은 남편의 겨드랑이에 팔을 넣어 곁부 축하여 방으로 들게 하였다. 마루로 오르는 남편은 무척 불편해 보였 다. 다리 하나를 제대로 오므리지도 못하고 펴지도 못하는 듯 보였다. 간신히 마루로 올라간 득창은 문고리를 붙잡고 비쩍비쩍거리다가 방 으로 발을 들여놓았다. 민순은 불구자가 되어 돌아온 남편이 너무 안 타까웠다. 한순간의 실수가 돌이킬 수 없는 불행을 가져다주고서 그 상처마저 깊게 파놓은 꼴이었다. 그렇다고 후회를 해본들 서로 간 마음만 아플 뿐 도움이 될 게 없었다. 모든 것을 접어놓고 다시는 들먹이지 않으리라고 굳게 다짐했다.

방에는 먼저 들어간 수양이 고개를 숙인 채 서 있었다. 얼른 봐도 아내를 쏙 빼 닮은 얼굴이었다. 가냘픈 실금 같은 쌍꺼풀과 부리부리한 눈, 도드라진 콧등, 움푹 팬 보조개며 얄브스름한 입술까지 어느 부위 하나 닮지 않은 곳이 없었다. 그러나 득창은 내막을 알지 못한 터라 입을 함부로 열 수 없었다. 부부는 오랜만에 호롱불빛 아래 나란히 앉아 서로의 얼굴을 바라보았다. 세월은 그냥 지나간 것이 아니었다. 십일 년이 지난 뒤에 마주한 부부는 세월의 무게를 견디지 못한 형적이 뚜렷했다. 일렁거리는 호롱불 아래서도 남편의 모습이 하나씩 비춰지기 시작했다. 남편의 얼굴은 처량하리만큼 피골이 상접되어 있었다. 바싹 마른 나뭇가지와 다름없어 보였다. 가뭇가뭇한 피부에 말려놓은 대추 같은 골 주름이 자글자글했고 눈은 산골 다랑이만큼 깊게 패여 있었다. 살가죽만 남은 목에는 울대만 도드라지도록 톡 튀어 나와 있었다. 뱃가죽이 등짝에 붙어있는 것 같았고, 머리끝도 희끗희끗 세어지고 있었다. 요리보고 저리 봐도 초라하고 궁상스러움 뿐이었다. 머리끝에서부터 발끝까지 온통 고생의 흔적이 역력해 보였다.

득창도 아내를 바라보았다. 긴 세월의 파고는 그녀를 비껴가지 않은 것 같았다. 질곡의 세월을 살아온 아내의 얼굴은 예전과 사뭇 달랐다. 곱고 곱던 그 모습은 어디로 가고 삭아버린 단무지처럼 쪼글쪼글 주름살로 가득 채워놓았다. 햇볕에 그을린 얼굴은 까맣다 못해 곶감 죽을 쒀서 발라놓은 것처럼 진한 갈색이었다. 콧잔등에는 허물 벗겨진 자국이 선명하고 마디진 손과 발은 머슴처럼 투박스러웠다. 한량없이 가련하고 애처롭게 보였다.

아내는 오랜만에 하얀 쌀로만 밥을 지었다. 반찬은 자정골에 많은 싱싱한 봄나물로 차렸다. 날마다 논길을 오가며 캐어놓은 미나리, 취나물, 달래로 나물을 무치고, 상추와 쑥갓으로 쌈을 준비했다. 좋아하는 멸치젓에 풋고추를 뚝뚝 썰어 넣어 무치기도 했다. 된장을 풀어 끓인 감잣국까지. 남편은 아내가 차려준 밥이 좋았던지 맛있게 먹어치웠다.

민순도 모처럼 남편과 함께 하는 식사가 너무 좋았다. 십 년이 넘도록 떨어져 지내다 다시 재회한 부부는 잠을 이루지 못했다. 산처럼 쌓이고 쌓였던 회포를 풀자면 잠이 올 턱이 없었다. 숱한 사연을 털어놓기엔 하룻밤은 너무 짧았다. 그것은 기구한 운명이 빚어낸 비애의 멍울들이어서 마음을 비우지 않고서는 들려줄 수도 들을 수도 없는 것들이었다.

"어쩌다 지팡이를 짚게 되었소?"

민순은 다리를 절뚝거리는 남편이 너무 안타까웠던 것이다. 불구자로 살아간다는 것이 얼마나 힘들까 싶어 속이 쓰라렸던 것. 까닭을 묻지 않고는 견딜 수가 없었다.

"공사판에서 일을 허다가 위에서 굴러오는 바위에 맞았구만."

남편은 허공을 향해 긴 한숨을 토해내면서 얼른 입을 떼지 못했다. 서너 번 목을 꺽꺽거리고 나서 다달거리듯 말했다.

"워매! 그래서 어쨌어요?"

"처음에는 죽었다고 했제. 여태껏 병원으로 그리고 천주당으로 가서 지냈구만. 다친 탓에 집에 돈 한 푼 보내지 못해 당신 볼 면목이 없구만."

"다리를 전혀 못 쓰는 것이요?"

"처음보다는 많이 좋아졌지만 아직도 마음대론 할 수 없어. 이 모든 것이 내가 저지른 업보 아니겠능가. 그놈의 욕심 때문이여. 헌병보조원이 되어 고대광실 기와집을 짓고 쌀밥에 고기반찬으로 살 것다고 욕심을 부린 탓이랑께. 송충이는 솔잎을 묵어야제 갈잎을 묵으면 죽는다는 것을 왜 모르고 욕심을 부렸는지 모르겄어. 이제와 생각하면 나 같은 바보가 세상천지 어디 있겄능가? 차라리 죽었어야 하는 것인디…….”

남편은 훌쩍훌쩍 눈물을 흘리면서 울부짖었다.

“무슨 말을 그리 징하게 허요? 죽고 사는 것이 어찌 사람 맘대도 헌다요. 죽지 않고 목숨을 구한 것만도 천만다행이지라우. 죽어불면 무슨 소용 있다요. 살았응께 다행이제. 불구가 되어 돌아왔어도 마음이야 이보다 더 좋을 수가 없소.”

“아니어. 나 같은 놈은 그때 죽었어야 하는 것이었어. 불구자로 살아서 어디다 쓸 것잉가? 그래서 오지 않으려고 했던 것인디. 죽더라도 아부지 묘소에는 한번 들려봐야 쓸 것 같아서……. 당신한테 면목이 없구만. 솔직한 심정으로 당신이 어디로 가서 살든 찾지 않기로 마음먹고 왔었당께. 다른 남자 만나 살고 있기를 은근히 바랐었는디. 망가진 몸으로 나타난 것도 부끄럽. 지켜줄 힘도 능력도 없는 놈이 오면 무슨 소용이 있겄능가? 오히려 부담스럽게 짐만 짊어지게 한 꼴이제. 아내를 먹여 살릴 수도 없는 놈인데 그것이 무슨 서방이랑가? 당신 좋을 대로 하랑께. 당신이 바란다면 쥐도 새도 모르게 사라져 줄 수도 있어. 괜히 나 때문에 억지로 살 필요는 없는 것이고, 당신마저 못살면 안 되야.”

득창은 북받치는 서러움을 견디지 못하고 끝내 울먹이기 시작했다. 목소리가 점점 낮게 가라앉고 있었다. 그가 일본에서 이제야 돌아온 까닭도 여기에 있었다. 이미 삼 년 전부터 지팡이를 의지하며 걸을 수 있었으나, 불구자의 몸으로 아내 앞에 서고 싶지 않았던 것이다. 그러나 마음 한구석엔 부부간의 정을 잊을 수 없어 실낱같은 기대도 간직하고 있었던 것 또한 사실이었다.

"여보! 그걸 말이라고 허는 거요? 행여 그런 말 다시는 하지 마싯시오. 하늘 같은 남편을 두고 어디로 가란 말이요? 갈 곳도 없으려니와 불구자라고 할지라도 죽는 날까지 함께 살고 싶소."

민순은 자신의 실체가 타버린 느낌이었다. 남편과 약속을 지키기 위해 어려움을 참고 견디며 살아온 자신을 너무 몰라주는 것 같았다. 순간적으로 기분이 이상해지면서 서운한 생각이 머릿속을 채우려 들었다.

"목숨이 붙어 있는 날까지 당신의 짐이 될 것 아닝가?"

"짐이라니요? 지금 당신이 제일 필요할 때랑께요."

"내가 필요하다니 이런 몸으로 뭣을 하겠능가?"

"내 비록 당신한테 떳떳하지 못할 죄를 지었소. 목구멍이 포도청이라 하더니만 당신 떠나버렸고, 아버님 돌아가시고 나니 묵고 살 것이 없었지라우. 어린 아들을 데리고 이 산속에서 어떻게 살 것이오? 꼼짝없이 굶어죽겠습디다. 그때였어라. 여우동께서 나기중 어른 아들만 낳아주면 묵고사는 것은 걱정없이 해주겠다고 해서……. 그래서 낳은 딸이 수양이구만요."

민순은 목소리를 쥐어짜듯 울먹였다. 당시의 처절했던 순간을 떠올리며 애절한 한마디를 쏟아내었다. 득창은 부러 수양에 대해 말을 아꼈던 것이다. 노인은 딸이라고 들려주었고, 아내는 아직껏 아무런 내색도 없었다. 득창은 무엇보다 딸이라고 하는 아이가 무척 궁금했던 것이다. 집을 떠날 땐 분명 아들 하나밖에 없었는데 돌아와 보니 아들은 보이지 않고 딸을 데리고 있는 것이 묘한 여운을 남겼던 것.

"이 아이가 당신이 난 딸이라고?"

득창은 다소 무거운 어조로 물었다. 하지만 아내는 아무런 응대도 없이 한동안 입을 꼭 다물어버렸다. 잠시 둘이는 서로 말을 하지 않았다. 그러나 무거운 침묵을 이겨낼 수만은 없었는지 아내는 한숨을 들이쉬고는 다시 입을 열었다.

"당신한테 죽을죄를 지었당께요. 이름이 수양이어요. 나기중 어른 딸이구만요."

딸은 고단한 잠에 떨어져 코를 곯고 있었다. 아내는 잠자는 딸의 손을 꼭 쥐고서 결곡함을 보여주었다. 그 누구의 눈치도 볼 수 없다는 듯 짐짓 의젓해지려고 애쓰려는 말로 비춰졌다. 당당히 털고 가고 싶은 마음으로 착잡한 심정을 토로하는 것이었다.

"오늘까지 굶어죽지 않고 살아온 것은 수양이 덕분이었어라우. 그렇지 않았다면 성음이를 데리고 동냥질을 하러 다녔을 것이요. 살 집도 없제, 묵고살 것도 없었으니 별 도리 없었당께요. 아들을 낳아 달라고 하기에 몸을 빌려줬는디 딸을 낳고 말았구만요. 지금 생각해보면 딸을 낳기 천만다행이었어요. 내 딸이 나를 먹여 살렸당께요. 그리고 내가 이루지 못한 일 대신하고 있으니 얼매나 고마운 딸이요. 나는 수양이 없이는 단 하루도 못 살 것 같소. 데려다 주고는 못 살것단 말이요. 죽으면 죽어도 내 딸을 내가 키울것이구만요."

아내는 애절한 심정을 호소하듯 털어놓았다. 솔직히 지금껏 굶어죽지 않고 살 수 있었던 것은 딸 덕분이었다. 딸이 없었으면 집에서 쫓겨났을 것이고 길바닥에서 굶어죽었을지도 모를 일이었다. 마치 망망대해에 갈 곳 잃고 표류하는 나룻배에게 돛을 달아주고 노를 쥐어주는 것이나 다름없는 이가 딸이었다. 삶에 대한 애착을 불러일으켜준 이도 수양이었다.

득창은 애틋한 감정이 자오록한 안개가 되어 온몸을 휘감는 기분이었다. 딸이 생명의 은인이었고, 자기를 기다리도록 이끌어주는 이 또한 딸이었음을 알게 되었다. 딸이 반딧불이 되어 가물가물한 작은 희망을 비춰주고 있었음이었다. 득창은 수양이가 덧없이 고마웠다.

"딸을 낳은 통에 입에 풀칠이라도 하고 살았당께요. 논 서마지기를 딸 몫으로 줍디다. 그래서 농사지어 밥은 먹고 살았지라우. 여보! 어찌했던 간에 남편을 놔두고 다른 남자를 만난 것은 잘못했어요. 한 번만 용서해주면 안 되겠소?"

민순은 마음속으로 발만 동동 굴려야 했던 애틋한 심사를 속절없이 털어놓았다. 말하는 모습이 어딘지 모르게 설어 보이면서도 애절함이 배어 있었다. 득창은 입이 열 개라도 할 말이 없었다. 이상스러워지는 느낌이 살살 풀려 하늘로 날아가는 것 같았다.

"살아서 기다린 것만으로도 감지덕지한 일인디 내가 할 말이 있겠능가? 당신이 낳았으니 내 딸이나 다름없제. 이렇게 큰 딸을 공짜로 얻었으니 얼마나 좋은가? 걱정 말어. 이 딸을 위해서라면 목숨까지도 기꺼이 내놓겠다는 맹세라도 하고 싶네."

득창은 맹세하겠다는 표징을 보여주기라도 하려는 듯 아내를 꼭 껴안은 채 생그레 웃으면서 말했다. 득창은 진솔 된 마음으로 아내와 하나가 되어 주고 싶었다. 민순은 감격에 겨운 나머지 눈물을 흘렸다. 어둠 속에서도 그녀의 볼에는 눈물이 산연히 어룽거리고 있었다.

산골짜기의 밤은 깊어갈수록 산꼬대가 일어나 시원한 밤바람이 산으로부터 불어왔다. 동쪽 하늘에는 때늦은 조각달이 교결한 달빛을 뿌려대었다. 사경(四更)이 지나도록 잠을 이루지 못한 부부는 이내 깊은 잠으로 빠져들었다. 하지만 민순은 잠을 자는 둥 마는 둥 일어나고 말았다. 딸에게 싸줘야 할 점심거리도 만들어야 하고, 아침 먹여 도강재까지 데려다 줘야 하기 때문이다. 새벽 쪽빛 어둠이 어슴푸레하게 깔려 있을 때 그녀는 방문을 열고 나왔다. 조각달이 그제야 중천에서 백지장 같은 얼굴로 눈알을 씀벅거리고 있었다. 밤하늘을 내어 줘야하는 아쉬움에 고교했던 빛을 잃어버리고 서산 고갯마루만 기웃거렸다.

곧장 부엌으로 들어간 그녀는 아침을 짓고 딸의 점심거리까지 챙겨 들었다. 득창도 일찍 잠자리에서 일어났다. 그는 불구의 몸을 이끌고 자정골을 헤매고 다녔다. 모든 것이 새삼 새로운 느낌이었다. 옛 모습 그대로 변함이 없으나, 나무들이 많이 자라 서로들 엉기성기 울울한 숲을 이루고 있었다. 아직 쪽빛 어둠이 숲속에서 허둥대고 있을 때 아내는 딸을 데리고 밖으로 나왔다.

"여보! 잠깐만 계싯시오. 얼른 데려다 주고 올께라잉."

"조심해서 댕겨와."

"갔다 와서 밥은 차려 드릴텡께라우."

"걱정 말고 어서 다녀오랑께."

민순은 발걸음을 재촉하며 사립문을 나섰다. 그는 아내가 돌아올 때까지 이곳저곳을 돌아다니며 지난날의 회포에 젖어 들었다. 햇덩이가 산 위로 떠오르자 옅게 끼었던 안개가 걷히기 시작했다. 숲속에서는 물방울이 일면서 찬란한 무지개 광채가 비단실처럼 깔려 내려왔다. 풀잎에 맺힌 이슬에도 오색영롱한 무늬가 일기 시작했다.

아내는 단걸음으로 달려갔다 온 듯싶었다. 차오르는 이마의 땀을 연신 훔쳐가며 숨을 헐떡거린 채 부엌으로 들어간 아내는 금세 아침 상을 들고 나왔다.

"여보. 아침 드싯시오. 시장하셨지라잉?"

"아니어. 잠도 못잤는디 새복에 먼 길 갔다오느라 당신이 힘들었겄제."

"아이고 힘이 들어도 재밌당께요. 얼마나 열심히 잘허든지 이뻐 죽겄단 말이오."

"그렇게 일찍 가야만 하능가?"

"아침 일찍 가서 청소를 해야 한다고 헙디다."

"스승님이 누구시라고 했제?"

"정응민 명창님이시당께요. 얼마나 인자허시고 훌륭하시든지 저 먼데 한양에서도 배우러 온다고 헙디다. 도강재에는 소리 배우러 온 사람들로 한시도 조용할 날이 없당께요."

"그렇게도 많단 말이여?"

"그러믄이라우. 항상 서른 사람이 넘는다고 허드구만요."

"그 많은 사람들이 어디서 자고 지낸당가?"

"모두들 마을에 방을 얻어놓고 밥을 끓여먹으며 배우드랑께요."

득창은 입을 쩍 벌리며 놀란 기색을 보였다.

"워매! 대단한 명창이신개비네."

"국창이라고 허든대요. 참으로 인품이 훌륭하신 국창이람서요. 소리를 가르치심서 삯도 안 받으시구만요."

"돈도 안 받고 가르쳐 주신단 말이여?"

"그렇당께요."

"그것만이 아니어라우. 명창님 앞에 서면 저절로 몸이 굽혀진당께요. 하루 종일 가도 품새며 매무새가 흐트러짐이 없으시당께요. 그리고 서당 선생님보다도 한문을 더 잘 가르치친당께요."

"진즉 그런 분이 계셨더라면 우리도 명창이 되었을 것인디 그랬구만."

"우리가 못했웅게 딸이라도 이뤘으면 얼매나 좋겄소. 내 딸이지만 참으로 장하당께요. 배우러 다닌 지 일 년 하고 조금 넘었는디 벌써 심청가는 말할 것 없고 춘향가도 외우드란 말이요. 지성이면 감천이라고 보지란히 헝께 스승님께서도 칭찬을 해주신당께요."

"그러시겄제. 가르쳐줘서 잘하는디 꾸중 하시겄능가?"

"못해도 꾸중을 하시지 않는다요. 누구라도 열심히 허면 다 잘할 수 있다고 격려를 해주신답디다."

"어떻게 알고 보냈능가? 참말로 좋은 스승님을 만났구만. 명창은 따논 당상이겄네."

득창은 흐뭇한 웃음을 지었다. 민순의 입가에도 싱그러운 웃음이 열려 있었다. 득창은 아내와 함께 산밭 길로 발걸음을 옮겼다. 그는 지팡이에 몸을 의지하고 있었고, 아내는 곁부축을 해주었다. 감나무 밭길로 나아갔다. 아름드리 감나무 밭에는 노란 감꽃들이 수북이 떨어져 있었다. 꽃가루받이가 끝난 감꽃들은 자신들의 임무를 마치고 어김없이 땅바닥에 나뒹굴었다. 벌들은 꿀을 따느라 윙윙거리며 날아다녔다, 건너편 산굽이 밤나무에도 희뿌연 밤꽃들이 너울지기 시작했다. 떫은 밤꽃 향기가 코끝에 농밀하게 감겨들었다. 산밭엔 고구마, 콩, 메밀, 조, 팥, 녹두, 고추 등 작물들이 무럭무럭 자라고 있었다.

밤나무 밑 산밭에 이르렀을 때였다. 밭에서 한 노인이 참깨를 떨고 있었다. 덕석을 깔아놓고 막대기로 참깨 다발을 토닥토닥 두드리는 것이었다. 득창은 한동안 물끄러미 바라보았다. 영락없이 지난날 아버지 모습 그대로였다. 득창은 아버지의 모습이 몽실몽실 피어올랐다. 이맘때면 어김없이 산밭에 올라 작물을 가꾸던 그 잔상이 선연히 떠오른 것이다.

"할아버지! 참깨 터시능가요?"

민순이 다정스러운 목소리로 말했다. 노인은 일을 하다 말고 일어서서 물끄러미 바라보았다. 민순은 남편의 옆구리를 쿡 찌르며 눈치를 보내며 말했다.

"이웃에 이사오신 분이시랑께요. 얼른 인사드리싯시오."

"안녕하십니까요. 득창이라고 헙니다. 그동안 집사람이 신세를 많이 졌다고 허드구만요. 고맙습니다요."

그는 허리를 굽혀 공손히 인사를 드렸다.

"아이고! 살아 돌아와서 참말로 잘 했네. 잘 했어.

"모두 어른들 덕분이지라우."

"그동안 타국에서 얼마나 고생이 많았능가? 워매! 죽일 놈들. 남을 못살게 헝께 원자폭탄을 맞아담서? 암! 맞고 말고. 남을 그렇게도 못살게 해놓고 원자폭탄인들 안 맞겄능가? 더 많이 맞아야 허는 것인디."

순금 할아범은 쾌재를 부르기라도 할 듯 언성을 높였다. 원한에 사무치는 말이었다. 설움에 찬 분노가 한껏 배어들어 있었다. 자글자글 주름 진 득창의 얼굴에 서글픈 미소가 찾아들었다.

"죽으나 사나 자네만 기다리고 살더니 보람이 있네 그랴. 인자 떨어지지 말고 살소."

"예. 그렇게 해야지라우."

"더운디 어딜 가싱가?"

"시아버님 묘소엘 가는구만요."

민순이 빙그레 웃음을 지으며 입을 떼었다.

"하믄! 얼른 가봐야제. 돌아가셨을망정 얼마나 기다리셨겄능가? 말씀만 못하실 따름이제 살아계신 것이나 똑같은 것이여. 어서 가서 살아왔다고 고하소."

"예. 어르신."

부부는 고개 숙여 인사를 하고 산길을 올랐다. 노인은 절뚝거리며 길을 걷는 득창을 향해 혀를 쩍쩍 차며 한참동안 바라보았다.

산밭에는 어김없이 허수아비가 있었다. 득창은 가던 길을 멈추고 우두커니 서서 한동안 망연스럽게 허수아비를 바라보았다. 꿩과 토끼가 고구마를 캐먹는다고 허수아비를 세우고, 빈 깡통에 돌멩이를 넣어 줄에 매달던 아버지의 모습이 눈에 선했기 때문이다. 지금도 아버지의 숨결이 밭고랑에서 들려오는 것 같았다.

득창 부부는 산밭을 지나 비탈길로 접어들었다. 지팡이에 몸을 의지해보지만 아내의 부축 없이는 쉽게 걸을 수 없었다. 활성산 바윗골엔 맑은 물이 콸콸거리며 흘러내리고 있었다.

맑은 물을 바라보니 한없이 애틋하고 수수로운 지난날의 감회가 되살아났다. 추억이 서려있는 곳이기에 그만큼 포근하면서도 옛 정한(情恨)이 뭉클하게 솟아오른 것이다. 활성산은 마음의 고향이었다. 먹는 물에서부터 먹거리, 땔감까지 달라는 대로 다 주었던 산이었다. 이제는 아버지의 포근한 보금자리가 되어주었다. 아버지께서 영원히 잠들어 계신 곳까지 내주었다. 묘소를 찾아가는 그의 발걸음이 납덩이처럼 무거웠다. 마음은 이보다 더 무겁고 슬펐다. 하나밖에 없는 아들인데도 임종도 못한 불초자식이라는 한스러움에 애통망극했던 것이다. 삼 년의 시묘(侍墓)를 한다고 해도 용서받지 못할 일. 가슴 저미는 회한과 죄책감이 한꺼번에 날아들면서 횅뎅그렁한 머릿속을 휘젓기 시작했다. 가슴이 아려오면서 진정한 속죄의 눈물이 눈언저리를 휘감았다. 부모님의 천리(天理)를 어기고 불구자가 되어 돌아왔다는 생각에 하늘을 쳐다볼 수 없었다.

지팡이에 몸을 의지한 채 절뚝절뚝 산길을 오르다 보니 두 식경이 지났을 무렵 중턱에 이르렀다. 푸른 숲에서 이름 모를 새들이 한껏 자신들의 목소리를 뽐내고 있었다. 조산(鳥山)답게 새들의 우짖는 소리가 귀청을 후벼파는 것 같았다. 이에 뒤질새라 풀숲에서도 하찮은 미물들이 울음주머니를 떨어대면서 자신의 존재를 알리려 들었다. 또르르 뚜르르, 찍찌르르, 맴맴맴. 또 다른 돌너덜 언덕길을 오르고 산곡을 건넜다. 아내는 처처한 눈빛으로 곁부축을 해주었다. 양지바른 산허리를 돌아들자 저만큼 언덕바지에 외로워 보인 작은 봉분 하나가 눈에 띄었다. 양지바른 산자락에서 절로 눈길을 끌어당겼다.

봉분은 북쪽을 향한 채 저 멀리 산자수려한 보성강 물줄기를 굽어보고 있었다. 아내가 먼저 앞으로 다가가 무릎을 꿇고 앉아 호곡(號哭)을 시작했다. 그도 묘 앞에 무릎을 꿇고 비탄의 눈물을 쏟아내기 시작했다. 눈물이 골을 지어 낙숫물처럼 흘러내리고 있었다.

"여보, 참배부터 드려야지라우."

아내가 남편의 팔을 잡고 부축하면서 참배를 권하고 나섰다. 자리에서 일어선 득창은 아내와 함께 묘 앞에 나란히 서서 두 번의 궤배를 올렸다.

"아부지! 이 불초 불효막심한 놈이 돌아왔구만이라우. 곁을 지켜드리지 못한 이놈을 얼마나 원망하고 가셨소? 어찌 눈을 감고 가셨습디여? 지가 죽을죄를 지었구만이라우. 죽고 싶어도 아부지께 용서를 청하지 않고서는 죽을 수조차 없었당께요. 아부지께 용서를 빌기 위해 돌아왔구만이라우. 이제 용서해주싯시오. 비록 불구의 몸이 되어 돌아왔어도 이 한 몸 다 바쳐 아버지의 가르침 잊지 않고 바르게 살라요. 아부지께서 예뻐하시던 며느리도 왔구만이라우. 인자 욕심 부리지 않고 가르침대로 살 것이요. 이 불효자식을 용서해주시는 것이지요? 아부지! 아부지!"

그는 땅을 치며 비통을 토해내었다. 설움이 북받친 그의 두 눈에서는 눈물이 방울져 뚝뚝 떨어지고 있었다. 에고지고 방성통곡의 곡성은 산허리를 뒤흔들었다. 헛된 욕심이 빚어낸 업보를 한탄으로 쏟아내었다.

"아부지는 언제 돌아가셨능가?"

"시월상달 스무이렛날이었어요. 당신이 형무소로 끌려간 다음날이었구만요."

"잡히지 않고 며칠만 버텼어도 임종을 했을 것이디 그랬구만."

"그랬을지 모르지만 어쨌든 당신이 형무소로 끌려가고 다음날 가셨어요."

"이 산속에서 혼자서 얼마나 무서웠능가?"

"무서운 것도 모르겠습디다. 당신이 묶여 간 것을 보시고는 마음의 상처가 크셨는지 시름시름 하셨당께요. 식음을 전폐하시다시피 하드랑께요. 그날 저녁에는 정신마저 흐리신 것 같습디다. 마지막 가실라고 그랬는지는 몰라도 잡수신 것도 없으면서 옷에다 대변을 가득 보셨드랑께요. 저녁에 깨끗이 목욕까지 시켜드렸지요. 저녁 늦게까지 팔다리를 주물러드리다가 그만 나도 모르게 잠에 떨어져 부렀당께요. 아침에 일어나 군불을 넣고 방으로 들어와 아버님을 살펴보니 저승길을 재촉하고 계신 것 같습디다. 갈그랑거리는 숨소리에 맥박이 점점 느려지드구만요. 한동안 그렇게 계시다가 마지막으로 눈을 뜨고 나와 성음이를 바라보십디다. 그러고 나서……."

민순은 시아버지 돌아가실 때 있었던 일을 차근차근 들려주었다. 혼자 임종을 맞이할 때의 심정까지 말해주었다. 득창은 눈물을 글썽거리며 울먹였다. 애통의 서러움을 감추지 못하고 오열을 해대는 것 같았다.

"나 때문이랑께! 내가 죽일 놈이란 말이여!"

득창은 땅이 꺼지도록 주먹을 내리치며 울부짖었다.

"어차피 연세가 많으셨응께 언제라도 돌아가시기는 했겠지만, 하루라도 더 사셨을 것인디 아들이 묶여가는 것을 보고 충격을 받으셨는

갚습디다. 저승길도 편하시지 않으셨겠지요."

"돌아가셔서 어떻게 했능가?"

득창은 눈물이 범벅이 된 채 다시 물었다.

"어렸을 때 우리 엄니 돌아가셨을 때 봤던 것이어서 그대로 했지라우. 솜을 꺼내어 입도 코도 그리고 귀까지 막아드리고 팔다리를 반듯하게 편 다음 아랫목에 누여드렸구만이라우. 고복도 하고 사잣밥도 지어놓아구만요. 그러고는 말순 할머니께 달려가서 알려드렸지라우. 저녁때가 되자 제자들이 모두 오셔서 치상을 치렀당께요."

득창은 밀려오는 설움을 달래지 못하고 오열을 삼켜대었다. 원통하고 절통한 사연 앞에 그는 온몸을 바들바들 떨었다. 이미 눈두덩이 텅텅 부어올랐고 울먹이느라 코도 맹맹해지는 것 같았다. 그는 한동안 멍하니 눈물만 흘려대다가 아내의 두 손을 덥석 잡고서

"내가 해야 할 일을 당신이 했구만. 참말로 고맙네. 이 세상에 당신 같은 며느리가 어디 있겠능가? 하늘에서 내려온 천사가 아니고서야. 여보 참말로 고마워. 내 죽는 날까지 당신 은혜 잊지 않을께."

그는 아내의 손을 꼭 쥐어주며 비장한 결심을 하듯 말했다.

"그런디 천사가 뭣이다요?"

"웅. 나도 일본에서 신부님께 들었어. 하늘에서 하느님을 따르며 우리를 지켜준대야. 항상 착한 일만 하고 나쁜 일을 막아 준다고 허드랑께."

"그럼 하늘에도 사람이 산다요?

"하믄. 우리가 착한 일을 하다가 죽으면 저 하늘로 가고 악한 일을 하면 지옥으로 간 것이랑께."

민순은 신기한 듯 게슴츠레한 눈으로 하늘을 쳐다보았다.

"당신 같은 사람이 하늘나라로 가겠제."

득창은 오랜만에 기쁜 웃음을 지으며 아내의 실덕을 송찬하였다. 민순도 남편의 칭찬에 흐뭇한 표정을 지어보였다.

햇덩이가 둥실 떠올라 어느덧 반공(半空)의 하늘에서 뜨거운 햇볕을 내리쬐었다. 묘역 가까이에는 오래된 산벚나무 한그루가 푸릇푸릇한 가지를 늘어뜨린 채 서 있었다. 부부의 슬픔을 대변해주기라도 하려는지 뻐꾸기 한 마리가 벚나무로 날아들어 울어대었다. 산곡의 울울창창한 수양버드나무에서는 꾀꼬리도 청아한 목소리를 토해내었다. 산허리 오리나무 숲에서는 쑥국새가 청승맞은 풍월을 읊어 대고. 나무를 쪼아대는 딱따구리 소리도 들리는 것 같았다. 득창은 묘역을 떠나지 못하고 넋을 놓은 채 앉아 있었다. 도저히 발길을 돌릴 수가 없었다. 십삼 년이 넘게 가슴속에 묻어둔 정한(情恨)이 쉽게 풀리지 않았다. 갈수록 비감의 심회가 참담해지면서 망연스러워지는 것이었다. 타오르는 햇덩이만큼이나 가슴속이 펄펄 끓어오르며 식을 줄 몰랐다. 그는 절뚝거리는 몸으로 잡목이며 잡풀을 뽑았다. 묘역에서 바라본 보성강은 호호탕탕한 너른 들판을 꾸불꾸불 휘돌아가고 있었다. 사방으로 눈길을 뿌리다가 일시에 가서 멈춘 곳이 있었다. 눈길을 끌어당긴 채 놓아주지 않는 곳은 대은동 뒷자락에 우뚝 솟은 일림산이었다. 가슴에 피 못을 박고도 부족해 원한이 뼈에 사무치게 한 곳. 천추에 씻지 못할 응어리를 가슴속에 심어준 산을 바라보자 그는 증오의 눈빛을 쏟아내었다.

"여보! 저기 일림산 목장은 지금도 있는 것잉가?"

증오의 불길이 이글거리는 눈길로 일림산을 바라보며 물었다.

"없어졌다고 허드구만요. 해방이 되자마자 일본 사람들이 쫓겨 가고는 그대로 내버려 뒀다고 헙디다."

민순도 마음이 좋을 리 없었다. 숙연한 그녀의 표정에도 허탈감이 가득 배어 있었다. 날마다 한치재를 오르내리면서 바라볼 때마다 사지가 뒤틀리고 오장이 멈춰들던 산. 가정을 파탄으로 몰아넣으며 악인연을 가져다 준 원수 같은 산이기도 했다.

"내가 저 산에만 가지 않았어도 이렇게 되지는 않았을 것인디……."

득창은 울분을 참지 못하고 울먹이기 시작했다. 비탄의 한숨을 내쉬면서 고갤 떨구었다.

"이장 김진홍은 지금까지 살고 있능가?"

금방 독침을 품고 있는 사람처럼 안색이 확 일그러지면서 어금니를 윽물었다.

"해방이 되자 여기서 살지 못하고 멀리 떠나가고 없다고 헙디다."

"그놈은 천추의 원수랑께. 나를 불지옥으로 보내고 우리 아부지를 돌아가시게 한 놈이여."

득창은 치밀어 오르는 울분을 참지 못하고 주먹으로 풀밭을 쿵쿵 내리치며 훌쩍였다.

"그럼 임사홍이는?"

"그 사람도 못 살고 쫓겨갔다고 헙디다."

"박실댁이란 사람은?"

"해방이 되자 동네 사람들이 쫓아가 친일파라고 하면서 집에 불을 질렀다고 헙디다. 밖에 나오지 못하고 집 안에 갇혀있다시피 하다가 얼마 안 가서 화병으로 죽었다고 허드구만요. 죽어도 들여다보는 사람도 없었다요. 즈그 아들이 밤에 몰래 어딘지도 모르게 묻었다고 허든디요."

"나도 가만히 있지 않을 것이여. 내가 기어코 진홍이를 찾아내어 복수를 하고 말 것이구만. 그렇지 않고서는 눈을 감고 못 죽제."

악이 받친 득창은 목울대가 꿈틀거리도록 입술을 악물었다.

"천추의 한을 남겨준 놈! 내가 그놈을 가만 놔고 어떻게 눈을 감겄능가?"

득창은 이를 부득부득 갈면서 울부짖었다. 민순도 마음이 심히 괴로웠다. 돌이킬 수 없는 불행을 가져다준 진홍이 너무 미웠다.

"여보! 성음 아빠! 다 잊고 삽시다. 이제 복수를 한들 무슨 소용 있겄소?"

"잊자니 그 무슨 말잉가? 내 눈에 흙이 들어가기 전에 그놈은 잊을 수 없당께."

"꼭 그 사람의 잘못만은 아니었소. 당신한테도 잘못이 있었당께요. 내 허물은 돌아다보지 않은 채 남의 잘못만 탓을 한다면 내 마음만 아픈 것 아니겄소? 내 몸에 쓸데없는 욕심을 넣으면 우리 몸도 쓸데없이 늘어난다고 헙디다."

"내 잘못이라니? 내가 뭣을 잘못했단 말잉가?"

그는 억울하다는 듯 눈을 꼿꼿하게 세워가며 아내를 바라보았다.

"먼저 당신이 그 사람을 찾아갔던 것 아니겄소? 보이지 않는다고 내 맘속에 들어 있는 것을 몰라서야 쓰겄소? 그것은 욕심이었당께요. 욕심이 없었다면 멋하러 그 사람을 찾아갔겄소? 토끼가 늑대 굴로 찾아가 도와달라고 청한 것이나 다름없는 일이었지라우."

"그래도 그렇지. 내가 어떻게 가만히 참고 살란 말잉가?"

"인자 당신이 돌아온 것으로 우리가 받을 죄는 다 받은 것 같소. 더 이상 비참해질 것은 없겄지라우. 당신이 붙잡혀 불구자가 되어 돌아왔고, 아버님께서도 비탄에 돌아가셨응께 이보다 더 당할 일이 뭐가 있겄소? 더군다나 우리는 십 년이 넘도록 생이별 속에 살아왔는디 그보다 비통할 일도 없지라우. 그 통에 나는 몸마저 팔려가야 했고 명창의 꿈마저 접었지요. 뭐니 뭐니 해도 명창이 되지 못한 것이 가장 가슴

아프구만요. 이보다 더 큰 죗값이 어디 있겠소? 당신의 욕심이 빚어낸 죗값이었당께요. 우리가 지은 죗값은 다 받았응께 이제 더 짓지 않도록 합시다."

"왜 나만 죗값을 받아야 한단 말잉가? 그놈도 나같이 고생을 해 봐야제."

"우리가 갚지 않아도 받을 것이요. 죄는 지은 데로 가고 덕은 닦은 데로 간다는 것이랑께요. 살림을 내팽개친 채 밤 봇짐을 싸고 내뺀 것부터서 죗값이 시작된 것 아니겠소? 지은 죄가 어디 간다요? 남이 지은 죄 들먹여서 우리한테 좋을 것이 뭐가 있겠소? 남에게 복수를 하려면 내 맘부터 더러워지는 것이랑께요. 다 잊고 삽시다. 내가 지은 죄라고 치부하고 살면 맘이라도 편하것지요."

민순은 한숨을 내쉬며 산같이 쌓였던 슬픈 회포를 달래려 들었다.

"그래도 나는 죽으면 죽어도 못 잊겠당께."

"잊히지는 않겠지만 그래도 잊으려고 해야 쓴당께요. 옛말에 뒤를 돌아보고 울기보다는 앞을 보고 웃으라고 허질 않습디까?"

"생각해볼수록 당신 말이 맞구만. 오늘부터 당신만 생각하면서 잊고 살도록 헐게."

득창은 아내의 애틋한 호소에 감동한 나머지 눈물을 흘리며 손을 꼭 쥐고 말았다.

"맘 잘 묵었소. 다행히 내가 이루지 못한 꿈을 수양이가 대신하고 있구만요. 다가올 행복이라고 생각하고 앞만 보고 웃고 삽시다."

민순은 의젓하고도 당당한 목소리로 타이르듯 말했다. 얼굴에는 비장한 각오까지 넘쳐흐르고 있음을 읽을 수 있었다.

"그건 그렇고 타국에서 얼마나 고생을 허고 돌아오셨능가요?"

민순은 서글픈 눈빛으로 남편을 바라보며 물었다. 십 년이 넘는 세월을 어디서 무슨 일을 하고 살다 왔는지, 왜 불구자가 되었는지 무척 궁금했던 것이었다. 마음에 상처를 주지 말자고 속다짐을 했었지만 못내 궁금했던 일을 털고 가고 싶었다.

　득창은 허공을 향해 진한 한숨을 몰아쉬고서 씁쓸하게 입맛을 다셨다. 목에 가시가 걸린 사람마냥 서너 차례 쿵쿵거리고 나서 원한의 징용 살이 실타래를 풀기 시작했다.

34
한 많은 징용의 실타래를 풀다

……시월 스무 이튿날 밤에 붙잡힌 그는 오류동을 거쳐 재궁을 넘어 보성경찰서로 끌려갔다. 서쪽 하늘에서 마른벼락 불빛이 반짝일 때였다. 두 팔을 싸잡아 포승줄로 꽁꽁 묶고 손에는 수갑까지 채워놓아 걸음도 제대로 걷지 못했다. 헌병보조원들은 산길로 데리고 가는 것이 부담스러웠는지 돌아가더라도 신작로로 나아갔던 것이다. 장거리를 지날 즈음에는 사경(四更) 가까이 되어가 세상이 모두 잠들어 있었다. 불 켜진 집이라곤 찾아볼 수 없을 정도로 적막에 잠겨있을 때였다. 저잣거리를 지나 오포를 돌아 보성경찰서로 들어섰다. 정문 앞에는 헌병보조원들이 보초를 서고 있었다. 정문을 지나 현관문으로 들어섰다. 윗몸이 단단히 묶여 끌려온 통에 온몸이 완전히 녹초가 되어버렸다. 유치장으로 끄집고 간 순사들은 포박을 풀고서 그 안에 가둬버렸다. 유치장 안에는 담요를 둘러쓴 채 여러 사람이 잠을 자고 있었다. 사경이 넘은 늦은 밤에 사람이 들어오자 살기 띤 험상한 얼굴표정들로 쳐다보았다. 사나운 눈초리로 위아래를 쭉 훑어보는 모습들이 금방이라도 죽이고도 남을 것 같았다. 득창은 금방 긴장이 일기시작

하면서 가슴이 얼음덩이처럼 차갑게 굳어졌다.

"야 이 개새끼야! 이왕지사 들어올라믄 낮에 들어올 일이제, 형님들 잠도 못 자게 하는 것이여. 이 개새끼야!"

유치장에서 첫 만남이 이렇게 이뤄졌다. 다른 사람들은 담요를 머리까지 뒤집어쓰고 잠을 자고 있는데 유독 한 사람이 벌떡 일어나 앉으며 퉁명스럽게 욕을 퍼부었다. 캄캄하여 얼굴조차도 보이지 않는데 서릿발 같은 악다구니를 쏟은 것이었다. 금방이라도 달려들어 죽일 것만 같았다. 그는 절로 몸이 움칫거리면서 소름이 돋아 사시나무 떨듯 덜덜 떨었다. 유치장이 이렇게 험악한 곳인 줄 몰랐던 것이다. 아직껏 들어보지도 못했던 곳이라서 더욱 당황스러웠다.

"미안하구만요. 어쩔 수 없는 일이었어라우. 한 번만 봐주시지요."

득창은 봐달라고 허리를 꾸벅 굽히며 사정을 하고 나섰다.

"야! 너 저쪽으로 가 있어."

희미한 불빛이라 잘 보이지 않은데도 손짓으로 자리를 가리켰다. 유치장 안은 너무 좁았다. 면적에 비해 사람이 너무 많아 운신조차 부자유스러울 정도였다. 시키는 대로 더듬거리다시피 하여 가라는 곳으로 기어들었다.

"야! 어느 새끼여? 내 팔을 밟고 지나가는 놈이 누구냔 말이다?"

담요를 덮은 채 자고 있던 이가 팔로 종아리를 쥐어박으며 소리쳤다. 어둠 속에서 좁은 곳으로 기어들다 보니 팔을 밟은 것 같았다.

"죄송합니다요. 모르고 그랬구만이라우."

"모르고 그랬으면 다냐?"

뚝배기 깨지는 소리를 내지르면서 또다시 허벅지를 후려친 것이었다. 엉겁결에 허벅지를 강타당한 그는 눈물이 쏙 빠질 정도로 아팠다. 하지만 말도 못하고 엉금엉금 자리로 갔다.

그곳에는 몸을 누울 만한 곳이 못되었다. 발을 뻗기조차 힘들었다. 알고 보니 가려진 뒷간 옆이었다. 역겹게도 지독한 구린내가 코를 찌르기 시작했다. 단박 뱃속이 울렁거리더니 구역질이 일며 토할 것 같았다. 그때 밖에서 쇠창살문 옆 봉창 같은 작은 문이 열리는 소리가 들렸다.

"정득창, 담요 받아라."

열린 문으로 희미한 불빛이 보이면서 담요를 밀어 넣어주었다. 어둠 속에 오래 있다 보니 희미하게 보이기 시작했다. 그는 다시 어둠 속을 기다시피 문으로 왔다. 담요를 받아들고 다시 자리로 갔다. 마룻바닥이라서 온기는 찾아볼 수 없었다. 되레 바닥이 사람의 온기를 빼앗아갈 형편이었다. 하나같이 몸을 움츠린 채 담요를 뒤집어쓰고 자신의 체온을 지키고 있었다.

다리조차도 뻗을 수 없는 작은 공간이었다. 새우처럼 몸을 꼰 채 쭈그리고 앉아 담요를 둘러썼다. 포승줄에 묶여온 탓에 팔이며 가슴이 움직이기조차 거북스러울 정도였다. 아픈 몸을 웅크리며 잠을 청했다. 그래도 고단한 몸이라서 첫날밤을 보냈다.

다음날 아침이었다. 새벽공기는 저녁과는 또 달랐다. 싸늘하다 못해 담요를 덮고 있어도 턱부터 오들오들 떨렸다. 이른 새벽부터 후루루 호각소리가 날카로운 굉음이 되어 잠을 깨웠다. 그것은 기상을 알리는 신호였다. 형무관이라고 하는 사람이 복도를 돌면서 불어대었다. 그간 사고가 없었는지 확인하고자 점호를 하기 위함이라고 했다. 모두들 일어나 담요를 반듯하게 개고 나서 일렬로 줄을 섰다. 세 사람의 형무관이 들어왔다. 순사복을 입은 그들은 하나같이 매끌매끌하게 다듬은 구릿빛 방망이를 들고 있었다. 독기 서린 눈을 부릅뜨고서

"차례대로 번호!"

점호를 하라고 외치고서 호각을 휙 불었다.

"하나…… 둘…… 셋……"

꼼짝도 하지 않은 채 부동자세로 서서 차례대로 번호를 외쳤다. 득창은 늦게 잠을 잔 탓에 밀려드는 하품을 참지 못했다. 입을 쫙 벌린 채 쓰러지게 하품을 하고 말았다.

"너 이리 나와!"

옆에서 지켜보던 또 다른 형무관이 다짜고짜 소리쳤다. 엉겁결에 했던 일이라 당혹감을 감추지 못하고 겁을 잔뜩 집어먹은 채 눈만 말똥말똥거리고 있었다.

"나오란 말이야!"

말과 함께 방망이가 날아들었다. 인정도 없이 등짝을 후려갈겼다. 너무도 아픈 나머지 몸을 움츠리며 때리지 말라고 팔로 방어 자세를 취했다. 형무관은 또다시 힘차게 서너 번 내리쳤다. 그는 견디지 못하고 그 자리에서 꼬꾸라지고 말았다. 이번에는 발길질이 이어졌다. 정신을 차릴 수 없을 정도로 작신작신 얻어맞은 그는 벌러덩 누워버렸다.

"일어서!"

형무관은 쓰러져 있는 자신을 내려다보며 또다시 악을 쓰듯 외쳤다. 그는 이를 악물고 일어섰다. 알고 보니 유치장에서는 눈알만 움직여도 가차 없이 방망이 세례를 가한다고 했다. 점호 소리만 작아도 마찬가지였다. 그런데 하품을 했으니 가만 놔둘 리 없었다. 득창은 맨 마지막 16번째였다. 점호가 끝나고 형무관들이 나가자 이젠 왕초가 앞으로 나왔다. 그는 유치장에 맨 처음 들어온 사람이라고 했다. 단 일초라도 먼저 들어온 사람이 무조건 왕초가 된 것이다. 나이는 아무런 상관이 없었다. 아들 같은 자도 왕초가 될 수 있었다. 왕초한텐 고분고분 말을 들어야 했다. 앞 서열은 무조건 형님이라고 불렀다. 솔직히 어린놈한테 형님이란 말이 나오지 않았지만 어쩔 수 없었다.

"모두 준비!"

왕초가 소리쳤다.

"제자리 뛰기 시작."

왕초부터 제자리 뛰기를 시작했다. 좁은 공간인데도 제자리 뛰기를 시킨 것이다. 발뒤꿈치를 든 채 모두들 껑충껑충 뛰어 올랐다. 그것은 추위를 이겨내기 위함이기도 하면서 운동이었다. 있는 힘을 다해 천장에 머리가 닿도록 뛰어 올랐다. 한동안 뛰고 나니 역시 추위가 사라지면서 콧잔등에 땀이 송골송골 맺혀들었다.

뒷간을 찾아 일보는 것도 순서가 있었다. 번호대로 차례를 지키지 않았다간 뭇매를 맞아야 했다. 득창은 맨 마지막까지 버티느라 아랫배를 움켜쥔 채 이를 악물고 있었다. 뒷간일이 다 끝나면 세수를 해야 했다. 물은 양동이 세 개씩 배급되었다. 그것 가지고는 부족할 수밖에 없었다. 왕초부터 씻고나면 그 물을 버리지 않고 다시 모아두었다가 뒤에 사람들이 사용해야 했다. 그가 세수를 할 땐 코조차 둥둥 떠 있는 듯한 구정물이었다. 그러나 어쩔 수 없는 일. 이어 아침식사가 배식되었다. 봉창 같은 작은 문이 배식창구였다. 잠시 쨍그랑 소리가 들리고서 문이 열렸다. 밥이라고는 주먹밥이었다. 보리와 쌀로 지은 밥에 듬성듬성 콩이 섞여 있었다. 반찬이라곤 단무지 두 조각이 전부였다. 밥에는 소금물을 뿌렸는지 짭짤한 간이 배어 있었다. 하루에 아침저녁 두 끼 식사만 제공된다고 했다. 밥 한 덩이를 먹고 종일 견뎌야 한다고 했다. 저녁에는 같은 주먹밥에 배추김치 두 가닥과 된장찌개가 곁들여진다고 했다. 배가 고픈 탓에 손에 붙은 밥알 한 알갱이도 남기지 않고 뜯어먹을 수밖에 없었다. 식사도 순서가 있었다. 왕초가 식사를 시작한 후에 먹어야 했다. 특히 왕초가 더 먹고 싶다고 한다면 나중 사람들은 어김없이 밥이며 찬까지 덜어줘야 했다. 다음은 부왕초가 권한을 행사했다. 다행히 왕초가 성깔이 사나운 사람은 아닌 듯 달라고는 하지 않았다. 아침을 먹고 나자 왕초가 형무소로 떠났다. 부왕초가 왕초자리에 올랐다. 인상에서부터 서릿발 같은 냉갈령이 풍겼다. 우락부락하게 생긴 풍채는 말할 것도 없고. 갈고리 진 눈, 들창코, 옥니, 곱슬머리. 어디를 봐도 인정이 들 만한 곳이 한 군데도 없었다. 왕초가 막 떠나고 나자 그는 모두를 모아 세워놓고 일장연설을 해대었다.

"야! 내가 누군 줄 아냐? 나는 이마에 단 별만도 열한 개다. 알았나?"

그는 웃음을 실실 흘려가면서 비웃듯 말했다. 사람을 볼 때는 얼굴을 내리깔면서 흘금거렸다.

"예. 성님!"

모두들 벌벌 떠는 기색이 역력했다. 대답을 했으면서도 득창은 그것이 무슨 말인 줄 몰랐다. 나중에 알고 보니 유치장에 들어온 횟수가 열한 번째라는 것이었다.

"나보다 별 많이 단 사람 있으면 나와봐라."

그는 손가락으로 세어가면서 자랑스럽게 말했다. 그 소릴 들으니 등골이 오싹하고 목덜미 힘줄이 오그라들었다. 다행히 하루저녁만 버티면 형무소로 압송된다고 했다.

저녁때가 되었다. 술이 취한 채 붙들려온 이가 있었다. 이름은 안삼수라고 했다. 주막에서 술을 마시던 중 일본천왕 욕을 하다가 헌병보조원에게 발각되었다고 했다. 아직도 술이 깨지 않았는지 술 냄새를 진동하게도 뿜어대었다. 왕초가 가만히 놔둘 리 없었다.

"어디서 굴러온 놈이기에 뱃속에서 똥 썩은 냄새가 난다냐?"

콧구멍을 막으면서 우악스럽게 소리를 내질렀다. 하지만 그는 그때까지도 정신이 가물가물한 것 같았다.

"왜? 내가 잘못한 것이라도 있냐? 앗따! 왕초님 조금 봐 주시면 안 되겠냐?"

그는 반말로 비아냥거리듯 횡설수설 얼더듬었다. 화가 난 왕초가 벌떡 일어서서 가슴팍을 향해 주먹을 날렸다. 눈 깜박할 사이에 일격을 당한 그는 마룻바닥에 벌렁 누워버렸다. 숨도 제대로 쉬지 못한 채 버르적버르적거렸다. 왕초는 다시 다가가 멱살을 잡고 일어 세웠다. 그리고는 또다시 주먹세례를 가했다. 코에서 피가 터지고 입술이 찢어져 선혈이 낭자했다. 그럼에도 말리는 이 하나 없었다. 유치장은 그야말로 살벌하여 산지옥이라는 말이 딱 어울리는 곳이었다.

이렇게 나흘 밤을 지내고 시월 스무 이렛날 목포형무소로 압송되는 날이었다. 유치장에 들어온 지 닷새째 되는 날엔 형무소로 끌려간다고 했다. 아침 배식이 끝나자 곧바로 형무관이 들어왔다. 그들의 손에는 포승줄이 들려져 있었다. 그날 압송되어갈 사람이 세 사람이라고 했다. 선기배와 조일환은 여수로 득창은 목포형무소로 간다고 알려줬다. 이름을 부르고 난 뒤 그들은 손에 수갑을 채운 뒤 포승줄로 포박했다. 여수로 끌려갈 사람들은 9시 기차를 타야 하고 목포로 갈 사람들은 열 시 반 차라고 했다. 그들은 유치장 옆 별실로 끌려갔다. 그곳에는 그들을 압송해갈 일본순사와 헌병들이 대기하고 있었다. 그들이 들어가자 곧바로 마치 굴비 두름 엮듯 앞사람과 뒷사람을 묶었다. 순사부장이라는 사람이 앞으로 나와 경찰서를 나가서부터 형무소에 도착할 때까지 지켜야할 일을 말해주었다. 길거리에는 가족들이 나와 있을 것이고 이름을 부를 땐 대답은 물론이요 돌아보아서도 안 된다고 일러주었다. 화장실에 갈 때는 모두 한꺼번에 가서 차례대로 일을 봐야 한다고도 했다. 길을 갈 때나 기차 안에서도 앞뒤사람과 말을 해서는 안 되며 항상 순사와 헌병의 말에 귀를 기울이라고 했다. 이를 어길 때는 가차 없이 형벌이 가해질 수 있다고 겁을 주었다.

이어 여수로 떠나갈 죄수들이 헌병들의 인솔을 받으며 밖으로 나갔다. 득창은 한 시간 정도 별실에서 대기하고 있었다. 목포로 끌려갈 사람은 여덟 명이었다. 철창이 열리면서 열을 지어 밖으로 나왔다. 포승줄로 꽁꽁 결박된 채 앞뒤사람들까지 곶감 엮듯이 묶어놓아 꼼짝을 할 수 없었다. 정문을 막 통과하기 전

"불러도 고개를 돌리지 마라! 알았나?"

헌병이 대꼬챙이로 쩨는 소리를 내질렀다. 모두들 고개를 푹 숙인 채 정문을 통과했다.

신작로로 나오자 가족으로 보이는 사람들이 구름처럼 모여들었다. 하지만 고개마저도 쳐들지 말라는 지시에 땅만 보고 앞사람을 따라갔다. 가족들의 비명과도 같은 울부짖음이 여기저기서 날아들었다. 득창은 가족이 나왔으리라 생각조차도 하지 않았다. 되레 연로하신 아버지를 아내에게 맡겨놓은 꼴이어서 가슴만 찢어지는 것이었다. 묶여가는 자신의 비참한 모습을 아내에게 보여주고 싶지 않은 것도 사실이었다. 모두 다 죄수가 되어 끌려가는 것이 창피한 탓에 고개를 들지 못하는 눈치였다. 그때 어디선가

"여보. 성음이 아빠!"

무망중에 가물거리는 소리가 은연중 귀청을 뒤흔들었다. 아련히 들려오는 소리는 아내의 목소리였다. 자신도 모르는 사이 엉겁결 고개를 들고 돌아보았다. 어떻게 알고 왔는지 갓길을 따라오며 불러대는 아내. 아들을 등에 업은 채 얼굴은 눈물로 범벅이 되어 있었다. 그 순간 심장이 꽁꽁 얼어버린 느낌이었다. 피돌기가 딱 멎어서는 듯 머리가 핑 돌면서 어질어질해지는 것이었다.

"정득창!"

인정 없는 헌병의 목소리가 귀청을 째더니 방망이로 어깻죽지를 휘갈겼다. 갑자기 하늘이 노래지면서 정신이 아물아물해졌다. 또 다른 헌병이 달려들어 허벅지를 구둣발로 걷어찼다.

그래도 아내에서 눈을 뗄 수가 없었다. 헌병보조원이 방망이로 아내를 앞가슴을 밀치며 손목을 홱 가로채 길가로 내동댕이치는 것이었다. 아기 업은 연약한 여자에게 인정이란 다 버리고 없는 사람이었다. 아내에게 가해지는 비정한 모습을 바라본 그는 정신이 확 돌아버렸다.

"여보! 여보! 성음이 엄마! 성음아! 성음아!……."

자신도 모르게 절통에서 목소리가 새어나오고 말았다. 순간 이성을 잃은 채 가슴을 짓찢고 나오는 소리였다. 아내도 그 소리를 들었는지 대열 중간으로 달려들었다. 서슬이 퍼런 헌병들 사이를 뚫고서 사생결단의 각오로 뛰어들었다. 이윽고 바짓가랑이를 붙들어 잡고 오열을 쏟아내는 것이었다.

"여보! 당신은 가면 안된당께요. 아버님께서 돌아가신단 말이요! 당신은 절대로 가서는 안 된당께라우!"

아내는 죽기로 작정을 한 사람처럼 이판사판으로 매달렸다. 눈물마저 메마른 소리로 지원극통을 쏟아내는 아내를 향해 헌병들의 악랄함이 불을 뿜었다. 방망이로 밀치더니 구둣발로 걷어차는 몰인정함 앞에 아내는 신작로에 풀썩 꼬꾸라졌다. 그래도 아내는 땅바닥을 두드리며 울부짖었다. 어린 애를 업은 여자에게 무차별 폭력을 가하다니 인두겁을 쓰고서 인간이길 포기한 사람이었다. 당장 뛰쳐나가 사생결단을 하고 싶지만 서로들 포승줄에 얽히고설킨 탓에 꼼짝을 할 수 없었다. 오장육부마저 한꺼번에 바싹 오그라지면서 터져버리는 것 같았다. 그러나 앞으로 끌려갈 수밖에 없는 자신의 처지가 너무 비통하고 참담했다. 방망이질과 구둣발길을 각오하면서 그는 다시 아내를 바라보았다. 어느새 아내는 곁으로 다가와 헌병을 붙잡고 사정을 하고 있었다.

"여보시오. 헌병 나리. 우리 시아버지께서 돌아가시려고 헌단 말이오. 부모가 돌아가신 마당인디 끌고 가서야 쓰겠소. 자식이라곤 저 사람뿐이란 말이요. 마지막 보내드릴 때는 아들이 있어야 쓸 것 아니요. 한번만 봐준다면 당신의 노복도 마다하지 않을라요. 제발 다음 징용에 데려가면 안되능가요. 예? 헌병 나리."

아내는 두 손으로 싹싹 빌면서 사정을 해대었다. 들으려고 하지도 않은 헌병은 또다시 밀어젖혔고 아내는 길가에 처박혔다. 순간 이성을 잃어버리고

"여보! 여보! 성음아! 성음아!……."

가슴에 맺힌 응혈이 나오는 듯 피맺힌 절규를 쏟아내었다.

"여보 당신은 가면 안돼요. 아버지가 돌아가실 것 같당께요."

아내는 길바닥에 쓰러져 버르적거리면서도 외쳐대었다. 나라 잃은 설움을 비통함으로 달랠 수밖에 없었다. 더 이상 볼 수 없어 오열(嗚咽)을 삼키며 고개를 돌려버렸다. 뭇매질이 이어질 것이 뻔했기 때문이었다. 죄 없는 아내한테 모진 삶만 안겨주는 자신이 너무 원망스러워 차라리 혀를 깨물고 죽고 싶었다. 역 마당을 지날 때까지 아내의 울부짖음은 계속되고 있었다. 아내의 울부짖는 소리는 십 년이 넘도록 두고두고 귓가를 맴돌며 떠나지 않았던 것이다.

보성역에 도착한 죄수들은 쪽문을 통해 플랫폼으로 나갔고 열차에 태워져 목포로 향했다. 차안에서도 포승에 의한 결박을 풀어주지 않았다. 화장실마저 한꺼번에 가야하는 진풍경이 이어졌다. 죄수들이 탄 객실은 창문마저 다 가려놓았다. 바깥세상은 보지도 말라는 뜻인 것 같았다. 칸에는 승객들도 타지 않았다. 탔다가도 서슬 퍼런 헌병들

의 모습을 보고 곧장 다른 칸으로 가버렸다. 암흑과 같은 기차 안에서 서너 시간을 보내고 나자 목포역에 도착했다. 기차에서 내린 죄수들은 또 다시 엮어놓은 굴비두름처럼 줄을 서서 헌병보조원들에 이끌려 목포역 마당으로 나왔다. 역 마당에는 오가는 사람들로 붐볐다. 그들은 하나같이 끌려가는 죄수들을 바라보았다. 죄수들을 향해 손가락질을 해대는 사람도 있고, 도리어 헌병들에게 야유를 퍼붓는 사람도 눈에 띄었다. 헌병들은 대로를 놔두고 비탈진 샛길로 들어섰다. 언덕바지에는 게딱지같은 오두막집들이 오밀조밀 들어차 있었다. 산비탈 길을 돌고 돌아 고갯마루에 오르자 시야가 탁 트이며 목포 앞 바다가 펼쳐졌다. 황홀한 광경임에도 죄수들은 애써 고개를 돌리며 바라보지 않으려 들었다. 죄인으로 끌려간 죄책감 때문인지는 몰라도 쉽게 자신들의 표정을 드러내지 않았다.

35
황국신민과 목포형무소

비탈진 내리막길을 돌아들자 저 멀리 붉은 벽돌로 쌓아올린 담벼락이 보였다. 담벼락을 바라본 순간 죄수들은 하나같이 가슴이 꽉 막힌 눈빛들이었다. 내리막길을 따라 담벼락을 따라 들었다. 성처럼 쌓아올린 담벼락 위에는 망루가 있었고 그 위에는 총을 메고 형무관이라는 사람들이 지키고 있었다. 담벼락 담장 위에는 가시철조망을 둘둘 쳐놓아 생지옥이라는 위압감에 온몸이 오싹했다. 모두들 죽지 못해 따라가면서 허탈한 심정으로 땅이 꺼지도록 한숨을 쉬어대었다. 이를 알아차리기라도 한 듯 담장을 따라 돌아 돌면서 구호를 외치도록 했다.

"황국신민 폐하만세!"

목포역에서부터 함께하던 헌병보조원이 목이 터지라고 외쳤다. 그러나 죄수들의 반응은 싸늘했다. 목소리는 낮게 가라앉았고 표정들은 딱딱하게 굳어 있었다.

"황국신민 폐하만세!"

앞을 보고 외치던 보조원이 이번에는 뒷걸음을 걸으면서 외쳤다. 그들의 외침이 별반 다르지 않자 가던 길을 멈춰놓고 헌병들의 인정

134

없는 방망이질이 이어졌다. 담벼락을 부수고도 남을 둔탁한 소리가 퍼졌다. 모두들 몸을 움츠리며 울먹였다. 네 사람씩 편을 지어 앞에서는 선창을, 그리고 뒤에 네 명은 후창을 시켰다. 시작을 알리는 호각소리가 울리자

"황국신민!"

"폐하만세!"

발을 맞춰가면서 구호를 외치며 앞으로 나아갔다. 무차별 방망이 세례를 당한 뒤에는 기를 쓰듯 악을 써댔다. 선창과 후창을 비교해가면서 단체적 체벌도 가했다. 목을 쥐어짜내듯 바락바락 악을 써가며 담벼락을 휘어 돌았다. 정문으로 다가간 그들 앞으로 형무관들이 나와 인원을 점검하고서 철문을 덜거덩 열었다. 안으로 들어간 뒤 또다시 인원을 파악하기위한 점호가 이뤄졌다. 곧바로 녹갈색 제복을 입고 팔뚝에 붉은 완장을 두른 이가 들어왔다. 모자에는 일장기가 선명했다. 옆구리엔 사벌을 차고 구릿빛 나는 방망이를 든 채 긴 가죽 장화를 신고 있었다. 그 뒤에는 총을 들고 두 사람이 따랐다.

"네놈들은 우리 황국신민이 되길 거부하다 잡혀온 놈들이다. 위대한 천황 폐하를 배반하면 어떤 벌을 받게 되는지 오늘부터 알게 될 것이다. 우리 목포형무소에 들어온 이상 이곳 규율에 따라 시키는 대로 해야 한다. 만일 정해진 규율을 어기면 다시 재판에 회부되어 구속기간이 연장될 것이다. 알았나?"

그는 형무소에서 높은 지위에 있는 사람으로 보였다. 둥그스름한 얼굴에 칼날처럼 날카로운 콧날이 성깔 있게 보였다. 민틋하게 벗겨진 이마에서부터 개기름이 번지르르하게 흘렀다. 방망이를 들고 자신의 손바닥을 탁탁 두드려가며 말했다. 사벌에 방망이만 봐도 섬뜩할 지경이었다.

"이곳은 한 번 들어오면 나갈 길이 없는 곳이다. 그런데도 탈옥을 하려는 자들이 있다. 해서도 안 되고 할 수도 없는 데도 탈옥을 하려들다가 잡혀오는 경우가 있었다. 그런 짓을 하다 잡힌 자는 형기가 배로 늘어나게 된다. 주모자는 말할 것도 없거니와 공모자도 마찬가지라는 것을 명심하도록 해라. 벌써 보았겠지만 우리 형무소에는 높은 담벼락이 이중으로 쳐져 있다. 또한 담장 위에 철조망이 둘러쳐져 있어 쥐새끼 한 마리도 뚫고 넘어갈 수 없다. 그것만이 아니다. 군데군데 망루가 세워져있고 그곳에서는 스물네 시간 망원보초가 감시하고 있다. 만일 담을 넘다 들키면 즉각 사살할 수 있음을 알려준다. 다음은 본 형무소에서 폭력사건이 종종 벌어지고 있다. 가해자는 말할 것도 없고 피해자도 함께 처벌된다는 것을 알아야 한다. 만일 폭력을 행사하다가 발각되면 이 또한 재판에 회부되어 형기가 늘어날 수 있음도 명심해야 한다. 가장 중요한 것은 황국신민(皇國臣民)이 되는 일이다. 신민(臣民)으로서 역할을 충실히 이행해야 한다. 황국신민이 되어야 하는 까닭은 원래 일본과 조선은 조상이 한 사람으로 같은 분이기 때문이다. 진즉부터 하나의 나라가 되었어야 했는데 이제야 위대하신 천황 폐하께서 그 뜻을 이뤄 주신 것이다. 따라서 너희들은 천황폐하의 신하로서 그분을 섬기고 충성을 다하겠다고 맹세하여야 한다. 황국신민으로 해야 할 일을 말해주겠다. 첫째 아침에 일어나면 황국신민서사(皇國臣民誓詞)를 선서해야 한다. 그것이야말로 황국신민으로서 천황에게 충성을 맹세하는 길이다. 날마다 성실히 이행토록 하라.

두 번째로 해야 할 일은 매일 정오에 오포 사이렌이 울릴 것이다. 그때는 모두가 하나 된 마음으로 동녘을 바라보며 경배해야 한다. 천황은 살아있는 신으로 만세일계(萬世一系)를 통치하신 분이기 때문에 공경해야 함이 마땅한 일이다. 세 번째로 아침저녁으로 식사 전에는 천황폐하께 경배해야 한다. 우리가 먹는 모든 음식은 폐하께서 내려 주신 것이다. 마지막으로 앞에서도 말했지만 일본민족과 한민족은 테라스오미카미(天照大神) 후손으로 다만 적자와 서자였을 뿐 동일민족이었다. 따라서 우리는 황국신민서사를 선서할 때는 반드시 카미타나(神棚)앞에서 해야 한다. 그 안에는 신이 모셔져 있음을 알아야 한다. 이상은 본 형무소 수감자로서 지켜야 할 규율이었다. 황국신민으로서 역할을 충실히 이행하도록 하라. 모범수로 선발된 사람은 감형 수혜를 얻게 된다는 것도 알려준다. 알았나?"

말하는 표정이 거만함으로 가득 차 보였다. 눈을 내리깐 것이나 양미간에 주름살을 잡아댄 것은 말할 것도 없고 목소리마저 착 깔아 내리며 말했다. 사람들을 바라보는 시선 속에는 면도날 같은 날카로움도 선득거렸다. 그가 알려주는 내용은 하나같이 친일의 극치를 달리는 내용들이었다. 징용 기피자로 잡혀온 이들을 일본으로 보내기 위한 사전 교육인 듯싶었다. 그가 말한 주된 내용은 일선동조론(日鮮同祖論)이었다. 일본과 조선은 동일한 조상을 갖고 있다는 것. 조선을 강제 병탄(倂呑)하고 한민족을 아예 말살하려는 정책을 추진하려던 그 중심에 늘 등장한 이론이다. 그것은 결국 황민화정책(皇民化政策)으로 이어졌다. 조선인도 천황의 백성임을 선언하도록 강압적으로 억누른 것이다. 이는 조선인의 정체성을 말살하여 아예 일본민족에 통합하려는 정책의 일환이었다. 이를 행동으로 옮긴 것이 동방요배(東方遙拜)였다. 동녘을 향해 절을 하며 황국신민임을 외치는 행위였다. 동녘은 일본을 나타내고 그 중심에는 천황(天皇)이 있었다. 맹목적으로 천황에 맹종을 강요한 것이다. 황민화정책(皇民化政策)의 하나로 우리나라 사람의 성을 일본식 이름으로 고치도록 창씨개명까지 이어졌다.

죄수들은 하나같이 잔뜩 겁을 먹은 채 처음부터 끝날 때까지 부동
자세로 서서 들었다. 심한 중압감에 사로잡혀 눈동자에는 긴장감이
짙게 배어 있었다.

잠시 후 그들 앞에는 옅은 청색 수의(囚衣)가 지급되었다. 수의는
앞선 사람들이 입었던 옷을 세탁만 해서 물려준 것 같았다. 차마 말로
할 수 없을 정도로 낡은 것도 있었다. 누더기나 다름없이 옷소매와 엉
덩이가 너덜너덜 해어진 것도 있었다. 그래도 왼쪽 가슴에 죄수번호
만큼은 선명하게 부착되어 있었다.

득창은 키가 큰 탓에 옷 길이가 맞지 않았다. 소매가 짧아 팔목 위
에 걸쳐지고 바지도 간신히 무릎을 덮을 정도였다. 왼쪽 가슴에는 하
얀 바탕에 빨간 글씨로 17653이라고 쓰여있었다. 잠시 포승줄이 풀렸
다. 수갑만 찬 채 형무관의 인도를 받았다. 형무관은 죄수복으로 갈아
입게 한 뒤 한 사람씩 감방으로 데리고 갔다. 감방 안으로 들 땐 수갑
마저 풀어주었다.

감방은 유치장과는 전혀 달랐다. 복도를 따라 다닥다닥 연이어져
있었다. 안이 보이도록 굵은 철장으로 되어 있어 감방이 훤히 들여다
보였다. 그 옆에는 배식구도 보였다. 복도에서도 죄수들을 쉽게 감시
할 수 있게 만들어놓은 것 같았다. 형무관이 자물쇠를 열고 철문을 열
었다. 둔중한 문이 털거덩 열리면서 안으로 들어가라고 했다. 감방 문
에는 나 168실이라고 써져 있었다. 혼자만이 아니었다. 함께 배치 받
은 이가 있었다. 얼른 봐도 남자가 어리숙해 보였다. 들어올 때부터
겁에 질린 듯 눈알을 희번덕인 채 오들오들 떨었다. 수갑이 풀린 그들
은 감방 안으로 들어갔다. 천장에는 광창이 나 있어 어둡지 않았다.
감방 안에는 이미 열두 명의 죄수가 있었다. 이제 열네 명이 된 꼴이었
다. 발을 들여놓는 순간부터 심신이 얼음장같이 얼어붙기 시작했다.

우두커니 앉아 바라보는 눈초리들이 예사롭지 않았다. 갈고리로 긁어내기라도 할 듯 눈을 치떠가며 쳐다보았다. 말라 꼬드러진 명태처럼 앙상한 광대뼈만 도드라진 채 희어멀뚱한 눈으로 쩨려보기도 했다. 사흘에 피죽 한 그릇도 못 얻어먹은 사람 형색들을 하고서 산송장 몰골로 쳐다보는 모습에 등골에서 오싹 소름이 돋았다.

둘이는 무엇부터 어떻게 해야 할지 당혹스러웠다. 어디로 가서 앉아야 할지도 몰라 무척 황망했다. 바라보는 눈길들이 점점 빳빳해지면서 살기가 도는 것 같았다. 유치장에서도 왕초라는 이가 사람을 죽이려 들었는데 하물며 감방에서야 오죽 하겠는가 싶어 오금이 쑤셨다. 둘이는 쳐다보는 눈빛들을 차마 바라볼 수 없어 고개를 숙인 채 윗목으로 가서 엉덩이를 붙이려 들었다. 감방도 유치장과 같이 차디찬 마룻바닥이었다.

"야! 너는 어디서 굴러온 개새끼냐?"

얼른 봐도 키가 댓 자가 될까 말까 보이는 조그만 녀석이 눈을 뒤집어 까며 소리쳤다. 생긴 모양으로 봐서는 큰소리 칠만한 계제도 못 되는 것 같은데 눈알을 치굴리며 쳐다보았다. 아니꼽살스럽게도 조막만한 놈이 눈딱부리가 되어 튀어나온 것이다. 맞붙어 싸운다면 한 주먹 감도 못 될 것 같았다. 그러나 내심은 잔뜩 긴장되어 심장이 오그라드는 기분이었다. 같이 간 그이는 어리둥절한 모습으로 눈알만 뱅글뱅글 돌리고 서 있었다.

"워매! 야들이 복창도 모르는개비네. 야 막내야. 너 뭣하고 있냐?"

복도에서 들여다봐도 보이지 않은 구석지에 앉은 이가 턱을 끌어당기고서 목에 힘을 주며 말했다. 그러자 저쪽에서 아직 어릿한 이가 불쑥 일어나 몸을 이리저리 흔들어대며 다가왔다. 입술에 침을 발라가면서 갈퀴눈으로 쩨려보았다.

"그렇지 않아도 성님 말씀만 기다리고 있었구만이라우. 처음 들어올 때부터 버르장머리가 없어 선물을 줘야 쓰겄다 싶었당께요. 목포 돌담집이 어떤 곳인지 맛을 보여줘야 쓰겄소."

하고는 잽싸게 주먹을 날렸다. 힘도 없어 보이면서도 제법 주먹깨나 쓰는 것처럼 으스댔다. 하지만 득창은 얼른 몸을 피해 맞지 않았다.

"니가 피해부렀냐? 워매 처음 들어온 선물을 받지 않겄다 그 말이제."

그는 자기 주먹을 피하는 것이 못마땅했던지 눈초리를 꼿꼿이 세우며 입을 앙다물었다. 이내 주먹이 곁에 서있는 이를 향했다. 잔뜩 겁을 집어먹은 채 어리병병하게 서있던 그는 일격에 꼬꾸라지려다 벽을 잡고 뒤뚱뒤뚱거렸다. 왼쪽 입술을 움켜쥐고 일어선 그의 입가에는 어느새 피가 흐르고 있었다. 피를 보고 난 그는 주먹을 흔들며 자리로 들어가 앉았다. 이번에는 바짝 마른 굴비처럼 가냘파 보이는 이가 일어서서 다가왔다. 그는 오자마자 벼락같이 잽싸게 주먹을 날렸다. 득창은 피해보지도 못한 채 턱을 얻어맞고 말았다. 다른 이도 마찬가지였다. 안면을 강타당한 듯 얼굴을 부여잡고 안절부절 못했다.

세 번째에 이어 네 번째 교대로 일어나 한 대씩 휘두르는 것이었다. 연속되는 주먹세례에 숨도 제대로 쉴 수 없었다. 저항을 해볼 겨를도 없이 대여섯 대 두들겨 맞고 나니 숨을 쉬는데 물컹한 것이 거북살스럽게 콧구멍을 막는 것 같았다. 바닥으로 핏덩이가 떨어지고 입술마저 무디어지기 시작했다. 눈두덩도 무거우면서 앞사람이 희미하게 보였다. 코피를 쏟아내게 만들었고 입술과 눈두덩이 퉁퉁 부어올랐다. 함께 들어온 이는 이미 온 얼굴이 일그러져 알아볼 수 없을 정도로 만신창이가 되어 있었다.

감방에 처음 들어오는 이에게 주먹을 날리는 것이 선물이라고 불렀다. 살다 보면 희한스러운 일도 있다고 하더니 이를 두고 하는 말 같았다. 사람을 때려주는 것이 어찌 인사란 말인가? 똑같은 처지에 놓인 사람들끼리 서로 돕지는 못 할망정 진정 몸서리치는 일이었다.

"그만 해라. 한꺼번에 너무 많은 선물을 주면 쓰겠냐? 하는 짓을 봐가면서 줘야제."

한가운데에서 비스름하게 팔을 개고 누워 있던 이가 몸을 일으키며 말했다. 얼굴 모양이 여느 사람과는 다른 데가 있었다. 눈썹과 머리칼이 맞닿은 이마에는 울멍줄멍한 골 주름살이 가득했다. 칼자국으로 얼룩진 흉터투성이 얼굴이 보는 이로 하여금 소름을 돋게 했다. 쏘아보는 눈길은 왠지 가슴이 섬뜩하게 만들고도 남았다.

"야! 선물을 그만 주고 인자 신고부터 시켜라."

"예, 성님."

"어디서 온 놈들인지 복창을 시키랑께."

그는 다시 곁에 있는 사람의 허벅지를 베개 삼아 누워버렸다.

이번에는 키꼴이 장대하고 이목구비가 시원시원하게 생긴 이가 일어나더니

"야! 어디서 굴러온 놈인지 신고를 해야 쓸 것 아니냐?"

그는 생긴 것만큼이나 점잖게 말했다. 무슨 죄를 지어 감방엘 들어왔는지는 몰라도 얼굴 관상이 선하게 보였다.

"저는 정득창이라고 합니다요. 보성군 곰재면 자정골에서 징용 기피자로 왔구만이라우."

득창이 먼저 맹맹한 목소리로 외쳤다. 목구멍에는 핏덩이가 뭉쳐있는지 갈그랑거리며, 입술이 퉁퉁 부어 발음이 어눌해지는 느낌이 들었다.

"지는요, 저기 보성 겸백면 평호리에서 왔구만이라우. 징용을 기피

하다 붙잡혔당께요. 이름은 박삼식이구만요."

삼식은 몸을 제대로 가누지도 못하고 숨넘어가는 소리를 내었다. 그는 눈두덩이 텅텅 부어 감기다시피 되었고 이빨이 붉은 피로 물들어 있었다.

둘이는 감방으로 들어가자마자 호된 신고식을 치렀다. 폭력이 있어서는 안 된다고 금방 듣고 왔던 것인데, 그건 말뿐인 것 같았다. 아파도 아프다는 소리도 못하고 퉁퉁 부은 얼굴로 멍하니 천장만 쳐다보고 있었다. 말로만 듣던 생지옥이 이런 곳이구나 싶었다. 주먹밥 한 덩이로 배를 채우고 먼 길을 온 탓인지 속없는 뱃속에선 꼬르륵거리는 신호만 연신 흘러나왔다. 입에서는 침마저 말라 삼킬 것조차 없었다. 신고식을 마친 득창은 삼식과 함께 철창문 옆에 쓰라린 상처를 어루만지며 쪼그리고 앉아 있었다. 감옥에서는 하늘의 해가 어디에 있는지 알 수 없었다. 천장에 뚫린 광창에 빛이 있으면 낮이고 어두우면 밤이라는 것을 알 뿐이었다.

하염없는 슬픔에 잠겨 쪼그리고 앉아 있을 때 배식구에서 철거덩 소리가 나며 문이 열렸다. 모두들 시선이 한군데로 향하고 있었다. 몰큰몰큰 풍겨 온 음식냄새는 뱃속을 가만 놔두지 않았다. 창자가 뒤틀려지면서 배리배리 꼬아지는 것 같았다. 말랐던 입에 침이 괴어들면서 목울대를 꿈틀거리게 만들었다. 잠시 널따란 쟁반에는 주먹밥과 양재기가 놓여있었다. 밥이라곤 하지만 시꺼먼 보리밥에 콩알이 듬성듬성 박혀있었다. 국이란 것도 무 조각이 서너 개씩 들어있는 말간 국이었고 반찬으론 한 사람당 배추김치 두 가닥이 고작이었다.

"야 막내야!"

두 번째 왕초라고 하는 이가 불렀다.

"예. 성님!"

142

"밥은 막내 느그들이 날리는 것이다. 그리고 처음 들어와서는 밥도 반밖에 안 먹는 것이랑께. 먹기 전에 반은 성님들에게 바치는 것인 줄 유치장에서 배웠을 것인디. 알고 있는지 모르겠다. 목포 돌담집 168호실 왕초를 돌이지꼬맹이 해서 땄겠냐? 우리도 그런 고생 다 하고 여기까지 왔응께 그리 알그라잉."

두 번째 왕초가 점잖은 말투로 달래듯 말했다. 하지만 눈길만은 매섭고도 차가웠다. 혀끝이 파르르 떨릴 정도로 당황스러웠다. 일각에 떡심이 풀리면서 땅속으로 꺼져 들어가는 기분이었다. 배가 고파 어질어질 한 판국인데…….

"예. 성님."

득창은 대답은 했지만 눈에서 눈물이 징 솟구쳤다. 주먹밥쯤이야 서너 개를 먹는다고 해도 간에 기별이 가지 않을 것 같은데 하물며 반을 내놓으라니. 기도가 막혀드는 것 같았다. 숨통을 조이는 것이나 다름없는 일이었다. 득창은 쟁반을 들고 가운데로 갔다. 왕초부터 가운데로 일렬로 앉았다. 득창과 삼식은 밥과 국을 날라 앞에다 가져다 놓았다. 맨 마지막에 들어온 똘마니는 왕초에게 반을 덜어주고, 그보다 위에 사람은 둘째 왕초에게 반에서 반을 덜어주었다. 밑에서 다섯 번째까지는 제 양을 먹을 수가 없었다. 이번에는 둘이서 한꺼번에 들어온 탓에 왕초는 주먹밥 하나를 공짜로 먹게 되어 만면에 웃음을 지었다.

"한꺼번에 둘이 들어왔제? 자 어서 가져와봐."

왕초는 뱀딸기처럼 빨간 코를 씰룩거리며 손을 까불까불거렸다. 득창과 삼식은 반을 남기고 왕초에게 바쳤다. 넘겨준 밥알에서 눈을 돌릴 수가 없었다. 가슴살을 도려내는 아픔이었다. 너무나 속이 쓰리고 아팠다. 하지만 어쩔 수 없는 일. 밥을 먹는 둥 마는 둥했다. 목구멍에 넘어가다 멈춰버린 느낌이었다. 뱃속에서는 계속해서 꼬르륵 꼬르륵 소리를 내보냈다. 생지옥이라 부르는 까닭을 알 것 같았다. 무지막지한 규율 아래 배를 곯아야 했던 것이다. 이 설움 저 설움 해도 배고픈 설움이 제일 크다고 하는 것인데……. 배고픔만은 참을 수 없는 듯 멀건 국물 한 방울도 남기지 않고 쪽쪽 빨아대었다.

왕초는 포식을 한 것처럼 꺽꺽거리며 트림을 해대었다. 남의 속 쓰리는 줄도 모르고…….

득창과 삼식은 감방에 들어간 지 사흘도 못 되어서 금세 몰골이 변해가기 시작했다. 뱃가죽이 등짝에 딱 들러붙으면서 갈비뼈가 장작개비처럼 튀어나왔다. 핏기 없는 얼굴엔 광대뼈만 도드라지며 개털이 옹색하게 돋아나기 시작했다. 먹는 것만 서운한 것이 아니었다. 뒷간 청소는 그들의 몫이었다. 아침식사만 끝나면 뒷간으로 가서 청소를 해야 했다. 물도 없기 때문에 깨끗이 청소를 한다는 것이야말로 고욕 중 고욕이었다. 잠자리 또한 뼈에 사무치는 서러움이었다. 저녁이면 뒷간과 연결된 문 옆이 그들의 자리였다. 뒷간은 밖으로 공기통이 있어 상깃한 문틈으로 찬바람이 들이쳤다. 찬바람은 고약한 구린내를 방 안으로 몰고 들어왔다. 냄새도 냄새려니와 밤이 깊어질수록 거세지는 찬바람의 위세가 문제였다. 동짓달 밤 찬바람은 뼈마디를 콕콕 쑤셔대며 얼얼하게 만들었다. 왕초는 바람이 들어오지 못하도록 막으라고 했다. 감옥 안에는 한 사람 앞에 한 장씩 지급되는 담요 외에는 아무것도 없어 결국은 담요로 막으라는 것과 다름없는 일이었다. 득창과 삼식은 담요 한 장으로 문틈을 막기 위해 걸쳐두고 한 장의 담요로 둘이서 덮어야했다. 차디찬 마룻바닥에 한 장의 담요로 둘이 덮기란 너무 작았다. 배고픔은 추위를 곱으로 몰고 왔다. 밤마다 배고픔과 추위와 싸우느라 오들오들 떨었다. 발과 등짝이 시려 잠을 제대로 이룰 수 없었다. 하지만 눈두덩만큼 무거운 것이 없다고 하더니만 잠이 밀려 올 때면 새우처럼 웅크린 채 둘이서 보듬고 잠을 잤다.

형무관들이 복도를 왔다 갔다 하면서 감방 안을 감시했다. 그러나 안에서 일어난 모든 일을 샅샅이 감시하기란 쉽지 않았다. 그런 사실을 고자질을 했다간 감당할 수 없는 폭력이 가해지기 때문에 서로들 쉬쉬했다. 득창은 천 갈래 만 갈래 공상을 해대며 하루하루를 보내고 있었다. 곰곰이 생각하며 궁리를 해 보아도 운명의 앞날이 막막하게 느껴졌다.

그 순간 머릿속에서 샛별처럼 반짝거리며 달려드는 생각…… 정신이 번쩍거리며 가슴에서 불이 홧홧 타는 느낌이었다. 모범수로 선발된 사람은 감형 수혜를 얻게 된다는 말. 단 하루라도 빨리 형무소를 벗어나는 것이 상책이라 생각되었다. 그것은 또한 종당에 가서 남겨두고 온 가족을 위한 일이라 것이 번득거려졌다. 기어코 모범수가 되자고 자신에게 채찍을 들이댔다. 힘들고 고될 땐 항상 아내를 생각하자고 자신을 채근했다. 빈궁(貧窮)에 허덕이고 있을 아내를 잊지 말자고 입술을 옥깨물었다. 어차피 징용으로 떠날 몸. 단 하루라도 빨리 돈을 벌어 아내에게 보내줘야 하기에 한낱 반딧불만한 작은 희망일지라도 굳은 신념으로 자리 잡아가기 시작했다. 그는 눈치 볼 것이 앞으로 돌진해 나아가자고 주먹을 불끈 쥐었다.

배고픔도 추위도 다 이겨내자고 입술을 굳게 깨물었다. 반 덩이 주먹밥으로도 견디어내자고 자신을 달랬다. 외딴 산속에 남겨놓은 가족만 생각하자고…….

인간만사는 마음먹기에 달렸다는 말이 틀림없었다. 감당할 수 없을 것으로만 여겨지던 고충도 힘들지 않았다. 청소고 배식이고 웃으면서 해내었다. 시키면 시킨 대로, 억지로라도 얼굴에는 미소를 거두지 않았다. 뼛골을 쑤셔대는 한기도 배고픔의 고통도 마음을 무디게 하지 못했다. 스스로 일감을 찾아 몸을 움직였다. 바보스러우리만큼 몸을 낮춰가며 열심히 일을 했다. 그러나 그것만으로는 인정을 받을 수 없다는 것을 알아차렸다. 무엇보다 형무관의 눈에 띄는 일을 해야 한다는 생각이 불쑥 떠올랐다. 순시하는 그들의 마음을 사로잡아 움직이고 싶었다. 그것은 친일 행각일 수밖에 없었다. 파렴치한 매국노라 손가락질을 당할지라도 자기만의 길을 가자고 속심을 키우기로 했다. 감방에는 황국신민서사를 선서하도록 카미타나(神棚) 상자를 벽에 걸어두었다. 아침이면 맨 먼저 일어나 카미타나(神棚) 앞으로 다가가 참배했다. 그것도 한 번 하는 것이 아니었다. 열 번이고 스무 번이고 형무관들이 복도를 순회하면서 바라볼 때까지 했다. 일부러 들을 수 있도록 주절거리기까지……. 모양새도 꾸며가면서 잘 보이려 들었다. 동방요배(東方遙拜)를 하는데도 남보다 공손하게 그리고 마음에서 우러나온 것처럼 따리를 붙이고 나섰다. 가식을 빌려 진짜인 것처럼 처신을 하고 나선 것. 마음은 콩밭에 가 있으면서도 내색을 감추며 살았다. 철저한 이중성 안에 자신을 가두었다. 어둠이 짙을수록 빛은 밝게 드러나기 마련이었다. 형무소는 강압에 의한 피동적인 순응만 존재할 뿐 자발성을 기대하기 어려운 곳이어서 그의 행동은 형무관들의 눈에 쉽게 띄었다. 형무관들은 하루하루가 다르게 눈여겨 바라보았고 관심을 보이기 시작한 것이다.

그러나 한편으로는 닥치는 시련도 만만찮았다. 함께 지내는 모두들 한결같이 색안경을 쓴 채 편견의 시선으로 바라보기 시작했다. 일제에 빌붙은 비겁한 배신자라고 손가락질을 해대었다. 심지도 없이 일본 놈이 다 되었다고 매도하면서 모진 학대와 수모를 가했다. 긍정적 시각으로 바라본 이도 있었지만…… 속마음을 철저히 가린 채 친일의 선봉적 역할을 나섰던 것이다. 어느덧 감방으로 들어온 지 한 달이 다 되어가자 처음 들어왔을 당시 왕초는 물론 두 번째 왕초까지 출소를 하고 새로운 이가 왕초가 되었다. 이름은 조기만이라고 하였는데 그는 예전 사람과 사뭇 달랐다. 타고난 성품이 너그러우면서도 올곧은 이었다. 착한 성품일지라도 형무소에 들어온 순간부터는 잔혹하고 광포한 폭도로 변하기 마련인데 그는 달랐다. 그가 왕초가 된 뒤로부터는 감방 분위기가 싹 달라지기 시작했다. 폭력이 줄어들고 기생충과 같이 남의 밥까지 뺏어먹던 일이 사라졌다. 감방 분위기를 그렇게 몰아간 이면에는 득창이 자리 잡고 있었다. 왕초가 된 조기만은 득창의 성실함을 눈여겨 보아왔던 것이다. 가정 사정을 들려준 뒤로부터 자신과 엇비슷하다는 말을 되뇌곤 했다. 그도 병상에 누워 계신 부친의 약값을 벌어보겠다고 징용을 지원했다가 붙잡혀 온 이였다. 때문에 그도 마음이 급했던 것이다. 하루라도 빨리 돈을 벌어 보내드려야 할 판이었다. 득창은 왕초와 날로 가까워지기 시작했다. 왕초는 앞장서서 득창을 옹호하고 나섰다. 결국은 다른 감방보다 모범적인 수감생활로 이어졌고 형무관들 눈에 띄었던 것이다.

드디어 168실 수감자들은 형기 감형의 수혜를 받게 되었다. 특히 왕초를 비롯하여 세 사람은 잔여 형기 면제를 받았다. 득창의 계략이 실제와 맞아떨어지게 되었던 것이다.

득창은 자기만의 계교로 형무소 생활을 2개월로 단축하고 일찍 징용으로 떠나게 되었다.

"자네 때문에 천혜와 같은 덕을 입었네."

왕초 조기만이 손을 잡고 눈물을 글썽이며 말했다.

"아니어라우. 모두가 합심을 한 탓이지요."

"아니랑께. 자네가 먼저 모범을 보여서 그렇게 된 것이제."

"그리 생각해줘서 고맙구만요."

모두들 고마운 마음을 감추지 못한 채 절까지 해대는 이도 있었다.

1941년 섣달 스무 이튿날. 드디어 일본으로 떠나는 날이 돌아왔다. 아침부터 형무소 정문이 시끌벅적하였다. 호각소리가 이곳저곳에서 들려오고 발을 맞춰대는 복창소리도 요란하였다. 포승줄로 줄줄이 묶인 채 헌병보조원과 형무관들로 에워싸인 죄수들이 수의(囚衣)를 벗고서 마치 열병식을 하듯 일렬로 서 있었다. 비록 형무소 수감생활을 마치고 담장 밖으로 나왔지만 얼굴표정은 밝지들 않았다. 또다시 일본 징용의 길로 떠나야 하기 때문이었다. 감시는 살벌했고 목포항구로 가는 길목 경비는 더욱 삼엄했다. 긴 칼을 차고 총까지 메고 있는 헌병과 보조원들이 군데군데 나열해 있었다.

어제저녁만 해도 꾸물대던 날씨가 아침에 들어선 제법 포근했다. 겨울날씨치고는 그런대로 따사로운 햇볕이 쏟아지면서 바람도 잔잔했다. 그러나 마음만은 으스스해지면서 온갖 서글픔이 파도처럼 밀려들어 하얀 앙금으로 가슴에 맺혀들었다. 고국을 등지고 타국으로 떠나야 한다는 외로운 체념이 불러온 절망감 때문이었다. 모두들 삶아 놓은 호박잎처럼 고개를 쭉 늘어뜨린 채 외오빼고 있었다. 파도는 하얀 물보라를 일으키며 밀려오다 부서지기를 반복하고 있었다. 항구에는 집채덩이보다도 훨씬 큰 배가 닻을 내린 채 후려치는 파도에 뒤뚱거렸다. 그 배는 징용자를 태우고 일본으로 떠나갈 배였다. 배의 갑판 기둥에서는 하얀 바탕에 피를 찍어놓은 것 같은 동그라미 선명한 일장기가 펄럭이고 있었다.

헌병의 호각소리가 세차게 날아들고 나서 한 줄로 나란히 줄을 세웠다. 인원점검이 시작되었다. 배에서 나온 일본 헌병들은 다섯 사람씩 줄을 세웠다.

"모두 좌우로 나란히!"

"제자리 앉아!"

"다시 일어서!"

"선 채로 일렬 번호!"

반복해서 혼쭐을 뺄 것처럼 윽박질렀다. 조금이라도 우물쭈물 거리기라도 하면 인정사정없이 방망이로 후려쳤다. 초긴장 상태로 몰아가며 혼을 빼앗은 것이었다. 배고픔도 추위도 잊은 채 눈알을 휘돌리며 옆 사람들과 줄을 맞추느라 정신을 바짝 차리고 있었다. 득창은 168실 감방에서 함께 수감생활을 했던 조기만과 최점용 그리고 안점출과 함께 앞줄과 뒷줄에 끼어 있었다. 그중에서도 왕초였던 조기만은 득창과 사이가 좋았다. 심성이 착한 그는 함평 신광면이 고향이었다. 둘이는 기왕이면 일본에서도 함께 지냈으면 좋겠다고 말해왔다. 인원점검 결과 백오십 명에는 이상이 없었다. 잠시 후 해군 본부에서 왔다는 하얀 제복을 입은 군인들이 배에서 내려왔다. 그들도 하나같이 사벌을 차고 총을 들고 있었다. 그중 본부장이라는 사람이 조선의 헌병대장과 마주서서 서로 경례를 한 다음 서류를 주고받았다. 악수를 하고 돌아서자 승선을 알리는 뱃고동 소리가 울리고 배문이 열렸다. 앞줄부터 차례대로 배에 올랐다. 배에도 방 같은 곳이 있었다. 한 칸에 이십 명씩 조를 지어 타도록 안내했다. 득창은 조기만과 최점용 그리고 안점출과 같은 조에 속했다. 전생의 인연의 고리가 깊었는지는 몰라도 기구한 운명이 계속 이어지고 있었다.

해는 반공(半空)의 하늘에서 흐리흐리한 빛을 뿌려대고 있었다. 모두 승선이 끝나자 배는 '부웅, 부웅, 부우우웅'거리고는 천천히 미끄러지듯 목포항을 출발했다. 그동안 곶감처럼 엮어놓았던 포승줄이 풀리면서 배에서는 자유의 몸이 되었다. 잡혀온 뒤 처음 겪는 즐거움이었다. 그들은 자유롭게 밖으로 나가 바다를 바라보기도 했다. 배꼬리에서는 마치 막대기로 물을 휘젓듯이 하얀 물보라를 일으키며 요동을 쳐댔다. 잘 다녀오라고 배웅이라도 하러 나온 듯 갈매기들이 배위를 선회하며 끼룩끼룩 울어대었다. 고국을 떠나가는 젊은이들이 애처롭게 보였는지 곁을 떠나지 못했다. 갈수록 목포항이 아득하게 멀어져가고 있었다. 배는 통통거리며 속력을 가하기 시작했다. 신바람이 난 배는 목포 시가지를 끼고 오른쪽으로 돌았다. 기암괴석이 첩첩이 쌓여 절벽을 이룬 유달산이 눈길 안으로 들어왔다. 노적봉이 떠나가는 그들에게 손을 흔들어주는 것 같았다. 언제 다시 고국산천을 다시 볼까 싶은 생각에 불현듯 눈시울이 후끈해지기 시작했다. 모두들 응답의 손길도 보내지 않은 유달산을 향해 마구 손을 흔들어대었다.

겨울 바닷바람은 차가웠다. 가슴속까지 파고들었다. 입술이 굳어지면서 턱이 덜덜 떨렸다.

뱃머리 마스트에 꽂힌 일장기는 찢어질 듯 힘차게 펄럭였다. 푸른 바다를 세차게 가르며 배는 너른 바다로 나왔다. 배꼬리의 물줄기는 더욱 요란스럽게 요동을 쳐대며 심한 물살을 일으켰다. 푸른 바다에는 작은 섬들이 올망졸망 떠 있었다. 마치 산자락에 초가집들이 둘러붙어 있는 것처럼 보였다. 배는 용하게도 흩어 깔려진 섬들 사이를 헤집고 잘도 나아갔다. 바닷바람은 더욱 거세지고 있었다. 사람들은 뼛속을 파고드는 바닷바람을 피해 안으로 들어갔다. 옹기종기 모여앉아 기구한 운명의 덫에 걸린 자신들의 신세를 한탄하고 있었다. 얼굴마다 미구에 닥칠 일이 두려운 듯 풀이 죽어있었다.

배는 망망대해를 미끄러지듯 달려가고 있었다. 갈매기도 제 집으로 돌아갔는지 보이지 않았다. 간간히 부 하는 뱃고동 소리만 들려올 뿐이었다. 배는 지칠 줄도 모르고 바다를 가르고 있었지만 젊은이들은 허기와 추위에 지쳐갔다. 몸을 웅크린 채 벽에 기대는가 하면 잠에 떨어지는 이도 있었다. 멀미하는 이도 있었다. 그들은 입을 틀어막고 화장실을 들락거리고 있었다. 노란 똥물까지 토해 내며 얼굴이 회멀건 백지장으로 변하기도 했다.

해는 중천을 지나 어느덧 서쪽 하늘 한가운데를 가르고 있었다. 망망대해에서 보이는 것은 하늘의 구름과 햇덩이 뿐이었다. 조각구름이 띠를 이루어 푸른색과 흰색의 하늘로 나누어 놓았다. 흰 구름들이 석양을 보듬고 아름다운 유경(流景)의 그림을 그리려 들었다.

모두들 지친 기색이 역력해 보였다. 갈수록 기진맥진 초주검이 되어가는 모습이었다. 아침에 주먹밥 한 덩이로 기나긴 뱃길을 달려온 까닭에 매가리가 풀린 채 사지가 축 늘어지면서 희어멀뚱한 눈망울만 껌벅였다.

동짓달 짧은 해가 어느덧 서쪽 하늘로 기울어 석양의 노을 진 구름 속을 파고 있을 때였다. 이상하게도 배에서 땡땡거리는 종소리가 들려왔다. 그것은 식사시간을 알리는 신호였던 것이다. 시들부들 풀이 죽은 얼굴에 금세 신바람이 나며 생기가 돌았다.

"감방보다야 낫겠제."

왕초 조기만이 기대에 찬 눈빛으로 바라보며 말했다.

"그러겠지라우. 생지옥보다 못해서야 어떻게 일을 시켜묵겠소?"

득창이 맞장구를 쳐 주었다.

"아이고! 그놈의 주먹밥 들먹이기만 해도 입에서 신물이 난당께."

점출이 시원스럽게 튀어나온 입술을 짝 벌려가며 말했다. 그의 표정에는 알 수 없는 울분으로 가득 차 있는 것 같았다.

"그걸 말이라고 헝가? 넉 달 동안 주먹밥으로 살아온 이 몸땡이가 사람이겠능가? 호랭이한테 던져줘도 안 물어갈 것이네. 뜯어 묵을 것이 있어야 물고 가제."

점용이도 한 다리를 걸치며 끼어들고 나섰다. 말 그대로 피골이 상련이 되었다고 하듯, 뼈와 가죽만 남아 있는 몰골들이었다. 날마다 잡곡과 콩을 섞은 찬 주먹밥은 살로 가지 않았다. 굶겨 죽였다는 소리를 듣지 않기 위해 목숨 부지용으로 주는 것이었다. 부잣집 개에 던져주면 먹지 않을 밥이었다. 이제 형무소를 출소한 마당이라서 모두들 기대에 찬 눈빛으로 기다리고 있었다. 잠시 해군들이 사과궤짝 같은 철가구를 들고 다가왔다. 몰큰몰큰한 음식 냄새가 풍겨 나오자 그들은 입에 괸 침을 삼키느라 울대를 꿈틀거렸다. 일각에 생기가 돌면서 눈빛들이 반짝거렸다. 뚜껑을 열고 밥을 꺼내었다. 기대에 찬 눈빛이 금방 실망의 빛으로 바꿔지고 있었다. 서로들 두런대는 소리가 들려왔다. 게두덜거리는 소리도 들렸다.

"흥, 감방도 아닌데 저것이 뭣이당가? 이렇게 믹여갖고 일을 허겄능가?"

"믹일 것을 믹여갖고 부려묵어야제. 탈탈 곯고 어떻게 일을 허간디?"

나올 법도 한 말이었다. 감방에서 신물이 나도록 먹었던 주먹밥이 또다시 나온 것이었다. 그것도 잡곡밥에 콩깻묵을 버무려놓은 것이었다. 국물이라는 것도 맹물에 무 서너 조각을 넣어주고 다시마 한 조각을 떨어뜨린 희멀건 국물이었다. 일본으로 가면 배는 채울 것으로 여겼던 것인데⋯⋯. 모두들 실망의 한숨을 몰아쉬었다. 그래도 마파람에 게 눈 감추듯 먹어 치웠다. 손바닥에 묻은 밥풀 하나도 남기지 않고 핥아먹었다. 기갈(飢渴)이 감식(甘食)이라 콩깻묵으로 버무린 주먹밥도 푸짐한 진수성찬이나 다름없었다.

노을이 진홍빛 빛을 토해내더니 햇덩이는 어느덧 서산마루를 훌쩍 넘고 말았다. 극심했던 허기를 간신히 모면하고 난 그들은 추위를 이겨보려고 서로서로 바짝바짝 붙은 채 한결같이 웅크리고 있었다. 바다는 어둠 속으로 빨려 들어가고 있었다. 달빛도 없는 깜깜한 밤에 물보라만 일으키고 쏜살같이 달려가고 있었다. 밤공기는 더욱 차가워졌고 모두들 담요에 몸을 묻고서 깊은 잠에 취해 시간 가는 줄 몰랐다.

"수고들 많이 했습니다. 본 군함은 잠시 후 사세보 군항에 입항하게 될 것입니다. 모든 것을 정리하고 소지품을 챙겨 하선에 만전을 기하시기 바랍니다. 다시 한 번 알립니다. 본 군함은……. 이상 본부에서 알려드렸습니다."

선내 스피커에서 들려오는 소리였다. 잠결에 스피커에서 날아드는 소리를 들었다. 잠에서 깬 그들은 모포를 개어 베개와 함께 가지런히 정리하고 하선을 기다리고 있었다.

먹물을 쏟아부어 놓은 것처럼 어두운 바다 저 멀리 항구가 눈에 들어왔다. 그믐에 가까운 눈썹달은 이제야 동녘하늘에 기우듬히 자신을 드러내고 있었다. 달빛은 칠흑 같은 어둠을 물리치지 못했다. 출렁이는 바닷물에 연한 빛만 뿌려대어 아롱거리고 있을 뿐이었다. 일본은 한밤중인데도 항구에 불빛이 반짝거렸다.

잠시 배는 통통거리는 소리를 키워가면서 천천히 뱃머리를 돌리는 것 같았다. 뒤로 돌아선 배는 미끄러지듯 항구로 들어가고 있었다. 모두들 배가 닿을 항구 쪽을 바라다보았다. 그곳은 미지의 나라였다. 호기심보다는 다가올 두려움에 긴장의 끈을 늦추지 못하고 걱정스런 시선들을 뿌리고 있었다. 득창도 등줄기에서 식은땀이 솟았다.

"우리 넷은 죽어도 같이 죽고 살아도 같이 살게 떨어지지 말아야 쓸 것인디, 어째야 쓸지 모르겠네."

왕초 조기만이 불빛이 번쩍거리는 항구를 바라보며 불안을 감추지 못하며 말했다.

"그러면 얼매나 좋겄능가? 함께만 함사 형제간보다 백번 낫제."

소심하고 겁이 많은 점용이 큰 눈을 뒤룩뒤룩 굴리면서 초조함을 애써 달래드려 하였다. 이어 엔진소리가 점점 약해지면서 불빛은 점점 가까이 다가오고 있었다. 잠시 닻을 내리는 쇳소리가 들려왔다.

"본 배는 사세보 항구에 도착했습니다. 정리를 마친 뒤 각 조별로 하선하기 바랍니다. 각 조 인원점검이 이뤄지는 동안 안에서 대기하시기 바랍니다. 앞 조의 인원점검이 끝나야 다음 조의 호출이 있을 것이니 양지하시기 바랍니다. 이상 알려드렸습니다."

다시 스피커에서 또렷또렷하게 우리말로 들려왔다. 득창은 8번조라서 배 안에서 한참동안 기다려야 했다. 해군들이 몰려와 방 입구를 가로막고 통제하기 시작했다. 그들은 어김없이 옆구리에는 긴 칼을, 등에는 장총을 그리고 방망이를 들고 있었다. 안에서부터 인원점검을 하고 나서는 취침했던 방을 점검했다. 침구의 숫자를 세고 개어진 상태까지 점검했다. 조금이라도 규격에 어긋나거나 비틀어졌으면 몇 번이고 되풀이시켰다.

점용이 득창의 팔목을 꼭 잡고서 입을 꼭 다물었다. 꼭 다문 입은 함께 가자는 무언의 약속인 것 같았다. 득창은 얄브스름한 웃음기를 입가에 매달며 고개를 끄덕여주었다. 이를 바라본 점출은 무슨 뜻인 줄도 모르면서 속심을 털어놓기 시작했다.

"이 년 동안을 어떻게 참고 견뎌야 쓸지 모르겠네."

그는 한숨 섞인 말을 불쑥 내뱉었다. 낯선 땅이 눈앞으로 다가오자 무척 당황스럽고도 싱숭생숭한 마음인 것 같았다.

"딱 이년만 있다가 간다고 힘사 괜찮허제."

점용이가 가는 실눈을 모으고 난감한 표정을 지어가며 말했다. 듣고 있던 조기만의 얼굴에는 암울한 그늘이 얼굴을 덮어가고 있었다.

"이 사람아, 남의 나라로 팔려가는디 오죽허겠능가? 나라를 뺏겨갖고 끌려왔으니 종보다 못하겠제. 몸이나 성하게 있다가 돌아갔으면 다행이겠는디. 솔직히 나는 아직 장가도 않갔응께 괜찮허제. 득창이 자네가 걱정이구만. 밤마다 자네 아내가 얼마나 기다리겠능가?"

점출이 온 얼굴에 칙칙한 주름살을 모아 얄궂은 흉상을 그려가며 말했다.

끼리끼리 쓸쓸한 대화를 하고 있을 때 8조의 호출의 소리가 들렸다. 호각 소리와 함께 밖에서 "8조. 나오라!"고 외치는 소리가 날아들었다. 모두들 긴장의 도가니로 빠져드는 것처럼 재빨리 줄을 맞췄다. 이어 군인들의 지시에 따라 밖으로 나갔다. 부두에는 엄청나게 큰 배들이 정박해 있었다. 가로등도 훤히 불을 밝히고 있었다.

하선(下船)이 이뤄지고 줄을 서서 인원점검이 이뤄졌다. 다섯 명씩 앉았다 섰다 번호를 몇 번 반복하고서 차례대로 이름을 불렀다. 이상이 없음을 확인한 해군은 육군에게 인계했다. 거기서부터는 서슬 퍼런 빨간 완장을 두르고 긴 칼을 찬 군인들이 에워싸며 경비를 펼쳤다. 앞뒤는 물론 옆에서까지 방망이를 휘두르며 심한 위압감을 주었다. 주눅이 든 채 항구를 지나 바닷가로 걸어 나갔다. 항구 주변으로는 가로등 불빛이 훤했다. 하지만 항구를 지나치자 가로등도 보이지 않고 캄캄했다. 바닷가의 새벽은 모질게도 추웠다. 바닷바람은 손발 시리게 한 것은 말할 것도 없고 뼛속까지 깎아 내려 달려들었다. 시린 발을 동동 굴어가며 군인들을 졸졸 따라갔다. 한동안 어두운 바닷가 길을 걸었다. 한참을 걸었을 때 그들 앞에 새까만 건물이 나타났다. 꼭 학교교실과 같은 곳이었다. 콜타르를 칠한 단층 목조건물이었다. 하나의 건물이 아니고 연이어져 있었다. 마당으로 들어서서는 또 대열 별로 줄을 세웠다. 줄을 서면서도 구호를 외치도록 했다. "황국신민!" 선창에 "폐하만세!"를 무던히도 외치도록 강요했다.

"여기는 임시로 머물 숙소다. 잠시 조별로 숙소로 들어가게 될 것이다."

군인 대장이 단상으로 올라가서 외치듯 말했다. 조선에서 징역으로 끌려온 이들이 임시로 머물다가 간 곳인 듯싶었다. 계속해서 외치는 구호가 밤공기를 가르고 있었다. 앞 조에서부터 차례대로 숙소로 향하면서도 구호를 외쳤다. 아직 해는 떠오를 기미조차 보이지 않은 캄캄한 밤에 숙소로 끌려간 그들은 또다시 형무소나 다름없는 곳에 몸을 맡길 수밖에 없었다. 불과 하루 만에 자유를 저당 잡힌 것이다.

숙소를 배정받고 안으로 들어갔다. 영락없는 국민학교 교실 같은 곳이었다. 역겨운 석탄냄새가 진동했다. 벽은 콜타르를 칠한 판자였다. 밭 전(田)자 유리 창문이 달려있었다. 안이라고 해봤자 온기라고는 찾아볼 수 없었고 단지 바람가림만 해주는 집이었다. 천장에서는 박쥐들의 울음소리가 들려오고 똥오줌 냄새가 코를 찔렀다. 마룻바닥은 썰렁한 냉기로 가득 차 앉자마자 엉덩이가 시렸다. 침구를 하나씩 나누어 주었다. 바닥에 깔 것과 덮을 것이 따로 있었다. 여러 사람이 묵고 간 것임에도 생전 세탁을 하지 않았는지 발 냄새는 물론이요 구린 냄새까지 역하게 풍겨왔다. 좋지도 않은 침구인데도 펴고 개는 법을 여러 번 연습시켰다. 잠시 후 자리를 깔고 몸을 묻었다. 새벽녘 무렵 바다에서 뿌연 빛이 솟구치는 것 같았다. 일본은 바다에서 해가 뜨고 있었다. 아침 해가 일본 일장기만큼이나 둥그렇게 바다 위로 떠올랐다. 자리에서 일어난 즉시 침구를 정리하여 내무반 검열을 받았다. 처음이라서 그런지 침구를 잘못 개었다고 해서 세 번 만에 합격 판정을 받았다.

이제 세면장으로 가야 할 차례였다. 세면장엔 사람들로 만원이었다. 세면대는 세 군데였다. 줄을 서 있는 수만도 이십 명은 족히 넘을 것 같았다. 얼굴에 물만 바르고 숙소로 돌아와 조원들과 함께 식당으로 갔다. 아침 식사가 시작된 것이다. 그날의 식사 메뉴가 써져 있었다. 비록 주먹밥은 아닐지라도 배에서 먹었던 저녁식사와 별반 다를 것이 없었다. 콩 깻묵을 섞은 보리밥에 된장국, 그리고 꽁치 한 마리씩이었다. 그래도 생선이 있다는 것만으로도 위안이 되었다. 아침 식사가 끝나고 모두들 정신교육이 이뤄졌다. 추운 겨울인데도 모두 연병장에 집합시켰다. 바닷가여서인지 몰라도 바람은 멈추지 않았다. 햇볕도 따사롭게 내리쬐어 추운 날씨는 아닌데 바람 때문에 견디기 힘들었다.

먼저 우두머리로 보이는 사람이 단상으로 올라와 당분간 숙소에서 지켜야 할 일들을 설명해주었다. 이제 일본 군인과 다름없어 모든 것은 일본 군법 적용을 받는다고 말했다. 또다시 일선동조론(日鮮同祖論)을 강조하면서 황국신민이 되어야 한다고 소리 높여 외쳤다. 법을 지키지 않으면 곧바로 처벌을 받게 되며 조별로 단체기합도 받는다고 말해주었다. 무엇보다 조선 사람들을 얕잡아 보는 말투가 비위에 거슬렸지만 나라를 빼앗겨 끌려온 주제라서 말대꾸할 처지가 아니었다. 첫날은 이럭저럭 하루를 보냈다.

다음날이었다. 아침부터 식사를 마치고 실습을 간다고 했다. 자세한 말도 없이 신병훈련이라고만 알려주었다. 아침식사가 끝나자마자 운동장에 집결시켰다. 숙소는 바닷가 산속에 있었다. 앞으로는 너른 바다요 뒤에는 삼나무 숲이 빽빽하게 우거진 산이었다. 건너편 항구에는 커다란 배들이 정박해 있고 바다 가운데에는 군함으로 보이는 함정들도 눈에 띄었다.

운동장에 모이자마자 인원점검부터 시작되었다. 인원점검이 끝나자 곧장 궁성요배를 시작했다. 천황이 살고 있는 곳을 향해 절을 한 뒤 "황국신민!", "천황폐하!" 구호제창을 하도록 했다.

"너희들은 닷새 간 여기서 머물다 임지로 떠나게 될 것이다. 떠나기 전에 실습을 해야 한다. 오늘은 사세보 시(市)에서 현장실습을 하게 될 것이다. 각 조별로 주어진 일에 최선을 다하고 돌아오길 바란다. 알았나?"

단상으로 올라온 이는 일본 군대 장교로 보였다. 그 옆에는 조선 사람이 달라붙어 우리말로 통역을 해주었다. 이어 군용트럭에 조별로 태워졌다. 털털거리는 군용트럭은 해안선 도로를 달렸다. 잠시 후 트럭은 항구에서 좌측으로 돌아 냇가를 따라 오르기 시작했다. 그곳은 사세보 시가였다. 각 조별로 두 명의 감독이 따랐고 네 명의 군인이 밀착감시를 했다.

맨 처음 하는 것은 시내에 널리 퍼져있는 쓰레기 더미를 치우는 일이었다. 길가에 널리 퍼진 쓰레기를 한군데로 모으는 일부터 시켰다. 골목을 누비며 청소는 물론 쓰레기를 나르는 일을 했다. 먼지가 푸석푸석 날리는가 하면 물도 질질 흘리는 쓰레기도 있었다. 생선을 먹고 속이며 대가리를 버린 탓에 비린내가 물씬물씬 풍겨나면서 속이 뒤틀렸다.

하루 종일 산비탈 골목길을 싸대며 쓰레기를 치웠다. 모아진 쓰레기는 분류하여 태우기도 하고 처리장으로 나르기도 했다. 감독과 감시원은 잠시도 틈을 주지 않았다. 완전 밀착 감시 속에 노예 부리듯 했다. 점심에도 역시 주먹밥이었다. 종일 쉬지 않고 힘든 일을 하는 마당에 주먹밥 한 덩이로는 너무 배가 고팠다. 그러나 감방에서는 그것마저 없이 굶고 지냈던 터라 감사하다는 생각도 들었다. 첫날은 이렇게 쓰레기 치우는 일로 보냈다. 저녁때가 되어 다시 숙소로 돌아왔다.

다음날 아침 또다시 군용 트럭을 태웠다. 이번에도 사세보 시가지로 데리고 갔다. 산비탈 공터에 차를 세운 뒤 내리게 했다. 이번에는 둘이씩 조를 짜주고서 굵은 통나무와 똥장군을 하나씩 배급해 주었다. 변소에서 똥을 퍼내는 일이었다. 가정집마다 돌아다니며 변소의 인분을 푼 다음에 산중턱 구덩이에 가져다 붓는 일이었다. 역시 두 명의 감독과 네 명의 감시원이 지켜보고 있어 꼼짝도 할 수 없었다. 득창은 조기만과 한 조를 이뤘다. 기다란 작대기에 똥장군을 끼워 어깨에 메고 나르기란 무척 힘들었다. 걸을 때 서로 장단을 맞추지 못할 땐 똥물이 출렁거려 땅바닥으로 떨어질 때가 있었다. 그럴 때면 어김없이 방망이가 날아들었다. 조금만 동작이 굼뜰 때도 인정 없는 방망이 세례를 퍼부었다. 일거수일투족을 하나하나 감시하며 적기도 하면서 무지막지하게 두들겨 패는 것이었다. 마치 미친 개 다루듯 했다. 하도 무서워 숨도 제대로 쉬지 못한 채 몸을 움츠려가며 시키는 대로 했다. 잘못했다 매를 맞는 것은 공짜로 받는 고통이기 때문에 몸을 사릴 수가 없었다. 이것이 징용이구나 싶을 땐 속에서 울분이 치솟지만 하릴없는 일. 그 모습을 보였다간 돌아오는 것은 뭇매질뿐이었다. 그들은 모든 것이 천황폐하를 위한 일이라고 큰소리를 쳐댔다. 뭇매질마저도 천황을 위해서라면 어쩔 수 없는 일이라고 간살을 떨었다. 나라 빼앗긴 설움은 속으로 짓씹을 수밖에 없었다. 배알이 뒤틀리면서 주먹 같은 울분이 목구멍을 치밀고 올라오지만…….

점심에는 어김없이 주먹밥 한 덩이였다. 쌀과 옥수수 그리고 콩과 함께 만든 주먹밥에 단무지가 네 조각이 전부였다. 이미 밥에는 간기가 되어 있었다. 그것도 감지덕지했다. 힘든 일을 하느라 허기지다 보니 찬밥도 게 눈 감추듯 먹어치웠다. 그러나 주먹밥 한 덩이로는 힘든 일을 감당할 수 없었다. 저녁때가 되어갈 때는 다리가 후들거려 제대로 걸을 수조차 없었다. 뱃속에서는 연신 투정을 부려댔다. 힘에 부쳐 일을 할 수 없다는 신호이지만 넣어줄 것이라곤 아무것도 없었다. 일본 사람들은 참으로 인정머리가 없었다. 자기 집 변소에 똥을 퍼내주어도 돌아다보지도 않았다. 되레 바닥에 떨어뜨리지 말라고 알아듣지도 못할 말을 뇌까렸다. 어느덧 해거름이 다가올 때였다. 몸에서 힘이 다 빠져나갔는지 길가에라도 풀썩 주저앉고 싶은 심정이었다. 그러나 둘이서 보조를 맞추지 않으면 할 수 없는 일. 둘이는 이를 악물고 비탈길을 오르고 있었다. 산중턱 웅덩이 곁에 일본 군인들이 징용자를 엎드려뻗쳐놓고 엉덩이에 뭇매를 가하고 있었다. 마치 곤장을 치듯 모질게도 방망이 세례를 퍼붓는 것이었다. 엎드려놓고 방망이질을 해대는 경우는 극히 드문 일이었다. 그 꼴을 본 득창은 사지가 달달 떨리면서 심장이 오그라들었다. 일본 말로 뇌까리는 통에 까닭은 알 수 없지만 아무튼 마치 사람에게 다듬이방망이질을 하듯 했다. 까닭은 징용자들이 똥장군을 메고 나오다가 마당에 널어놓은 생선을 훔쳐 먹었다는 것이다. 비린내 나는 생선을 통째 먹었다고 했다. 얼마나 배가 고팠으면 마르지도 않은 생선을 날로 먹었을까 싶었다. 그것을 본 주인이 일본 군인한테 일러바쳤던 것이다. 인정이라곤 눈곱만큼도 없는 사람들이 일본사람들이었다. 변소청소를 해주면 되레 맛있는 것을 가져다주지는 못할지언정 생선 두 마리에 고자질을 하다니? 남의 나라를 빼앗고도 양심의 가책도 느끼지 않은 까닭을 알 것 같았다.

이렇게 사세보 시가지 집을 돌면서 쓰레기와 변소청소로 이틀째를 보냈다. 저녁때 숙소로 돌아와 잠자리에 누웠다. 모두들 지친 탓인지 금방 드르렁드르렁거리며 코를 곯기 시작했다. 그러나 득창은 잠이 오지 않았다. 생각하면 할수록 서러움이 북받쳐 올랐다. 도장만 찍지 않았어도 이런 고생은 하지 않을 것인데 싶으면 가슴속에서 열불이 치밀어 올랐다. 나라 잃은 설움도 설움이려니와 일제의 앞잡이로 살아간 김진홍이 증오스러웠다. 그를 찾아간 것이 징용으로 끌려오게 될 줄이야. 꾐에 말려든 자신이 바보이긴 했지만 그보다도 먼저 간악 무도한 살모사처럼 동족을 생지옥으로 몰아넣는 그를 도저히 용서 못할 것 같았다. 받은 설움을 몇 배로 앙갚음을 해주겠다고 그 날이 빨리 오기만을 기다리면서…… 어금니를 아득아득 간 후에야 잠을 잘 수 있었다.

"자능가?"

조기만도 잠을 이루지 못한 채 숨소리를 죽여 가며 귓속말로 물었다.

"잠이 안 오는구만요."

"어쩌다 나라를 뺏겨갖고 이렇게 끌려왔는지 모르겄네."

그는 한숨 섞인 넋두리를 쏟아내었다.

"어쩔 것이요. 할 수 없는 일이제. 오늘 하루 갔으니 한발 다가간 것 아니겄소. 그날을 위해 참고 견딥시다."

"못 견디겄다고 헌들 무슨 소용있겄능가? 병신만 될 뿐이제."

"하믄요. 인자는 할 수 없는 일이지라우. 남의 나라에까지 끌려 왔는디 죽은 목숨이나 마찬가지 아니겄소? 아는 사람이 있소? 말이 통하요? 설령 도망친다고 해도 금방 잡힐 것 아니요? 시킨 대로 허고 있다가 고국으로 돌아가는 날만 기다립시다."

"알았네."

"징용와서 죽으면 개죽음이라고 허드랑께요. 시체는 그냥 바다에다 던져버린다고 헙디다."

"나도 그 말은 들었구만. 하기사 조선에서도 그랬는디 여기서야 오죽하겄능가?"

다음날도 아침을 먹자마자 곧바로 나갔다. 그날은 멀리 떠났다. 군용차를 타고 나가사키까지 갔다. 시내 하수도를 치우는 일이었다. 그동안 치우지 않은 하수도는 각종 찌꺼기와 모래로 차 있었다. 날씨가 매섭게 추웠다. 하수도에 발을 담그고 퇴적물을 퍼 올리는 일은 정말 힘든 일이었다. 발이 꽁꽁 얼어 시리다 못해 새빨개지면서 감각이 무디어졌다. 퍼 놓은 것을 나르는 것도 무척 힘들었다. 종일 차갑고 지저분한 곳에서 일을 마친 그들은 모두가 파김치가 되어 돌아왔다. 다음날도 마찬가지였다. 강가 청소를 하고 허물어진 담장을 고치는 일을 했다. 일본은 징용으로 온 사람들을 처음부터 세게 다뤄야 한다고 했다. 살이 터지고 뼈가 바숴지도록 일을 시켰다. 더럽고 힘든 일만 남겨뒀다가 실습기간이라는 명목 아래 해치웠던 것이다. 실습이란 것이 사람 잡는 일이었다. 생지옥보다 더 했으면 했지 못하지 않았다. 나흘째 일을 마치고 돌아왔을 때였다. 최점용이 갈비뼈가 부러져 누워 있었다. 일을 하다 말고 꾀를 부렸다고 방망이로 두드려 맞는 과정에 갈비뼈를 맞은 것. 매를 맞고 쓰러져 버르적거리는데도 엄살 부리지 말라고 계속 구타를 가했다고 했다. 일본 사람들은 정말 짐승만도 못하다고 모두들 혀를 내둘렀다. 결국 점용은 일하던 도중에 실려왔고 혼자서 차가운 마룻바닥에 누워있었다. 그는 뼈가 부러진 아픔보다 나라를 빼앗긴 설움이 더 견디기 어렵다고 말했다. 막상 일본으로 끌려온 현실 앞에서는 그 설움이 몇 곱절로 커가고 있었다. 서로들 장밋빛 꿈에 젖어 징용을 지원했던 것이 한낱 백일몽이 되어 돌아오는 순간이었다. 징용이란 생각했던 것과는 판이하게 달랐던 것이다. 힘들고 더러운 일을 시키려고 징용제도를 만들었고, 조선의 젊은이를 데려다 부려먹었다.

일답지 않은 것으로 닷새간의 실습을 마친 그들은 뿔뿔이 흩어져 떠나가야 했다. 이제 탄광과 공사장 그리고 전쟁 물자 공장 등 여러 일터로 떠나야 한다고 알려줬다.

이른 새벽부터 숙소마다 시끌벅적했다. 아침을 먹고 나면 모두가 새로운 임지로 떠나기 때문이었다. 식사가 끝나자 모두들 짐을 챙겨 들고 운동장으로 나갔다. 서로들 어디로 가게 될지 마음이 싱숭생숭하여 불안한 표정들이었다. 잠시 본부장이 단상으로 올라와

"자! 이제 너희들은 실습기간을 마치고 임지로 떠나게 된다. 잠시 후 부부장이 각 임지를 불러줄 것이다. 그렇게 되면 임지별로 번호가 되어 있으니 그쪽으로 가도록. 알았나?"

"하이!"

이어 부부장이 단상으로 올라왔다. 그의 손에는 흰 종이가 들려져 있었다. 이윽고 이름을 호명하고 나서 임지를 말해주었다.

득창은 규슈 탄광으로 가라는 통지를 받았다. 다행히 조기만과 함께 가게 되었다. 최점용은 남태평양 섬으로 간다고 했다. 큰 배가 접안할 수 있도록 부두를 건설하는 공사장이라고 말해주었다. 그들은 곧장 사세보 항구에서 배를 타고 떠난다는 것이었다. 안점출은 센다이 공항 건설공사장으로 간다고 했다. 시모노세키로 가서 사흘 동안이나 기차를 타고 간다고 했다. 다 함께 같은 곳으로 갔으면 좋으련만 타국에서 헤어지려니 너무 섭섭했다. 모두들 몸성히 지내다가 나중에 조선에서 만나자고 씁쓸한 이별의 정을 나누었다.

36
규슈 탄광과 하이노사끼 노역장

팔조에서 규수탄광으로 가는 이만도 네 명이나 되었고 전체적으론 마흔 다섯 명에 이르렀다. 조기만과 득창은 전생에 무슨 연분이라도 있었는지 타국에 와서도 생사고락을 함께하게 되었다. 탄광으로 떠나게 된 이들은 한결같이 표정이 어두웠다. 그도 그럴 것이 땅속으로 들어가 석탄을 캔다는 것이 쉽지 않다는 것을 알고 있었기 때문이다. 또한 탄광엔 잦은 사고로 광부들이 매몰되어 죽는다는 소문이 들려온 터여서 떠나기 전부터 못내 아쉬운 표정들이었다. 그러나 그들에겐 선택의 여지가 없었다. 자유를 완전히 박탈당한 처지여서 시키는 대로 할 수밖에 별 다른 도리가 없었다. 못내 서운함을 가슴에 안고 사세보 역에서 기차를 탔다. 기차에 오른 그들은 하나같이 풀이 죽어 있었다.

"자네하고는 전생에 보통 인연이 아니었능개비네."

조기만이 손을 꼭 잡아주며 말했다.

"지도 그러구만요. 왕초님하고 같이 가게되니까 좋구만요."

"이 사람아! 왕초는 무슨 왕초랑가? 자네가 나보다 두 살 적응께 동생이제."

조기만은 터부룩한 구레나룻 수염을 쓰다듬으며 말했다. 함평 신광면에서 아버지 병을 고쳐드리려고 무턱대고 지원한 까닭에 득창과 같은 처지가 된 이였다. 심성이 착하고 인정이 많았다. 둘이는 기왕이면 일본에서도 함께 지냈으면 좋겠다고 말해왔던 터였다.

"예. 성님. 지도 성님하고 같이 가니까 든든하구만요."

"우리 둘이는 살아도 같이 살고 죽어도 같이 살도록 허세."

"그래야지라우. 아무래도 그렇게 살라는 운명인개비요."

"나는 동생만 믿겠네."

"지는 성님만 믿고 따를 것이구만요."

둘이는 살며시 웃음 지으며 손을 꼭 쥐며 다짐했다.

"그런디 탄광이 무너지면 어떻게 할 것이랑가? 이러다 고국에도 가보지 못하고 생매장을 당하러 가는 것이 아닌가 모르것네."

"어쩔 수 없는 것 아니요. 운명에 맞겨야지라우."

"하기사 어쩔 수 없는 일이제."

조기만은 금시 근심스러운 눈빛으로 한숨을 내쉬었다. 고국에도 가보지 못하고 땅속에 묻혀 썩어버릴 몸이 될지도 모른다는 푸념을 늘어놓았다. 사세보를 떠난 지 한나절 동안 구불텅구불텅 굽은 오르막 철길을 달려 이름도 모른 산간벽촌에 다다랐다. 얼른 봐도 탄광지대임을 알 수 있었다. 기찻길 옆으로 검은 석탄을 산덩이처럼 쌓아놓았다. 석탄을 실은 시커먼 화물열차가 즐비하고 길바닥도 석탄가루로 뒤덮여 있었다. 사방이 우람하게 높디높은 산으로 둘러 쌓여있는 험한 산골이었다. 아무리 둘러봐도 사람이 살만한 곳이라곤 보이지 않았다. 석탄 실은 차만 오갈 뿐 삭막하고 을씨년스러웠다. 군데군데 석탄 더미만 무덕무덕 쌓여 있을 뿐이었다. 기차역에서 내린 그들은 곧바로 대기하고 있던 군용트럭에 올라탔다.

트럭은 울툭불툭한 산길을 치달렸다. 갈수록 길은 가팔라지면서 깎아지른 첩첩절벽만이 용연하게 솟구쳐 있었다. 앞을 봐도 뒤를 봐도 중중첩첩이었다. 차를 타지 않고서는 한 발짝도 움직일 수 없을 것 같았다. 길바닥은 물론 나뭇잎까지 석탄가루를 뒤집어써 새까마면서도 윤이 흐르고 고왔다. 한식경 정도 두메산협을 돌아드니 석탄을 실어 나르는 협궤도 눈 안으로 들어왔다. 탄광이 가까워진 느낌이 들었다. 이윽고 깊은 산골에 검정가루를 뒤집어 쓴 집들이 보이기 시작했다. 창고와도 비슷한 집들이 수도 없이 늘어서 있었다. 얼른 보기에도 광부들의 숙소인 것 같았다. 끝도 없이 이어진 숙소를 뒤로하고 트럭은 힘에 부친 소리를 내지르며 기우뚱기우뚱거렸다. 가팔라진 산골짜기를 털털거리며 오르다 언덕바지에 일렬로 늘어선 숙소 앞에 멈췄다. 새까만 판자를 엇붙여 지어놓은 집이었다. 산 밑으로 너른 마당이 있었고 그 곁에는 식당으로 보이는 건물이 자리 잡고 있었다. 마당에는 관리인으로 보이는 사람들이 먼저 나와 기다리고 있었다. 곁에는 어김없이 경비원들이 진을 치고 있었다. 아마도 징용광부들을 통제하는 사람들인 것 같았다. 예상 외로 반갑게 맞아주었다. 차에서 내리자 또 다시 인계인수가 이뤄지고 있었다. 일본 말을 모른 탓에 무슨 말이 오가는지 알 수는 없었다. 데려다 준 차는 금방 되돌아가고 관리인들의 안내를 받고 숙소로 들어갔다. 숙소라고 해봤자 창고 같은 판자건물이었다. 건물 안은 잠자는 방만 다닥다닥 붙어 있었다. 바닥은 다다미를 깔아놓았다. 바깥에는 화장실만 군데군데 있을 뿐 아무것도 없었다. 지붕이며 벽까지 석탄가루를 뒤집어 쓴 탓에 시커멓게 물들어 있는 집들이었다.

　그들은 마흔 다섯 명을 조로 나누어 방을 배정해주었다. 한 칸에 다섯 명씩 배정되었다. 방의 크기에 비해 사람의 수가 너무 많다는 생각이 들었다. 다행히도 조기만과 함께 지내게 된 것이 기뻤다. 겁이 많아 소심한 성격인 그도 함께 배정된 것이 무척 반가운 듯 싱글벙글거렸다. 한방에 배정받은 이는 정읍에서 온 김한수, 곡성 정시태, 김제 유동제, 그리고 득창과 조기만이었다. 방이 넓지 못한 탓에 다리를 쭉 뻗고 편하게 잠자기란 쉽지 않았다.

방에 짐을 부린 그들을 강당으로 모이도록 했다. 강당에는 사람들로 빽빽했다.

"자 오늘 우리 탄광으로 들어온 여러분을 진심으로 환영하는 바이다. 우리 규슈 탄광으로 말할 것 같으면……."

탄광 관리부장이라는 사람이 앞으로 나와 탄광을 소개해주었다. 그리고 이곳에서 생활하는 데 지켜야할 내용은 물론 광부로서 갱에 들어가는 일까지 자세히 일러주었다.

귀가 솔깃한 것은 이곳 탄광에서 일을 하면 한달 급료가 6원이라고 했다. 그리고 돈을 예금할 수 있는 석탄조합이 있다고 말해주었다.

한 시간 남짓 교육이 끝나자 곧바로 저녁식사 때가 되었다. 식당은 별채에 있어 식사시간이면 건너가야 했다. 조별로 정해진 좌석에 앉아야 하고 시간이 넘으면 굶을 수밖에 없다고 말해주었다.

모두들 식당으로 건너갔다. 탄광에서 처음식사였다. 음식으로는 한 사발의 밥에 된장찌개, 그리고 단무지, 콩나물, 정어리가 한 마리씩 배식되었다. 주먹밥으로 살아온 그들에게 따뜻한 밥은 묘한 정감을 일으키기에 충분했다. 이제야 사람으로 대접을 받는 기분이라는 생각이 들었다. 한편으로는 터무니없이 비싸지나 않을까 두려운 것도 사실이었다. 나중에 안 일이지만 두려움이 현실로 나타났던 것이다. 한 끼 식사비용이 너무 비쌌다. 저녁을 마치고 숙소로 돌아온 그들은 서로들 어리둥절한 표정들이었다. 낯선 타국은 말할 것도 없거니와 첩첩

산골 탄광촌으로 끌려왔다는 생각에 얼빠진 사람들처럼 마음도 기분도 허허로웠다. 잠이 올 리 없었다. 밤늦게까지 지난날 기구한 운명에 얽힌 사연들을 털어 놓았다.

"나는 정읍에서 온 김한수라고 헙니다요. 남의 집 머슴살이를 하다 주인한테 밉게 보여 징용으로 끌려왔구만요. 일을 열심히 하면 나중에 쌀 한 가마니를 더 올려준다고 하더니만 올려주기는커녕 되레 나가라고 해서 말다툼을 했더니 나를 징용으로 몰아부렀당께요."

그는 분함을 가라앉히지 못하고 턱을 바르르 떨면서 말했다. 의분의 격정을 누를 수가 없는지 주먹을 쥐었다 폈다 하면서 이를 사리물었다.

"징용 기피는 하지 안했는디 끌려왔능가요?"

"기피를 하다봉께 형무소로 붙들려왔지라우. 차라리 이렇게 될 줄 알았으면 바로 왔으면 곧 돌아갔을 것인디 괜히 공짜로 형무소 생활만 여섯 달이나 하고 말았당께요."

"저는 저기 함평 신광면에서 왔구만요. 지는 솔직히 징용을 지원했었구만요. 아버님께서 병환으로 누워계시기에 일본가면 돈을 많이 벌 수 있다고 해서 약값을 벌기 위해 그랬구만요. 나중에 알아보니 모두가 거짓말이라고 헙디다. 그래서 불갑사로 도망쳐서 숨어 있다가 붙잡혀 왔구만이라우. 빨리 끝나고 돌아가야 할 것인디 그 동안 부모님께서 살아계실 것인지 걱정이랑께라우."

조기만은 눈물을 글썽거리며 애달픈 심정을 토해냈다. 서로들 돌아가면서 눈물겨웠던 지난 사연을 털어놓기에 바빴다. 꿈인지 생시인지 들먹이는 것조차 싫은 사연들이 한숨과 함께 터져 나왔다. 한 번의 실수는 병가의 상사라고 했는데 다 같이 피할 수 없는 운명이 되고 만 것들이다. 몸을 따라 마음까지 깊고 험준한 중중첩첩계곡으로 빠져들었다는 생각을 지울 수 없었다. 한편으로는 앞으로 무슨 일이 어떻게 닥쳐올 것인지 조바심도 감추지 못했다. 어차피 이렇게 된 마당 최선을 다하면 또다시 길이 있다고 서로들 격려도 잊지 않았다.

깊어가는 첫날 밤 득창은 잠을 이루지 못하고 밖으로 나왔다. 하염없이 서쪽 하늘을 바라보았다. 별들이 금방이라도 톡톡 튀어나올 것처럼 반짝였다. 총총히 빛난 밤하늘은 자정골이나 다를 바 없었다. 고향에 두고 온 아내가 너무 보고 싶었다. 하나밖에 없는 아들 모습이 선연히 떠오르면서 하염없는 눈물을 쥐어짜대는 것이었다. 굶어 죽지나 않을까? 산짐승이라도? 아니면 젊은 여자를 가만히 놔둘 리 만무하다는 생각에 불안한 심리가 가슴을 옥죄어 들었다. 사랑하는 아내를 사지(死地)에 놓아두고 혼자 떠나왔다는 죄책감에 잠을 이룰 수가 없었다. 눈물을 쓸어가면서 기어이 아내한테 돌아가겠다고 어금니를 옥물어보지만…… 그러나 자유를 저당 잡힌 몸이라서 심사만 한없이 꼬여갈 뿐이었다. 그러나 한편으로는 형무소와 달리 돈을 벌어 보낼 수 있다는 작은 위안으로 마음을 달래고 있었다.

"아무래도 자네와 나는 선생에 부부였는갚네."

방문 여는 소리도 들리지 않았는데 조기만이 곁에 서 있었다. 이슥한 밤인데도 잠을 이루지 못한 것 같았다. 마음이 싱숭생숭 갈피를 잡지 못한 눈치였다. 앞으로도 계속해서 좋은 연분으로 이어가자는 것으로 들렸다.

"그랬는개비요. 성님도 주무시지 않으셨구만요."

"잠이 올 턱이 있능가?"

"고향에 두고 온 가족들이 그리워 잠이 안오는구만요."

"자네는 처자식을 두고 와서 더 그러겠제. 나야 장가를 안 갔으니 부모님이 그립구만."

"빨리 병이 나으셨으면 헙니다."

"누워계신 우리 아버지가 눈에 선하구만. 빨리 돈을 벌어 약값으로 보내야 헐 것인디 이제야 왔으니 그동안 별고 없으셨는가 모르겄어. 돈을 보내드려 약을 잡수시면 좋아지시것제. 다 자네 덕분이랑께."

가는 실눈을 모아가면서 넋두리를 늘어놓는 그의 눈에는 눈물이 그렁그렁하였다.

"지 덕분이라니요? 그 무슨 말씸이신가요?"

"자네 덕분에 두 달이나 감형을 받고 오지 않았능가? 인자 여기선 돈은 벌 수 있을 것잉께 보내드릴 수 있겄제."

"그렇긴 허네요. 지도 마찬가지랑께요. 내가 잡혀올 때 집에는 보리쌀 서 되밖에 없었당께요. 아내와 아들을 남겨놓고 잡혀와 부렸으니 굶어 죽지 않았능가 모르겄어라우."

긴 한숨을 내쉬는 소리가 밤공기를 뒤흔들었다.

"우린 의형제처럼 서로 의지하고 지내다 같이 갔으면 좋겄네. 그럴라면 한사코 몸조심해야 쓴당께. 자네도 그 점 영념해야 써."

"예. 성님. 그렇게 지내다가 같이 갑시다."

"앗따 말을 낮춰서 허소. 여기가 무슨 형무소 감방이랑가? 객지 벗은 십 년이라고 헌 것인디 내가 두 살 많다고 해서 성님이라고 허겄능가? 친구로 지내세. 죽는 날까지 말이어."

그는 자신의 속마음을 허심탄회하게 털고 나섰다. 그동안 왠지 마음 한구석에 남아있던 찝찝했던 것이 송두리째 빠져나간 기분이었다. 그는 친구로서 우정을 도탑게 하자는 듯 손을 끌어당겨 꼭 맞대었다. 둘이는 넌지시 무언의 언약을 맺은 꼴이 되고 말았다.

"내 몸을 덜 애끼면 싫은 소리는 듣지 않겄제."

기만이 기가 찬 듯이 몽롱한 시선으로 바라보며 말했다.

"그러겄제. 몸을 아끼려다 도리어 붙들려 가면 병신만 되는 것 아닝가? 우리는 형무소에서처럼 모범으로 살다가 기한이 딱 되면 고국으로 돌아가도록 허세."

득창은 싸늘한 냉기를 뿜어가며 말했다. 소박하면서도 비장함이 느껴지는 순간이었다.

이윽고 아침이 돌아왔다. 산골은 어둠이 빨리 물러가지 않았다. 촘촘히 박힌 높은 산들이 하늘을 가려놓은 탓인지는 몰라도 밤은 무척 길었다. 어둠이 산골을 빠져나가기도 전에 호각 소리가 들려왔다. 그것은 새벽 기상을 알리는 주번의 호령 소리였다. 산골 새벽공기는 살을 엘 정도로 차가웠다. 턱이 덜덜 떨리면서 뼈마디마디가 으스러질 듯 시려 들었다. 석탄을 실어내느라 새벽부터 시커먼 자동차들의 소리가 요란스럽게 산골을 뒤흔들었다. 아침식사를 마친 그들에게 채탄 방법에 대한 교육이 시작되었다. 갱도에 들어가서 나올 때까지 안전과 채탄 방법에 대해 세세하게 가르쳤다. 장비 사용법은 물론 갱도에서 지하수를 만났을 때, 갱도가 무너졌을 때 대처법도 철저히 배웠다.

규수 탄광에는 광부만도 삼천 명이 넘는다고 알려줬다. 그중 징용으로 끌려온 조선인들이 대부분이라고 했다. 교육이 끝나자마자 그들은 채탄복으로 갈아입고 갱도로 내몰렸다.

막장까지 들어가는 데도 한 시간이 넘게 걸렸다. 암흑같이 캄캄한 땅속이었다. 헬멧에서 비춰주는 전등이 앞을 훤하게 밝혀줬다. 땅속 깊은 곳에서는 지하수가 시원스럽게 흘러내렸다. 깊이 들어갈수록 저승이라는 생각을 지울 수 없었다. 쥐덫과도 같은 곳. 천장이 무너지면 당장 지하에 갇히게 되어 시체도 찾을 수 없는 곳. 한 발 한 발 앞으로 내딛을 때마다 암울한 죽음의 화신이 너울거리는 것이었다. 날마다 오싹오싹 소름이 돋아나면서, 사지나 다름없는 지옥 같은 막장으로 들어가야만 했다. 사람도 비켜갈 수 없는 협궤 차에 몸을 의지한 채 종일 천길 땅속에서 지낼 수밖에……

땅속 깊은 곳에는 춥고 더운지 알 수 없었다. 처음에는 꽉 막힌 곳이라 답답증이 나서 견디기 힘들었다. 그러나 그것도 잠시 그 같은 한가한 생각을 가질 수 없었다. 정해진 채탄량을 채우려면 눈코 뜰 새 없이 바빴다. 허리를 펼 새도 없이 움직여야 목표를 채울 수 있었다. 그들이 막장 안으로 들어가 일하는 시간은 하루에 보통 15시간 이상이었다. 사흘도 못되어 손마디에 물집이 생겨 연장을 쥘 수가 없었다. 옆구리는 물론 어깨가 욱신거리며 쑤셔대었다. 마치 온몸을 쇠망치로 직신직신 두드려 맞은 사람처럼 뜨끔뜨끔 결렸다. 잠시 허리라도 펴고 있으면 엄살떨지 말라고 반장이 고래고래 소리를 질러대었다. 게으름을 피우다 목표량을 달성하지 못할 땐 관리원에게 명단이 넘겨지게 되었다. 그것은 곧바로 고통스런 고문으로 이어지고, 그 막장 반원 모두에게 연대 기합이 내려졌다. 관리원에게 불려갔다 온 사람들은 모진 고문에 초주검이 되어왔다고 말해주었다. 정해진 목표량에 미달할 때는 늦게까지 일을 해서라도 정해진 양을 채워야 막장을 빠져나올 수 있었다. 잠시도 쉴 수 없는 것이 막장생활이었다. 사람을 땅속에 가둬놓고 기계 부리듯 했던 것. 사람의 몸속에 기름을 한 방울도 남기지 않고 짜내려하는 비인간적인 만행이나 한가지였다.

득창이 광산으로 끌려온 지 어느덧 한 달하고 닷새째 되는 날. 그날은 월급날이었다. 처음 들어온 광부에게 지급되는 한 달 급료는 6원이었다. 쌀 한말에 1원이었으니 한가마니가 넘는 액수였다. 조선이라고 한다면 많은 벌이일지 모르나 일본에서는 그렇지 못했다. 한 달 식비가 3원 50전이나 되었다. 먹고 자는 데 드는 돈이 급료의 반 토막이 넘게 나간 것이다. 간혹 술이라도 한잔 기울게 된다면 타국까지 와서 공짜로 일만 하는 꼴이었다. 조선 노동자들이 빚에 허덕이는 까닭이 여기에 있었다. 중노동을 하다 보면 하루 세끼 식사로는 배가 고플 수밖에 없었다. 또한 타국에서 시름을 달래다보면 간혹 술이라도 한잔 걸칠 때가 있었다. 그것은 곧바로 빚으로 이어지게 되어 헤어나지 못할 더미 위에 올라앉게 되었다.

똑같은 일을 하고서도 일본 노동자들에겐 지급되는 월급은 20원이 넘었다. 그런데도 하는 사람이 없었다. 조선인을 데려다 일을 시킨 까닭이 여기에 있었다.

득창과 조기만은 술도 마시지 않았다. 고픈 배도 참아가며 묵묵히 일만 했다. 득창은 막장에 나올 때마다 달력에 동그라미를 그려갔다. 동그라미를 세어보는 재미로 하루의 고단함을 잊고 싶었다. 그토록 고향이 그리웠고 돌아갈 날을 기다리고 있었다. 틈만 나면 서쪽 하늘을 바라보며 아내를 떠올렸다. 아들이 보고 싶을 땐 하염없이 이름을 불러대었다. 서쪽으로 날아가는 구름을 볼 적엔 서글픈 마음을 달랠 길 없었다. 조금만 참고 지내자고 자신을 독려해가며 지냈다. 조기만도 마찬가지였다. 득창이 쳐놓은 동그라미 안에 자신의 동그라미도 그려가면서 서로의 마음을 포개주었다. 오직 살아가는 낙이 있다면 동그라미 숫자가 늘어나고 있는 기쁨이었다. 동그라미를 그릴 때가 하루 중 가장 즐거운 시간이었다. 숙소를 함께한 그들은 생사고락을 같이한 동지들로서 자연스러운 형제요 벗이 되었다. 마음까지 활짝 열어놓고 지냈다. 나중에는 서로 한 몸같이 아끼고 도와주며 지냈다. 그러나 같은 숙소에서 동고동락하면서도 정작 막장만은 서로 달랐다. 탄광의 갱도는 마치 거미줄처럼 얽혀져 있어 서로들 그 입구를 알 수 없었다. 탄광관리인들은 같은 숙소 사람들을 절대로 같은 막장에 배치하지 않았다. 관리하는 면에서는 또 다른 이유가 있겠지만 징용자 입장에서 생각하기엔 막장일로 의견수렴을 바라지 않은 것으로 비쳐졌다.

　광부 숫자에 비해 관리원이 턱없이 부족한 그들은 조선 징용자 중 일본어를 잘하는 이들을 골라 관리보조원으로 임명했다. 사상적으로 친일적인 사람을 우선으로 선발하여 일본어를 가르쳐 양성하기도 했다. 뽑힌 사람들은 일을 하지 않은 채 막장을 돌아다니며 관리감독을 했다. 주로 하는 일은 광부들의 동태를 파악하고 첩보를 수집, 관리원에게 보고하는 임무였다. 다음으로는 석탄 채굴량을 점검하는 일도 그들의 몫이었다. 정해진 목표량에 도달했는지의 여부를 판단하는 것이다. 다음으로는 조선 사람들과 의사소통을 하는 데 통역 역할이었다. 그런데 보조원들에게 문제가 많았다. 백정에게 갓을 씌워놓으면 동네 사람이 잠을 못 잔다고 하듯 영락없이 안중무인(眼中無人)그대로였다. 솔직히 나라 잃은 서러움을 그들로부터 느꼈다고 말하는 이가 많았다. 동족에게 당한 상처는 영원히 아물 수가 없는데도 가슴에 비수를 꽂아대는 일을 서슴지 않았던 것이다. 어디로 가나 조국을 배신하고 친일파로 변신한 이들이 더 악랄하게 굴었던 것이다.

　득창이 탄광으로 들어온 지 그럭저럭 6개월이 지나가고 있었다. 날마다 두더지처럼 땅속에서 지낸 까닭에 몸도 마음도 지쳐가고 있었다. 벌써 계절은 봄을 지나 여름으로 치닫고 있을 때였다. 여름장마가 일찍부터 시작되어 광산 곳곳에서 산사태가 일어나고 있었다. 산사태는 막장에까지 여파를 미치기 일쑤였다. 갱도가 무너지기도 하고, 지하수가 쏟아져 내려 물바다를 만들어 놓기도 했다. 다른 때에 비해 막장사고 발생이 현저히 늘어나는 시기가 여름 장마 때라고 했다. 사고의 위험성이 높은 줄을 알면서도 그들은 채탄활동을 멈추지 않았다. 전쟁으로 인해 늘어난 석탄의 수요를 채우기 위해선 어쩔 수 없다고 했다. 되레 낮이 길다는 이유로 막장생활을 연장하라고 강요하고 나서기도 했다.

하지가 지난 지 열흘이 지났을 때였다. 하늘은 구멍이라도 뚫린 듯 연일 장대비를 뿌려대고 있었다. 폭우가 연일 계속되고 있는데도 징용자들을 막장으로 내몰았다. 득창이 들어간 갱도도 지하수가 불어나 채탄하는 것보다 물을 퍼내는 데 시간을 많이 소비할 정도였다. 온종일 조바심에 사로잡혀있다시피 지내다가 별반 사고 없이 일과를 마치고 나올 땐 안도의 한숨이 저절로 나왔다.

7월 4일 그날도 새벽부터 장맛비가 억수로 쏟아졌다. 산골짜기를 흐르는 계곡물이 도로에까지 범람하여 길조차 구분할 수 없을 지경에 이르렀다. 막장마다 새어들어 오는 물을 품어내느라 이중삼중 노역을 할 수밖에 없었다. 그런데도 목표량을 채우기 위해 채탄작업은 늦은 시각까지 이어졌다. 득창은 예전보다 한 시간 정도 늦게 막장을 나왔다. 그가 밖으로 나왔을 땐 장대비가 세우(細雨)로 변해 내리고 있었다. 길에는 사람들의 발길이 뜸했다. 막장마다 늦게까지 일을 하는 것임에 틀림없어 보였다. 그는 곧장 숙소로 돌아왔다. 숙소에는 이미 두 사람이 와 있었다. 시태와 동제는 왔으나 한수와 기만이 보이지 않았다.

잠시 후 한수가 돌아왔다. 다만 기만은 보이지 않았다. 그들은 기만이가 돌아오면 같이 식당으로 가기로 기다리고 있었다. 한참을 기다려도 오지 않았다. 저녁시간이 늦어만 가는데도 나타나지 않은 것이었다. 모두들 고픈 배를 참아가며 눈이 빠지도록 기다렸으나 아무런 기별조차 없었다. 날이 어두워지자 주춤했던 비가 다시 내리기 시작했다. 칠흑 같은 어두운 밤. 빗줄기는 점점 거세지고 있는데도 도무지 감을 잡을 수 없었다. 식사시간이 지나가는데도 초조한 심정으로 어두운 바깥만 내다보고 있었다. 어느덧 기다린 시간만도 두어 시간이 흘러가고 말았다. 얼떨결에 저녁식사 시간을 놓쳐 꼼짝도 없이 저녁을 굶게 되었다. 그러나 밥을 굶는 것은 아무것도 아니었다. 타국에까지 끌려와 동숙하고 있던 친구가 돌아오지 않은 탓에 배고픔마저 싹 달아났던 것이다.

그들은 초조하다 못해 불안한 마음을 감출 수 없었다. 당장 막장으로 달려가 들어가자고 재촉하는 이도 있는가 하면, 틀림없이 사고가 났을 거라고 방정맞은 소리를 해대는 이도 있었다. 곧바로 관리실에 신고해야 한다는 등 야단도 떨었다.

"어허! 말이 씨가 되면 어쩔라고 그런 소리를 함부로 허능가? 잠깐 더 기다려보장께."

득창은 내심 당혹스러우면서도 함부로 입에 담지 말자고 나무라듯 말했다. 그러나 아무튼 예사로운 일이 아닌 것만은 틀림없었다. 밤비는 그칠 줄 모르고 땅바닥을 작신작신 짓뭉개고 있었다. 모두들 시름에 젖어 눈망울만 씀벅거리고 있을 때 누가 방문을 두드렸다.

"기만인가?"

아무런 대답도 없었다.

"누구요? 누가 문을 두드리는 것이요?"

득창이 의심에 찬 눈동자를 두리번거리면서 방문을 열었다. 방문 앞에는 예상치도 않은 사람이 서 있었다. 그는 관리보조원 곽숭채였다.

"이 숙소 사람들만이 저녁을 먹으러 오지 않았다고 하는데 까닭이라도 있는가?"

의심이 가득한 눈으로 바라보며 말했다.

"예. 조기만이 아직 돌아오지 않았구만요. 오거든 같이 갈라고 허다봉께 그렇게 되었구만이라우."

잔뜩 겁에 질린 득창이 부들부들 떨면서 조아리듯 말했다.

"오지 않는 사람이야 어쩔 수 없는 것이고, 일을 마친 사람이야 밥을 먹어야 되지 않겠는가? 나를 따라오라."

아무렇지도 않다는 듯이 목을 **빳빳**하게 세워가며 손가락만 까딱거렸다. 그들은 심히 두려워 고개를 들지 못했다. 관리보조원을 보면 공포와 전율에 휩싸이면서 사지부터 달달 떨렸던 것이다. 더군다나 숙소에까지 찾아온 것이 예사롭지 않았던 것이다. 하지만 생각해볼 겨를도 없이 복창부터 내질렀다.

"예! 알것습니다요."

그들은 밖으로 나와 그를 따라나섰다.

"나도 고향이 충청도 부여다. 너희들처럼 2년 전에 이곳으로 왔다. 어차피 징용으로 온 마당 몸 건강히 있다가 돌아가야 쓰지 않겠느냐? 길가에 바윗덩이가 보기 싫다고 발로 차면 내 발만 아픈 것이지. 여기는 일본 땅이다. 살아남으려면 일본에 충성맹세밖에 더 있겠냐? 그래서 나는 관리보조원이 되었다. 너희들도 내 말 명심하도록 해라. 내 말을 알아들으면 편할 것이고 알아듣지 못한 사람은 목숨 부지하기 힘들 수도 있단 말이다. 살아 돌아간다고 한들 그 고통이야 이루 말할 수 없을 것이다. 그렇다고 해서 내가 한 말 그 누구에게도 전해서는 안 된다. 여기서는 들어도 안 들은 척하고 지내야 신상이 편하단 말이다."

보조원은 밑도 끝도 없는 말을 불쑥 내던지는 것이었다. 회유를 하는 것 같기도 하고 어찌 보면 겁박을 하러 오는 사람 같기도 했다. 득창은 돌아가는 낌새가 심상치 않다는 것은 눈치챌 수 있었다. 속 시원히 물어보고 싶지만 그렇다고 해서 물어볼 수도 없는 일. 떨려서 좀처럼 입을 뗄 수가 없었다. 가르쳐줄 사람도 아니려니와 잘못했다간 된통 혼이 날 수 있기 때문이었다.

보조원은 그들을 데리고 식당으로 갔다. 밤이 이슥한 시각. 저녁 먹는 시각이 지나면 아예 문을 닫고 술을 팔기 때문에 늦은 시각에 가본 적이 없었다. 그들은 내심 불안했다. 비싼 술을 사라고 할까봐 모두들 시종 굳은 표정들로 눈치만 힐끔거렸다. 식당 문을 열고 들어가니 곳곳에서 술판이 벌어지고 있는 중이었다.

"자! 배고프겠다. 어서 저녁을 먹도록 해라."

그는 한쪽 구석을 가리키며 말했다. 그곳에는 저녁밥상이 차려져 있었다. 그 순간만은 지나치리만큼 친절하게 대해주었다. 얄미운 간살웃음까지 섞어가면서까지…… 그들은 더욱 미혹의 세계로 빠져드는 기분이었다. 늦은 시각에 보조원이 직접 나서서 식당으로 데리고 온 것부터가 왠지 수상쩍었는데 저녁까지. 달팽이집으로 빨려 들어가는 것처럼 어리벙벙해지는 것이었다. 그는 밥을 다 먹을 때까지 식당 안에서 대기하고 있었다.

"오늘 저녁밥은 내가 산 것이니 장부에 적을 필요 없다."

그는 선심을 베풀 듯 여유롭게 말했다. 갈수록 의아심이 커지면서 머릿속을 휘저었다. 보조원이 저녁을 샀다는 말을 들어본 적도 없었다. 더군다나 늦은 시각에…….

불안기가 전율이 되어 목덜미를 스멀스멀 타고 내려오는 데도 저녁을 먹고 숙소로 돌아왔다. 비는 계속해서 억세게 뿌려대었다. 밤이 깊어가는 데도 그들은 잠을 이룰 수가 없었다.

"막장 사고가 난 것임에 틀림없구만."

시태가 고개를 갸웃거리며 심각한 표정으로 말했다.

"무슨 일이 있응께 지금까지 안 오는 것이제."

유동제도 걱정스러운 눈빛을 감추지 못한 채 목소리마저 떨리고 있었다.

"나는 아무래도 이것이 의심스럽당께."

한수가 의문이 가득 찬 시선으로 쳐다보면서 말했다.

"뭐가?"

"관리보조원이 찾아온 것이 말이여. 늦은 시각인데도 우리를 데려다 저녁을 먹여주는 것이 어쩐지 수상쩍하지 않던가 부네. 그리고 말을 못하게 막는 것이 의심스럽당께."

한수가 곰곰이 생각에 잠기면서 은연중 넘겨짚기도 했다.

"사람이 안 하던 일을 하는 것은 멋잉가 켕기는 것이 있는 것이랑께."

시태는 짚히는 것이 있는 듯 눈알을 껌벅거려가면서 고개를 외오빼었다.

"우리가 막장으로 가보면 안 될까?"

득창이 찌뿌드드한 기분을 떨치지 못하고 물끄러미 바라보며 의향을 떠보려 들었다. 그러나 그 누구도 선뜻 대답하지 못하고 서로들 눈치만 살피려 들었다.

"가보면 좋겠지만 막장도 모르지 않능가? 설령 안다고 헌들 이 밤에 어떻게 들어갈 것잉가? 전등도 다 반납했으니 캄캄해서 한 발짝도 안 보일 것인디."

"간다고 해도 찾을 수도 없을 것 아닝가부네. 어느 지점에서 사고가 났는지도 모를 것이고 혹시 또 사고라도 난다면 어떻게 할 것잉가?"

제동은 고개를 저어가며 반대를 하고 나섰다. 모두들 고개를 끄덕이며 동조의 눈빛을 맞춰가며 무거운 표정을 지었다. 비가 더욱 세차게 내리면서 불길한 조짐만이 머릿속을 채워가고 있었다. 득창은 기만이와 정리를 생각한다면 당장이라도 막장으로 달려가고 싶지만 사정이 여의치 않은 탓에 가슴속으로 눈물을 흘렸다.

네 사람은 뜬 눈으로 밤을 새우다시피 했다.

밤새 내리던 비는 새벽녘이 되어서야 소강상태로 빠져들었다. 어스름한 새벽빛이 구름 골을 타고 동녘 하늘에서부터 피어올랐다. 조바심에 사로잡혀있던 그들은 날이 밝자 곧바로 밖으로 나왔다. 사방을 살펴봐도 아무런 낌새도 느낄 수 없었다.

"혹시 갱 안에서 죽은 것 아니겠능가?"

불길한 체념이라도 했는지 시태가 고개를 비틀어가며 종알거렸다.

"아무래도 그랬는개비여. 살았으면 지금껏 안 오겠능가?"

한수도 동조의 눈빛을 흘렸다.

"사람이 죽었으면 죽었다고 알려주겠제. 가만히 모른 척하겠능가?"

득창은 시답지 않다는 듯 뽀로통 쳐다보면서 핀잔투로 눈을 흘겼다. 그는 반드시 살아올 것이라 믿고 있을 뿐이었다.

"그러면 왜 안오느냔 말이시? 참말로 개가 알을 낳을 일이구만."

동제는 불안에 휩싸이는 표정을 지어보였다.

"어쨌든 간에 일을 할라면 밥은 묵어야 쓸 것 아닝가부네. 오늘은 서로 동정을 살펴가며 일을 허도록 허세."

한수는 혹시 누가 엿 들을까 봐 사방을 두리번거렸다. 시간이 지나갈수록 조급해지면서 불안과 공포에 휩싸여가는 분위기였다. 내색도 할 수 없는 처지여서 아침을 먹고 일터로 갔다. 막장에 들어가 일을 하면서도 신경은 날카로울 수밖에 없었다. 손에 일이 잡히지 않았다. 막장이 무섭고 의욕이 떨어지고 있었다. 불안과 공포 속에 하루 일과를 마치고 숙소로 돌아왔다. 하지만 기만은 그날도 돌아오지 않았다. 아무런 단서 하나도 발견되지 않은 채 오리무중이었다. 그들은 자연스럽게 목소리를 높이기 시작했다. 관리원들을 성토하면서 울분을 토해내기 시작했다.

"죽었으면 죽었다고 가르쳐줘야 쓸 것 아닝가?"

한수가 먼저 울분을 참지 못했다. 죽었다고 단정하는 말투로 분을 삭히지 못했다.

"개가 죽어도 그래서야 쓰겠능가? 하물며 사람인디. 즈그는 조상이 죽으면 궤짝에다 담아 신이 들어있다고 신사참배니 뭐니 야단법석을 떰시롬 조선 사람은 개죽음이란 말이여? 천벌을 받을 놈들이제."

득창이 열을 내면서 오기에 찬 말을 까발렸다. 일본 사람들의 카미타나(神棚)를 참배하는 것까지 비판하고 나선 것. 그는 조기만과는 떼어놓을 수 없는 인과관계를 맺어왔던 터라 누구보다 가슴이 아팠다. 왈칵왈칵 솟구치는 울분을 참아내느라 말을 제대로 하지 못했다.

"우리도 언제 죽을지 모르겠구만. 나라를 빼앗겨 타국에까지 끌려와 개죽음을 당해서야 되겠능가? 세상천지 이것이 뭣이당가? 밤새 안녕한다더니만 그 말이 무슨 말이었는지 인자 알겠네. 무지막지한 놈들!"

시태는 분노의 시선을 빳빳하게 세워가며 아예 노골적으로 일본을 성토하고 나섰다. 목울대에 핏줄이 툭 튀어나오면서 펄떡펄떡 뛰는 것 같았다.

"솔직히 일할 맛이 안 나는구만. 우리도 오늘 죽을지 내일 죽을지 어떻게 알것능가? 열심히 일해본들 무슨 소용이 있겠냐고? 그저께까지만 해도 같이 지냈던 친구가 감쪽같이 사라져부렀으니 이 억울함을 어디다가 하소연 할 것이랑가?"

마음이 약한 동제는 금시 실의에 빠져들면서 분노의 눈물을 터뜨렸다. 흐르는 눈물을 손등으로 쓱쓱 문지르면서 입술을 악물었다.

"내가 오늘 막장에서 들은 말이네. 우리 막장에는 2년 전에 오신 분이 계시네. 그 사람에 의하면 우리가 이곳에 들어오기 전에 이곳 규슈 탄광에 난리가 난 적이 있었다네. 그때는 같은 숙소에 지내는 사람끼리 같은 막장에서 일을 했던개비데. 재작년 그때도 장마철이었는디 폭우가 쏟아져 막장에 물이 차 넘치면서 무너졌다는구만. 한꺼번에 네 명이나 깔려 죽었다는구만. 그런데 문제는 죽은 사람 시신을 찾기는커녕 함께 일한 사람들의 입단속부터 시작하드라네. 협박과 공갈로 윽박지르며 쉬쉬하라고 말이여. 막장이 무너진 것을 되레 광부 탓으로 돌리드람서. 살아남은 이들이 억울하다고 항의를 하자 되레 무차별 폭력을 휘둘드라네. 사람이 죽었는데도 시신도 찾지 않으면서 살아나온 사람들마저 못살게 구니 징용자들이 참지 못했는개비데. 급기야 징용자들이 들고 일어나 관리보조원을 곡괭이로 찍어 죽이는 사건이 벌어졌다네. 급기야 일본군인들이 들이닥쳐 총칼로 징용자들은 억누르고 주동자들을 형무소로 끌고 가서야 일단락되었다고 알려 주드란 말이시. 그 뒤로 같은 방 사람들은 같은 막장에 들어가지 못하도록 하고 방도 바꿔버렸담서. 그래서 우리도 막장이 서로 다른 것이라고 하더구만. 지금 이 말을 그들이 들으면 끌려갈 것잉께 못 들은 척하소."

한수는 혹시 누가 들을까봐 방문 쪽을 연신 쳐다보면서 불안함을 감추지 못했다. 그간에 있었던 정보를 듣고 전해주었다.

규슈탄광은 조선 징용자들의 수용소나 다름없는 곳이었다. 수많은 조선 노동자들이 몰려 있는 곳이라서 징용자들의 소요를 가장 두려워했던 것이다. 폭동이 일어나면 채광에 차질이 생기는 것은 말할 것도 없고, 진압하기 위해선 군인들이 들어와야 하기 때문에 사전조치에 심혈을 기울였다. 사고가 나도 일절 발설하지 않는 것이 그들의 계책(計策)이었다. 돌아올 화근을 미연에 방지하고자 불문곡직하고 비밀로 감추는 것을 철칙으로 삼았다. 그리고 사고원인을 무조건 광부의 탓으로 돌렸다. 모든 사고의 책임을 죽은 자에 뒤집어씌운 꼴. 죽은 자는 말이 없다는 것이 그들의 계략(計略)이었다. 숱한 인명사고에 대한 보상을 사전에 차단하기 위해서였다. 때문에 탄광에서 죽음은 개죽음만도 못하다고 전해졌던 것이다.

한수의 말을 듣고 보니 득창은 가슴이 뭉개지는 것 같았다. 금방 황천객귀가 될 줄도 모르고 죽는 날까지 친구로 지내자고 호탕한 너털웃음을 짓던 모습이 눈앞에 아른거렸다. 죽었다고 알려주는 것까지도 비밀로 감추는 그들이 너무 혐오스러웠을 뿐이었다. 감히 인두겁을 둘러쓴 사람이라 할 수 있을까 싶어 울분이 솟구치면서 치가 떨렸다.

지난밤을 꼬박 세운 탓도 있지만 피곤한 까닭인지 한수부터 시들부들 잠에 떨어지기 시작했다. 그러나 득창은 피곤에 지쳐 눈이 감겨드는데도 잠을 이룰 수 없었다. 기만이가 혹시 돌아올지도 모를 일. 피곤하고 잠이 와도 참고 기다리자고 감긴 눈을 짜그려가며 견디고 있었다. 의형제처럼 지내자고 약속한 이였던 것인데……. 오른팔이 떨어져나간 기분이었다. 죽는 날까지 친구로 지내자고 약속이 한낱 꿈이 될 줄이야…….

그는 눈을 감았다 떴다 흐릿한 정신으로 선잠에 취해 있을 때였다. 시간이 얼마나 지났는지 알 수 없지만 그때 방문을 흔들어대는 소리가 들렸다. 득창은 깜짝 놀라 일어났다.

"누구여! 기만인가?"

하지만 대답이 없었다. 순간 예감이 썩 좋지 않았다.

"기만인가?"

그는 다시 소스라치듯 놀라며 소리쳤다. 혼곤히 잠 속으로 빠져들었던 이들도 깜짝 놀라 벌떡 일어났다.

"음. 나는 관리보조원 곽숭채다."

어디선가 귀에 익은 목소리였다. 싸늘한 서릿발 같은 소리가 날아들었다. 관리보조원이라는 말에 가슴이 철렁 내려앉았다. 까닭을 모른 채 득창은 조마조마한 마음으로 방문을 열었다. 흑막을 쳐놓은 것 같은 캄캄한 칠야라서 얼굴을 알아볼 수 없었다. 그러나 분명히 알 수 있는 것은 한 사람이 아니었다. 뒤에 서있는 사람만도 서너 명은 되어 보였다. 곽승채가 방으로 들어왔다. 그냥 자다가 온 사람은 아닌 듯 시큼한 땀 냄새를 풍겼다.

"이 밤에 어쩐 일이싱가요?"

"우선 불부터 켜라."

곽승채는 누구에게 쫓긴 사람처럼 무척 조급하게 굴었다. 한수가 일어나 천장에 매달린 전등의 소켓스위치를 돌렸다. 딸깍 소리와 함께 전등불이 들어오자 방이 훤히 밝았다.

"이유는 묻지 말고 어서 각자 짐을 꾸리도록 해라."

"예? 짐을 꾸리다니요? 그것이 무슨 말씀이다요?"

"묻지 말라니까!"

그는 다짜고짜 신경질적인 말투로 팍 쏘아붙였다. 와락 내지르는 소리에 기가 죽은 그들은 갈피를 잡지 못하고 허둥거리기 시작했다.

"빨리 빨리 하라니까!"

그는 천둥 번개가 몰아치듯 빨리 하라고 재촉하고 나섰다. 끌어다 죽이려고 하는 것이 아닌지 그들은 잔뜩 겁이 나 안절부절못했다. 벽장문을 열고 소지품을 꺼내 보자기에 싸기 시작했다. 속옷에 신발까지 주섬주섬 챙겨든 그들은 물끄러미 보조원들을 바라보았다.

"자기 소지품은 빠짐없이 챙겼나?"

곽승채는 얼굴을 흘끗 한번 치올려보고서 물었다.

"예. 잘 챙겼구만요."

아직도 잠이 덜 깬 듯 두리벙한 동제는 하품을 해대며 말했다. 득창은 혹시 빠진 물건이 있는지 벽장문을 열고 들여다보기까지 확인하고 나서 고개를 끄덕였다.

"따라와! 빨리!"

곽숭채가 방문을 열고 나가면서 쥐 잡듯 다급하게 소리쳤다. 그들은 보따리를 든 채 방문을 나섰다. 같이 온 보조원들이 뒤에서 밀치듯 감시 행동을 취했다. 아닌 밤에 홍두깨라더니 영락없이 고양이 앞에 쥐 꼴이 되고 말았다. 모두들 눈을 뚜렷거리며 불안에 떨었다. 도깨비 장난에 홀린 기분 같기도 하면서 사형장으로 끌려가는 것 아닌지 심장에서 콩알 튀는 소리가 들린 듯했다.

산골은 칠흑같이 어두워 앞이 보이지 않았다. 먹구름이 잔뜩 끼어 금방이라도 비가 쏟아질 것처럼 우중충한 하늘이었다. 폭우로 불어난 산골짜기 계곡물이 좌좌거리며 하얀 물보라를 일으키며 적막을 깨웠다. 그들은 말 한마디 못한 채 신작로로 나왔다. 길바닥이 무척 질컥거렸다. 철퍼덕철퍼덕 흙탕물을 쳐가며 한참을 내려가자 시커먼 군용 트럭 한 대가 서있었다. 어둠속에서도 얼른 알아볼 수 있었다. 가까이 다가가자 제복을 입은 사람들이 차에서 내렸다. 보조원들은 곧장 다가가 거수경례부터 올렸다. 아마 관리원인 듯싶었다.

"이상 없이 데려왔나?"

"하이!"

곽숭채는 다급한 목소리로 소리치듯 말했다. 어리벙벙한 채로 서있는 그들을 향해

"너희들도 경례를 붙여라!"

곽숭채가 소리치자 뒤에 있던 다른 보조원들이 방망이로 옆구리를 쿡쿡 찔렀다. 엉겁결 거수경례를 붙였다. 캄캄한 밤에 봐도 제복을 입은 이는 얼굴이 솥뚜껑만큼이나 넓었고 키가 장대처럼 컸다.

"너희들은 오늘부터 다른 노역장으로 떠나야 한다. 알았는가?"

그는 걸진 목소리로 또박또박 말했다. 물론 일본 말이었고 곽숭채가 번역을 해주었다. 까닭을 모른 그들은 어리둥절하여 멍하니 처다

만 볼 뿐 대답할 계제가 못 되었다.

"너희들은 우리 규슈탄광에 있어서는 안 될 이들이었다. 저녁이면 잠을 안자고 협잡을 꾸미고 있었음을 다 안다. 우리 일본사람들에게 천벌을 받아야 한다고 말했고, 언제 죽을지 모르니 개죽음을 당하기 전에 난동을 부리자고 했지 않았나? 지난해에 불순분자가 관리보조원을 곡괭이로 찍어 죽인 사건까지 들먹이며 난동을 모의했음을 안다."

관리원은 악이 받친 표정으로 고래고함을 내지르듯 말했다. 어찌된 일인지 지난밤에 있었던 사실을 낱낱이 들먹이고 나선 것이다. 관리원의 거침없는 말에 그들은 가슴이 덜컹 내려앉았다. 이제 죽었구나 싶은 절망감에 자라목 오그라지듯 몸을 움츠렸다.

알고 보니 지난밤부터 관리보조원들을 시켜 그들의 동태를 감시했던 것이다. 늦은 저녁에 밥을 사주는 것도 동정을 살피기 위한 수단이었던 것. 그 후로도 지근의 거리에서 그들이 나눈 말을 엿듣고 있었는데도 모른 채 떠들어댔던 것이다. 이미 조기만은 막장 속에서 탄 더미에 깔려 죽은 뒤였다. 비밀에 붙이려 했던 것인데 은근히 낌새를 눈치채고 있음을 파악하고 쥐도 새도 모르게 다른 노역장으로 보내려 들었던 것.

"정득창! 너는 오늘부로 하이노사끼 노역장으로 가서 일을 하라. 그리고 김한수 너는 북해도 탄광, 정시태와 김제동은 센다이 공항 공사장이다. 알았는가?"

관리원은 어둠 속에서도 마치 글을 읽은 것처럼 또렷하게 말했다. 관리원의 위압감에 눌린 그들은 외마디 말도 없이 "예" 하고 복창을 하고 말았다.

"그럼 됐다. 차에 태워라."

그는 급하게도 다그치고 나섰다. 보조원들은 짐짝처럼 그들을 떼밀며 차에 오르라고 다그쳤다. 허리춤에 칼을 찬 관리원 셋이 방망이를 들고서 함께 탔다. 올라타기도 전에 부르릉거리며 시동을 걸었다. 자동차는 비탈진 두툴두툴한 돌밭 길을 덜커덕덜커덕거리며 유유히 내달렸다. 그 순간 득창은 머릿속을 싹 훑고 지나가는 것이 있었다. 그동안 모아놓은 돈이 생각났던 것이다.

"워매! 내 돈!"

그는 무의식중에 중얼대었다. 아내에게 보내주려고 모아놓았던 돈을……. 눈이 빠지도록 기다리고 있을 아내를 생각하니 갑자기 심장이 찢어지는 아픔이 밀려들었다.

"맞어! 저금해놓은 돈은 어떻게 할 것이랑가요?"

시태도 울먹이는 목소리로 물었다.

"나중에 찾으러 오라."

"예? 여기가 어딘 줄 알고 나중에 찾으러 올 것이요? 날이 밝으면 찾아갖고 가면 안되능가요?"

시태가 머리를 꾸벅 굽히며 애걸복걸하듯 말했다.

"어허! 정해진 시각에 맞춰가야 하기 때문에 어쩔 수가 없다. 나중에 오면 이자까지 줄 것이니 걱정 말고 가라. 알았는가?"

관리원은 으름장을 놓듯 말했다. 더 들먹였다간 금방이라도 한 대 후려칠 것 같았다. 솔직히 너무 억울하고 기가 막혔다. 깊은 밤 죄도 없이 끌려 나오면서 저금해놓은 돈까지 그대로 놔두고 나오다니……. 그들은 하나같이 배고픔도 참아가면서 술 한 모금도 먹지 않고 꼬박꼬박 저금해 놓았던 것인데…… 여섯 달 동안 보내는 삯도 비싸 한꺼번에 보내주려 했던 것인데…… 한 달에 6원을 벌어 식대로 3원 50전을 주고 잠자는 숙소비용으로 1원을 제하고 남은 돈 1원 20전씩 달마다 저금했던 것인데…… 백 원만 모으면 집으로 보내자고 세고 또 세어보던 돈이었는데……. 돌아올 8월에는 백 원의 희망이 보였던 참이었다. 가족들이 얼마나 원망을 하고 있을지 어깻죽지가 잘려 나가는 아픔이었다. 그렇다고 더 이상 말도 할 수 없었다. 들먹였다간 돌아올 뒤탈은 분명 인정사정없는 폭력이 가해질 것이기 때문이었다.

"센다이공항이 어디에 있능가요?"

제동이 축 늘어진 소리로 물었다.

"가보면 안다. 더 이상 묻지 마라."

관리원은 묻는 말도 귀찮다는 듯 입막음까지 하고 나섰다.

천막으로 하늘을 가린 차 안은 아무것도 보이지 않았다. 덜컹덜컹거리며 두어 시간 정도 지나자 동쪽하늘에 희뿌연 빛이 나타나기 시작했다. 새벽빛이 열브스름하게 비치면서 동이 터 올랐다. 그들이 도착한 곳은 지난번 올 때 내렸던 기차역이었다. 타고 온 차는 역 마당에 멈췄고 그들은 차에서 내렸다. 잠시 차로 다가온 사람은 일본 군인들이었다. 관리원은 하얀 서류를 넘겨주면서 서로 알지 못할 말을 주고받았다. 군인들은 엉겹결 달려들어

"너희들은 죄인이다. 도망칠 염려가 있어 수갑을 채우겠다. 손을 내밀어라."

은색으로 번쩍거리는 수갑을 꺼내들었다. 서로들 어안이 벙벙할 따름 외마디도 하지 못하고 거동만 지켜보고 있었다.

"지들이 무슨 죄를 지었능가요?"

한수가 억울하다는 표정으로 군인들을 쳐다보며 구시렁거렸다.

"지은 죄를 모른단 말인가?"

군인은 포르르 성을 내고서 눈을 흘긴 채 되물었다.

"잘 모르겠구만요."

"어허! 너희들은 저녁이면 협잡을 꾸미고 있었지 않았는가? 일본사

람들은 천벌을 받아야 한다고 말이다. 언제 죽을지도 모르니까 난동을 부리자고 모의를 했으니 그것보다 큰 죄는 없다. 다만 이번이 처음이라서 형무소 대신 다른 작업장으로 보내주려는 것이다. 그것도 불만인가?"

군인은 멸시에 찬 어조로 아늠살을 씰룩거리며 말했다. 그들은 얼토당토 않는 말에 할 말을 잊은 채 고갤 떨구었다.

"시간 없다. 빨리 손을 내밀어라."

땅땅 을러메며 다그치는 그들 앞에 어쩔 수 없이 손을 내밀었다. 팔목에 수갑이 채워지자 어서 가라고 밀쳤다. 아무런 잘못도 없는 그들은 죄인이 되어 역으로 끌려갔다.

규슈 탄광으로 온 지 여섯 달 만에 마음을 포개었던 친구를 잃고 다른 노역장으로 쫓겨 가는 꼴이 된 셈이었다. 통분을 참느라 사지를 덜덜 떨고 있을 때 시커먼 기차가 들어왔다. 기차에 태워졌다. 옆에는 일본 군인이 바짝 따라붙어 밀착감시의 눈길을 번득였다. 한나절 동안 열차를 타고 가는 동안 그들은 뿔뿔이 헤어지고 말았다. 득창이 도착한 곳은 하이노사끼라는 해변이었다. 그곳은 바닷가에 있는 산을 깎아다가 부두를 만드는 공사장이었다. 큰 배가 접안할 수 있도록 하기 위한 것 같았다. 산을 깎아 내리는 일은 대단히 힘든 일이었다. 공사장 옆에는 임시 가건물을 지어놓고 징용자 숙소로 활용하고 있었다. 여기서도 한 방에 다섯 명씩 배치되었다. 대부분 조선 노동자 아니면 만주에서 온 사람들이 일을 하고 있었다. 간혹 대만에서 온 이도 눈에 띄었다.

경상남도에서 함양에서 온 박필수, 함경남도 길주에서 온 최길남, 만주 연변 출신 김춘성, 충청남도 예산에서 온 이칠구와 함께 숙소생활을 하게 되었다. 서로 낯설지만 동고동락을 하는 까닭에 돕고 양보

하는 마음을 미덕으로 삼아 금세 형제처럼 지내자고 다짐해가며 지냈다. 다행이라고 여겨지는 것은 이곳은 지하에서 일을 하지 않기 때문에 생매장은 당하지 않을 수 있었다. 그러나 들리는 바에 의하면 돌을 나르다 깔려 죽은 사람이 속출하는가 하면 영양실조와 감독들의 폭행으로 죽기도 한다고 했다. 먹는 것도 탄광보다 못했다. 밥의 양도 적을 뿐 아니라 된장 시래깃국이 고작이었다. 그런데도 식비는 탄광보다 비쌌다. 한 달 식비가 3원 80전이었다. 숙소비용까지 합치면 4원이 넘었다. 거기에다 신발, 작업복, 속옷, 기타 잡비를 합하고 나면 저금한다는 것은 요원한 일이었다. 도리어 빚을 지는 있는 이가 대부분이었던 것이다. 배가 고픈 징용자들은 공사장 주변 밭에서 무와 당근을 뽑아먹다가 들켜 숱한 고초를 당하기도 했다.

다섯 명에 한 사람의 감독이 붙어서 방망이를 휘둘러대며 일을 시켰다. 날마다 그날 해야 할 책임량이 할당되어 있었다. 이를 완수하지 못하면 캄캄한 밤에까지도 일을 해야 하기 때문에 잠시도 쉴 새가 없었다. 하루 작업시간이 15시간에서 17시간까지 이어질 때가 많았다. 이곳에도 관리 보조원이 있었고 채찍을 들고 다녔다. 자기들 맘에 들지 않는다 싶을 때는 가차 없이 채찍을 휘둘렀다.

돌을 짊어지고 나르는 일은 무척 힘들었다. 뼈가 바숴지고 살점이 떨어져나가는 고통이 연일 이어지고 있었다. 그런데도 감독들의 채찍은 식을 줄 몰랐다.

참을 수 없는 것은 갖은 욕지거리로 민족을 비하할 때였다. 굶어가는 조선인을 데려다 먹여 살려준다고 비아냥거릴 땐 억울함과 울분을 풀 방법이 없었다. 하지만 참을 수밖에 없다는 것이 너무 서러웠다. 나라 없는 백성은 상갓집 개만도 못하다는 말이 딱 맞았다. 일을 하면서도 피를 토하고 싶을 때가 한두 번이 아니었다.

달력 위에 쳐놓은 동그라미만 해도 어느덧 칠백 개가 다 되어가고 있을 때였다. 동그라미 수가 늘어나면서 지옥 같은 생활이 시작된 지 일 년하고도 다섯 달이 지나갔다. 이제 머지않아 징용기간이 끝날 것이라는 기대에 부풀어 있었다. 손가락을 접었다 폈다 하기를 하루에도 수십 차례. 뼈를 깎는 고통도 고국으로 돌아갈 그날을 생각하면 한낱 비말(飛沫)에 불과했다. 언제나 그랬듯이 게으름을 피우지 않고 더욱 열심히 일했다. 때문에 관리원들은 그의 실덕을 늘 칭찬하기에 이르렀다.

1943년 추운 겨울 어느 날.

징용 만기 날짜가 엿새 앞으로 다가온 날 저녁이었다. 하루 일을 마치고 숙소로 돌아왔을 때였다. 관리보조원이 찾아와 통고서를 전해주었다. 내용인즉 다음날 점심때 본부로 들어오라는 통보였다. 징용만기가 되었다는 생각에 들뜬 마음을 달랠 길 없었다. 마음이 설레면서 잠도 오지 않았다. 눈만 감으면 조국산천과 가족의 얼굴이 알씬알씬 거렸다. 사랑하는 아내가 사무치게 그리워지면서 어서 달려가고 싶었다. 아들의 이름을 부르고 싶은 마음을 억제할 수가 없었다. 아내와 아들을 만날 수 있다는 기대감에 고통스러웠던 지난날이 싹 지워지면서…….

마냥 즐거운 표정을 지어가며 오전 일을 마치고 곧바로 본부로 달려갔다. 돌을 깎아 세워지은 엄청나게 큰 건물이었다. 높은 사람을 만나기란 난생 처음이었다. 흥분된 마음에서 부끄러움도 잊은 채 과장이란 사람을 찾아갔다.

"하이! 하원득창 부름 받고 왔습니다."

그는 복창과 함께 거수경례를 했다. 과장이란 사람은 얼굴에 기름기가 좌르르 흘렀다. 검정 양복에 하얀 와이셔츠가 눈이 부셨다. 눈이 부시도록 번쩍거리는 금테 안경을 끼고 팔자수염을 쓱쓱 쓰다듬으면서 쳐다보았다.

"으음. 하원학동이라고 했던가?"

"예."

"일단 축하한다."

그는 뱅그레 웃음을 지은 채 손을 내밀며 악수를 청했다. 득창은 덜덜 떨리는 손으로 허리를 굽혀 악수를 했다.

"징용계약기간이 앞으로 엿새 남았다. 틀림없는가?"

"예! 맞습니다."

희열감에 들뜬 득창은 풍선처럼 하늘로 날아가는 기분이었다. 그토록 기다렸던 것이 현실로 다가왔다는 생각에 눈물마저 왈칵 쏟아지려 들었다. 과장은 책상 서랍을 열고 봉투를 하나 꺼내들고는

"그동안 우리 대일본제국 황국신민으로서 역할을 충실히 이행해준 하원득창에게 관리소장님을 대신해 고마움을 표하고자 한다. 너와 같은 젊은이가 있었기에 우리 대일본제국이 태평양을 건너 세계에 우뚝 설 수 있었다. 다시 한 번 열정적인 찬사를 보내는 바이다. 특히 천황폐하를 경배하는 태도나 카미타나 신전 참배하는 열의가 모범적이었다. 이점 감사하게 생각한다. 오늘 오라고 한 것은 그대의 애국된 충정을 기리고 만인의 귀감으로 삼기 위해 연장계약을 해주고자 함이다. 계약기간은 2년이다. 앞으로도 황국신민으로서 맡은 소명을 다해주길 바랄 뿐이다. 여기에 지장을 찍도록 하라."

과장은 일방적 통고나 다름없는 주문을 외우듯 하면서 봉투에서 하얀 종이를 꺼내들었다. 그리고는 지장을 찍을 곳을 정해주었다. 그는 너무나 충격적이어서 멍한 표정으로 한참 바라보며

"뭣이라고요? 재계약이라니요? 그것이 무신 말씀이당……."

192

목이 메어서 말끝을 맺지 못하고 울먹였다.

"그렇다. 지금 우리 대일본제국은 아시아는 물론 미국까지 전선을 확대하고 있는 중이다. 때문에 너와 같은 애국신민이 절대적으로 요구되는 바이다. 이것은 천황에 대한 지극한 충성으로 기록될 것이다."

그는 상그레 웃으며 입에 침을 발라가며 칭찬을 하고 나섰다. 병주고 약주는 꼴. 생사람을 잡아도 유만부득이지 계약대상자와 일언반구의 상의도 없이 자기들끼리 일방적으로 몰아붙인 통고였다. 고국으로 돌아가려던 꿈이 일순간에 허망한 백일몽이 되고 말았다. 청천벽력과 같은 통지임에 틀림없었다. 나라를 잃은 설움이 새삼 통분하고 비창해지기 시작했다. 억분을 참지 못해 당장 달려들어 요절을 내주고 싶지만 그것은 장작불에 기름통을 메고 뛰어드는 것이나 다름없는 일. 갑자기 하늘이 캄캄해지면서 짙은 안개 속으로 빠져든 것처럼 정신마저 몽롱해졌다. 머리가 핑 돌면서 천길만길 아득한 낭떠러지로 떨어지는 기분이었다. 그 순간에도 이장 진홍의 얼굴이 떠오르며 입술이 으드득으드득 깨물어졌다. 정말 지긋지긋하여 딱 죽고 싶은 마음밖에 없으면서도 무서움에 지장을 찍고 말았다.

하필이면 징용기간이 끝나는 시기가 전쟁과 맞물려 있었다. 1941년 12월 1일을 기해 미국과 맞서 전쟁이 절정으로 향해 치닫고 있던 때였다. 조선의 젊은이를 강제동원시키려 혈안이 되어 있는 마당인데 집 마당에 들어온 모범수를 놓아줄 리 없었다.

어떻게 보면 또다시 일제에게 속아 넘어갔던 것이다. 목포형무소에서 모범수 감형도 일찍 일본으로 데려오려는 그들의 계책이었던 것이다. 하지만 득창은 그걸 알 리 없었고 몸을 사리지 않고 일을 하며 착오 속에 살았던 것이다.

숙소로 돌아온 그는 밥맛마저 싹 가셨다. 날이 새도록 잠을 이루지

못하고 베갯잇이 흥건하도록 눈물만 흘려대고 있을 때

"자네가 둘린 것이었어. 그러기에 내가 뭐라고 하던가? 몸을 사리지 않고 일할 필요 없다고 했잖는가? 자내 같은 사람을 돌려보내려 하겠는가? 내가 관리원이라도 보내지 않겠구만."

칠구가 잠을 자다 말고 손을 꼭 잡아주면서 말했다.

"솔직히 나는 몰랐당께. 열심히 모범적으로 일을 하면 제때에 보내줄 줄 알았단 말이여."

"생각해보소. 모범적인 징용자를 보내려고 하겠는가? 이미 도장은 찍어졌고 죽으나 사나 기다려야 할 판이니 몸 축나기 전에 잠이나 자두소."

칠구는 어리석게 살아온 지난날을 탓하며 이제 참고 기다려야한다고 충고조로 일침을 놓았다. 득창은 그제야 칠구와 필수가 채찍을 맞아가면서도 어슬렁어슬렁거리며 일하는 까닭을 알 것 같았다. 자신의 우매하게 살아온 지난날을 후회될 뿐이었다.

일본은 자신과 불구대천원수임에 틀림없었다. 아내를 데려가려 안달을 했던 처녀공출…… 장마당 굿판을 가로막고…… 친일파 김진홍의 마수에 걸려든 일…… 일림산 목장에서 도장을 찍었던 일…… 헌병보조원에게 잡혀 끌려오던 일…… 목포형무소 수감생활…… 규슈 탄광에서 친구 조기만을 잃었던 일까지……. 또다시 징용이 연장되다니 이것이 철천지원수가 아니고서야. 카미타나(神棚) 참배는 물론이요, 천황을 향해 궁전요배를 해왔던 것이 후회스러웠다. 터무니없는 억지요 새장에 갇힌 앵무새처럼 농락을 당한 것이 너무 분해서 일할 맛이 나지 않았다. 낙망에 빠져들어 삶에 대한 의욕을 잃어가고 있을 때였다. 그에게 날아든 또 하나의 통지서. 그것은 새로운 작업장으로 떠나라는 강제적인 통첩이었다. 새로운 곳은 남양군도였다.

중일전쟁이 교착상태로 빠져들자 일본은 이를 타개하기 위해 동남아 일대의 자원을 손에 넣으려 남방진출을 시도했다. 일본은 개전 반년 만에 필리핀, 말레이 반도, 싱가포르, 버마 등을 점령하고 뉴기니, 솔로몬제도 일부까지 손에 넣었다. 점령한 섬을 빼앗기지 않으려고 항구와 비행장 건설 및 총진군에 매진했던 것이다.

이때 동원된 노역자는 현지 주민과 징용으로 끌려온 조선과 만주 사람들이 대부분이었다.

37
저주의 남방 군도

1943년 12월 하순. 연말을 앞두고 하늘이 찌뿌드드하면서 을씨년스럽게 추웠다. 득창은 조선 징용자 50명 속에 끼어 일본 사세보 항에서 군함을 탔다. 캄캄한 밤이었다. 어디로 가는지조차 알 수 없는 까닭에 얼굴에는 초조한 빛이 역력했다. 총을 들고 싸우러 가는 것은 아니지만 갑작스런 생활환경의 변화가 불안 심리를 자극했던 것.

비록 철천지원수의 땅이라고 하지만 일본에서 2년 동안 지내온 터여서 낯이야 익었던 것인데…… 또 낯선 땅으로 간다는 생각에 심히 불안했다. 그러나 또 한편으로는 지긋지긋한 생지옥을 떠난다고 생각하니 오히려 홀가분해진 기분도 들었다. 어쨌든 귀국선을 타지 못한 슬픔이야 이루 말로 표현할 수가 없었다. 심장이 자근자근 찢겨져 나간 것 같았다. 사랑하는 아내가 기다리고 있을 생각을 하면 가슴을 칼로 도려내는 아픔이 밀려들었다. 애타게 불러 봐도 소용없는 아내의 얼굴. 북장구 장단에 맞춰 춘향가를 부르던 아내의 모습이 선연히 날아들 때면 실성한 사람처럼 질정을 할 수 없었다. 방정맞게도 다시는 만나보지 못할 것만 같은 비감 속으로 잠겨들기도 했다. 그럴 때면 바다에라도 빠져 죽고 싶은 생각이 뭉긋뭉긋거려졌다. 땅을 빼앗긴 것만도 서러운데 몸까지 빼앗긴 것이 너무 억울하고 분해서 혀를 깨물고 싶기도 했다.

군함에 몸을 실은 그는 눈에 보이는 것마다 만목황량하게 다가왔다. 칠야의 어둠 속에서 바닷물은 뱃머리를 철썩철썩 두드리고 있었다. 하얗게 부서지는 파도를 망연스럽게 바라보면서 뼛속으로 파고드는 설움을 달랠 길 없어 뱃머리에 서서 훌쩍훌쩍 눈물을 흘렸다. 눈물 속에 서물거리는 통한의 징용 지원서. 교사스러운 술책에 속은 지난날이 너무 후회스러워 회한의 한숨이 가슴속을 쿡쿡 찔러댔다. 그것으로도 부족해서 또 다른 간계를 부리다니…… 감언이설에 속아 몸을 사리지 않고 일했던 결과가 또 다른 재계약 통지를 안겨줄 줄이야…… 영락없이 몸주고 뺨맞는 일이나 다름없는 일. 지금도 그들의 기만술책이 악매(惡罵)가 되어 귀청을 짓찢어 대었다. 한 발짝을 가더라도 고국을 향해 다가가야 하는 것인데…… 방향 감각마저 상실되어 아내가 어디 쪽에 있는지조차도 알 수가 없었다. 하늘의 구름조차 조선으로 가는 길을 잃고서 망망대해의 뱃길을 따라오고 있었다.

"여러분은 본 배에서 사흘간 머물러야 합니다. 그래야만 솔로몬 제도에 도착하게 됩니다."

선장이 선내 방송을 통해 알려주는 말이었다. 이제는 영영 돌아오지 못할 곳으로 떠나는 것 같았다. 밤이 가고 낮이 지나고 또 밤이 와도 배는 멈추지 않았다. 사흘 동안 배속에 갇혀 있는 것은 진저리 치는 일이었다. 몸살이 나는 것처럼 오금이 저리며 쑤셔대었다. 추웠던 기운이 싹 풀려가면서 이상하게 더워지기 시작했다. 그곳은 더운 나라인 듯싶었다. 맥이 딱 가라앉으며 기운이 빠져들었다. 사람들은 하나같이 입고 있던 옷을 벗기 시작했다. 속옷만 입어도 온 몸이 땀으로 흥건히 젖어들었다. 후덥지근해지면서 불쾌함에 빠져드는 날씨가 괜히 짜증나게 만들었다. 삼일을 꼬박 배에 갇힌 그들이 파김치가 되어 흐느적거릴 때 이윽고 배는 어느 섬에 도착했다. 그런데 그곳은 부두도 없었다. 배가 닿는 곳은 바닷가가 아니었다. 바다 한가운데에서 하선하여 거룻배로 옮겨 타고 섬으로 올랐다. 바닷가엔 꽤 넓은 모래사장이 발달해 있었다. 은비늘이 반짝거리는 모래톱에 파도가 밀려와 찰싸닥찰싸닥 핥아대었다. 얼른 봐선 바다 한 가운데 외로이 떠있는 섬으로 보였는데 그렇지 않았다. 이웃엔 또 다른 섬들이 서로 머리를 맞대고 기다랗게 펼쳐져 있었다. 선장은 그곳이 솔로몬 제도라고 말했다. 섬에는 기암절벽의 산줄기가 뻗어 있었다. 새까만 바위들이 푸른 숲과 어우러져 위태롭게 솟아있었다. 금방이라도 밑으로 굴러 떨어질 것 같아 위구스러움을 주었다. 주름진 산자락 사이로 계곡물이 폭포수를 이루어 맑은 물을 쏟아내고 있었다. 소리만 들어도 시원함을 더해주었다. 이미 개발이 진행되고 있는 듯 나지막한 산허리가 잘려나가고 있었다. 잘려나간 산정에는 바위들이 하얀 속살을 드러내었다. 태양은 이글거리며 뜨거운 열을 쏟아내었다. 양달에 조금만 서 있어도 숨이 막혀 쓰러질 것만 같았다. 후덥지근한 공기는 사람들을 불쾌스럽게 만들고 금방 땀으로 목욕을 하도록 만들었다.

그들은 관리원들에게 인계되었고 간단한 교육을 받았다. 이미 몇 개월 전에 도착한 이들이 숙소를 만들어놓고 있었다. 남은 일은 기암절벽을 부숴 바닷가로 날라 부두를 만드는 일이었다. 이미 하이노사끼에서 종사했던 경험이 있던 이들이어서 자세한 내용을 생략했다.

그들에겐 노독을 풀 겨를조차도 없었다. 숙소를 배치해주고서 곧장 공사장으로 내몰았다. 다섯 사람당 한 사람의 감독이 따라붙었다. 관리원들은 시간에 쫓기고 있는 듯 보였다. 하는 일마다 심한 조급증을 드러냈다. 까닭은 미국과 태평양 전쟁 중이어서 빠른 시일에 항구가 필요했던 것이다. 남양군도를 점령한 일본은 그곳을 뺏기지 않으려고 군대를 주둔시킬 곳을 빨리 마련해야 했다. 뉴기니 섬은 해양 전투에 절대적으로 필요한 군사 요충지일 뿐 아니라 세계에서 제일 큰 섬이어서 정복의 목표로 삼고 있었다.

당장 다음날부터 산 정상으로 올라 기암절벽부터 까뭉개는 일이 시작되었다. 커다란 바위에 작은 구멍을 뚫은 뒤 안포폭약을 묻고 심지에 불을 붙여 터뜨리는 일이었다.

폭약이 터질 땐 큰 바위가 산산조각이 되어 나뒹굴었다. 바위는 자연적으로 밑으로 굴러 내렸다. 바위가 멈추고 나면 노역자들이 달려가 등에 짊어져 날랐다. 비탈산길에 돌을 짊어지고 내려오는 일이란 정말 쉽지 않았다. 발을 헛딛기라도 하면 깊은 골짜기로 처박혀 죽기도 하고 불구가 되기 십상이었다. 그런데도 일본 관리원들은 채찍을 휘두르며 다그치기 시작했다. 조금이라도 늑장을 부리면 인정사정없이 후려쳤다. 모욕적인 언사까지 서슴없이 쏟아내기도 했다. 민족의 울분을 일으키고도 남을 멸시적인 말들을 거침없이 내뱉었다.

관리원과 감독들은 오만하기 짝이 없었다. 사람을 짐승 다루듯 했다. 멸시와 구타가 일반화된 상태였다. 채찍질에 반항이라도 하면 경비대에 인계되었다. 그곳으로 끌려가면 가혹한 체벌로 이어진다고 했다. 한번 거쳐 나온 사람은 결코 성한 사람이 없이 숨만 깔딱거릴 뿐 산송장이 되어 나온다고 했다. 그런데 간혹 인사사고가 일어나기도 했다. 돌을 나르다 넘어져 죽기도 하고 매를 맞아 죽기도 한다고 했다. 그럴 때면 눈 하나 깜빡이지 않고 시체는 가차 없이 바다에 내던진다는 것. 사람이 죽으면 수장(水葬)을 통해 고기밥이 되는 것보다 더 깨끗한 장례가 없다고 큰 소리를 쳐댔다. 그러나 죽는 두려움보다 더 슬픈 현실은 배고픔이었다. 멸시와 폭력은 견딜 수 있어도 참기 힘든 것은 배고픔이었다. 굶어 보지 않은 사람은 배고픔의 고통을 알 수 없다. 일본은 이제껏 먹어왔던 시래기 된장국에 밥 한 그릇도 절식이라는 미명 아래 줄이려 들었다. 전투 지역이 넓어지면서 군량이 늘어나자 내핍 절약을 들고 나온 것. 그러나 관리원과 감독들은 그렇지 않았다. 그들은 바닷가에 배를 띄워놓고 그 안에서 생활했다. 노역자들 중에서 허기져 쓰러진 이들이 속출하기 시작했다. 낮에 죽으면 백사장에 묻어두었다가 밤이면 바다에 내던졌다. 배고픔을 참지 못한 이들은 위험을 무릅쓰고 밤에 숲으로 들어가 뱀과 도마뱀을 잡아 구워먹기도 했다. 바닷가로 가서 조개를 캐기도 하고 물고기를 잡아 날 것으로 뜯어먹기도 했다. 야자수 나무에 올라가 열매를 따먹기도 했다. 생명 유지를 위해 처절한 싸움이 계속되었던 것이다.

노동도 마찬가지였다. 하루 노동시간만 해도 16시간이 보통이었다. 정해진 목표량을 채우지 못할 땐 야간에도 일을 시켰다. 잠시도 머뭇거릴 수 없는 고된 노역이었다. 노역자들은 하루가 다르게 초췌한 몰골로 변해가고 있었다. 모두들 하나같이 생의 의욕을 잃어가고 있었다. 자신들을 두고 식민지 노예들이라고 불러왔다. 팔려간 노예보다 더 비참했을 뿐 나을 바 없었다. 노역자들에게 또 하나의 고통은 생과 사를 드나드는 일이었다. 그것은 하늘에 비행기가 나타나면 어김없이 숲속으로 숨어들어야 했다. 일을 하다가도 비행기 소리가 들리면 어김없이 땅굴이나 깊은 숲속으로 대피했다. 미군 비행기는 순식간에 날아와 폭탄을 투척했다. 간혹 폭탄이 떨어져 많은 사상자가 있었다고 했다. 죽은 이는 바다에 수장하고 부상자는 배에 태워 병원으로 후송했다. 비행기 소리가 들린다고 해서 숲속으로 숨는 것도 위험한 일이었다. 함부로 들어갈 곳이 아니기 때문이었다. 원시 밀림지역이라서 들어가기도 힘들지만 병을 전염시키는 모기와 독을 가진 거미 같은 독충이 바글바글 들끓었다. 그들에게 쏘이기라도 하면 또 다른 고통에 시달려야 했다. 잘못 방치했다간 생명을 잃을 수도 있었다. 독을 가진 뱀들과 도마뱀도 우글거렸다. 이들에게 물리면 그야말로 약이 없었다. 간혹 뱀에 물려 병원으로 후송된 뒤 다리를 절단했다는 이야기도 들려줬다.

솔로몬 섬은 하나에서부터 열까지 사람이 머물기엔 악조건이었다. 그 곳에서 노역은 한마디로 처참한 생지옥살이였다. 때문에 노역자들은 목숨 붙어 고향으로 돌아갈 수 있을 거라는 생각을 접은 이가 많았다. 언제 어디서 어떻게 죽을지 늘 초조와 불안에 휩싸여 있었다. 어차피 고향으로 돌아가지 못하고 죽을 몸. 고통이나 덜 당하고 고기밥이 되는 것이 좋지 않겠냐고 푸념을 털어놓은 이도 더러 있었다.

이렇게 남양군도에서 징용 생활은 살아 있는 무간지옥이 바로 여기로구나 하는 생각이 들 정도였다. 일본은 조선의 징용자를 데려다 잔혹하고 광포에 가까운 폭력을 휘두르며 용서받지 못할 비인간적 범죄를 저질렀다. 전쟁에 광분한 그들은 자신들의 목적을 달성하기 위해 추악한 만행을 수단으로 삼았던 것이다.

어느덧 득창이 솔로몬 섬으로 들어간 지 6개월이 지나고 있었다. 그 곳은 계절의 변화가 없는 곳이어서 세월의 흐름을 느낄 수 없었다.

그날도 산에서 발파작업은 계속되었다. 득창은 박우성이와 한 조가 되어 들것으로 돌을 나르고 있었다. 평상시와 같이 산언덕 비탈을 오르고 있을 때였다. 산꼭대기에 붉은 깃발을 휘날리면 발파작업이라서 접근을 하지 말라는 규약이 있었다. 하얀 깃발이 펄럭일 때만 가능했던 것이다. 그런데 예상에도 없었던 일이 벌어지고 말았다. 분명 하얀 깃발이었는데도 발파하는 굉음이 들려왔다. 난데없는 바윗덩이가 빗발치듯 굴러 떨어졌다. 까닭은 불발로 여겼던 안포폭약이 제멋대로 터져버린 것이었다. 일순간에 일어난 일이라서 몸을 피할 겨를이 없었다. 물동이만 한 바윗덩이가 그를 향해 쏜살같이 굴러왔다. 그는 얼른 몸을 피해보았지만 벼락같이 굴러온 바위를 피할 재간이 없었다. 바위는 그를 가만 놔두지 않았다. 날쌔게 옆으로 몸을 돌렸으나 오른쪽 무릎을 치고 굴러가고 말았다. 순간 하늘에서 번갯불이 번쩍거리는 것 같았다. 비명을 지를 겨를도 없이 벌러덩 드러누운 채 까무러쳤던 것. 비단 그뿐만 아니었다. 함께 있던 우성이도 마찬가지였다. 다행히 그는 바위가 크지 않은 탓에 발목이 절골되었다. 그러나 득창은 오른쪽 무릎뼈가 바삭바삭 부서져버렸다. 의식을 잃은 채 언덕바지에 쓰러져있었다. 우성은 절골된 다리를 끄집은 채 산길을 내려갔던 것이다. 잠시 사고를 알아차린 동료들이 달려왔다. 들것으로 본부까지 옮겨졌지만 그때까지도 의식이 혼미하여 있었다. 온통 짓뭉개진 무릎에는 상처투성이였고 벌건 선혈이 낭자했다. 관리원들에 의해 간단한 응급치료가 시작되었지만 깨져버린 뼈만은 어찌할 도리가 없었다. 다행히 그날 오후에 식량을 싣고 온 배에 실려졌다. 화물선 맨 밑바닥 짐짝 사이에 눕혀놓았다. 승선할 당시 응급치료 처치를 했지만 그 통증이야 이루 다 말할 수 없었다.

상처부위는 잠시도 참을 수 없을 정도로 아팠다. 절로 입이 쩍쩍 벌어지며 끙끙 앓는 소리가 튀어나왔다. 가장 힘든 것은 돌봐주는 이 하나 없어 화장실에 갈 때였다. 아픈 다리를 질질 끄집은 채 기어가는 것은 참을 수 없는 고통이었다. 바닥에 뒹굴면서 비명을 질러도 아무도 돌아보는 이 없었다. 뼈가 부서져 끙끙 앓는 신음의 소리를 해대어도 소 보름달 보듯 했다. 사람은 몸이 아플 때 가장 서러운 법인데……. 부상병이라는 대우를 찾아볼 수 없었다. 성한 사람과 마찬가지로 끼

니때면 주먹밥 한 덩이를 던져주다시피 했다. 사람이 죽어간다고 해도 눈 하나 깜짝하지 않았다. 죽어가는 비명에 신음의 소리를 해대어도 못 들은 척 했다. 자기 나라를 위해 다친 사람들인데도 비정하다 못해 잔인하기까지 했다. 인면수심(人面獸心) 말 그대로였다. 인정이라곤 털끝만도 찾아볼 수 없는 사람들이었다.

이렇게까지 살아야 하는지 자문자답을 해보지만 모진 것이 목숨이라는 말밖에 더 할 말이 없었다. 그런 정황에서도 살아남는다는 것은 생명이란 모질고 지독한 것이라는 말 외엔 다른 설명이 필요 없을 것 같았다. 오히려 살아남는 것이 기적에 가까운 일이었다. 지원극통의 설움을 눈물로 쏟아가면서 망국의 한을 달랠 수밖에……

뱃가죽이 등짝에 달라붙어 손가락 하나 꼼지락할 수 없는 지경이 되어서야 사세보 항에 도착했다. 들것에 실려 군인병원으로 옮겨졌다. 전쟁 중이라서 그런지는 몰라도 병원은 발 디딜 틈조차 없을 정도로 환자들로 넘쳐났다. 헤아릴 수 없을 정도로 부상자가 모여든 탓에 의사의 진료를 기다리는 시간만 해도 다섯 시간을 기다려야 한다고 말해주었다. 징용자에게 입원실이란 사치에 불과한 것이어서 병원에서 만들어준 임시 천막 같은 곳에 눕혀졌다. 그곳은 땅바닥에 낡은 다다미를 깔아놓았고 엷은 모포 한 장이 지급되었다. 병구완해줄 사람은 없으니 스스로 해결하라고 목발을 하나 내주었다. 화장실 오가는 것도 스스로 해결하라는 것이었다. 또다시 하루 세 끼 주먹밥이 주어졌다. 콩을 섞어 만든 지은 밥에 반찬으로 단무지 조각을 붙여놓았다. 목구멍이 포도청이라 그것도 감사의 눈물을 쏟으며 먹었다. 다섯 시간이 지났을 즈음 의사가 다가왔다. 무릎상태를 살펴보고는 수술을 해서 맞춰야 한다고 말했다. 하지만 다친 지 오래되어 장담을 할 수 없다고도 했다. 곧바로 수술대에 올려졌다. 의사는 훤한 전등불 밑

에서 다리를 칼로 찢기 시작했다. 마취주사도 없었다. 생살을 오독오
독 자르는 소리가 귓가에 들렸다. 그 아픔이란 차마 말로 표현할 수 없
을 정도였다. 차라리 죽여 달라고 소리쳤다. 그러나 수술대에 다리가
꼭 묶인 탓에 꼼짝을 할 수 없었다. 다리뿐만 아니라 팔도 묶여 고개
만 까딱거리며 악을 썼다. 의사는 눈 하나 깜짝하지 않은 채 뼛조각을
떼어내었다. 그리고 조각끼리 연결하는지는 몰라도 송곳 같은 예리
한 것으로 콕콕 쑤셔대었다. 당장 죽여줬으면 여한이 없을 것 같은 고
통. 대변이 저절로 나오고 오줌까지 질질거렸다. 일순간 까무러쳐 의
식을 잃고 말았다. 그가 깨어날 때는 벌써 임시 천막에 누워 있었다.
다다미가 깔린 바닥에 버려지다시피 눕혀놓았던 것이다. 그것은 죽어
도 괜찮다는 듯 내팽개친 것이나 다름없는 일. 무릎은 널판때기를 대
어 붕대로 감아 놓았다. 손가락만 움직여도 울리면서 쿡쿡거리며 쑤
셨다. 옴짝달싹할 수가 없었다. 그러나 아프다고 해본들 하염없는 짓.
천한 사람은 목숨마저 질긴지는 몰라도 감각상실증에 걸린 것처럼 통
증도 무디어져갔다.

하루에 한 번씩 의사의 순회 진료가 있었다. 진료라고 해보았자 수
술부위에 덧이 나지 않도록 소독을 해주고 약을 발라주는 것이 고작
이었다. 그런데 무릎 속까지 깊게 패인 상처는 쉽게 아물지 않았다.
살성의 탓인지는 몰라도 고름도 생겨나고 진물이 질금거렸다.

의사도 무척 당황스러운 눈치였다. 그럴 때면 속에 고인 고름을 파
내는 시술을 해댔다. 예리한 기구로 고름을 긁어낼 때면 자신도 모르
게 악이 바락바락 써졌다. 참을 수 없는 고통이 이어져도 견뎌낼 수밖
에…… 어느덧 일주일이 지나갔다. 의사의 회진은 이틀에 한 번씩 이
뤄졌다. 부상병으로 넘쳐나는 까닭에 징용자는 환자대접도 받지 못했
던 것이다. 순회라고 해봤자 붕대를 풀고 약을 발라준 다음 다시 감아

주었다. 약은 없었고 상처만 아물길 바라는 눈치였다. 보름이 지나가
자 통증은 점점 줄어들었다. 그런데 문제는 원상회복을 위한 수술이
아니었고 무릎이 망가지면서 떨어져 나간 뼛조각을 제거하는 수술이
었다는 것이다. 뼈가 다 망가진 뒤여서 이을 수가 없었다고 했다. 깨
진 조각을 떼어내었기에 보행이 불가능하다고 했다. 결국은 영원한
불구자일 수밖에 없다는 것. 하늘이 무너져 내리는 것 같았다. 하소연
할 곳 하나 없는 타국에서 불구가 되었다는 것은 마른하늘에 벼락을
맞은 꼴. 살아있다는 것 자체가 아무런 의미가 없어 죽으려고 몇 번이
고 혓바닥을 물어보았다. 그러나 죽기는 정승 하기보다 어렵다고 하
더니 쉬운 일이 아니었다. 모진 목숨을 부지한 채 병원생활이 어느덧
한 달하고 보름이 되어가고 있을 때였다.

"빨리 완쾌하길 빌께요."

함께 다쳐 후송되었던 우성이가 다가와 말했다.

"다 나았는가요?"

"예. 지는 다시 솔로몬 제도로 들어갈 거구만요."

그는 씁쓰레한 표정을 지으며 말했다. 내심 가고 싶지 않은 듯 분노
로 이글거리는 눈빛이었다. 그러나 득창은 걸을 수 있는 그가 한없이
부러웠다. 같이 돌을 나르던 이였는데…… 한순간 정상인과 불구자로
나뉘어졌다는 생각에 처절하리만큼 괴로웠다.

"나중에 조선에서 만납시다."

우성은 손을 흔들어주며 떠나갔다. 하지만 득창은 대답조차 하지
못했다. 도무지 불구의 몸으로 고국으로 돌아가고 싶지 않았다. 불
구의 몸으로 아내 앞에 서고 싶지 않았다. 돌아간다면 아내에게 멍에
를 씌워주는 일. 그동안 그는 몇 번이고 고국을 잊고 살자고 자신과
언약을 해오고 있었다. 아니 조선이라는 나라를 머릿속에서 지워버

리자고⋯⋯.

그가 병원 밥을 얻어먹은 지도 어느덧 석 달이 지났다. 이제 병원 진료란 것도 유명무실한 것이 되고 말았다. 진료라는 것이 그냥 둘러보고 "지금도 아파요?" 하고 묻고 지나가는 것에 불과했다. 병원에서 지급되는 주먹밥 세 덩이를 받아먹을 뿐 진료는 없었다. 하루에도 대여섯 차례 정도 절억할 수 없는 통증이 찾아들기는 하지만. 까닭 없이 누워 세월만 보내는 형편이었다. 그럴 때면 어김없이 등골에서 식은땀이 솟으며 암담한 생각이 밀려들었다. 죽더라도 어디 가서 죽어야 할지 심란한 생각으로 빠져들면서 눈앞이 캄캄할 뿐이었다.

그러나 한편으론 혹시 뒤탈이라도 날까 싶어 병원을 나가겠다고 할수는 없었다. 나가라고 할 때까지 버텨 보는 대로 버텨 보자고 비애를 씹고 있을 때였다.

의사 복을 입지 않은 것으로 봐서 병원관리인으로 보이는 이가 찾아왔다. 그는 넌지시 속마음을 떠보려 들었다.

"고국으로 돌아가고 싶은 생각은 없는가?"

관리자는 은근히 고국을 빗대어 병원을 나가줬음을 바라는 투였다.

"나가고 싶지 않구만요."

그는 결의에 찬 눈빛으로 고개를 살살 흔들었다. 죽으면 죽어도 고국으로 돌아가고 싶지 않았기 때문이다. 아내에게 불구자의 모습을 보여주는 것이란 상상할 수 없는 일이어서 차라리 죽음을 택하고 싶을 뿐이었다.

"징용 온 사람이 집에 가고 싶지 않다니 이상한 사람이구만."

"이런 몸으로 돌아가서 누굴 고생시키겠소? 기어코 다리를 나아갖고 갈거구만요."

"더 이상 낫기를 기대하지 마라. 그만한 것도 다행이라고 여기며 살아야 할 것이야."

그는 가혹할 정도로 냉연한 표정을 지어가며 빈정거리는 말투로 씩 둑거렸다. 이미 불구의 몸이 되었다는 것을 알고 있었지만 막상 듣고 보니 절망의 나락으로 떨어지는 기분이었다.

"아니어라우. 일본에서 다쳤으니 일본에서 나아가지고 가고 싶구만이라우."

"고집부리지 마라. 어거지 쓴다고 해결 될 일이 아니다. 이제부터는 의사의 진료는 없을 것이다. 정 돌아가고 싶지 않다면 수용소로 보내주마."

그는 몹시 서운한 표정으로 버럭 화를 내며 떠나갔다. 너무 서글펐다. 당장 움직이고 싶어도 간혹 오싹오싹거리며 쿡쿡 쑤셔오는 통증 때문에 어떻게 할 수가 없는데도 수용소라니······.

걷지도 못하는 사람에게 수용소로 가라는 것은 너무 가혹한 학대나 다름없었다. 수용소라고 해서 그냥 밥 먹여 주는 것도 아니고 군수물자(軍需物資)를 만드는 곳임을 그는 잘 알고 있었다. 다친 사람들을 데려다 뼛골이 빠지도록 부려먹는다고 소문이 난 곳. 그는 통증이 사라질 때까지 버텨보자고 굳게 다짐을 하고 나섰다. 세상은 이미 자신을 버렸고 이보다 더 절망의 나락으로 떨어질 수 없다는 생각이 머릿속을 뒤흔들었다. 목숨이 질겨 살았을 뿐이지 살고 싶은 미련은 눈곱만큼도 없으니 어떤 처분도 달게 받겠다는 오기마저 치밀어 올랐다. 병원관리자가 왔다 간 뒤로부터는 의사의 발길이 뜸했다. 사흘에 한번 정도는 들려 아픈 부위를 살펴보고 통증의 강도를 묻곤 했는데 닷새가 지나고 엿새가 되어도 모습을 드러내지 않았다. 약을 발라주는 것마저 끊어버렸다. 단지 하루에 세 차례 주먹밥만 던져줄 뿐이었다. 그는 병원에 대한 미련을 접기로 마음먹었다. 하루에 서너 차례씩 다리가 떨어져 나갈 것처럼 아픔이 밀려들지만. 수용소로 가는 길밖에 없다는 생각에 병원관리자를 만나고 싶었던 것이다.

38
생명의 은인과 만남

　그런데 그때 낯선 사람이 그를 찾아왔다. 네모진 얼굴에 넓은 이마와 반달눈썹이 인상적이었다. 옴팍하면서도 초롱초롱한 눈매, 콧날이 오뚝하고 인중이 선명한 귀공자 형이었다.

　말쑥한 회색 반소매 하복 차림에 목에는 희고 빳빳한 깃을 두르고 있었다. 몇 번이고 다시 봐도 처음 본 복장이라서 의아스러울 뿐이었다.

　"어쩌다 이리 다치셨습니까?"

　말하는 품새며 언동이 아주 점잖게 보였다. 거기에다 서글서글하게 웃는 인상은 정감을 자아내고도 남았다. 득창은 초췌한 자신의 처지가 원통하고도 한스러워 대답을 못하고 고개도 들지 못했다.

　"통증이 있으신가요?"

　그는 아픈 무릎을 슬그머니 만져보며 안타까움을 감추지 못했다. 약을 발랐던 자국이며 때꼽재기까지 더덕더덕 묻어 있는 지저분한 다리를 아랑곳하지 않고 눌러도 보고 주물러 보는 것이었다. 표정에서부터 묻어났듯이 무릎을 매만지는 솜씨가 예사롭지 않아 보였다.

"이렇게 방치해선 안 될 다리인데 이걸 어떻게 한담……?"

그는 궁금증을 무지르듯 혼잣말로 이어갔다. 말하는 억양에서부터 친절과 세심한 배려가 물씬 풍겨 나오고 있었다. 이제껏 의사로부터 들어보지 못했던 말을 다달거리듯 중얼거린 것. 진배없이 도도하기만 하던 의사와는 사뭇 다른 표정이었다.

"의사 선생님께서 진료는 하고 가셨습니까?"

초롱초롱한 눈매에 가느스름한 주름을 잡아가며 물었다.

"엿새가 지났어도 아직 안 오셨구만요. 약도 주지 않드랑께요."

그는 굳이 허물하고 싶은 의도는 없었지만 은연중에 자신의 속내를 내비치고 말았다. 그러나 그것은 암암리 서운함을 들춰내려는 말로 비춰질 수밖에 없었다. 순간적으로 은근히 가슴이 두근거려 오기 시작했다. 신분을 숨기기 위해 가면을 쓰고 있는지도 모른다는 어떤 질긴 예감이 다가왔다. 혹시 후일에 문초를 당하지 않을까 두려움이 엄습해 오는 것도 사실이었다. 하지만 목숨만 붙어있을 뿐 죽은 목숨이나 다름없는 처지여서 괘념을 접었다.

"내가 정성껏 보살펴 줄 터이니 나를 따라가면 어떻겠소?"

짙은 반달눈썹을 꿈틀거리며 뜻있는 웃음을 지어보였다. 미연의 결의를 다지는 듯 열브스름한 입술을 옥깨물기까지 했다. 득창은 의아스러운 얼굴로 그를 쳐다보았다. 미심쩍음이 가슴을 쓸어내리는 기분이었다. 다친 불구자를 도와주겠다고 나서는 진실성을 의심하지 않을 수 없었다. 때문에 대답도 하지 않은 채 어물쩍거리면서 슬며시 대답을 회피했다.

솔직히 진의를 파악할 수 없는 처지여서 얼른 입이 열리지 않았다. 갑자기 머릿속에서 알 수 없는 풍연처럼 흐릿한 기운이 맴돌기 시작했다. 또다시 운명의 기로에 선 사람처럼 흥분도 젖어드는 것 또한 사

210

실이었다.

"저 같은 사람을 도와줘서 어디다 쓸라고 그러십니껴?"

희어멀뚱한 눈을 휘둥글리면서 의심스러운 눈초리로 물었다.

"통증을 없애려면 잘 먹고 따뜻하게 보온을 해가며 지성으로 치료를 해야지요. 먹지도 못하면서 이런 노숙을 해서야 되겠습니까?"

처연한 눈빛을 지어보이며 애달픈 심곡을 찔러대듯 말했다. 옴팡한 눈매에 진솔함이 묻어나 있었고 미더움마저 느낄 수 있었다. 그는 부상의 정도를 정확히 알고 온 것임에 틀림없었고 치료의 방향까지 훤히 내다보는 말투였다. 그러나 득창은 처분만 바랄뿐 읍소를 하며 달려들 처지가 못 되었다. 그는 무심한 사람처럼 고개를 떨어뜨리고 있었다. 오히려 죽은 목숨이나 다름없는 사람을 도와주려는 것인지 궁금했다. 왜 부질없는 짓을 하려고 하는지 그 속내가 아리송할 뿐이었다. 차츰 괴이한 생각도 들기도 해서 고개만 가로젓고 말았다.

"아니요. 여기 이대로 있다간 큰일 납니다. 가셔야 합니다."

"저는 이미 죽은 목숨이나 마찬가지랑께라우. 그럭저럭 지내다 죽게 내버려 두싯시오. 설령 통증이 낫는다고 헌들 망가진 다리로 사람구실도 못헐 것인디 무엇 땀새 무거운 짐을 질라고 그러시오?"

득창은 벌써 자포자기의 심정에 빠져 심약함을 드러낼 뿐 아니라 세상의 허망스러움까지 애끓는 하소연을 하고 나섰다. 뇌리엔 몸을 가누지 못한 불구라는 비감으로 가득 찼던 것이다. 불구자를 데려간다는 것은 뭔가 석연치 못한 점이 있을 거라는 심중을 굳혀가기 시작했다. 낯선 사람을 따라가느니 차라리 수용소로 보내달라고 청하자고 자신을 채근했다.

"아니요. 이 세상에 사람의 생명보다 존귀한 것은 없어요. 아픈 사람은 아픈 대로, 불구자는 불구자 대로, 그리고 성한 사람은 성한 대로

다 나름대로 할 일이 주어져 있어요. 나는 당신의 귀한 생명을 지켜 주고 싶소. 의심하지 말고 나를 따라 갑시다. 내가 가서 병원 당국에 자세히 말씀드리고 올 터이니 떠날 마음의 준비를 하고 계십시오."

은근슬쩍 눈짓을 하듯 연한 미소를 머금으며 말했다. 어딘지 모르게 말하는 눈빛에는 마음을 끌어당기는 믿음성과 친근감이 자리 잡고 있었다. 이미 마음의 준비를 해온 듯 결심은 단호했고 가슴이 뭉클하도록 감동을 느끼게 해주었다. 득창은 가슴을 아리게 하는 묘한 감회가 뭉클하게 솟구치면서 눈자위가 뜨거워지기 시작했다. 이제껏 들어본 적이 없는 말. 생명보다 더 귀중한 것은 없다는 것. 귀가 솔깃하지만 불구를 데려다 생명을 지켜주고 싶다는 까닭이 아리송해지는 것이었다. 점점 미궁으로 빨려 들어가는 것처럼 감이 잡히지 않을뿐더러 속셈마저 의심스러웠다. 사람 속은 천 길 물속이라 의심의 매듭이 풀리지 않았다. 그는 병원 안으로 급한 발걸음을 내딛었다.

"그분을 따라 가시오. 천주당 신부님이요."

곁에서 지켜보던 사람이 넌지시 암시를 던져주었다.

"천주당이라니요?"

"가보면 알 것이요. 걱정 말고 따라가 보세요."

그는 고개를 끄덕이며 믿음을 주는 눈빛을 보내주었다. 득창은 천주당이며 신부라는 말을 듣지 못했던 터라 생소하기만 했다. 그런데도 사람들로부터 호감을 사고 있다는 것을 직감할 수 있었다. 하지만 여전히 이상스러우면서도 심사가 개운하지 못했다. 잠시 후 그는 다른 사람을 데리고 다가왔다. 함께 온 이는 지난 번 수용소로 보내준다던 병원 관리원이었다. 그제야 그가 한 말이 생각나 문득 깨달았다. 천주당이란 수용소를 두고 이른 말이라는 것을

"자, 이분이요. 내가 모시고 가겠소."

신부는 당당한 말씨로 관리원에게 말했다.

"그렇지 않아도 더 이상 도리가 없어 수용소로 보낼 참이었소. 본인이 동의만 한다면 허락해줄 수 있지요. 동의를 받아내었소?"

관리원은 왠지 서먹서먹한 어조로 실뚱머룩한 표정을 지어보였다. 썩 내키지 않는 마음인 것만은 틀림없어 보였다.

"저를 따라 가시는 데 동의하십니까?"

신부가 공손하고도 차분한 어조로 물었다. 표정이며 언동은 아직도 여전히 점잖아 보였다.

"수용소로 데리고 가실라고 그러요?"

득창은 의심의 눈초리를 추켜세우며 관리원을 빤히 쳐다보았다. 그 순간 관리원과 짜고 부리는 수작이라는 생각은 여전히 머릿속에서 맴돌았다. 농락에 놀아나는 것 같기도 해서 마음도 언짢았다.

"아니요. 모시고 가고 싶은 곳은 우리 집이요. 절대로 수용소가 아니요. 이 몸으로 수용소로 갈까 봐 내가 모시고 가고 싶은 것이요."

말하는 입술에 다정한 정감이 그득하게 물려 있었다. 도손도손 누비듯이 말하는 표정에서부터 안심할 수 있다는 신뢰심이 엇비쳐들었다.

"따라 가려구만요. 어차피 죽은 목숨이나 다름없는디 여기서 죽으나 가서 죽으나 마찬가지 아니겠소?"

득창은 혀를 깨물듯 비탄에 젖은 동의를 하고 나섰다.

"이제 됐소. 한 가지 알아둘 것은 이제 병원을 나서면 다시는 받아주지 않을 것이요. 이곳에 인장을 찍으시오."

관리원은 퇴원해도 좋다는 허가서를 넘겨주고서 인장을 찍으라고 했다. 득창은 관리원이 건네준 인주에 엄지손가락을 가져다 대었다. 붉게 물든 손도장을 찍고 말았다. 관리원은 입술을 살긋이 모아 웃음을 그려가며 시원하다는 표정을 지었다.

213

"이제 됐습니다. 걱정 말고 나를 따라갑시다. 내가 당신의 위안이 되어주겠소."

신부는 곁에 있는 소지품까지 챙겨 가지런히 보자기에 싸고서는 득창을 덜렁 들어 안았다. 무거운 줄도 모른 채 밖으로 나갔다. 타국으로 끌려온 뒤 처음으로 느껴본 훈훈한 인간미를 맛본 순간 알 수 없는 야릇한 정감 같은 것이 솟구쳤다.

병원마당으로 안고 나온 그는 털털한 화물차에 태웠다. 화물차이지만 그 위에는 포근한 이불이 깔려 있었다. 편안하게 누워 갈 수 있도록 자리를 만들어놓았다. 그런데 그곳에는 또 다른 사람이 누워 있었다. 그는 팔다리가 모두 부상을 입은 것으로 보였다. 도대체 이런 불구를 왜 데려가려는 것인지 도무지 알 수 없었다. 차 안에는 덜컹거려도 움직이지 못하도록 고정시킬 수 있는 멜빵까지 만들어놓았다. 신부는 끈으로 단단히 매어 안전을 확인하고서 운전석으로 올라탔다. 이윽고 부르릉 시동을 걸었다. 화물차는 요란한 소리를 내며 병원의 정문을 빠져나갔다. 득창은 다리를 길게 뻗고서 호기심으로 가득 찬 눈으로 밖을 내다보았다. 트럭은 덜컹거리며 신작로를 내달렸다. 잠시 사세보 시가지를 벗어나 산길로 돌아들었다. 신작로는 무척 꼬불꼬불 비탈길이었다. 산자락을 돌 때마다 시퍼런 바닷물이 눈길 안으로 들어왔다. 산을 넘고 또 들판을 지나 달려간 지 두어 시간쯤 되었을 때였다. 도착한 곳은 어느 바닷가 마을이었다. 지척의 건너편으로 섬이 보였다. 그 사이에는 협곡과도 같은 골짜기에 새파란 바닷물이 넘실거렸다. 트럭은 부두에 정박해놓은 철선으로 향했다. 배가 어찌나 크던지 자동차도 태우고 다닐 정도였다. 트럭은 곧바로 뱃머리로 돌진하여 갑판위에 머물러 섰다. 배는 통통거리며 푸른 바닷물을 가로질러 나아갔다. 눈 깜박할 사이 섬의 부두에 닿았다. 다시 신작로로 나온 트럭은 산길로 내달렸다. 산길을 돌아들자 그의 눈길을 끌어당긴 것은 산꼭대기 웅장한 궁궐 같은 집이었다. 검정 기와에 하얀 집이 산마루에서 바다를 내려다보고 있었다. 평호성(平戸城)이라고 했다. 마치 푸른 바다를 향해 호령이라도 하고 있는 것처럼 웅장하면서도 늠름해보였다. 평호성을 끼고 돌아 언덕길로 올랐다. 언덕 맞은편에는 눈이 부시도록 하얀 집이 나타났다. 여느 일본식 집과는 확연히 달랐다. 지붕이 뾰족하게 하늘을 향해 솟아있고 한쪽에는 누르스름한 종도 매달려 있었다. 종탑 위에는 열십자를 만들어 하늘을 향해 세워놓았다. 둥그스름한 창문에는 알 수 없는 그림도 그려져 있었다. 트럭은 하얀 집을 뒤로 하고 좁다란 골목으로 들어가 붉은 벽돌의 이층 기와집 마당에서 멈췄다. 차를 세우고 난 신부는 곧장 멜빵을 풀고 함께 온 이를 팔로 안고 현관으로 들어갔다. 그리고 나서 다가와 안은 채 차에서 내려주었다. 이어 곁부축을 해주면서 걷자고 했다. 이층 기와집 현관으로 들어갔다. 현관으로 들어서자 널찍한 거실과 마주보는 방 그리고 식당이 보였다. 햇볕이 잘 들어 훤한 거실 한 가운데에는 응접상이 놓여 있고 세 사람의 젊은이가 앉아 있었다. 그들도 몸이 불편한 사람들로 보였다. 낯선 사람을 보면서도 마냥 웃는 얼굴로 반기는 기색이었다.

"좋은 동무가 우리 집에 들어왔습니다."

신부는 현관으로 들어서면서 반갑게 인사하듯 말했다. 그들은 반갑다는 듯 박수를 치며 호호거렸다. 먼저 데려간 이는 벌써 의자에 앉아 있었다. 곁부축을 받은 득창은 한 다리를 질질 끄집은 채 응접상 의자로 가서 앉았다.

"아이고 잘 오셨어요. 우리는 벌써 이 년이 넘었답니다."

나이가 서른 남짓 되어 보이는 이가 먼저 입을 떼고 나섰다. 조선말을 하는 것으로 봐서 일본 사람이 아니었다. 그도 다리를 다쳤는지 거실에서도 작은 지팡이를 짚고 있었다. 또 다른 이는 어깨를 제대로 쓰지 못하는 듯 고개를 외로 비틀고 있었고, 또 한 사람은 두 다리를 못쓰고 엉덩이를 질질 끄집고 다녔다. 비록 신체는 불구라 할지라도 정감이 다복다복 서린 밝은 표정들이었다. 토실토실 살이 찐 하얀 얼굴들의 표정을 봐서는 고생하며 사는 사람 같지는 않았다. 하지만 거울에 비쳐진 자신의 추레한 의복 매무새며 흉측한 몰골이 무척 부끄러웠던 것이다. 득창은 일단 안심이 되었다. 그곳은 분명 수용소가 아니라는 것에 안도의 한숨을 내쉬었다.

"오늘 우리 집에 귀한 식구 두 사람이 들어오셨습니다. 우리 모두 박수로써 새로운 식구들을 환영합시다."

신부는 흡족한 듯이 호탕한 웃음을 지으며 박수갈채로 환영해주었다. 모두들 함빡 웃으며 박수를 보냈다.

"먼저 자기소개부터 하시지요.."

신부가 먼저 득창을 가리켰다.

"안녕하십니까? 저는 하원득창이라고 합니다. 조선 사람이고요. 남양군도에서 바위에 부딪혀 이렇게 불구자가 되었구만요."

득창은 또렷한 목소리로 천천히 말했다.

"저도 조선 사람입니다. 저도 남양군도에서 일을 하다가 미군 비행기 폭격으로 이렇게 다쳤습니다. 아직 마음대로 쓸 수가 없습니다. 이름은 안권수동이라고 …….."

같이 차를 타고 왔지만 아직껏 말 한마디 나누지 못했던 터인데 그도 자신을 소개하고 나섰다. 가느다란 실눈에 눈물이 아롱거리며 목이 메어 말을 제대로 마치지 못했다.

"자, 이제 우리는 한 식구예요. 서로 손을 꼭 쥐어보세요. 훈훈한 정이 들지요?"

신부는 해맑은 미소를 지은 채 양손을 벌려 곁에 있는 이의 손을 꼭 잡으며 말했다. 어린 아이들처럼 서로들 바라보며 싱글벙글 웃음을 지었다.

"예."

"하느님께서는 우리를 한 형제요, 식구로 만들어주셨어요. 서로 기도해주고 도와줘야 합니다. 아셨어요?"

"예. 신부님."

마냥 행복한 모습으로 웃으며 대답했다. 하지만 득창은 아직도 뭔가 뭔지 정신이 어리둥절할 뿐이었다. 어색한 웃음으로 분위기를 맞춰가느라 애를 썼다. 비록 낯선 사람들과 만남이지만 웃음을 지어본 적은 일본으로 끌려온 뒤로 처음이었다. 그 순간만은 한없이 행복했다.

자연스러운 대화가 이뤄지다 보니 모두들 일본으로 끌려와 신체적 불구가 된 징용자들이었다. 둘이는 조선에서 온 사람이었고, 또 한 사람은 대만인이었다. 생김새가 비슷해서 얼른 구별이 가지 않았다. 잠시 후였다. 신부가 행주치마를 두른 채 식당 문을 열고 거실로 나왔다. 그리고 식당의 식탁에는 밥상을 차려놓았다. 한 사람씩 부축을 해가며 식탁으로 가도록 이끌었다. 모습을 바라본 득창은 깜짝 놀라지 않을 수 없었다. 오히려 가슴이 쿵쿵거리며 당혹스러웠다. 의젓한 남자가 밥을 해서 차려준 것이 믿어지지 않았다. 그것도 행주치마를 걸치고서. 희한스러운 일이 눈앞에 벌어지고 있었던 것. 도무지 의문부호가 펴지지 않았다.

무슨 연유로 남의 나라 사람들을 데려왔고, 밥을 지어주는 것인지 불가사의한 믿음이 머릿속을 휘젓기 시작했다. 보지 못했던 진수성찬이었다. 아직껏 구경조차 못했던 상상도 할 수 없는 식찬. 득창은 자신도 모르게 눈이 휘둥글어지고 말았다. 하얀 쌀밥에 검은 콩이 듬성

듬성 섞여있고, 된장국, 정어리구이, 갈치구이, 생선회, 단무지, 백김치, 쇠고기 무국까지. 보기만 해도 혓바닥까지 뱃속에서 끌어당기는 것 같았다. 주먹밥 두 덩이로 하루를 살아왔던 그에겐 너무 과분할 정도의 식찬이었다. 식탁을 가운데 두고 모두들 둥글게 마주앉았다. 신부는 식탁에서도 편히 밥을 먹을 수 있도록 심심한 배려까지 잊지 않았다. 연한 웃음을 머금은 채 부드럽고 상냥한 목소리 입을 열었다.

"기도합시다."

모두들 오른손을 들어 이마에서부터 배에까지 선을 긋고 다시 오른쪽 어깨에서 왼쪽으로 그었다. 그러나 득창은 그들을 물끄러미 바라만 볼 뿐이었다.

"주님! 은혜롭게 주신 이 음식과 우리 모든 형제들에게 축복을 내려주시고 함께 해주소서. 오늘은 귀한 두 분의 형제를 이 자리에 모시게 되었음을 진심으로 감사드립니다. 아멘."

까닭을 모른 득창은 멍하니 눈만 감고 있었다. 신부는 기도를 마치고서 어서 들라고 권했다.

"저는 여기 나가사키 교구 히라도 천주당 작은 신부입니다. 이름은 미우라 미카엘이라고 합니다."

신부는 숟가락을 들기 전에 일어서서 공손히 고개 숙여 인사를 했다. 득창은 그때까지도 신부가 무슨 일을 하는 사람인지 그리고 천주당이란 어떤 곳인지 알지 못했다. 그러나 물어볼 계제도 아니어서 그만 고개만 끄덕이고 말았다.

"지금은 다섯 분이지만 지난봄에는 식구가 스무 명이 넘었었습니다. 대부분 고국으로 되돌아가셨지요. 지난주에만 해도 세 분이 조선으로 가셨어요."

"뭣 땀새 우리 같은 사람을 데려다가 재워주고 먹여주시는가요?"

안권수동이 서투른 일본말로 물었다. 여태껏 아무런 동요의 느낌을 보이지 않고 시종 굳어 있던 그가 자못 궁금한 표정을 지으며 물었다.

"잘 모르실 것이요. 나도 조선에서 징용 온 장하수여유. 고향은 충청도 보은이지유. 하이노사끼 해변에서 부두 만드는 공사장에서 일을 하다 오발된 폭약이 내 어깨를 관통하여 이렇게 되었구만유. 조선 징용자라고 그랬는지는 몰라도 수술다운 수술도 해주지 않은 채 고향으로 가라고 합디다. 그런데 병신이 되었다 싶으니 돌아가고 싶지 않았어유. 차라리 죽어버릴까 마음도 먹었었지유. 그러던 중 신부님께서 저를 보시고 데려다 치료도 해주시고 먹여 살려주셨유. 이곳에 들어온 지 1년 반이 되어가고 있구만유."

어깨를 쓰지 못하고 고개를 외로 비틀던 장하수가 말했다. 그는 말하는 도중에도 눈물이 괴어들었다. 감격에 겨워 북받쳐 오르는 감정을 이기지 못한 눈빛이었다.

"나도 한마디 하고 싶구만이라우. 나는 전라북도 부안 곰소에서 온 조두식이라고 한 사람이요. 염전에서 일을 하다 일본에 가면 돈을 벌 수 있다고 허기에 밀항을 했었지라우. 나가사키 공사판에서 벽돌을 짊어지고 계단을 오르다가 그만 나뒹굴어 척추를 다쳤구만요. 그래서 한쪽 다리가 마비되어 쓸 수가 없당께요. 병원에서 치료가 어렵다고 헙디다. 그때 신부님께서 나를 발견하시고 이리로 데리고 오셨당께요. 신부님은 혼자 사시는 분이랍니다. 본디 신부님이 되시면 혼인을 하지 않고 사신답니다. 우리들을 위해 사시는 분이랑께요. 우리 같은 불구자를 데려다 밥도 지어 먹이고 설거지도 하시고 빨래까지 다 해주신당께요. 그것뿐 아니랑께요. 때때로 목욕도 시켜주고 집안 청소도 혼자서 허십니다. 원래 의사선생님이셨단디요. 하느님의 부름을 받아 신부가 되셨다요. 아픈 곳도 치료해주시고 시간이 나면 휠체어를 태워 일광욕까지 시켜주신 천사님이랑께요. 두 분은 하느님의 선택을 받았구만요. 참말로 잘 오셨구만이라우."

방에서도 작은 지팡이에 몸을 의지하고 있던 조두식이 애틋한 감정을 털어놓았다. 눈시울이 뜨거워질 정도로 연민에 가득 찬 그의 눈빛은 정감을 자아내고도 남았다.

"자 식기 전에 식사하십시다."

신부는 먼 곳에 있는 반찬을 가까이 가져다주면서 권하고 나섰다. 숟가락질이 어려운 사람은 떠먹여주기까지 했다.

이렇게 미카엘 신부는 히라도 성당 사제관에서 신체적으로나 심리적으로 고통 중에 있는 사람들을 데려다 돌보고 있었다. 특히 신부가 눈여겨보고 있는 이는 징용의 부상자들이었다. 타국에서 일을 하다 불구의 몸이 된 그들을 가엾이 여기며 보살피려 들었다. 성당에서는 미사를 비롯한 성사를 집전하고 사제관에서는 어려운 사람들을 돌보았다. 불구자의 손발이 되어주고 주부의 역할은 물론이요, 밤으로는 의사로서 치료까지. 신앙은 하느님 사랑을 실천하는 데 있다고 가르치면서 빛과 소금이 되는 삶을 살아가고 있었다. 특히 징용의 불구자들에게 사랑을 펼치는 데는 자국의 잘못을 속죄하는 마음도 갖는다고 말했다.

득창은 자신을 희생해가면서까지 남을 도와주는 신부의 삶을 이해할 수 없었다. 어쩔 때는 도리어 의심스러울 때도 있었다. 남의 나라 사람들을 데려다 주먹밥 한 덩이로 일을 시키는 나라 사람이라곤 믿기지 않았다. 탄광에서, 공사판에서 채찍을 쫙쫙 휘둘러대던 사람과는 너무 대조적이었다.

그러나 시간이 지나가면서 신부의 신실한 마음을 알고부터는 그것은 곡해였음을 알아차렸다. 하느님의 사랑을 전하고 실천하기 위해 자신의 모든 것을 내려놓고 봉사하는 독실한 신심이라는 것을 깨달았다. 그때부터 의로운 일에 자기를 희생하는 고결한 삶 앞에 저절로 고개가 숙여졌다. 자신의 과거를 되돌아보게 만든 계기가 되어주기도 했다.

불우한 사람들을 위해 자신을 산화시켜간 미카엘 신부를 바라본 득창은 가만히 앉아 밥만 먹을 수가 없었다. 신부의 헌신적인 이웃 사랑에 감동을 받은 나머지 작은 일이라도 돕고 싶었다. 비록 불구의 몸일지라도 할 수 있는 데까지 팔을 걷어붙이기로 맘먹었다. 한 다리를 끄집고서라도 할 수 있는 일이 많았다. 밥을 짓는 것에서부터 차리는 일과 설거지, 그리고 집안청소는 충분히 할 수 있었다. 그들은 곧바로 불구의 몸을 끄집고 내 주변 청소부터 시작했다. 신부는 아직은 몸을 함부로 쓸 때가 아니라고 만류하고 나섰다. 하지만 빨래도 하고 반찬 만드는 일까지 도맡아 했다. 함께한 이들의 목간까지 시켜주었다. 밤으로는 쑥뜸이며 물리치료까지 잠시도 가만히 있지 못했다. 이를 바라본 다른 이들도 팔을 걷고 나섰다. 불구의 몸인데도 힘닿는 대로 서로 도왔다. 십시일반 개미금탑 모으듯 몸을 사리지 않았다. 서로들 작은 힘이지만 합심으로 도운 덕분에 허둥대기만 하던 신부의 일손이 한결 줄어들었다. 그러나 신부는 틈만 나면 사세보로 달려가 불구가 되어 고통 중에 있는 이들을 데리고 들어왔다. 대부분 징용자들이었고 개중에는 일본인도 더러 있었다. 당분간 머물다가 가는 사람도 있었고 오랫동안 머무른 사람들도 있었다. 고국으로 가겠다고 하면 뱃삯까지 대어 보내주었다.

한때는 식구가 열일곱 명까지 불어날 때도 있었다. 그럴 땐 식단준비는 물론이요 취사활동이 쉽지 않았다.

"신부님! 사제관에 취사부(炊事婦)를 들이도록 하십시다."

늘어가는 식구들을 돌보는 데 한계가 있음을 알아차린 천주당 교우들이 건의하고 나섰다.

"아닙니다. 그 돈으로 한 사람이라도 도와야지요. 식구로 들어온 분들이 도와주시니 괜찮습니다. 하느님의 사랑은 내 몸을 희생해 가면서 이웃을 돕는 데 있지요."

미카엘 신부는 취사부를 두는 비용으로 어려운 이웃 한 사람을 더 돕자고 설득하곤 했다. 아무리 힘든 일을 해도 허물하지 않았다. 당연히 해야 할 의무라고 말했다. 오른손이 하는 일을 왼손이 모르게 하는 것이 하느님의 사랑이라고 가르쳤다. 언제 어디서나 미소를 잃지 않는 것 또한 신부의 자랑이었다. 자신에겐 인색하리만큼 아끼면서도 이웃에겐 너그러움과 여유로움을 잃지 않았다.

그러나 미카엘 신부에게는 또 다른 신앙의 실천이 있었다. 새삼 그들의 가슴을 찡하게 했던 것은 미카엘 신부의 의술이었다. 본래 의사였던 미카엘 신부는 하느님의 부름을 받고서 그 길을 포기하고 사제로 나섰다고 했다. 그래서 유독 신체적 고통을 받는 이들에게 관심이 많았다. 신부는 데려온 이들에게 밤마다 치료해주었다. 의료기구도, 의약품도 다 구비해놓고 간단한 수술까지 해주었다. 득창에게는 처음 수술을 잘못했다고 안타까워했다. 그러나 포기하지 않았다. 매일 주사를 놓아주고 찜질을 하도록 권했다. 꾸준히 치료를 해온 탓인지 몰라도 쏙쏙거리던 통증이 수그러들기 시작했다. 통증만 잦아들어도 삶의 의욕이 유연히 솟아났다. 다른 이들도 마찬가지였다. 몸은 비록 불구자가 되었어도 삶의 보람을 찾은 것 같다고 모두들 즐거워했다.

득창이 미카엘 신부를 만난 지 석 달이 지나갈 끔이었다. 득창은 밥만 먹고 놀고 지낼 수가 없다는 생각이 들었다. 득창뿐만이 아니었다. 모두들 신부의 후은에 보답해야 한다고 입을 모으기 시작했다. 그들은 하나같이 할 수 있는 일이 무엇일까 곰곰이 생각하면서 집안 일을 돕는 것으로는 만족할 수 없다고 했다. 날마다 머리를 맞대고 숙의한 끝에 신부님을 닮아가자고 손가락을 걸고 결의했다. 그것은 자기들도 하느님 말씀을 배워 사랑을 실천하는 신앙인이 되자는 것이었다. 밤으로 신앙교리를 배웠다. 드디어 육 개월 후에 세례를 받고 하느님의 자녀로서 서원했다.

"신부님! 지들도 밥값을 해야 허지 않겠습니까요? 빈둥빈둥 놀면서 밥만 묵어서야 되겠습니까요?"

그들은 신부를 조르기 시작했다. 비록 불구일지라도 밥값은 하고 살고 싶다는 의향을 내비쳤다. 우두커니 앉아 청승맞게 얼굴만 쳐다보고 있으면 무슨 소용이 있겠느냐고 반문했던 것이다. 그 중심에 선 이가 득창이었다. 그는 작은 손놀림이라도 해서 밥값을 벌 수 있는 길을 마련해달라고 신부를 졸랐다. 처음엔 비판적 시각으로만 바라보던 신부는 고민에 고민을 거듭하다가 결국 공감을 불러일으켰다.

"정 그러시면 할 수 있는 사람들만 해 보실까요?"

신부는 생글방글 웃음을 머금으며 고개를 끄덕였다.

"하느님께서는 우리에게 일을 할 수 있도록 창조해주셨지요. 비록 움직이기 거북스럽지만 일하며 사는 것이 보람을 느껴보도록 합시다."

"신부님 고맙습니다."

"그 대신 노동의 대가로 얻은 삯은 나보다 어려운 이웃을 위해 쓰기로 합시다."

그들은 신분의 제안에 쌍수를 들어 환영하고 나섰다. 신부는 지하실에 초 공장을 차려주었다. 초는 각 천주당에서 꼭 필요한 물건이었다. 그리고 작은 구슬에 구멍을 내어 묵주를 만들었다. 초와 묵주를 만들면서 그들은 한층 더 삶의 보람을 느끼게 되었다. 타국에서 외로움 또한 줄어들고 있었다. 신부는 초와 묵주를 다른 천주당에 판 뒤 그 수입으로 또 다른 이를 데려다 도와주는 데 힘썼다.

득창이 히라도 천주당으로 들어온 지 어느덧 일 년이 지났을 때는 태평양 전쟁이 극으로 치닫고 있었다. 그들은 집안에 갇히다시피 지낸 탓에 세상이 어떻게 돌아가는지 알 수 없었다. 드디어 미국은 일본 본토에 융단 폭격을 감행하더니 1945년 8월 9일 나가사키에 팻맨(fat man)으로 불리는 원자폭탄을 떨어뜨렸다. 히라도는 나가사키 현에 속해 있었다. 같은 현이라 할지라도 섬이어서 폭탄이 떨어진 곳과는 먼 거리였다. 하지만 원자폭탄이 떨어지는 순간에는 온 하늘을 밝히는 청록색의 섬광이 일었다고 했다. 정오가 막 지나칠 즈음 섬광과 함께 알 수 없는 구름버섯이 하늘에 생겨나면서 맹렬하게 부글대며 끓어올랐다고도 했다. 사람들은 화산이 폭발한 줄 알았다고 말했다. 그러나 그것은 원자폭탄이었고 소식은 삽시간에 히라도에까지 날아들었다. 나가사키 시내가 폭삭 주저앉았고, 사람들이 한꺼번에 떼죽음을 당했다는 것이다. 살아남은 사람마저도 언제 죽을지 알 수 없다고 비명을 질러댄다고 했다. 처절하게 사투를 벌이는 비명소리가 나가사키 하늘을 찌르고 있다고……

또 언제 폭탄이 떨어질지 모른다는 소리에 사람들은 겁에 질려 덜덜 떨고 있다고 했다. 타고 남은 재만 봐도 죽는다고 해서 집집마다 창문을 닫고 밖엘 나오지 않았다. 죽음의 재가 바람에 날아온다고 작은 문구멍까지 꼭꼭 막고 방안에서만 지냈다. 마침 더위가 맹위를 떨치는 팔월이었는데도 사람들은 찜통 같은 방안에서 나오지도 못하고 이불을 둘러쓰고 있었다. 민심은 날로 흉흉해졌다. 원자폭탄이 투하된 나가사키는 당장 외지인의 출입이 전면 금지되었다. 방사능에 노출되면 생명을 잃을 수 있다고 전해졌다. 최소한 이레는 지나야 들어갈 수 있다고 했다. 그럼에도 불구하고 미카엘 신부는 나가사키로 달려갔다. 길거리에 나뒹구는 부상자를 치료해주고 싶다고 했다. 자신을 희생해서라도 오로지 한 생명이라도 더 구해야 한다는 일념뿐이었다. 원자폭탄이 떨어진 지 이틀도 못 되어 미카엘 신부는 나가사키로 달려갔다. 오우라 천주당 옆에 천막을 쳐놓고 부상자 치료에 매달렸다.

미카엘 신부가 나가사키에 나갔을 때는 도시 전체가 파괴되었고 2만 명이 넘게 죽었을 뿐 아니라 4만 명이 넘는 부상자가 발생하여 말 그대로 도시 전체가 이불인문(耳不忍聞)의 참상 그 자체였다고 했다. 부서진 건물과 함께 시체와 부상자가 나뒹구는 아비규환의 생지옥이었다. 미카엘 신부는 우선 부상자의 상처를 치료하는 데 혼신의 힘을 쏟았다. 피를 흘려대는 부상자를 대상으로 응급치료에 매진했다. 이른 아침 새벽부터 밤늦게까지 밀려드는 부상자를 감당하느라 정신을 차릴 수 없었다. 간호를 해 줄 사람이 없어 치료를 받고도 죽어가고 있다고 안타까워했다. 미카엘 신부의 안타까워하는 사연을 접해들은 그들은 집안에 가만히 앉아 있을 수가 없었다. 작은 일일지라도 힘닿는 대로 미카엘 신부를 돕기로 했다.

"신부님. 저희들도 신부님을 돕고 싶구만요."

"도와준다면야 좋겠지만 몸이 성하지 않은 분들이라서……."

"아닙니다. 신부님의 은공에 보답하려면 뭣인들 못하겠습니까?"

"고맙소. 그러면야 좋은 일이지요. 그것이 하느님의 사랑을 실천하는 것입니다."

다급했던 신부는 죽어가는 생명을 살리자고 나서는 데는 흔쾌히 승낙을 하고 나섰다. 그들은 새벽에 신부를 따라 나가사키로 나갔다. 원자폭탄이 떨어지고 난 지 엿새째였다.

번화하던 도시가 폐허로 변해 있었다. 그 날은 일본이 전쟁에 패해

결국 항복했다고 전해졌다. 이제 조선에서도 일본이 철수한다는 소식도 전해졌다. 모두들 울먹이며 만세를 불렀다.

득창은 그동안 일본에게 당해온 삶이 지긋지긋했다. 하지만 해방이 되어도 고국으로 돌아갈 수 없는 자신의 처지가 너무 가련하고 서글펐다.

미카엘 신부는 넘쳐나는 부상자 때문에 눈코 뜰 새가 없었다. 점심마저도 주먹밥으로 때우고 치료에 열중했다. 득창을 비롯한 여섯 명의 불구자는 불편한 몸을 이끌고 신부를 도왔다. 환자들이 들것에 들려 밀려들었다. 온몸이 숯덩이가 된 채 숨만 깔딱거린 사람, 피부가 까맣게 탄 사람, 팔다리가 잘린 사람도 있었다. 건물더미에 깔려 상처투성이가 된 사람들도 많았다. 그들은 신부의 곁에서 수술칼을 비롯한 의료 기구를 소독하고 약을 발라주는 일부터 시작했다. 약을 나르고 의료 기구를 정리하는 데 힘을 모았다. 비록 몸을 제대로 가누지 못한 이들이지만 나름대로 작은 보탬이 될 수 있었다.

부상자들이 점점 늘어나면서 서로들 빨리 치료해달라고 아우성을 쳐댔다. 여기저기서 처절한 비명소리가 터져 나왔다. 미카엘 신부는 온종일 환자를 치료해주느라 눈코 뜰 새가 없었다. 점심마저 제때에 먹을 수가 없었다. 아침저녁으로 히라도로 돌아오는 시간이 아깝다는 생각에 미카엘 신부는 아예 이나사산(稻佐山) 밑에 쓰러져가는 집을 보수 임시 병원을 차렸다. 병원 옆에는 또 다른 가건물을 짓고 주인 없는 환자를 집중적으로 치료했다. 그들은 징용으로 온 외국 노동자들이 주였다. 득창과 그 일행은 아예 임시 병원에서 거주하며 간호 조력자의 역할을 했다. 바쁘다 보니 세월 가는 줄도 몰랐다. 원폭의 피해자는 한 번의 치료로 낫는 것이 아니었다. 날이 갈수록 피부가 까맣게 타들어가는 가하면 북어처럼 빼짝 말라갔다. 말도 못하고 듣지도 못하며 몸을 움직이지 못하는 장애자가 되기 일쑤였다. 거기에다 방사선에 의한 질병과 후유증 등 이차적인 증상까지 걷잡을 수 없이 생겨났다.

세월은 흘러 득창이 신부와 함께 한 지도 8년이란 세월이 훌쩍 지나버렸던 것이다.

그동안 함께 지내던 사람들 중 대만 사람과 권수동은 고국으로 돌아갔다. 그들은 몸을 제대로 가누지 못했지만 신부님의 지극한 치료로 목발을 짚고 간신히 걸을 수 있었다.

먼저 와있던 장하수와 조두식은 신부님의 곁을 떠나지 않겠다고 했다. 이웃을 사랑한 거룩한 희생을 눈으로 보고서는 돌아설 수 없다고 했다. 득창도 그들과 함께하기로 작정했다. 초라한 불구자의 모습으로 돌아가서는 안 된다는 일념이 발에 족쇄를 채운 모습이었다.

원자폭탄이 투하된 지 8년이 되어가자 나가사키는 안정을 찾아가고 있었다. 도시도 정비되었다. 처음 폭탄이 투척되었을 때 상처를 입은 환자는 치료와는 상관없이 시들시들 죽어간 탓에 환자도 확연히 줄어들고 있었다.

미카엘 신부도 이제 히라도로 돌아갈 계획으로 이나사산(稻佐山) 임시 병원을 정리했다. 다시 천주당으로 돌아가기로 했다. 신부는 계속해서 원폭피해로 고통 받는 이들을 데려다 돌보겠다고 말했다.

"신부님! 저도 신부님을 따라 히라도로 가고 싶구만요."

그는 비장한 각오를 다지듯 입술을 악물며 말했다. 해방된 조국을 보고 싶은 마음이야 어찌 말로 다 표현할 수 있을까마는 불구자라는 멍에를 벗어던질 수가 없었다.

"아니어요. 그동안 저를 도와주니라 고생 많이 하셨어요. 이제 고국으로 돌아가셔야지요."

신부는 도리질을 하며 말했다.

"고생이라니요? 저는 신부님 아니었으면 죽었을 것이구만요. 신부님은 저에게는 생명의 은인이시랑께요."

"생명의 은인이라니요? 도리어 저 때문에 환자를 돌보시느라 고국에도 가시지 못했잖아요? 제가 고맙다고 말씀드려야 도리지요."

"신부님, 저는 이 목숨 다 바치도록 신부님과 지내고 싶구만요. 제가 할 수 있는 일을 마련해주십시오. 저의 진심입니다요."

득창은 두 손을 모아 합장을 한 채 진솔한 마음을 털어놓았다.

"그건 하느님의 뜻이 아니요. 그동안 형제님의 지극한 사랑 너무 감사했어요. 하느님께서 형제님을 보내주시지 않았다면 그 많은 사람들을 치료할 수 없었을 것이요. 이제 고향으로 돌아갈 때가 되었소. 그곳에 가서도 하느님을 잊지 말고 사랑을 실천하도록 하세요."

"신부님. 불구가 된 몸으로 어떻게 가겠습니까? 죽더라도 일본에서 죽고 고국에는 되돌아 갈 수 없구만요."

"형제님, 그건 안 됩니다."

"아니요. 저와 같은 불구자도 사람이라고 데려다 먹여주고 하느님까지 알게 해준 신부님 곁을 떠날 수 없당께요. 죽는 날까지 함께 있으면 안 되능가요?"

득창은 숙엄한 표정으로 바라보면서 애절한 호소를 하고 나섰다.

"그건 아니지요. 형제님의 잘못으로 불구자가 된 것이 아닙니다. 그것은 우리나라 일본의 잘못이었어요. 저도 용서를 청하고 싶을 뿐이요. 남의 나라를 침략한 것부터 잘못이지요. 거기다가 죄 없는 사람을 끌어와 힘든 노역을 부린 것은 더 큰 죄악이었어요. 시킨 일을 하다 다쳤는데도 불구자가 되도록 내팽개친 것이지요? 하느님께서 창조해주신 인명(人命)을 가볍게 여긴 행위지요. 도저히 용서받지 못한 일

228

이었어요. 그러나 형제님은 남을 탓하기보다 자신의 잘못으로 돌렸어요. 정말 한없이 가련한 일입니다. 이제 고국으로 돌아가세요."

"이런 몸으로 돌아가서 무얼 하겠어요? 차라리 가족 앞에 나타나지 않는 것이……."

비탄에 잠겨들면서 고개를 숙인 채 울먹이듯 말했다.

"형제님! 가정은 하느님께서 창조해주신 가장 작은 단위의 공동체입니다. 가장 친밀한 혈연 집단인 가족은 함께 살고 같이 지내도록 만들어준 본거지입니다. 가정은 건물과 가재도구 그리고 시설 등이 있는 곳만 뜻하는 것이 아니지요. 사람과 사람이 함께 사는 곳이니 감정과 의식은 물론이요 가치와 규범까지 포함한 것이니까요. 그 중에서 가장 중요한 것은 함께 나누는 사랑입니다. 사랑은 마음에서 우러나오는 것이지 몸에서만 나오는 것이 아닙니다. 몸이 불편하다고 해서 사랑을 실천하지 못하는 것은 아닙니다. 사랑은 하느님께서 창조해주셨고 우리에게 주신 것입니다. 하느님께서는 형제님에게 고귀한 생명을 이어주신 까닭이 있을 것입니다. 나름대로 역할을 하라는 뜻이겠지요. 비록 온전한 다리가 아닐지라도 그에 맞는 일을 주실 것이요. 집에 돌아가면 가족의 품에서 사랑을 실천할 수 있는 일이 분명 있을 것입니다. 그러니 딴 생각 말고 고향으로 돌아가 하느님의 사랑을 실천토록 하십시오."

미카엘 신부는 득창의 두 손을 꼭 쥐어주면서 기도해주듯 말했다. 그의 억양에는 알 수 없는 그 어떤 강한 신심이 있어 뭉클 가슴에 와닿게 만들었다. 그것은 가정의 소중함을 일깨워주는 사랑이었고 그것을 실천하도록 권유하고 나선 것이다. 득창은 새삼 신부의 가르침에 회오의 눈물을 흘렸다. 그동안 자신의 죄책감과 회한에 설움을 참지 못하고 훌쩍거렸다.

"신부님! 말씀대로 고국으로 돌아가겠습니다요. 가서 신부님의 가르침대로 열심히 살겠습니다."

득창은 두 손으로 신부의 손을 움켜쥔 채 목이 메어 숨을 모아 쉬면서 애원하듯 말했다.

"그렇게 하세요. 나는 언제나 형제님을 위해 감사의 기도를 잊지 않을 것이요. 형제님은 우리나라의 은인이요. 일본나라를 위해 열심히 일하다 몸까지 다쳤는데도 죽어가는 사람들의 목숨까지 구해주었소. 이보다 큰 사랑을 실천한 사람이 어디 있겠소? 이제 조국이 해방되었으니 그곳에 가서 사랑을 실천하도록 해보세요."

"예. 신부님. 꼭 그렇게 하겠습니다요."

그는 신부 앞에 무릎을 꿇고 앉아 안수를 청했다. 신부는 그의 머리에 손을 얹고 기도를 해주었다.

"많지는 않지만 고국으로 돌아갈 수 있는 노자를 준비해놓았습니다. 가지고 가시지요."

신부는 까만 지갑을 손에 꼭 쥐어주었다. 그리고 나가사키 항구로 데리고 가서 부산으로 가는 배를 태워주었던 것이다.

39
득창이 고수로 나서다

…… 햇덩이가 중천에 오를 때까지 득창은 산벚나무 그늘 아래서 한 많은 징용살이 실타래를 풀어 들려주었다. 민순은 눈물을 훌쩍이며 듣고 있었다. 이 슬픈 사연을 기구한 운명으로 받아들여야 할 것인지 아니면 기박한 신세로 여겨야 할 것인지…… 단 한 토막의 사연도 눈물 없이는 들을 수 없었다. 민순은 남편의 무릎을 만져보면서 설움에 받쳐 울음을 터뜨렸다.

"나는 그런 줄도 모르고 당신을 원망했었구만이라우."

망연스러운 표정으로 바라보면서 위로의 눈물을 흘리고 있었다.

"그랬겄제. 땡전 한 푼 보내지 못한 서방을 얼매나 원망했겄능가?"

"돈이 아니랑께요. 이 년이면 온다고 해놓고 십삼 년이 넘도록 생사를 모르니 얼마나 궁금했겄소. 만나는 사람마다 징용 간 사람이 돌아오겄냐고 해대는 통에 오금이 보타지겄습디다."

"그랬겄구만. 사람이 살면서 기다린다는 것보다 더 힘든 것이 없는 것인디, 그 심정 모르겄능가?"

"그나저나 다리를 다쳤으니 얼마나 힘드요? 발가락만 삐어도 걷기가 거북스러운 것인디."

민순은 남편의 다친 다리를 만져보며 안쓰러운 눈빛을 감추지 못
했다.

"내가 사서 한 일을 누구에게 원망할 것잉가?"

그는 허전한 마음으로 불구가 된 무릎을 걷어 올려 보이며 말했다.
무릎뼈를 도려내었는지 그냥 민틋하기만 했다. 굽힐 수도 그리고 오
므릴 수도 없는 귀형을 만들어 놓았던 것이다.

"인자 그런 욕심 부리지 말고 삽시다. 턱없는 관을 쓰면 박이 벌어
진다고 헙디여."

"맞는 말이여. 그놈의 헌병보조원이 되겠다고 했다가 황천객귀가
될 뻔 했구만. 쇠에서 나온 녹이 쇠를 갉아묵은다고 허드니만 무릎이
이렇게 된 것은 내 속에서 나온 욕심의 죄의 값이랑께. 아부지 성묘라
도 헝께 병신이 되었어도 살아오길 잘했다고 생각이 드는구만."

득창은 잔대 잎사귀를 뜯어 야금야금 씹어가며 쭈절거리듯 말했다.
먼 산으로 눈길을 흘리며 허망스러운 한숨도 들이쉬었다. 욕심으로
얻을 것이란 종당에 가서 좌절과 허무밖에 없다는 것을 그는 뼈저리
게 느끼고 돌아왔던 것이다. 바짝 마른 얼굴에 자글자글한 주름이 그
간의 흔적을 말해주고 있었다.

"그건 그렇고 일본 사람들 중에서도 그렇게 좋은 사람이 있습디여?
워매! 어쩌다 그런 사람을 만났을께라우. 정녕 당신은 하늘이 살려줬
는개비요."

민순은 새삼 호기심이 가득 찬 눈빛을 반짝이며 정색을 하고 물었
다. 일본만 들먹이면 미간부터 찡그리던 아내의 옛적 모습이 아니었
나. 핏발을 세워대던 아내의 밀투가 예성에도 없이 퍽 부드러워진 느
낌을 주었다. 아내는 들려준 사연들 중에서 신부를 귀담아 들었던 것

232

같았다. 그도 생각해볼수록 의아스러울 때가 많았다. 고통 속에 사는 이웃을 위해 자기의 모든 것을 바치는 것이 과연 쉬운 것인지? 자기를 위해 사는 것이 아니라 오직 남을 위해 살아간다는 것이 가능한 것인지? 솔직히 개인적으로 묻고 싶을 때가 한두 번이 아니었다. 그러나 물어볼 수 없었다. 신부 앞에 설 때면 한없이 낮아지면서 쓰고 버린 빈 깡통처럼 자신이 초라해졌기 때문이다. 몸속에는 일본사람의 피가 흐르면서도 어찌 그리 고결하고도 성스러운 사람이 있는지 도무지 이해가 가지 않았다. 하느님에 대한 믿음이 아니고서야 감히 엄두도 내지 못할 일이라 생각되었다.

"그랬응께 살아왔제. 그분을 만나지 않았다면 폴세 죽었을 것이구만. 하느님을 믿으면 그런 사람이 되는 개비여."

"죽을 사람을 살려준 신부님이 참으로 고맙구만요. 그분 아니었으면 어쩔 뻔 했겠소? 다리가 다쳤응께 그런 분을 만난 것 아니겠소?"

민순은 눈언저리가 촉촉이 젖어 있었고 코를 훌쩍거리기까지 하며 말했다. 목이 멘 소리로 탄식의 소리까지 중얼거렸다.

"하느님이 계신게 그런 분도 계시겠제. 얼굴도 잘생긴 데다가 의사람서 장가도 안 가고 남을 돕고 살드랑께. 모래 속에 금이 들어있다고 하더니만 일본사람 중에도 그런 사람도 계신다는 것을 새삼 놀랐구만. 아마도 하느님께서 보낸 사람이겠제."

득창은 신부님의 고마움을 잊지 못한 채 입이 닳도록 성스러움을 칭송했다. 그러면서도 회탄에 젖은 눈길로 일림산을 쳐다보았다. 뼛골에 박힌 원한을 토해내려는 듯 회한 섞인 한숨도 내쉬었다. 그러나 일림산은 지난날의 일을 아는지 모르는지 청청한 숲으로 뒤덮인 채 순고함을 그대로 간직하고 있을 뿐이었다.

"생각해봉께 한탄만 하고 있을 일이 아니구만. 신부님께서 말씀해

주신 것이 떠오른당께. 하느님께서는 온전한 다리가 아니어도 할 일을 주실 것이라고 하신 말씀이. 그리고 고향으로 돌아가 사랑을 실천하라고 하셨어. 참말로 선견지명을 보여주셨구만. 가족이 기다릴 것이고, 할 일이 있을 것이라고 말이여. 틀림없구만. 당신이 이렇게 기다리고 있을 것이라곤 생각도 못했당께. 그리고 이렇게 이쁜 딸까지 낳아가지고 내게 주니 금상첨화 아니겠능가? 인자 사랑을 실천할 일만 남았구만. 내 이 다리를 끌고 다녀서라도 딸이 명창이 되도록 고수가 되어 줄 것이구만. 두고 봐! 이 목숨 다할 것잉께."

득창은 몽롱한 시선으로 아내를 바라보다가 입술을 굳게 깨물었다. 표정에는 비장한 각오가 서려 있었고 그의 목소리는 엄숙하고도 단호함도 깃들어져 있었다.

"여보! 참으로 고맙소."

"고맙긴? 병신을 받아준 것만으로도 당신이 고맙제."

부부는 봉분으로 가서 다시 절을 올렸다. 예서제서 삐쪼르르, 삐쪼르르, 스르르 쿡, 스르르 쿡 정겨운 산새들의 울음소리가 들렸다. 심산계곡에서 졸졸거리는 맑은 물소리가 정감을 더해주었다. 아내의 부축을 받으며 비탈진 산길을 내려오는 부부의 얼굴에는 옛 정분으로 되돌아가는 흐뭇한 미소가 배어나오고 있었다.

"인자 내가 수양이를 돌볼 것잉께 그리 알어. 정나절부턴 내가 마중 갈 것이어."

그는 생떼를 쓰듯 비장한 결심을 토해내었다. 순간적으로 눈빛이 번쩍 빛나면서 입술을 잘근 깨물었다.

"그 몸으로 어떻게 한다요? 이다음 독공(獨工)을 할 때나 도와주싯시오."

"아니랑께. 집으로 돌아가면 온전한 다리가 아니어도 할 일을 주신다고 하시더니 그 말이 딱 맞았어. 인자 내가 사랑을 실천할 때가 왔는 개비여. 걱정말랑께. 굼벵이처럼 굴러서라도 도강재는 내가 다닐 것이구만."

확고한 결의를 반복해서 천명하기라도 하듯 고개를 절레절레 흔들었다. 억실억실한 눈을 길게 째어 퉁방울을 지어가면서 한치재를 바라보는 것이었다.

"한치재는 가파른 깔끄막이랑께요. 성한 사람도 가기 힘든 곳인디 어떻게 간다요?"

그녀는 혀를 내밀면서 고개를 가로저었다. 그러나 마음만은 한없이 푼더분한 듯 생그레 웃음도 지어보였다. 솔직히 남의 딸을 낳아 기른다고 책망을 하면 어떨까 오금이 쑤셨던 것인데…… 바윗덩이를 올려놓은 것처럼 무거웠던 마음이 싹 가시는 것이었다.

"내가 해 줄 수 있는 것이 뭐가 있겠능가? 북장구 치는 일로 잔뼈가 굵었웅께 고수가 되어줘야제. 당장 명창님을 찾아뵙고 그렇게 말씀드려야쓰겠구만."

"하기사 당신이 고수가 되어준다면야 그보다 좋은 일이 어디 있겠소?"

"북장단은 다리로 치는 것이 아니지 않능가? 그런 일을 주실 거라는 말이 딱 맞았당께. 걱정 말어. 내가 기어코 우리 수양이를 명창으로 만들어내고 말 것잉께."

실없는 사람처럼 허거프게 웃음을 지어보이면서도 입술은 다져 물었다.

집으로 돌아온 부부는 곧바로 논으로 갔다. 그동안 혼자서 해오던 모내기가 아직 끝나지 않았기 때문이다. 논은 자정골에서 멀지 않은 곳에 있었다. 득창은 기쁨을 감추지 못했다. 물이 찰랑찰랑 담긴 논을 보니 괜히 가슴이 설레며 뿌듯했던 것. 아내가 살아올 수 있도록 버팀목이 되어준 논이라고 생각하니 한량없이 고마웠다. 어릴 때부터 바늘 하나 꽂을 곳 없이 살았던 것인데 자그마치 서 마지기 논이 있다는 것이 믿겨지지 않았다. 마냥 좋으면서도 마음 한구석이 왠지 텅 비어 버린 느낌이었다. 자신과는 아무 상관이 없는 논이기 때문이었다. 도리어 무능한 남편이라는 자책감이 가슴속을 긁어 파는 듯 괴롭히려 들었다. 더구나 불구자가 된 마당이어서 도와줄 수 없다는 생각에 자신의 처지가 점점 움츠러드는 심정이었다. 아내는 모내기를 해오고 있었다. 못자리에서부터 시작해서 거두기까지 오직 혼자 해왔다고 했다. 도와줄 사람 하나 없을 뿐 아니라, 품을 앗을 처지가 못 되기 때문이라고 했다. 무엇보다 아침이면 딸을 데려다 주어야 하고 저녁때가 되면 또 데리러 가야 하기 때문에 종일 품을 앗기는 힘들다고 했다. 아내는 곧바로 물 논으로 들어갔다. 아직 한 배미 정도가 남아 있었다. 아내의 모습은 벌써 농군이 다 되어 있었다. 혼자서 못줄을 쳐놓고 모를 심는 솜씨가 아주 늘찼다. 아내는 일을 하다가도 늘상 하늘의 햇덩이를 쳐다보곤 했다. 득창은 아내의 속마음을 알고 있기에 먼저 꺼내 들었다.

"여보, 나 다녀올텡께 그리 알어."

"불편한 몸으로 어떻게 갔다 온다요. 내가 가야제."

"아니랑께. 일찍 출발해서 천천히 가면 되겄제. 걱정 말란 말이여."

"그럼 한번 가보실라요? 깔끄막이 험한께 한사코 조심해야 쓴단 말이요."

"인자 수양이 데리고 다니는 것은 내 일잉께 그리 알어."

득창은 여유 있는 웃음을 머금으며 다녀오겠다는 손짓까지 해댔다. 목발 하나를 겨드랑이 속으로 끼워 넣고 다리를 절뚝절뚝거리며 삼수로 나아갔다.

　햇덩이는 서쪽 하늘의 반공에서 뜨거운 빛을 뿌려대고 있었다. 금방 옷이 땀에 젖어 후줄근해지기 시작했다. 그러나 득창은 잠시도 쉬어갈 수 없었다. 처음 가는 길이라서 시간을 예측할 수 없었다. 흘러내리는 땀방울을 훑어가면서 걷다보니 어느새 삼수를 지나 한치재로 들어섰다. 병풍 같은 높은 산이 서로 맞닿은 골짜기. 벌써부터 산그늘이 내려앉아 시원한 정감이 넘쳐들었다. 남쪽에서 불어오는 바닷바람이 흐르는 땀방울을 씻어주니 기분이 무척 상쾌했다. 저 멀리 툭 터진 쪽빛 바다가 눈길 안으로 들어왔다. 너른 바다를 바라보면 마음이 툭 터질 줄 알았는데 실상은 그렇지 아니했다. 오히려 원한 맺힌 설움이 너울이 되어 가슴속을 잘근잘근 뭉개는 느낌이었다. 비통스럽고 원망스러운 사세보 항의 바다가 눈앞에 그려지고, 솔로몬 섬의 사나운 풍랑이 몰려오는 것 같았다. 공연히 울울하고 서러워지면서 이가 뽀드득뽀드득 갈리기도 했다.

　이윽고 산비탈 길에 접어들었다. 아스라하게 높은 절벽 같은 길. 한 발 한발에 혼신의 힘을 다하면서 마치 지렁이처럼 기다시피 길을 내려갔다. 말라들었던 땀이 등골에서부터 오싹거리며 솟아올랐다. 엉덩이를 뭉그적뭉그적거리며 내려가다 보니 어느새 비탈진 산길 끝자락에 이르렀다. 예상보다 빨리 온 것 같았다. 불구자가 되어 아무것도 할 수 없을 것으로만 자포자기했던 것인데 비탈길을 내려왔다는 안도감에 그는 마음이 뿌듯했다. 아직도 햇살은 날카롭게 눈망울을 찔러대었다. 그는 아내가 일러준 대로 도당 삼거리에서 기다리기로 했다. 모내기가 이뤄진 논에서는 벼들이 자리를 잡아가면서 푸릇푸릇해지기 시작했다. 아직도 들판 곳곳에서는 상사소리에 맞춰 모내기가 한창이었다. 아직도 베지 않은 보리밭에서는 보리모가지가 바람에 하늘거렸다. 잠시 후 도강마을 쪽에서 흔들흔들 춤을 추듯 수양이 내려오고 있었다. 머리카락을 더펄거리며 걸어오면서 엄마를 찾는지 사방을 두리번거렸다. 이윽고 득창을 보고는 깜짝 놀라는 기색을 보였다.

"아부지가 어떻게 오셨어요?"

"엄니가 모를 심느라 바뻐서 내가 왔다."

"비탈길을 어떻게 내려오셨능가요?"

"천천히 내려옹께 괜찮하드라. 더운디 소리 배우느라 고생했다. 자 얼른 가자."

"예. 아부지."

예상하지도 않은 득창이 마중 나온 것에 수양은 무척 당황스런 눈치였다. 이제껏 같이 살지 않았던 탓에 마주칠 때면 쑥스러운 표정을 짓곤 했던 것이다. 날마다 엄마와 함께 오가면서 어리광을 피워댔던 것인데 도리어 부담을 지워준 꼴. 수양은 곁부축부터 하러 들었다.

둘이는 고갯길을 향해 걸었다. 점점 햇덩이는 붉게 물들어가며 유경의 풍경이 돋아나고 있었다. 산길에는 어느새 산 그림자가 짙게 드리워져 어둠으로 변해가는 중이었다.

"수양아! 너는 왜 소리를 할라고 했느냐?"

득창이 목덜미에 흐르는 땀을 손등으로 쓸어가면서 물었다. 솔직히 어린 것이 무척 기특하다는 생각을 지울 수가 없었던 것이다.

"엄니가 소리를 허라고 허셨구만요."

그녀는 침착하고도 태연스럽게 말했다.

"날마다 산길을 다니느라 무척 힘들 터인데도 괜찮허냐?"

"처음에는 다니고 싶지 않았구만요. 그런데 지금은 좋아요. 스승님께서 잘한다고 칭찬해주서 좋아요."

"처음에는 학교로 가고 싶다고 했담서?"

"학교를 가고 싶었는디 엄니가 거기는 가면 안 된다고 하셨당께요."

못내 서운한 듯 낯빛을 흐리며 속마음을 털어놓았다.

"어째서 가면 안 된다고 허시드냐?"

그는 그간의 사정도 알고 싶기도 해서 다시 물었다.

"엄니가 학교가지 말고 이리로 가라고 하셨당께요. 학교에 다닐 돈도 없었어라우."

그때의 사정을 숨김없이 허심탄회하게 털어놓았다. 득창은 묘한 감정이 찡하게 달려들어 가슴팍을 후려치는 것 같았다.

"소리를 배워서 어디에다 쓸라고 그러느냐?"

그녀는 묻는 의도가 의심스러운지 고개를 돌려 흘깃 쳐다보고는 이내 말허리를 돌리고 나섰다.

"첨에는 정말 학교에 가고 싶었당께요. 그런디 지금 생각하면 소리가 더 좋은 것 같아요. 스승님께서 한자도 가르쳐주시고요. 나중에 명창도 될 수 있다고 해주셨당께요."

아직은 어린 나이임에도 어른스러움을 비켜가려 하지 않았다.

"그래서 명창이 될라고 허느냐?"

"그러믄이라우. 지는 꼭 명창이 될 것이구만요."

"명창이 되어서 뭣을 할라고 그러느냐?"

"명창이 되어갖고 돈 많이 벌어 엄니한테 드릴 거구만요. 그리고 엄니는 명창이 되어 외할아버지를 찾아 가자고 허셨당께요."

수줍음도 감춘 채 거침없이 당당해지려 들었다.

"왜 외할아버지를 찾아가라고 허시드냐?"

"외할머니께서 명창이 될라고 허시다가 뜻을 이루지 못하고 돌아가신 것이 엄니의 한이라고 허셨어요. 명창이 되면 엄니랑 같이 가자고 약속하셨당께요."

"그래라. 꼭 명창이 되거라. 그래서 맘 묵은 것을 다 이루도록 해라."

"예. 아부지."

"수양아! 성음이 오빠는 집에 안 오냐?"

그녀는 대답도 없이 고개만 끄덕이고 말았다. 여러 날이 되어도 아들이 눈에 띄지 않아 서운했던 것이다. 십여 년 동안 하루도 잊은 적이 없던 아들인데 너무나 보고 싶었던 것이다. 아내는 아들보다 딸한테 빠져 있는 듯싶었다. 그렇다고 허물할 일은 아니지만 못내 아쉬운 것만은 사실이었다.

"오빠는요 비석공장으로 갔어라우."

"응, 그래 나도 안다."

"집에는 간혹 와요."

"간혹이라니?"

"석 달에 한 번쯤 오기도 허고요."

"어째서 비석공장으로 갔다냐?"

"오빠는요, 소리가 하고 싶지 않다고 했어라우."

"오빠한테도 소리를 배우라고 허셨다냐?"

"그런 것은 아니었어라. 저기 부춘동 사는 아이들이 오빠 보고 소리꾼 아들이라고 놀렸당께요. 지나가기만 하면 천한 상것이라고 돌도 던지고 침도 뱉었다요. 그래서 학교도 가기 싫고 소리도 배우지 않겠다고 비석공장으로 갔어라우."

이내 숙연한 표정을 지으며 울먹이듯 말했다. 비록 어리지만 알 것은 다 알고 있었다. 득창은 갑자기 불화살이 날아들어 심장에 박히는 것 같았다. 애비의 역할도 못하면서 천민의 신분만 물려줬다는 생각에 가슴이 미어드는 것이었다.

"그래서 집을 나간 것이냐?"

"엄니는 학교에 다니라고 허셨어라우. 오빠는 소리꾼 아들이 공부해서 무엇에다 쓰냐고 허면서 챙피해서 못살겠다고 비석공장으로 갔당께요."

어린 것의 얼굴에는 저주의 빛으로 가득 차 있었다. 원망스러움까지 이글거리는 표정을 지어보였다. 그는 괜한 말을 꺼내들었다는 자책감에 견딜 수 없었다. 못내 아쉬움을 뒤로 하고 산마루로 눈길을 돌렸다. 서산마루에 걸린 햇덩이가 진홍빛 노을 속에서 석양의 빛을 흩어 뿌리고 있었다. 타는 저녁노을을 바라보며 언덕길을 올랐다. 막상 내리막길보다 오르막길이 걷기엔 한결 수월했다. 어둠이 밀려들기 전에 삼수를 지나 무사히 집으로 들어섰다. 집으로 돌아온 득창은 곰곰이 생각해봐도 한치재를 다녀온 것이 꿈만 같았다. 산언덕을 넘어갔다 왔다는 것이 믿어지지 않았다. 다리를 다친 뒤로 송두리째 떠나갔던 자신감이 슬그머니 찾아든 기분이었다. 이 몸으로도 할 수 있다는 자신감이 생겨난 것만으로도 가슴이 찡하였다. 비감만 되씹으며 자신을 저울질 해왔던 것인데 할 수 있다는 용기가 가슴속에서부터 움트기 시작했다.

그는 힘이 닿는 데까지 가족을 돕자고 자신을 당조짐했다. 이제 불구라는 말조차도 머릿속에서 지우고 살자고……. 자기능력에 맞는 일을 주신다는 신부님 말씀이 떠올랐다. 그제야 그는 자신을 발견한 것이다.

다음날 아침에도 이른 새벽부터 수양을 데리고 다시 길을 나섰다. 동녘 하늘에 홍시 같이 붉은 햇덩이가 구름 사이를 뚫고 얼굴을 내밀었다. 새벽길은 한결 시원해서 좋았다. 산마루에서 바라본 아침바다는 황홀하게 눈앞으로 다가왔다. 출렁이는 파도는 너울이 되어 찬란하게 물비늘을 일으키고 있었다. 유유히 떠가는 돛단배에도 그 위를 나는 갈매기에도 아침햇살이 발갛게 빛나고 있었다.

수양은 산길을 내려갈 땐 아빠의 팔뚝을 부여잡고 곁부축을 해주려 들었지만 득창은 두 손을 땅바닥에 대고 엉금엉금 기다시피 산길을 내려갔다.

이왕지사 왔던 김에 명창의 얼굴이라도 한번 보고 싶은 마음이 솔깃해졌다. 북장구장단으로 잔뼈가 굵었지만 명창이란 분을 한 번도 보지 못했던 탓이다. 평생토록 한이 되고 원이었던 명창에 대한 호기심이 발동했다. 불구의 몸을 보여주는 것이 어색하고 열없어 보이지만 충동을 잠재울 수가 없었다.

"수양아!"

"예. 아부지."

"내가 스승님을 만나뵈어도 괜찮겠냐?"

그는 넌지시 속마음을 떠보려 들었다.

"우리 스승님은 소리를 했다고 하면 다 좋아하신당께요."

다행히 싫어하는 내색도 없이 반기는 눈치였다. 불구자와 함께하는 것을 고까워하지 않았다. 생김만큼이나 속이 깊고 심성이 착한 아이임에 틀림없었다. 어느덧 도당마을을 지나 도강재로 들어섰다. 비척걸음이라서 빨리 걷지를 못한 탓에 시간이 많이 걸렸다. 젊은이 세 사람이 앞서 가고 있었다. 모두들 합죽선을 하나씩 들고 있는 것으로 봐서 아마 소리를 배우는 사람인 듯싶었다. 그중 한 사람은 소리북을 메고 있었다. 별안간 가슴이 찡해지는 것이었다. 북장구로 살아왔던 지난날의 감회가 불끈 솟아올랐다. 평생의 꿈이 명고수였고 아내도 명창이 되려는 것이 필생의 혼이었는데……. 욕심이 빚은 회한이 전신을 옭아매기 시작했다. 아직도 마음 한구석에는 명고수의 꿈이 꿈틀거리는 것 같았다.

그들을 뒤따라가다 보니 나지막한 산 아래 커다란 기와집으로 들어갔다. 돌담장 가운데 우뚝 솟은 대문이었다.

"아부지 다 왔어요. 저기가 소리 배우는 집이어라우."

"앗따! 대궐 같은 집이구나."

"조금 있으면 저기 북바위에서 장단연습을 할 것이구만요."

"멋이라고 했냐? 북바위라고?"

북장단이라는 말에 득창은 귀가 번쩍 띄었던 것이다.

"소리공부를 시작하기 전에 북바위신에게 배례를 하고 장단 연습을 한당께요."

"저 바위가 북바위다냐?"

득창은 옆 마당에 뭉툭하게 북처럼 생긴 바위를 가리키며 물었다.

"예. 아부지."

북바위신이라는 말은 참 아리송한 말이었다. 마당에 있는 바위에 신이 들어 있다니 도무지 알 수 없는 일이었다.

"비가 오면 바위에서 북소리가 난당께요."

"거 참 이상한 일이다."

득창이 고개를 모로 비틀어 괴이쩍다고 생각하고 있을 때 젊은이들이 바위를 빙 둘러섰다. 그들은 하나같이 북채를 들고 있었다. 이어 모두들 무릎을 꿇고 배례를 하고 나서

"자! 먼저 자진모리로 놀아보자!"

외치는 소리에 맞춰 고개를 까딱까딱 거리며 "덩 - - 덩 - 쿵 덕. 덩 - - 덩 - 덩 쿵 덕 ……." 장단을 쳐대었다. 모두가 하나가 되어 신명지게 장단연습을 했다. 모두가 혼연일체가 되니 없던 흥도 저절로 솟아오를 것 같았다. 한참 동안 쳐대다가 이번에는 "중모리"라고 외침과 동시에 "덩 쿵 따 쿵 따 따 쿵 쿵 척 쿵 쿵 쿵 ……." 판을 바꾸는 것이었다.

득창은 넋이 나간 사람처럼 멍하니 쳐다보았다. 자기도 모르게 새삼스러운 열정 속으로 빨려 들어가고 있음이었다. 자아도취에 빠진 사람처럼 손가락도드락 장단이 저절로 맞춰지는 것이었다. 십여 년의 모진 풍상을 겪었건만 배운 도둑질 남 못 준다고 흥에 취해들었다. 역시 대명창이라고 하더니 가르침부터 다르다는 생각이 들었다. 그는 그냥 나올 수가 없었다.

그는 불고염치(不顧廉恥) 앞마당으로 나아갔다. 장단연습을 마친 젊은이들이 한꺼번에 마루로 들었다. 그는 대청마루 귀퉁배기에 엉덩이를 걸치고 고개를 슬그머니 밀어 넣었다. 대청 안은 가지런히 정돈되어 있었고 깨끗했다. 명창으로 보이는 분이 앉은뱅이책상 앞에 점잖게 자리하고 있었다. 반백의 머리를 틀어 올려 상투머리를 하고, 세모시 고의적삼을 차려입은 단아한 맵시…… 고고한 선비의 기품 있는 자태…… 엄숙한 느낌을 주는 위엄…… 바라만 보아도 고매한 인품은 몸을 잔뜩 움츠리게 만들고도 남았다. 그 어디를 봐도 명창의 유현을 느끼지 않을 수 없었다. 한편으론 아버지와 같이 온화한 성품으로 비쳐지면서 인자함마저 더해주었다.

"소리를 하는 사람이라고 해서 청중들에게 인기를 독차지하려고 재담이나 만담을 부리는 것은 좋은 소리라고 할 수 없는 것이다. 나는 평생 소리를 위해 살아왔지만 그래서 홍보가를 소리라고 해본 적이 없다. 배운 적도 없고 가르치지도 않을 것이다. 너희들은 나에게 심청가와 춘향가 그리고 수궁가와 적벽가 등 네 바탕을 전수 받아야 한다. 소리를 배우는 사람이라고 하면 스승으로부터 배운 것을 그대로 이어가려고만 해서도 안 된다. 새로운 것으로 더 좋은 소리를 만들어낼 줄 알아야 한다는 것이다. 다시 말해서 여러 장단으로도 만들어 낼 수 있어야 한다. 그런 열정 없이는 대명창이 될 수 없는 것이다. 때문에 소

244

리꾼으로 맨 먼저 해야 할 것은 장단을 완전히 자기 것으로 익혀야 하고 무슨 장단으로든지 소리를 만들어 낼 줄 알아야 대명창이 되는 것이다."

명창은 소리공부를 시작하기 전에 제자들에게 소리를 배우는 사람으로 응당 해야 할 일을 말해주었다. 득창은 얼른 무슨 말인지 알 수가 없었다. 아직껏 들어본 적이 없는 말이었다. 역시 아무나 명창이 되지 못한 까닭을 들려주는 것 같았다. 그래서 명창을 찾아가 소리공부를 하는 것임을 깨우쳐주는 대목이기도 했다.

스승의 가르침이 끝나자 맨 앞에 앉아 있던 젊은이가 일어났다. 그리고는 스승의 앞으로 다가가 머리를 조아리며 배례를 하면서

"저 만석이 스승님께 한 대목 배우고자 하옵니다요."

"오늘은 어느 대목을 할 차례이더냐?"

"예. 심청이 선인들을 따라가는 대목입니다요."

스승은 곁에 앉아 있는 고수를 향해 시작을 알렸다.

"옳지! 중모리로 한 번 놀아보자."

스승이 먼저 흥을 돋우기 위해 신명나는 소리를 내질렀다. 고수는 소리북을 끌어당겨 발로 괴고서 시작을 알리는 듯 북채로 북통의 꼭대기를 힘 있게 탁 쳤다. 만석은 고수를 향해 말을 주고받는 것처럼 아니리부터 시작했다.

〈아니리〉

「선인(船人)들이 이 정상(情狀)을 보고, 심봉사를 가긍(可矜)이 여겨, 백미백석(白米百石) 마포, 평생 먹고 입을 것을 내어 주었것다. 심청(沈淸)이 하릴없어, 부친(父親)을, 동네 어른들께 의탁(依託)을 하고, 하릴 없이 선인(船人)들을 따라가는디.」

아니리가 끝나자 중머리 북장단이 덩쿵따쿵따따쿵쿵척쿵쿵쿵……

울려 퍼졌다. 젊은이는 장단에 맞춰 창을 해대었다.

「선인(船人)들을 따라간다, 선인(船人)들을 따라간다. 끌리는 치마 자락을, 거듬 거듬 걷어 안고, 비같이 흐르는, 눈물 옷깃이 모두가 사무친다. 엎어지며 넘어지며, 천방지축(天方地軸) 따라갈 제, 건너 마을 바라보며, 이진사댁 작은 아가, 작년(昨年) 오월(五月) 단오일(端午日)에, 앵두 따고 놀던 일을, 네가 행여 생각(生覺)나느냐. 금년(今年) 칠월(七月) 칠석야(七夕夜)에, 함께 걸교(乞巧) 하자더니. 이제는 하릴없다.……..」

만석은 땀을 뻘뻘 흘려가며 보는 이로 하여금 어깨가 으쓱으쓱해지도록 소리를 뽑아들었다. 고수는 북장단을 쳐가며 신명이 나 있었고 연신 '잘헌다.', '그렇지.'로 추임새로 흥을 더했다. 심청이 인당수로 끌려가는 슬픈 내용이지만 신명은 계속되었다. 명창은 가만히 있질 않고 뭔가를 적고 있었다. 그것은 창자(唱者)의 소리를 듣고 요모조모 살펴가면서 기록하는 것이었다. 아니리는 물론 너름새에서 부침새까지 세심하게 관찰을 해두는 것 같았다. 한 대목이 끝나자 만석은 흐르는 땀을 훔칠 새도 없이 스승 앞으로 다가갔다. 공손하게 무릎을 꿇고 앉아 가르침을 기다리는 것이었다.

"수고했다. 어서 땀부터 닦도록 해라."

명창은 수건을 건네주었다.

"예. 스승님."

그는 땀을 닦으면서도 신경을 곤두세우는 눈치였다. 명창은 적어놓은 것을 하나씩 뒤적이며 짚어가기 시작했다.

"니가 지금 심청가 중 심청이 인당수로 끌려가는 대목을 했지 않았느냐?"

"예, 스승님."

"허긴 잘했다. 비록 이 대목이 슬프고 비탄에 젖어든다고 해도 입안에서 굴러다니는 소리를 해서는 안 된다. 입가에 흥이나 바르는 사람처럼 입속에서 혀를 굴려 내는 군목이 되어서야. 간지럽게 휘굴리는 소리는 사람에게 감동을 주지 못하고 남의 귓전이나 긁어주는 꼴이 되는 것이다. 가슴에 사무치는 감정을 일으킬 수 있는 소리를 내질러야 한다 그 말이다. 뱃속에서 소리가 나와야지 입에서 나오는 소리가 아직도 많다. 본디 소리라는 것은 땅속에서 솟아나는 샘물과 같은 것이다. 샘물은 깊은 땅속에서 솟아나야 그 맛이 좋은 것이다. 그렇지 못하면 시원하지도 않을 뿐더러 가뭄에는 금방 마르지 않더냐? 소리도 마찬가지다. 아랫배에 힘을 주고 그곳에서 통성으로 덜미소리를 뽑아내야 소리 속에 힘줄이 박히게 된다. 그래야 듣기도 좋을 뿐 아니라 사람의 심금을 울려줄 수 있는 것이다. 그런데 너는 아직도 군목 같은 소리가 나올 때가 있다. 예를 들어보자. '선인(船人)들을 따라간다, 선인(船人)들을 따라간다.'를 할 때 처음엔 잔잔하게 흘러가다가 나중에는 회오리를 치듯 목소리를 휘어잡아 뽑아 올려야 허는 것이다. 그것을 뽑스린목이라고 허는 것이다. 아랫배에 힘을 주지 않고서는 덜미소리가 나올 리가 없지. 아랫배에 힘을 모으고 다시 해보거라."

명창은 소리를 듣고 군목을 지적하고 나섰다. 그리고 그 자리에서 반복연습을 시켰다. 만석은 몹시 긴장한 것 같았다. 일어서서는 명창이 쳐준 장단에 맞춰 다시 소리를 뽑기 시작했다.

이렇게 해서 한 사람의 지도가 끝나면 또 다른 사람으로 이어졌고 그에게도 역시 마찬가지로 조목조목 짚어가며 가르쳤다. 누구에게나 소홀함이 없이 치밀하고 섬세하게 지도하는 모습이 존경스러웠다. 대명창이라고 그냥 불러주는 것이 아닌 것 같았다. 명창은 뼈를 깎는 각고(刻苦) 없이는 이룰 수 없다고 격려도 잊지 않았다. 소리엔 이런 과정이 필수라고 하였다. 그래야만이 독공에 들어가게 된다고 하였다.

두어 시간이 지났을 때였다. 이윽고 수양의 차례가 다가왔다. 득창은 떨린 가슴을 안고 대청 안으로 들어갔다. 사전 알림도 없이 찾아온 까닭에 겸연쩍기도 했다. 하지만 영광스러움도 금할 수 없었다. 명창은 수양을 반갑게 맞이해주면서도 의아스러운 눈빛으로 득창을 쳐다보았다. 다리를 절고 들어오는 모습을 애처로운 눈빛으로 바라보는 것 같았다. 득창은 넙신 절부터 올렸다. 명창은 무망중이라 무척 당황스러워했다. 명창도 꿈적 고개를 숙이며 맞절로 응대하듯 했다.

"뉘시오?"

명창은 몹시 궁금한 눈빛이었다.

"저는 이 아이의 아비 되는 자입니다요. 진즉 찾아뵙고 문안을 올렸어야 허는 것인디 인사가 늦어 죄송하기 그지 없구만이라우."

"아하! 그러신가요. 이렇게 찾아주신 것만도 감사합니다. 그런데 일본 징용을 갔다고 들었는데 돌아오셨는가요?"

명창은 들었던 기억을 떠올리며 의외라는 표정을 지었다.

"예. 그렇습니다요."

"어허! 참으로 장하요. 장해!"

애틋한 감정을 감추지 못하면서도 흔연스럽게 맞이해주었다.

"말씀을 낮추시지요. 지 같은 소인배한테…… 몸 둘 바를 모르겠구만요."

"어허 초면인데 어찌 그럴 수가 있소? 다음에 만날 땐 내 그리 하겠소. 그건 그렇고 언제 돌아왔소?"

"그저께 돌아왔구만이라우."

"어허! 살아서 돌아오다니 큰 다행이요. 이 고장에는 아직도 못 돌

248

아온 사람이 부지기수요."

"끌려간 지 십삼 년이 다 되어 왔구만이라우."

"낯선 타국에서 그동안 얼매나 고생이 많았소? 다리를 다친 것이요?"

"예."

"어쩌다 그랬소?"

명창은 안타까운 눈으로 바라보면서 비탄조로 물었다.

"남양군도로 끌려가 바위더미 폭파작업을 하다 다쳤구만요."

"남양군도라니 거기가 어딘데 그런 일을 시키딥까?"

"태평양에 떠있는 섬들이라고 허드구만요."

"거긴 왜 데려갑디까?"

"남쪽 섬나라까지 처들어가 자원을 뺏으려다 미국과 싸움이 붙었던 것 같습디다. 그래서 섬에다 배를 댈 수 있는 부두를 만들드구만요."

"그것은 인간늑대나 하는 짓이지 사람이 할 짓이요? 멀쩡한 나라에 총칼 들고 들어가 선량한 사람을 죽이고 물건을 빼앗는 야만민족이 일본이란 말이요. 남의 나라 사람들까지 억지로 데려다 전쟁판에 몰아넣어 불구자로 만들어 놓고, 이웃이 사촌이라고 했는데 이웃에 그런 나라가 있다는 것이 불행이 아니겠소?"

명창은 고개를 가로저어가며 말했다. 분통을 삭이지 못하는 표정을 지어가며 한숨 섞인 말을 토해내었다.

"늑대보다 더 못한 인간이어라우. 남의 나라 사람들 데려다 부려먹고서 죽으면 바다에 던져불고 땅속에 묻는다고 허드구만요."

악에 받친 득창은 한탄을 금치 못하며 목이 멘 소리로 울부짖듯 말했다. 이를 바득바득 갈면서 턱을 덜덜 떨기까지 했다.

"사람이 살면 얼마나 산다고…… 좋은 일을 하고 살다가도 부족할 것인디, 그런 일을 해서야 쓸 것이요? 역시 섬사람들이라서 남을 괴롭힐지나 알지 한마디로 흥을 몰라요. 일제 때는 사람이 즐겁게 살기 위해 신명을 돋우려 들거나 흥겹게 노는 꼴을 못봤소. 그저 사람을 어떻게 하면 더 괴롭힐까 궁리만 합디다. 느닷없이 궤짝에다 자기들 조상신을 담아주면서 참배를 하라고 볶아대고, 이름을 자기나라 식으로 고치도록 강요했지요. 우리글도 못 쓰게 하고, 산에다 말뚝이나 박고, 오래된 문화재를 찾아가 불이나 지르는 일 같은 것 말이요. 노래를 허거나 춤을 추며 재미나게 노는 일이라곤 할 줄 모릅디다. 그래서 우리한테 소리를 못하게 하려고 집요하게 방해를 헌 것이지요. 참으로 악심으로 가득 찬 사람들이 일본 사람들이었지요."

명창은 그동안 가슴에 맺혔던 응어리를 풀어내기라도 하려는 듯 분통을 구구절절 토해내었다. 좀처럼 흥분을 가라앉히지 못하고 있었다.

"어허! 몸이 성해야 쓸 것인디. 크나큰 상처를 입고 돌아와서 어쩔 것이요."

명창은 딱하다는 듯이 혀를 쩝쩝 차대었다.

"나라를 뺏겼으니 이 설움을 당하고 사는 것이지요."

득창은 몸서리치던 그때의 모습을 떠올리며 고개를 절레절레 흔들었다.

"죽는 날까지 어떻게 잊고 살것소?"

"우리 딸에게 소리를 가르쳐주셔서 참말로 감사하구만이라우."

"명창이 되었으니 소리를 가르치는 일이야 당연히 해야지요."

"그렇게 말씀을 해주싱께 더더욱 몸 둘 바를 모르겠구만요."

"괜찮소."

"어떻게 흉내라도 내면서 따라 하는지 모르겠네요?"

"아니요. 대단한 아이요. 꼭 명창이 되고야 말겠다는 집념에 불타

오르고 있어요. 어린 속에 그렇게까지 훨훨 타오를 줄 몰랐소. 지성이 지극하면 돌에도 꽃이 핀다는 말은 이런 아이를 두고 한 말이요. 꼭 명창이 될 것이요."

명창은 수양이를 바라보고는 새삼 혀를 내두르며 감탄하고 나섰다.

"재주도 용할 뿐 아니라 소리에 대한 애착과 열정을 타고난 아이요. 이런 아이를 제자로 둔 나도 행복하지요."

안면에 온유한 미소를 그려가면서 칭찬을 아끼지 않았다. 들었던 대로 명창은 겸허하면서도 인후한 성품의 소유자였다.

"이쁘게 봐주셔서 감사하구만요. 스승님께서 잘 가르쳐주시니 그러졌지라우."

"아니요. 이 아이는 틀림없이 이름난 명창이 될 것이요. 춘향아씨 못지않게 이쁘게 생겼으니 명창이 되면 이름을 낼 것이요. 그래서 성격이 잘 드러나도록 사설을 가르치고 있소."

따스한 훈훈한 미담을 섞어가며 말했다. 득창은 꾸벅꾸벅 머리를 조아렸다.

"명창님의 은혜를 어떻게 갚아드려야 할지 모르겠구만요."

"어허! 은혜라니요? 내 소리를 받아만 간다고 하면 그것으로 더 바랄 것이 없지요."

명창은 살며시 생글한 웃음을 지으며 말했다. 태도나 매무새 그리고 말씀에도 흐트러진 면을 찾아볼 수 없었다. 역시 대명창으로서 진면목을 보여주었다.

"내가 들은 바에 의하면 아버님께서 소리를 하신 분이라고 들었는데 사실이요?"

명창은 잊지도 않고 넌지시 물었다.

"예. 명창은 못되셨구만요. 젊으셨을 때 광산 속골에서 김채만 명창에게 소리를 배우셨다고 하십디다. 그래도 일생동안 소리가 좋아 소리를 하시다가 돌아가셨구만요."

"그래요? 참 자랑스러운 분이군요. 나는 어려서부터 한양에서 자란 탓에 이곳 보성에서 소리를 하신 분들은 잘 몰라요. 김채만 명창이라면 능주에서 나신 분이 아니오. 생전에 뵌 적은 없지만 훌륭한 대명창이라고 들었소. 이날치 명창의 수재자란 것도 잘 알고 있소. 그런 분한테 배우셨다면 소리를 잘 하셨겠지요. 그런데 부친께 소리는 배우지는 않았소?"

겸양이 살살 흘러넘치는 부드러운 음색으로 나직하게 말했다.

"저는 어려서 백일기침을 한 탓에 소리를 하지 못하고 장단만 익혔구만요."

"그럼 장단은 잘 치겠네요?"

"이미 십여 년이 넘도록 손을 놓아서 곧바로는 힘들것지만 연습한다면 할 수 있겠지요."

"그랬으면 잘되었소. 수양이 고수가 되어 주시오. 저애는 앞으로 일년 정도만 배우고 나면 독공에 들어갈 차례요. 부친이 고수가 되어준다면 훨씬 소랍지요."

명창은 반색을 하며 반가운 기색을 감추지 못했다.

"명창님의 뜻이 그러시다면 그렇게 해 보고 싶습니다요."

"수양이에겐 아귀가 딱딱 맞아서 앞날이 훤히 내다보인 것 같소."

"과분한 칭찬을 해주시구만요."

"그런데 젊어서 백일기침을 했다고 했소?"

"어렸을 때 해년마다 기침을 하느라 소리를 못했구만요."

"기관지가 나쁜 사람은 소리를 할 수 없지요. 수양이가 닮을까 봐 걱정도 되는군요. 아무래도 목을 많이 쓰다 보니 수양이도 약을 먹이는 것이 좋을 듯 싶소."

　불안한 생각을 떨쳐버리지 못하고 고개를 설레설레 저어대면서 말했다. 그러나 득창은 입장이 난처해졌다. 몹시 멋쩍고 어색해지면서 기분이 얄궂어지는 것이었다. 피 한 방울 섞이지 않은 딸이라서 닮을 일은 없지만 그렇다고 그 사실을 알릴 순 없었다. 순간적으로 민망스러워지면서 은근히 마음이 흔들려지는 것이었다. 그는 무심결에 고개를 들어 수양이 얼굴 표정을 한 번 살펴보았다. 아무런 변화가 없는 것을 읽고는 얼른 말허리를 돌리고 나섰다.

　"우리 수양이한테 뭣을 먹여야 목청이 실하게 되겠습니까요?"

　그는 짐짓 열없는 표정 지어가며 물었다.

　"본래 소리를 한 사람들은 목을 많이 쓰기 때문에 단방약을 많이 쓰지요?"

　"단방약이라니요?"

　"요즘이 제철이라 구하기도 쉬울 것이요. 내가 가르쳐 줄 터이니 집에 가시거든 그리 해주면 목을 많이 쓴다고 해도 괜찮을 것이요."

　"그것이 뭣이당가요?"

　"날마다 목청을 질러대다 보면 목이 붓고 아파서 말도 잘 못하는 이가 생겨나지요. 그들에게 꼭 필요한 것은 소금물은 기본이고 도라지 그리고 모과를 다려 마시면 좋지요. 지금은 모과 철은 아니고 도라지 철이지 않소. 조금 있으면 산에 도라지꽃이 흐드러질 것이요."

　오랜 연륜에서 나온 지혜로움이었다.

　"알 것구만이라우. 당장 가서 캐갖고 다려 믹여야 쓰겄구만요. 지천에 깔린 것이 도라지인디 그것이야 못하겠능가요."

　"그렇게 해 주시지요."

　명창은 흐뭇한 표정을 지어가면서 고수를 향해 장단준비를 하라고 손짓을 하고 나섰다.

"이왕 오셨으니 딸 소리 한번 듣고 가시지요. 아직 생목이라서 소리 다운 소리는 아니요만 사설을 외우고 나서 배우는 과정이니 그리 아시오."

명창은 수양을 향해 손짓을 해보였다. 수양이 벌떡 일어나 스승 앞으로 다가가 곱게 절을 드리고 나서 고수를 바라보았다.

"오늘은 어딜 할 차례냐?"

명창은 또 다시 연필을 들고 종이를 들척이기 시작했다.

"오늘은 곽씨 부인 딸을 낳고 서운함을 보인 대목을 할 차례입니다요."

"그럼 어서 시작해보거라."

고수가 먼저 북채로 북통의 꼭대기를 힘차게 탁 치면서

"얼씨구! 이번에는 중중모리로 한번 놀아보자!"

〈아니리〉

「곽씨부인(郭氏婦人) 순산(順産)은 하였으나, 남녀간(男女間)에 무엇이요, 심봉사, 아이를 만져보아야 알겠소 하고, 아이를 위에서부터, 더듬 더듬 내려가다 거침새 없이 내려가것다. 아마도 마누라 같은 딸을 낳았나보오. 곽씨부인(郭氏婦人)이 서운히 여겨, 만득(晩得)으로 낳은 자식(子息), 딸이라니 원통(寃痛)하오. 마누라 그런 말 마오…….」

수양은 맑고 깨끗한 목소리로 생글생글 웃어가며 아니리부터 시작했다. 고수를 향해 말을 주고받는 모습이 여간 야무지지 않았다. 또박 또박 한마디씩 장단에 맞춰가는 솜씨가 노련한 소리꾼에 견주어도 부족함이 없어 보였다. 어린 나이에도 불구하고 여유 만만한 태도까지 상상을 초월할 지경이었다. 고수는 텁텁하면서도 쇳옥성으로 '얼씨구', '좋다'로 추임새를 해주어 홍을 돋우어 주었다.

고수가 힘차게 중중모리 덩쿵따쿵쿵따따쿵쿵척쿵쿵쿵 쳐주었다. 수양은 오른손에 합죽선을 들고서 폈다 오므렸다를 반복해가면서

「삼십삼천(三十三天) 도솔천, 신불제석(神佛帝釋) 삼신제왕(三神帝王)님네, 화우동심(和祐同心)하여 다 굽어 보옵소서, 사십후(四十後)에 낳은 자식(子息), 한 달 두 달 이슬 맺어, 석 달에 피 어리고, 넉 달에 인형(人形)삼겨 다섯 달 오포(五包) 낳고, 여섯 달 육점(六點) 삼겨, 일곱 달 칠규 열려, 여덟 달 사만팔천(四萬八千), 털이 나고, 아홉 달에 구규 열려, 열 달 만에 찬김 받아, 금강문(金剛門) 하달문(下達門), 고이 열어 순산(順産)하니, 삼신(三神)님 넓으신 덕택, 백골난망(白骨難忘) 잊으리까. 다만 독녀(獨女) 딸이오나, 동방삭(東方朔)의 명(命)을 주고, 태임(太任)의 덕행(德行)이며, 대순증자(大舜曾子) 효행(孝行)이며, 길량(吉良)의 처(妻) 절행(節行)이며, 반희(班姬)의 재질(才質)이며, 석숭(石崇)의 복(福)을 주어, 외 붙듯 달 붙듯, 잔병 없이 잘 가꾸어 일취월장(日就月將)하게 하옵소서…….」

수양은 한 군데 막힘도 없이 계곡물이 절절 흘러가듯 소리를 해대었다. 어린 것이 어떻게 저리도 긴 사설을 다 외웠는지 기가 막혔다. 거기에다 부침새도 척척 들어맞았다. 고수의 북장단과도 멋지게 맞아떨어졌다. 손가락을 슬그머니 감아쥐고서 흔들어대는 너름새도 정말 일품이었다. 부채를 폈다 접었다 해가면서 손수건처럼 눈물을 닦기도 하고, 슬그머니 얼굴을 가렸다가 걷어내는 솜씨며, 흔들어대는 표정이 오달졌다. 소리도 잘하지만 수려한 미모가 매력적이었다. 아내를 닮아 시원시원한 이목구비에다 낭창낭창한 몸매가 더욱 빛나보였다. 타고난 성품까지 천성(天性)이니 득창은 그저 마음이 흐뭇할 뿐이었다.

이윽고 창이 끝나자 명창 앞으로 가서 넙신 절을 했다. 기특하게도

예절까지 갖췄으니 금상첨화라고 하였던가? 아무튼 득창이 보기엔 더할 나위 없는 아이었다. 그는 시종 입을 다물지 못하고 싱글벙글 웃고 있었다. 그러나 명창은 적어놓은 것을 들춰가며 조목조목 들먹이고 나섰다. 족집게처럼 부족한 부분을 들춰내었다. 바라본 시각은 칼날같이 예리하고 정확했던 것이다.

"수양아, 아직 너한테 이런 말을 하긴 무리다마는 그래도 처음부터 제대로 배워야 허는 것이다. 남의 흉내를 내려들면 안 된다. 나만의 소리를 낼 줄 알아야 이름난 명창이 될 수 있는 것이다. 그리고 너는목에서는 죽죽 뻗어 널어놓는 소리를 내야 허고, 미는목에서는 소리를 당기다가 놓아 밀어 주기도 해야 한다. 찍는목에서는 찍는 소리를, 엮는목에서는 사분사분 멋있게 엮어 내는 목소리를 낼 줄 알아야 한다. 이점 명심하고 다시 한 번 해보거라."

명창은 적어놓은 자료를 샅샅이 훑어가며 말했다. 명창이 듣고 보는 면은 확실히 다른 것 같았다. 역시 대명창은 어딘지 모르게 대스승다웠다.

수양의 개인지도가 끝나가는 것을 본 득창은 마냥 미소를 지으며 밖으로 나왔다. 햇덩이가 벌써 중천으로 치솟으며 뜨거운 뙤약볕을 내리쏟고 있었다. 수양은 소리연습을 위해 언니들과 허궁다리로 향하고 그는 집을 향해 발길을 돌렸다.

비탈 고개를 오르면서도 그는 머릿속에 희망의 수를 놓고 있었다. 가족 중에서 꿈에도 그리던 명창이 태어날 것이라는 기대가 자못 커지고 있기 때문이었다. 평생 동안 사무치게 희원해왔던 충동이 실상으로 다가오면서 가슴에 불덩이가 훨훨 타오른 기분이었다. 이제 수양이 없이는 못 살 것만 같았다. 어떻게 보면 수양은 집안의 보물인 셈이었다. 만약 아내가 그녀를 낳지 않았다면 지금껏 굶어죽지 않고 살았을까 싶기도 했다. 지금의 내외간 금실을 이어주는 것도 그녀였다는 생각을 지울 수 없었다. 새삼 가슴이 뭉클해지면서 하늘을 향해 감사기도를 드리고 싶었다. 사랑은 마음에서 우러나오는 것이지 몸에서만 나오는 것이 아니며 불구라고 해서 사랑이 없는 것은 아니라는 것도 이제야 알 것 같았다. 그것은 하느님께서 우리를 창조해주신 사랑이라는 것을…….

뜨거운 뙤약볕이 내리쬐는데도 그는 웃는 낯으로 집으로 왔다. 점심을 먹고 아내는 논으로 가고 그는 그물 망태에 호미를 담고 목발을 짚고서 활성산으로 기어올랐다.

큰 감흥을 맛본 탓에 생각할수록 돌이켜보기 자긋자긋한 지난 일들을 싹 날려버리고 싶었다. 이제부터는 오직 앞만 보고 나아가자고 이를 악물었다. 어떠한 어려움이 닥치더라도 기어코 명창이 되도록 도울 것이라고…….

…… 여름 안개는 대머리를 깬다는 말이 있다. 특히 장마가 물러가고 난 삼복더위에 낀 안개는 돌부리까지 녹아내리게 한다고. 그런데 그날 아침부터 앞이 보이지 않을 정도로 짙은 안개가 내리깔렸다. 득창은 아침마다 일찍 일어났다. 수양을 데리고 도강재까지 다녀와야 하고 딸이 일어나기 전 모든 채비를 해 놓아야 하기 때문이었다. 그날도 희붐한 먼동이 산골의 새벽 어스름을 물리치지 못하였을 때 자리에서 일어났다. 아내를 도와 수양이 가지고 갈 점심거리도 챙기고 보따리까지 싸 두어야 했다. 안개가 지척을 분간할 수 없을 정도로 짙어 그날만은 더 일찍 출발해야 했다.

날마다 먼 길을 다니면서 소리공부를 하느라 지칠 대로 지친 수양은 아침까지 혼곤히 잠이 들어 있었다. 어린 것한테는 고단한 새벽잠

이 보약이라 하지만

"수양아! 수양아! 빨리 일어나거라. 어서 가자."

수양은 꼼짝도 하지 않은 채 몸을 뒤틀었다.

"수양아! 얼른 일어나서 가야제."

그는 어린아이 어르듯 눈치를 보아가며 다시 불렀다. 그래도 아무런 응대도 없었다. 여느 날 같았으면 깨우기도 전에 벌떡 일어나 세수를 하고 되레 빨리 가자고 야단스러울 터인데……. 득창은 가까이 다가가 호들갑스럽게 몸을 흔들어 깨웠다. 그러나 수양은 술에 취해 곤드레만드레 곤죽이 된 사람처럼 몸을 제대로 가누지 못했다. 마치 버드나무 가지처럼 흐느적거렸다. 순간 득창은 겁이 덜컹 나면서 이마에서 땀이 빠사삭 솟는 기분이었다. 불안한 심리마저 솟구쳤던 것이다. 이마에 손을 얹어가며 눈망울을 들여다보았다. 그런데 심상치 않은 조짐이 유연히 피어나고 있었다. 그는 더 세게 흔들며 이름을 불러대었다.

"수양아! 왜 이러냐? 수양아!"

목소리는 겁에 질려 떨리면서 흥분을 달래지 못하고 있었다. 그는 방문을 열어젖히고 숨이 꼴깍 넘어갈 듯 아내를 부르기 시작했다. 민순은 뒷마당 한데아궁이에 불을 지피고 있던 중이었다. 민순은 예사롭지 않게 불러대는 소리에 놀란 토끼처럼 눈을 동그랗게 뜨고 달려왔다. 남편이 혼절이라도 할 듯 울먹이며 손짓을 해대었다.

"여보! 우리 수양이가……."

득창은 겁에 질려 말을 잇지 못했다.

"지금 멋이라고 했소?"

"여보! 여보! 얼른 와 보랑께. 우리 수양이가 심하게 몸치가 났는 개비구만. 목도 아픈지 캥캥거리기도 함서 말이여."

"멋이라구요? 수양이가 몸치가 났다고라우?"

"일어나지를 못하고 있당께."

쏜살같이 딸에게 달려간 민순은 이마에 손부터 얹었다. 휘둥글게 뜬 눈으로 바라보며

"수양아! 어디가 아프냐? 어서 말하랑께."

수양은 끔쩍도 하지 않고 있다가 간잔지런하게 눈을 떴다. 그것도 잠시. 희멀건 눈망울을 드러내보이고서 금시 눈을 또 감았다.

"워매! 이것이 무슨 일이다요? 어째서 몸이 불댕이다요? 영락없이 불 댕긴 화로나 다름없소."

민순은 온몸을 어루만지면서 안절부절 어찌할 바를 모르고 바들바들 떨더니 잔뜩 겁을 집어먹고서 눈마저 휘둥그레졌다. 순식간에 얼굴에는 외꽃이 핀 것처럼 안색이 노래지면서 금방이라도 까무러칠 것 같았다. 갈팡질팡 허둥대다가 샘으로 가서 대야에 찬물을 떠가지고 달려왔다. 머리에 쓰고 있던 수건을 벗어 적시고는 냉수 습포부터 하기 시작했다.

"어째서 그렇게 열이 나는가 모르겠당께. 나라도 갔다 와야 쓰겄구만."

"어디를 간단 말이요?"

"당신이 처음 우리 집에 왔을 때 생각나능가? 잠자다 열이 나서 내가 강산으로 달려가 사다준 약 말이여?"

"아! 참 생각나는구만요. 열이 펄펄 끓을 때 먹는 금계랍 말이지요?"

"내가 얼른 갔다 올 것잉께 이렇코롬 냉수 습포를 해주고 있어. 알았제."

"그 몸으로 언제 갔다 올 것이요? 여기서 십리가 다 된 길인디."

민순은 불안에 잠긴 목소리를 내질렀다.

"그래도 집에는 당신이 있어야 쓴당께. 내가 갔다가 올텡께 그리 알어."

"워매! 시가 급헌디 당신이 갔다 올라믄 한나절도 더 걸릴 것인디 언제 기다리겠소? 내가 벼락같이 갔다 올라요."

민순은 약간 짜증스러운 목소리로 말했다. 순간적으로 남편이 불구자라는 심리를 헤아리지 못한 어투로 비쳐질 수 있었다. 민순은 벌떡 일어나 밖으로 나갈 태세였다. 득창은 머쓱한 얼굴로 아내만 쳐다보다가 구들장이 꺼지도록 한숨을 토해내었다. 돌처럼 굳어져가는 남편 표정을 보는 순간 민순은 말허리를 자르고 나섰다.

"틀림없이 몸치가 난 것 같소. 날만도 하지라우. 어린 것이 그 먼 곳을 날마다 다님서 소리를 했으니 얼마나 힘들었겠소? 나를 닮았으면 금계랍을 묵으면 금방 나을 것이요. 나도 열이 펄펄 끓을 때 묵은께 금방 괜찮습디다."

민순은 옷을 갈아입고 방문을 열고 나갔다. 강산 장터에는 양약방이 하나 있었다. 갔다 오는 데만도 십 리 길이 더 되었다. 그녀는 단걸음으로 강산 약방으로 향했다.

아내가 약방으로 떠나자 득창은 찬물을 떠다가 수포를 계속해 주고 있었다. 그러나 수양은 별반 차도를 보이지 않았다. 심한 고열에 보대끼는지 눈을 꼭 감은 채 할딱할딱 가쁜 숨을 쉬고 있었다. 이마가 펄펄 끓고 입에서 단김까지 솟아올랐다. 득창은 내심 불안해지면서 덜컥 겁이 났다. 그때 언뜻 기억을 불러일으키는 것이 있었다. 오뉴월 염천 학질이나 몸치에는 익모초 생즙을 마시면 신효하다는 것이 불쑥 떠올랐다. 그는 다리를 질질 끌어가면서 산밭으로 올랐다. 감나무 밭으로 가는 밭둑에 연한 홍자색 꽃이 피어있는 익모초를 눈여겨보았던 것이다. 산곡에는 아직도 안개가 뭉쳐진 솜덩이처럼 너울이 되어 떠다니고 있었다. 산 밭둑에 가까이 다가가자 푸릇푸릇한 익모초가 엉클어진 채 무성한 잎을 자랑하고 있었다. 그는 욕심껏 이파리를 따기 시작했다. 쌉싸래한 풋내가 몽실몽실 코를 찔렀다. 거기에다 아침이슬을 머금은 달개비의 반질반질한 이파리도 한 움큼 뜯었다. 집으로 내려온 그는 절구통에 넣고 찧었다. 진한 녹색의 물이 풋 냄새와 함께 쏟아졌다. 뭉개진 이파리를 꼭 짜서 사발에 받쳐 들고 방으로 들었다. 수양은 갈수록 더 힘들어보였다. 얼굴마저 벌게지면서 화덕을 만지는 것처럼 온몸이 불덩이가 되어가고 있었다. 그는 간신히 고개를 들어 목덜미에 베개를 넣어 몸을 비스듬히 기대 뉘었다. 개똥보다 쓰다는 익모초를 마시면 토하지나 않을까 싶어 걱정스러운 마음도 들었다.

"수양아! 이걸 마시면 금방 나을 것잉께, 한 모금만이라도 마셔보자."

조심스러운 목소리로 입을 떼었다. 거칠면서도 가냘프게 내뿜는 숨소리를 듣는 순간 안타깝고 초조로운 마음을 금할 수 없었다.

"수양아! 이렇고만 있어서는 안 된다. 열에는 익모초가 효험이 있단다. 어서 이 물을 마셔보도록 허자."

그는 몸을 흔들어 깨우며 하소연하듯 말했다. 감고 있던 눈을 지그시 뜨고서 바라보았다. 온몸이 파김치처럼 축 늘어지면서 눈동자의 초점도 흐려지는 것 같았다.

"수양아! 어서 마셔보랑께."

"예. 아부지."

얼마나 못 견디겠는지 고개를 까딱거리며 실낱같은 가녀린 목소리로 말했다. 득창은 반가운 기색으로 사발을 입에다 가져다 대었다. 청순가련한 어린 것은 멋모르고 꿀꺽꿀꺽 들이키다가 이내 오만상을 찡그리며 왝왝거렸다.

"냄새를 맡으면 안 된다. 한꺼번에 꿀꺽 마셔야 쓴당께. 자! 어서."

득창은 등을 둥둥 두드려주며 재우쳐 말했다.

"아부지! 너무 써서 못 마시겄구만요."

수양은 마시다 말고 잔뜩 입술을 웅문 채 콧살과 양미간을 찡그리며 고개를 돌려 뺐다.

"아니어! 그래도 마셔야 헌당께. 참고 마셔 봐."

득창은 다시 사발을 입에 가져다 대고서 우선 코부터 싸쥐었다. 숨을 쉴 수 없는 수양은 엉겁결에 목울대가 꿈틀거리도록 소리가 나게 들이켰다. 그리고는 벌렁 드러누워 버렸다.

득창은 보고만 있어도 쓸 거라는 생각에 속이 느글거렸다. 하지만 씁쓰름한 웃음을 지어보이며 자리에 뉘였다.

"참말로 잘했다. 인자 낫겄다."

물수건을 이마에 올려놓고서 회심의 미소를 머금었다. 잠시 미지근해진 물을 시원한 샘물로 바꿔주려고 일어서려는 찰나였다. 가만히 누워있는 듯싶던 이가 갑자기 콧잔등을 찡그리며 몸을 뒤틀기 시작했다. 이내 목에서 울컥 치미는 소리를 내더니 한 손으로 입을 틀어막았다. 볼이 고무풍선처럼 부풀어 오르며 왝왝 토악질을 해대었다. 일시에 부챗살처럼 퍼져 나오는 토사물로 방바닥을 흥건하게 깔아놓았다. 득창은 몸을 붙들어 잡고 등을 도닥도닥 두드렸다. 그러나 그것이 울림장단이 되었는지 토악질은 도를 더해 가고 있었다. 왝왝거릴 때마다 눈알이 토끼눈처럼 빨개지면서 관자놀이 핏줄이 불뚝불뚝 솟구쳤다. 잠시 후 앙가슴을 부여잡고 방바닥을 나뒹굴었다. 수건으로 입가를 닦아주고 이부자리를 둘둘 말았다. 시큼하면서도 쌉쌀한 풋내가 콧속을 후벼 파기 시작했다. 걸레로 방바닥을 훔쳐내고는 다시 편안하게 뉘여 놓았다. 누워서도 가슴을 발롱거린 채 숨만 꼴딱거리는 것 같아 안쓰러워서 가슴이 저미어 들었다. 밖으로 나오면서도 괜한 짓을 해서 고생만 시켜주는 것 같아 마음이 칙칙해지면서 무거웠다.

새벽의 음기를 품은 계곡물이 졸졸거리고 성신이 부른 아침 햇살이 산 위로 피어올랐다. 이제 아내가 돌아올 시간이 되어가고 있었다. 괜스레 병세만 더쳐놓은 것 같아 못내 가슴이 두근거렸다. 아내를 볼 면목이 서질 않았다. 불안과 초조로움이 얽혀들면서 심장이 타들어가는 기분이었다. 잠시 사립문으로 아내가 헐레벌떡 뛰어 들어왔다.

"어쨌소? 우리 수양이는 조금 괜찮해집디여?"

아내는 수심이 가득 잠긴 얼굴로 물었다. 그러나 득창은 얼른 입을 떼지 못했다. 도둑질을 하다 들킨 사람마냥 멍하니 서서 눈치만 살피고 있었다. 아내는 뭔가 심상찮은 기미를 알아차렸는지 콧살부터 찡그리기 시작했다.

"익모초를 믹였소?"

"웅, 옛날부터 더위 묵은 데는 익모초가 좋다고 허든개비네."

"어린 것이 그리 쓴 것을 묵습디여?"

"아 처음에는 입맛까지 다셔가며 마시드랑께. 아 그러더니만 이내 토해내구만."

"빈속에 개똥보다 쓴 것을 믹여놨으니 그랬것지라우. 더 지치지나 않았는지 모르겄소?"

아내는 걱정스러운 낯빛을 지어가며 방으로 들어갔다. 득창도 이끌리듯 아내의 뒤를 따라 갔다. 방문을 열자 아직도 시큼하고 풋풋한 냄새가 역하게 콧속을 찔러왔다. 그녀는 코를 쿵쿵거리더니 심히 편치 않은 기색을 지었다. 수양은 기진맥진 초주검 꼴이 다 되어 굼벵이처럼 오므린 채 오들오들 떨고 있었다. 득창은 도둑이 제 발 저리듯 먼저 입을 열었다.

"내가 또 무리한 짓을 했능개비여. 엎친 데 덮친다고 이 꼴로 만들어 놓은 내가 죽일 놈이랑께."

득창은 눈을 지그시 감으면서 고개를 살래살래 저었다.

"나쁨사 믹였겠소. 낫게 해볼라고 그랬겠제. 금계랍을 사 왔응께 믹여봅시다."

"그것도 무지하게 쓴 약인디 또 토하면 어떻게 할 것잉가?"

"토할지라도 믹여야지라우."

민순은 밖으로 나갔다. 한데아궁이에 밥을 앉혀놓고 불을 지피었다. 밥이 끓자 밥물을 떠가지고 달려왔다. 다 토해낸 속이어서 곡기가 있는 물을 먹이고 싶었던 것이다.

민순은 먹기에 알맞도록 입바람을 불어대며 식혔다. 하지만 정작 걱정은 쓰디 쓴 금계랍을 먹이는 일이었다. 입에 넣기만 하면 금방 토해낼 것이 불을 보듯 뻔한 일. 그녀는 여러 궁리 끝에 열무김치가 생각났다. 이파리에 싸서 꿀딱 삼키게 할 요량이었다. 열무김치를 꺼내어 이파리에 금계랍을 싸가지고 들고 들어왔다. 딸을 일으켜 안고서 입에 김치를 넣어주고 밥물을 마시도록 했다. 수양은 온몸을 오들오들 떨면서도 꿀꺽꿀꺽 마셨다.

약을 먹이고 나서도 부부는 꼼짝도 못한 채 소마소마 가슴을 졸였다. 이마에 냉수 습포를 계속해주면서 차도가 있기만을 바라고 있었다. 한식경이 지났을 때 민순이 딸의 이마에 손바닥을 가져다 얹었다. 갑자기 눈을 동그랗게 뜨고 놀라는 빛을 감추지 못했다.

"워매! 열이 내렸당께라우."

민순이 기쁜 기색을 하며 소리쳤다.

"멋이여! 열이 내렸다고 했능가?"

득창도 반색을 하며 손발을 차례대로 만져보았다. 순간 열이 내렸음을 알 수 있었다. 부부는 뛸 듯이 기뻐했다.

"진짜구만. 열이 내렸어."

생글생글한 미소를 입가에 매달면서 소리치듯 말했다. 수양이도 가느스름하게 눈을 뜨고서 엄마를 올려다보고 있었다. 그러나 득창은 도무지 믿기지 않았다. 방금 전까지만 해도 똥물까지 올각올각 게워댔던 것인데 도대체 금계랍이 이토록 신효하게 잘 들 줄이야…….

부부는 다소간 마음이 놓였다. 빈속에 약을 먹인 탓에 밥을 먹이고 싶어도 혹시나 해서 밥물만 떠먹였다. 수양은 지친 몸을 쭉 편 채 잠에 떨어졌다. 그럭저럭 안심은 되었고 점심때가 돌아왔다. 그런데 또다시 열이 나기 시작한 것이다. 일순간 얼굴이 벌겋게 달아오르면서 온몸이 펄펄 끓었다. 비록 빈속이지만 또다시 금계랍을 먹였다. 그러나 그것도 잠시. 약을 먹이고 나면 내렸다가 다시 오르는 것. 이제는 맹물도 입에 넣기만 하면 토해냈다. 시간이 흐를수록 기운이 빠져들면서 온 얼굴이 사색으로 뒤덮여지는 것 같았다. 부부는 걱정이 태산 같았다. 혹시 불치의 병에라도 걸리지 않았을까 싶어 심히 불안했던 것이다.

"여보! 내가 도강재에 다녀와야 쓸랑개비네."

"저렇게 아픈 것을 보고 자리를 비우겠소? 저녁을 지내보고 좋아지면 내일 다녀오셨으면 좋겠는디요."

"스승님께서 얼마나 기다리시겠능가? 여태껏 이런 적이 없었다면서."

"기다리시겠지만 몸이 아픈 것을 어떻게 할 것이요?"

"몸이 아파서 못 온다고 말씀은 드려야제. 얼마나 걱정하시겠능가?"

"하기사 그러시겠네요."

"내가 가서 말씀드려야 쓰겠구만. 혹시 소리를 하다 보면 이런 병이

265

생기는지도 모를 일이제. 가서 여쭤보고도 싶구만."

그는 안절부절 어쩔 줄을 모른 채 당황해하면서 말했다. 이상스러운 생각도 들면서 자못 불안했던 것이다. 소리를 하다 아픈 병이라서 말씀드려볼 사람은 오직 인자하신 스승님밖에 없었다.

"갔다가 올텡께 수양이 곁을 떠나지 말고 있도록 허소. 스승님께서는 알고 계실 것이구만."

"그렇게 허싯시오. 아무래도 스승님께서는 아시겠지라우."

득창은 곧장 한치재를 넘기 위해 삼수로 나아갔다. 비척비척 산길을 오르면서도 어린 것을 생각하면 하염없이 마음이 아팠다. 오뉴월 염천에 방안에 들어앉아 춥다고 벌벌 떨고 있는 모습이 너무 안쓰러웠다. 냉수 습포를 해도 열이 내리지 않고 익모초 즙을 먹이면 토해내고 금계랍을 먹이면 그 순간뿐이라는 것이 예삿일이 아니라는 생각을 지울 수 없었다.

산마루에 오른 그는 길켠 바위에 걸터앉아 두 손을 모았다. 사랑의 선물로 주신 딸에게 병을 낫게 해달라고 기도를 드렸다. 평생 사무치게 희원했던 명창의 꿈이 그녀를 통해 이뤄지게 해달라고 하느님께 빌었다. 둥실 떠가는 하얀 구름 사이로 맑은 하늘이 얼굴을 쑥 내밀더니 유월 염천 햇살이 쏟아지면서 눈망울을 찔러대었다. 하늘의 응답인지는 몰라도 태양은 이글거렸고 햇살이 마음속까지 비쳐드는 것 같았다.

득창이 명창의 집 대문에 들어선 때는 아침나절 개인지도가 다 끝났을 때였다. 명창은 마루 끝에 나와 부채질을 하고 있었다. 예나 지금이나 고결한 자태는 흔들림이 없었다.

세모시 고의적삼을 차려입은 맵시 그대로였다. 그는 앞으로 다가넘신 인사부터 드렸다.

"스승님 안녕하십니까요?"

"어허! 이 더운데 오셨능가?"

"예."

"이리로 들어오소."

명창은 대청 안으로 들었다. 스승은 앉은뱅이책상 앞에 정좌한 채 부채를 부쳐대었다.

"그건 그렇고 어째서 수양이가 오질 안능가?"

몹시 걱정스러운 눈빛으로 바라보며 물었다.

"몸이 아파서 오질 못했구만요."

"뭐라고? 몸이 아프다고 했능가?"

"예. 어르신."

"아니 어디가 어떻게 아프다든가? 아직 그런 적이란 한 번도 없었는데."

"신열이 올랐다 또 내렸다 하면서 아무 것도 먹지를 못하구만요."

"뭐? 열이 올랐다 내렸다 한단 말인가?"

"예."

"그래서 어떻게 하고 있능가?"

"냉수 습포를 해감서 익모초 즙을 믹였더니 또 물까지 토하드랑께요."

"어린 것한테 너무 쓴 것을 먹였으니 그럴 만도 허것제."

"그래서 금계랍을 사다 믹였구만요. 그랬는데도 믹인 순간만 좋아졌다가 도로 오르드랑께요. 지금은 아무것도 묵지도 못한 채 누워만 있구만이라우."

"금계랍이란 학질에 먹이는 약 아닌가? 알지도 모름서 먹여놓으면 도리어 더 고생을 하는 것이제. 고약으론 속병은 못 고치는 것이네.

소리를 하다 지쳐가는 사람에게 금계랍은 무슨 놈의 금계랍이란 말잉가?"

"그동안 먼 길 다니느라 힘들어 몸치가 난 것 같기도 했구만요."

"한치재 다닌 것은 고사하고 소리를 하느라 고생한 것이제. 그러면 어떻게 한담."

명창은 잠시 호흡을 가다듬고는 곰곰이 생각에 잠겨들었다. 이내 고개를 끄덕이더니 속웃음을 머금은 채 말을 이어갔다.

"내 경험으로 봐서 소리연습을 하다 보면 목청이 갈라져 피가 나는 수도 있네. 물론 나는 피를 토한 적은 없네만 토한 사람들이 있다고 하드구만. 꼭 피를 토해야만이 명창이 되는 것은 아닐지라도 그런 고통이야 따른 것이네. 그래서 목을 보호하기 위해 여러 가지 약을 먹어가면서 하는 것이여. 도라지와 모과를 다려 마셔가면서 하기도 하고, 목이 쟁기면 소금을 그냥 먹기도 하고 또 소금물을 마셔 목을 씻어내기도 하는 것이랑께. 이런 고통스러운 일을 참고 견뎌 내야만이 쉬지근한 소리목을 얻는 것이네. 쇠뿔 잡다가 소 죽인다고 목을 잘못 다스렸다가 정말로 목소리를 낼 수 없게 된다는 것을 알아야 허네."

스승은 낯빛이 침울해지면서 걱정스러운 표정을 지어보였다. 소리를 하는 사람들에게 목을 다스리기란 어려운 것임을 들려주었다. 명창이 되는 것이란 쉽지 않은 것임을 실감할 수 있었다.

"피는 나오지 않았구만이라우. 그런디 목이 아픈지 캥캥거리면서 신열이 심하당께요."

"목을 심하게 쓰다보면 목이 붓기도 해서 온몸이 쑤시고 열이 나는 것이제."

"그럼 신열이 날 때는 멋을 믹여야 좋은가요?"

"그렇게 아픈 사람에게 금계랍을 먹여보았자 소용 있겠능가? 잠깐 여기 앉아 있으소."

스승은 안안한 웃음을 지어보이며 곧바로 일어서서 뒷문을 열고 나
갔다. 분명히 짐작이 가는 말투였다. 부드럽고 여유로운 표정에서 믿
음직스러움을 풍기는 것이었다. 득창은 가슴이 설레면서 절로 미소가
지어졌다. 잠시 후 명창은 온유한 미소를 머금은 채 자그마한 호리병
하나를 들고 들어왔다.

"이것을 가지고 가서 먹여보소. 그러면 신효할 것이네."

명창은 훈훈한 미소를 지어가며 호리병을 건네주었다. 두어 사발
정도 담을 수 있는 병 주둥이를 솔잎으로 틀어막아놓았다.

"이것이 뭣이당가요?"

득창은 의아스러운 얼굴로 쳐다보며 물었다.

"흔한 것이지만 정작 얻으려면 또 쉽지만은 않은 것이네."

명창은 애써 목소리를 낮춰가며 입가에 흡족한 미소를 지어보였
다. 하지만 득창은 아무리 생각해도 그 말이 무슨 뜻인지 알쏭달쏭하
기만 했다. 그는 더 묻지도 못하고 호리병만 이리저리 돌려가며 바라
보았다.

"자네는 아직 먹어보지 못했을 것이네. 소리를 하다 보면 오장육부
에 힘이 들어가니 목이 아프면서 열이 나게 되고, 육 천 마디 뼛골마다
욱신거리고 아플 때가 있네. 그럴 때는 별 놈의 약을 먹어도 소용이 없
제. 그런데 이것을 먹고 나면 쉽게 낫는 수가 있어. 그러니 가서 한 번
먹여보소."

명창은 소리를 하다 보면 생겨난 병을 자세하게 설명해 주었다. 소
리꾼이 되기 위해서 겪어야 할 고통스러움이었다. 득창은 믿음성이
가면서 호감을 가지게 되었다.

"약 이름을 멋이라 헝가요?"

"뒷간 물이라 헌 것이네."

"뒷간 물이라고라우?"

득창은 뒷간이라는 말에 동그랗게 눈을 뜨면서 화들짝 놀랐다.

"그런데 왜 그리도 놀라는가?"

"아니어라우."

"뒷간 속에서 삭힌 물이라네. 보통 집에서는 거름으로 쓰려고 금방 금방 퍼낸 통에 삭힐 수가 없어서 저기 학교에서 떠 온 것이니 그리 알소. 일러 치면 쉬우면서도 귀한 것이제."

명창은 엷은 웃음을 입가에 얹어 온화한 표정을 지어보이며 말했다.

"여기서도 묵어본 사람이 있능가요?"

"그럼! 이곳에서 공부하는 사람은 거의 다 먹어봤제. 저기 만석이란 놈은 매일 아침 한 사발씩 마신다네. 그러고 나면 아프던 목도 괜찮고 욱신욱신거리던 삭신도 감쪽같다고 하더구만."

"예. 알겠습니다요."

득창은 씽긋이 웃으며 고개를 까닥까닥 끄덕인 채 혀를 내밀었다. 하지만 벌써부터 구린내가 콧속을 훑어내는 것 같아 자신도 모르게 콧잔등이 찡그려지며 미간에 주름이 모아졌다.

그것은 일명 똥물이었다. 똥통 속에서 삭힌 물을 걸러 마시는 것. 소리 연습을 하는 사람들이 간혹 마시는 것이기도 했다. 뱃속에서 소리를 뿜어낸다는 것은 보통 힘든 일이 아니었다. 때문에 목은 말할 것도 없고 온몸이 쑤시고 욱신거리기 일쑤였다. 그럴 때면 똥물을 마신다고 했다. 마시고 나면 신비스럽게도 나은 이가 많았다. 그래서 소리꾼들은 항상 삭힌 똥물을 보관하여 왔던 것이다.

"딸에게는 뒷간 물이라고 말해서는 안 되네. 알려줬다간 마시지도 않을뿐더러 먹고 난 뒤에도 금방 토해낼 것이네."

명창은 걱정스러운 낯빛으로 조심스럽게 말했다. 득창은 못내 더럽다는 생각이 들면서도 금방 명창에게 매료당한 기분이었다. 어쩐지 먹으면 금방 나을 것 같은 기분이 들었다.

"예, 그리 하겠습니다요."

"완전히 삭힌 것이라 심한 냄새는 나지 않지만 그래도 모르제. 마시고 나면 곧바로 이것을 입에다 넣어주소."

명창은 책상 서랍에서 헝겊 조각으로 싸놓은 것을 내어 주었다. 그것은 눅신눅신한 녹은 엿이었다. 헝겊에 들러붙어 달콤한 냄새를 밖으로 내풍겼다.

"그런디 그것은 어떻게 만드능가요?"

그는 충동 어린 눈으로 바라보며 물었다. 내심 호기심이 발동했던 것이다.

"원래 뒷간 물을 만들려면 공력(功力)이 많이 드는 것이네. 대나무를 잘라 껍데기를 벗긴 다음 돌을 매달아 똥통에 넣어두면 대나무에 난 작은 구멍으로 물이 스며드는 것이제. 이왕지사 만들 바엔 젊은 여자가 사용하지 않은 뒷간이 좋제. 그건 잡물이 들기 때문이라네. 요즘 같이 더운 때는 금방 삭아서 쉽게 만들 수 있제. 먹여보고 효험이 있거든 집에 준비해놓으면 요긴할 때 쓸 수 있을 것이네."

명창은 자세하면서도 알기 쉽게 설명해 주었다. 궁금증을 풀어주기에 충분했다. 득창은 명창을 찾아 뵌 보람이 있다는 생각에 가슴이 뿌듯했다. 별안간 마음이 급해지기 시작했다. 그는 호리병을 들고는 뒷간이라도 가려는 사람처럼 자리를 박차고 일어서면서

"명창님 그만 가볼랍니다요. 얼른 가서 믹여야 쓰겄구만이라우."

"그렇게 하소. 그런디 호리병을 잘 들고 가야 허네. 옆으로 비스듬히 눕히기라도 하면 흘러내릴 것이네. 한사코 산길 가면서 조심허소.

271

몸도 성하지 못하면서 딸자식을 위한 마음이 대단하네 그랴."

명창은 뒤를 따라 나오며 못 미더운 듯 불안한 기색을 감추지 못했다.

"예. 그리하겠습니다요."

마당으로 내려선 득창은 공손히 허리 굽혀 인사를 드리고 길을 나섰다. 반공으로 다가선 햇덩이가 한여름 뜨거운 햇볕을 여지없이 뿌려대었다. 그는 왼손에 호리병을 들고 한치재로 향했다. 바다도 더위에 지쳤는지 출렁거리던 파도마저도 잠잠했다. 하늘은 그야말로 구름 조각만 덩실덩실 떠나갈 뿐이었다. 내리쬐는 불볕더위는 화로를 품고 있는 느낌이었다. 옷이 땀에 척 달라붙어 불쾌스럽지만 어찌할 도리가 없었다. 장마가 물러가고 여러 날 동안 뜨거운 햇볕만 내리쬔 까닭에 논바닥이 갈라지기도 하고 도랑에는 물이 말라 물고기들이 하얀 배를 내놓고 말라죽어가고 있었다. 길섶 풀들이 가뭄과 더위에 지쳐 시들시들하면서 애타게 비를 기다리고 있었다. 소나기 한 줄금이라도 내려주면 좋으련만 하늘은 비를 머금을 생각조차도 하지 않고 있었다.

득창은 뙤약볕 아래 비탈길을 조심스럽게 기어올랐다. 행여 호리병을 떨어뜨리지 않을까 하는 조바심을 내가면서. 마치 꿀단지를 안고 가듯 조심조심 산길을 걸었다. 푹푹 찌는 무더위에 걷기 힘들어도 발걸음은 가벼웠다. 생각하면 할수록 신비로운 약을 들었다는 생각에 한시가 바빴다. 팥죽 같은 땀을 흘려대며 산비탈을 기어올라 고갯마루에 올라앉으니 저 멀리 남쪽 바다에서 버섯구름 한 덩이가 꽃처럼 피어올랐다. 구름은 슬금슬금 머리 위에까지 날아와 뜨거운 햇볕을 가려주었다. 산천은 몸을 오므라뜨리고 숨을 죽인 채 구름의 동정을 살피려 들었다. 그러나 무심한 구름은 비 한 방울 뿌리지 않은 채 여우재 산마루로 향했다. 갈증에 목이 탄 초목들이 원망에 젖은 눈빛으로 흘겨보지만 구름은 아랑곳하지 않았다.

그래도 바다는 연신 구름을 만들어 하늘로 날려 보내지만 산자락을 타고 오르면서 뿔뿔이 흩어지면서 바쁘게 북쪽 산마루를 넘어가버린 것이었다.

어느덧 집 사립문으로 들어섰다. 아내는 마루에 앉아 숟가락으로 산딸기를 으깨고 있었다. 얼굴에는 수심으로 가득 차 있었고 말하고 픈 의욕마저 떨어진 사람처럼 풀이 죽어 있었다.

"여보! 우리 수양이를 살릴 수 있을 것 같소."

그는 흥분에 들떠 떨린 목소리로 더듬거리듯 말했다. 하지만 아내 는 크게 기대하는 눈빛이 아니었다. 어두운 안색은 그대로였고, 푹 꺼 진 눈언저리에 눈물이 괴어들면서 훌쩍였다.

"명창님께서 약이라고 주셨당께. 얼른 믹여야 쓰겠구만."

그는 아내에게 호리병을 쑥 내밀었다.

"그것이 뭣이다요?"

별로 대수롭지 않다는 듯 맥이 풀린 사람마냥 심드렁한 표정을 지 어보였다.

"이것만 믹이면 금세 낫는다고 허드란 말이시."

그는 한껏 기대에 부풀어 얼굴마저 붉어진 채 소리쳤다.

"도대체 그것이 멋이냔 말이요?"

"뒷간 물이랑께."

"뒷간 물이라니요?"

"저기 똥통에서 삭힌 물이랑께."

"멋이라고라우? 똥물이라고 했소?"

"그렇당께. 내가 가기 잘했어. 스승님께서 주셨단 말이여."

"스승님께서 똥물을 믹이라고 허십디여?"

그녀는 흠칫 놀라며 눈알을 뙤록였다. 입가에 이상야릇한 주름을 모아가며 토악질을 하는 것마냥 볼 주머니까지 부풀렸다. 마치 구린 내가 나면서 뱃속이 뒤틀어지는 듯 얼굴을 요상하게 일그러뜨리기까지 했다.

"명창님께서 주셨당께. 소리를 하다보면 오장육부에 힘이 들어 열이 나고, 육천 마디 뼛골마다 욱신거리고 아플 때가 있다고 허시드랑께. 그럴 때면 이것이 약이라고 하심서 얼른 가서 믹여보라고 하셨단 말이여."

득창은 잔뜩 기대에 부풀어 있었고 확신에 찬 표정이었다.

"워매! 스승님께서 주셨응께 믹여는 봅시다만 또 토하면 어떻게 할 것이요?"

"그래도 스승님께서 주신 것인께 틀림없을 것이구만."

"약이 될랑가 모르겠소?"

민순은 어쩐지 믿음이 가지 않은 듯 얼버무리듯 말했다.

"앗따! 왜 그렇게 내 속을 몰라 주능가? 내가 억지로 믹일라고 헌 것이 아니랑께. 명창님께서 벌써 알고 계시드란 말이여. 그리고 코를 막아 넘긴 뒤 입에 넣어주라고 엿까지 주셨는디 그렇게도 못 믿능가?"

그는 헝겊에 들러붙어 눅신눅신한 엿을 꺼내놓았다. 달짝지근한 냄새가 퍼지기 시작했다. 그때서야 실답다는 느낌이 서는지 더 이상 토를 달지 않았다.

"내가 그릇을 가져다 마시게 헐 것잉께 자네는 코만 막아주랑께. 그리고 다 마시거든 엿을 입에 넣어주소. 똥물 아니라 더한 것을 믹여서라도 살려 내야제. 삼복염천에 솜이불을 덮고 있어서야 되겠능가? 저러다가 탈이라도 나면 어쩔 것잉가?"

득창은 안달복달 사정을 하듯 조급한 어조로 말했다. 아내도 스승이 주었다는 말에 신뢰의 감정이 녹아드는 눈빛을 보여주었다. 마음의 준비가 되었는지 헝겊에 들붙은 엿을 떼어내기 시작했다. 득창은 얼른 밖으로 나가 대접을 하나 꺼내어 호리병 물을 쏟았다. 누리끼리한 빛깔에 허연 버캐가 둥실 떠 있었다. 시큼하면서도 구릿한 냄새가 나는 것 같기도 하고 고리한 고름 냄새 같기도 했다. 아내는 오만상을 찌푸리며 콧구멍을 막았다.

"자 어서 가서 믹이세."

득창은 대접을 들고 방으로 향했다. 방문을 열고 들여다보니 아직도 이불을 둘러 쓴 채 끙끙 앓고 있었다. 마치 홍역을 하는 아이처럼 얼굴이 벌겋게 달아올라 있었고 눈을 뜨지 못했다. 금방이라도 못 볼 일을 당할 불길한 예감마저 밀려드는 것이었다. 민순이 먼저 안으로 들어가 딸의 목덜미를 잡고 슬그머니 일으켰다. 수양은 아예 눈두덩조차 밀어올릴 힘이 없어 보였다. 전신에 맥이 풀려 삶아놓은 호박잎과 다름없이 흐늘거렸다.

"수양아! 어서 눈을 뜨고 이 약을 마셔야 쓰겄다. 느그 스승님께서 보내신 약이다. 그러면 금방 낫는단다."

민순은 딸에게 실의에 잠긴 목소리로 달래기 시작했다. 그러나 수양은 눈을 뜨지 않았다. 민순은 눈꺼풀을 슬쩍 밀어 올려 눈알을 들여다보았다. 눈은 충혈되어 있었고 생기라고는 찾아볼 수가 없었다.

"수양아 입을 아, 해라."

그러나 그는 입을 벌리지 않았다. 대신 콧구멍을 버럭 움츠린 것이었다. 아마도 역한 냄새를 맡은 것 같았다. 민순은 손을 입으로 가져다 대어 억지로 벌리도록 했다.

"어서 아 하고 입을 벌리랑께. 그래야 약을 먹고 나을 것 아니냐. 맨날 이렇게 누워 있기만 헐래?"

알아들었는지 수양은 입을 더 벌렸다. 아마 무의식적인 반응으로 보였다. 득창은 날쌔게 대접을 입에 가져다 대어 붓기 시작했다. 민순은 인정도 없이 코를 움켜쥐었다. 입속에서 꼬르륵 꼬르륵 소리를 내더니 곧바로 목을 타고 넘어갔다.

수양은 오만상을 찡그리며 몸부림을 치려 들었다. 민순은 얼른 엿조각을 입에 넣어주었다. 이렇게 해서 수양은 엉겁결에 똥물 한 사발을 들러 마셨던 것이다. 민순은 대접을 들고 밖으로 나갔다. 민순은 딸의 가슴을 살살 어루만져주며 등을 도닥도닥 두드려주었다.

잠시 후 수양은 끄르륵 트림을 해대었다. 트림과 함께 구린 냄새가 솟구쳤는지는 몰라도 다시 얼굴을 찡그리며 괴로운 표정을 지었다. 득창은 혹시 또 토할까 봐 몸을 세워가며 계속해서 등을 두드렸다. 한참이 지났어도 별반 이상한 징조는 보이지 않았다. 잠시 후 살포시 누여 달라고 했다. 득창은 편안하게 누여놓고 이불을 덮어주었다. 이마에 시원한 냉수 습포를 해주며 지켜보고 있었다. 끙끙 앓더니만 소리가 잠잠해지면서 이내 노곤한 하품을 해대다가 마치 술에 취해 몸을 제대로 가누지 못한 사람처럼 곤한 잠에 떨어졌다.

한 식경이 지나고 두 식경이 지나도 혼곤히 잠에 취해 콧숨만 씩씩대었다. 식은땀까지 흘려가면서 코를 골기까지……. 분명 아침나절과 사뭇 달랐다. 숨쉬기가 한결 수월해지고 있음이었다. 곁에서 지켜본 득창은 어찌나 기분이 좋은지 앙실방실 속웃음이 터져 나왔다.

두어 시간이 지나가고 난 뒤 눈을 떴다. 잠에서 깨어난 그녀의 모습은 처음과는 사뭇 달라보였다. 붉게 충혈 되었던 눈알이 본 색깔로 돌아오고 벌겋던 얼굴도 제 모습으로 돌아오면서 앓고 있던 모습은 아니었다. 이마를 그리고 손발을 만져 봐도 신열에 시달리던 기색이 아니었다. 참으로 신비한 느낌이 들었다. 똥물이 이렇게도 좋은 약이 될 줄이야 몰랐던 것. 실낱같은 작은 희망이 현실로 다가올 줄이야…….
가슴을 짓눌러왔던 불길한 예감이 한순간에 사라지는 것이었다. 그는
설레는 가슴을 주체하지 못하고 밖으로 나왔다.

"여보! 수양 엄니!"

그는 흥분된 마음을 가라앉히지 못하고 아내를 불러대었다. 민순은
딸을 위해 산딸기와 오디를 따고 있었다. 남편의 부르는 소리가 예사
롭지 않은 것 같은 기분에 그녀는 기겁을 한 채 달려왔다.

"무슨 일이라도 있소?"

"우리 수양이가……."

"멋이라고라우? 우리 수양이가 어떻단 말이요?"

민순은 겁을 잔뜩 집어 먹은 채 눈을 부릅떴다.

"우리 수양이가 좋아졌당께!"

"머시라고라고요? 우리 수양이가 좋아졌다고라우?"

"그렇당께 얼른 들어가 봐."

민순은 헐레벌떡 방으로 들어갔다. 너무나 감격스러운 나머지 민순
은 딸을 덥석 껴안았다.

"수양아!"

이마부터 짚어 본 민순은 황급히 딸을 불렀다.

"예. 엄니."

대답하는 수양의 입가에는 엷은 웃음이 번지고 있었다.

"스승님께서 너를 살리셨단 말이다!"

감격에 젖은 민순은 오열을 쏟아내며 소리쳤다. 불에 달군 인두처
럼 뜨겁기만 하던 이마가 시원함마저 주었다. 그토록 딸을 괴롭혔던
열이 오간 데 없이 사라지고 없었던 것. 도저히 믿기지 않는 일이 현실
로 다가왔다. 손도 그리고 발도 매만져보아도 열이라곤 느껴지지 않

았다. 민순은 세상을 다 얻은 것처럼 딸을 부둥켜안고 눈물을 흘렸다.

"엄니! 인자 머리 안 아퍼."

수양은 어린양을 하듯 얼굴에 웃음빛을 그려내며 그간 고통을 토해내었다.

"워매! 스승님께서 너를 살려주셨단 말이다. 스승님께서."

스승에 대한 감사함을 목청껏 외치며 울먹였다. 이윽고 마주본 모녀의 얼굴에는 모처럼 환한 웃음꽃이 피어났다. 모녀를 바라본 득창은 짜릿한 희열로 가슴이 벅차올랐다.

"수양아. 인자 괜찮냐?"

득창은 숨을 죽인 채 조용히 물었다.

"예. 아부지. 인자 머리는 안 아푸구만요."

순진무구한 눈빛으로 바라보며 또랑또랑하게 말했다.

"여보! 본의 아니게 투정 부린 것 용서하싯시오. 이럴 때가 올 줄도 모르고 속을 좁게 써서 미안하요."

민순은 남편의 손을 잡고 용서를 청하듯 말했다. 어색한 표정으로 멈칫거리는 남편의 모습을 간파하고는 금방 말머리를 돌리고 나섰던 것이다.

"미안하긴 멋이 미안하당가? 우리 수양이가 회복되어서 좋기만 하구만."

그는 아무렇지도 않다는 듯 호쾌한 웃음을 지어보이며 수양의 팔목을 쥐었다. 생각할수록 신효할 뿐이었다. 펄펄 끓던 병색은 오간 데 없었다. 불과 두어 시간 전만 해도 사경을 헤매는 것처럼 할딱거리던 것인데 똥물이 그렇게도 좋은 약인 줄 몰랐다. 신효(神效)라기보다 차라리 신묘(神妙)라는 말이 어울리는 것이었다.

"무더운 한낮에 불편한 몸으로 약을 가져온 당신이 고맙지라우."

"무슨 말을 그렇게 허능가? 이렇게 이쁜 딸을 낳아준 당신이 고마워 죽겠는디."

득창은 벙글벙글 웃음을 흘렸다. 서로들 얼굴에 함박웃음을 담아내 보지만 그래도 시간이 지나봐야 알 것 같다는 두려움도 없는 것은 아니었다. 혹시 금계랍처럼 일시적일 수 있다는 초조감은 지울 수 없었다. 저녁이 되고 아침이 되어도 열은 오르지 않았다. 둘은 기적과도 같은 일이 일어난 사실에 기쁨을 감추지 못했다.

"당장 웅치국민학교로 가야 쓰겠구만."

"거기는 왜 가실라고 그러시오?"

"우리도 약을 만들어놔야제. 그리고 스승님 댁에도 가져다 드려야 쓸 것 아닝가?"

"맞는 말이구만요. 당신이 어떻게 헐 것이요? 나랑 같이 가야지요."

득창은 곧장 톱을 들고 대밭으로 갔다. 당장 뒷간 물을 만들기 위해서였다. 굵은 대나무를 베어 껍질을 벗겼다. 두 마디씩 잘라 길게 끈도 매달았다. 껍질을 벗겨놓으면 보이지 않은 구멍 속으로 뒷간 삭은 물이 은근히 스며들어 가득 채운다는 것을 알았다. 젊은 여자가 없는 곳이란 초등학교밖에 없었다. 아직 어린 아이들이라서 잡물이 섞일 염려는 없었다. 곰곰이 생각한 끝에 학교가 생각났던 것이다. 마치 한여름이라 방학 중이기도 해서…….

부부는 집을 나섰다. 민순은 남편이 만들어놓은 대나무 도막을 다라에 이고 웅치국민학교를 찾아갔다. 방학에 들어간 학교라서 조용했다. 운동장을 돌아 뒤란으로 돌아가니 칸칸으로 된 변소가 세 동(棟)이 나란히 있었다. 변기 뒤로는 똥통이 있었고 판자대기로 뚜껑을 만들어 덮어놓았다. 뚜껑을 슬쩍 들어 올리자 큰 통에 똥물이 차 있었다. 갑자기 숨을 쉴 수 없을 만큼 구린내가 밀려들었다. 금방이라도 질식하여 주저앉을 것만 같았다. 그러나 더럽다는 생각은 들지 않았다. 오히려 좋은 약을 구할 수 있다는 생각에 마음이 넉넉해졌다. 그는 대나무 도막 하나하나를 똥통에 쿡쿡 쑤셔 박았다. 거품이 피어오르며 냄새는 더욱 거세졌다. 시큼하고도 구릿한 냄새가 서로 엉켜 콧속을 짓뭉개는 것 같았다. 서른 개의 대나무 도막을 쑤셔 넣고도 아직 여유가 있어보였다. 좋은 약을 얻을 수 있다는 꿈에 가슴이 한껏 부풀어 올랐다. 집으로 돌아온 부부의 발걸음은 날아갈 듯 가벼웠다.

자리에서 일어난 수양은 이틀이 지나도 신열(身熱)은 나타나지 않았다. 핼쑥하게 여위었던 안색이 점점 본 얼굴로 돌아오면서 수양은 다시 도강재로 나아갔다.

보름이 지나고 나서 부부는 다시 웅치국민학교로 갔다. 누가 볼까봐 슬그머니 몰래 변소 뒤로 몸을 숨기며 뚜껑을 들어올렸다. 대나무 도막은 그대로 잠겨 있었다. 하나하나 꺼내들었다. 도막에는 누런 똥이 더덕더덕 묻어 있었다. 새큼한 구린내가 물씬 풍겼다. 민순은 하나하나를 다라에 담았다. 물이 배어든 도막은 무척 무거웠다. 더러움도 잊은 채 머리에 이고 냇물로 향했다. 길에서 마주치던 사람들마다 코를 막고 얼굴을 찌푸렸다. 그러나 그녀는 아무렇지도 않게 보성강으로 갔다. 흐르는 냇물에 대나무 도막을 씻었다. 대통 속에는 물이 그득하게 차 있었다.

…… 어느덧 세월을 흘러 일 년의 세월이 훌쩍 지나가고 말았다. 수양이 소리를 배우러 간 지도 어언 4년째, 그녀는 지난 4년 동안 한자를 배웠고 장단도 익혔다. 심청가와 춘향가 그리고 수궁가의 사설도 달달 외웠다. 추임새도 배우고 부침새까지 익혀 스승의 바디를 전수 받은 것이나 다름없었다. 이제 그녀 앞에 가로놓인 것은 득음이었다. 득

음이란 소리를 얻는다는 말이다. 사람은 벙어리가 아닌 이상 누구나 소리를 낼 수 있다. 그러나 명창이 되기 위한 소리는 일상적인 소리가 아니고 소리를 할 수 있는 적합한 소리를 얻어야만 가능한 일이다. 소리는 성악이기 때문에 음악성을 갖는 목소리가 있어야 명창이 될 수 있다. 이것이 필수 조건이다. 명창이 되기 위한 소리는 맑고 깨끗한 목소리가 아니다. 일단은 목이 쉰 소리이다. 그렇다고 해서 무조건 거칠고 탁한 쉰 소리도 아니다. 탁하면서도 맑은 맛, 거칠면서도 부드러운 소리가 요구되는 것이다. 이를 내기 위한 연습을 득음이라고 한다.

성대를 무리하게 사용해서 목이 붓게 하고, 부은 데에 또 무리를 가해서 마침내 성대에 흉터를 만들어내는 과정을 두고 득음과정이라 부른다. 텁텁하면서도 곰삭은 소리, 애원성이 깃든 소리를 만들어가는 득음과정은 누구나 할 수 있는 것이 아니다. 하루 이틀로 이뤄지는 것도 아니고, 몇 달 동안의 노력으론 불가능한 일이다. 때문에 명창이 되는 과정엔 백일을 정해두고 소리연습을 하는 것을 빼놓을 수가 없다. 이를 독공이라 부르는데, 초인적인 노력 없이는 이룰 수 없는 일이다. 한 번의 백일공부로 이뤄지는 것도 아니고, 서너 차례는 기본이요, 많게는 다섯 번 혹은 여섯 번까지……

이제 수양이 거쳐야 할 과정이 백일공부 즉 독공이었다. 어느덧 그녀의 나이 열여섯 살 때였다.

"이제 그쯤 했으면 독공만 하면 될 것 같다. 하도 열심히 해온 까닭에 남보다 빨리 해낸 것이다. 이제 목청을 트게 해야 하는 일에 매진하도록 해라. 너는 잘해 낼 것이다."

스승은 수양의 머리를 쓰다듬어주면서 칭찬을 아끼지 않았다.

"예, 스승님."

"뭐니 뭐니 해도 장단을 잘 쳐줘야 하는 것이네. 딸이니 오죽 하겠는가마는 그래도 노파심으로 하는 소리니 명심하도록 하소."

명창은 득창에게 고수의 역할의 중요성을 강조하고 나섰다.

"예. 스승님. 최선을 다할 거구만요."

"그럼. 수양은 틀림없이 명창이 되어 얼굴값 헐 것이네."

명창은 섣부른 예단일지 몰라도 수양에게 믿음과 확신을 심어주려 애를 썼다.

"모든 것이 스승님의 은덕입니다요. 말씀 명심하겠습니다요."

"지성이면 감천이라고 허질 않던가?

"예. 스승님."

수양이 득음의 길로 나아가기 시작한 때는 북풍한설 몰아치는 동짓달이었다. 백일수련을 이끈 이는 득창이었다. 속세를 벗어나 산골짜기 외딴 집이라서 백일공부를 하기에 안성맞춤인 셈이었다. 그는 자기를 희생할 비장한 각오를 다지고 있었다. 이미 저승에 가 있어야 할 몸. 살아 돌아온 것은 사랑을 실천하라는 가르침이었다. 신부님의 말씀을 떠올리면 기쁨의 눈물이 솟구치면서 묘한 감회가 뭉클하게 가슴을 메워오는 것이었다.

'비록 온전한 다리가 아닐지라도 그에 맞는 일을 주실 것이오. 그러니 딴 생각 말고 고향으로 돌아가 하느님의 사랑을 실천토록 하시오. 분명 하느님께서는 가족의 품으로 돌아가도록 이끌어 주실 것입니다.'

다시 북채를 잡은 것만으로 한량없이 기뻤다. 물을 떠난 고기가 다시 만난 꼴. 그는 살던 방을 치우고 소리방으로 꾸몄다. 백일동안 수양과 함께 지내기로 마음먹었다. 하루에 열다섯 시간 정도는 북장단을 쳐대야 했다. 그뿐만이 아니었다. 스승님의 역할을 대신 해주는 것도 그의 몫. 느슨하게 풀어질 때면 조여주기도 하고, 너무 조여들 때는 느슨하게 풀어주는 역할. 거기에다 건강을 해치지 않도록 돌봐주

는 일까지. 주도적 역할이 그에게 주어졌다. 거기에다 수양의 건강에
도 각별히 유념해야 했다. 아침마다 소금물로 목을 헹궈내는 일은 말
할 것도 없고 도라지와 모과를 함께 넣어 다린 물을 마시도록 했다. 그
리고 또 한 가지 준비해둔 약 그것은 뒷간 물이었다.

　드디어 수양이 백일공부를 시작했다. 그야말로 밥 먹고 잠자는 시
간 외에는 소리만 하는 일. 자기만의 음색을 구축하는 일이기도 하지
만 자기 나름의 독특한 예술세계를 추구하는 것 또한 백일공부의 목
적이기도 했다. 스승으로부터 전수받은 전승을 배워서 나만의 창조적
인 변이도 일궈내는 의미 또한 소홀히 할 수 없는 일이었다.

　북장단에 맞춰 수양이 내지르는 소리가 자정골을 뒤흔들었다. 산
골짜기를 휘감은 북풍한설의 매서운 소리도 그녀의 창 소리를 당해낼
수가 없었다. 산허리에서 울어대는 왕 소나무도 그녀의 소리 앞에는
기가 죽는 것이었다. 겨울은 갈수록 혹한을 토해내는데도 독공의 소
리는 열을 더하고 있었다. 한사발의 똥물로 갈라지는 목청을 달래가
면서 처절한 사투를 벌이고 있었다. 득창은 한시도 창자(唱者)의 곁을
떠나지 않은 채 북장단을 쳐주었다. 손바닥에 못이 박히고 팔목이 으
스러지도록 혼신의 힘을 기울였다.

　어느덧 추운 겨울이 어떻게 가는 줄도 몰랐다. 동짓달부터 시작한
독공이 정월이 지나고 이월 영등달이 되어서야 끝났다. 그러나 이제
출발에 불과했다. 그럼에도 수양은 탈진 상태에 이른 사람처럼 기진
맥진 초주검이 되어 있었다. 하지만 그녀보다 더한 이는 득창이었다.
앉기조차 불편한 몸으로 북장단을 쳐주는 일이란 뼈를 깎아내는 아
픔이었다. 그러나 그는 자신의 모든 것을 산화시켜버릴 것처럼 매달
렸다.

　수양은 성음(聲音)이 점점 변해가고 있었다. 애원성이 깃들은 곰삭

은 소리로 달려가고 있었다. 성량도 커지면서 굵고 무거운 소리도 낼 수 있었다. 너름새도 일취월장 슬픈 대목에선 우는 시늉을 하는가 하면 비탄에 젖어들 때는 눈물을 쥐어짜기도 했다. 흥겨울 땐 춤을 추고 괴로울 땐 표정을 일그러뜨리는 동작이 한결 유연해지면서도 세련되었다.

합죽선을 폈다 오므리며 사용하는 방법이 고상하면서도 우아스러웠다. 거기에다 고수의 추임새에 연기동작을 맞춰가는 기술도 점점 좋아지고 있었다. 모든 것이 뜻대로 되어간다는 생각에 득창은 한없이 흐뭇했다.

첫 번째 시작한 백일공부를 마치고 난 수양은 스승님을 찾아갔다.

"그동안 고생 많이 했다. 어떤 식으로 했느냐?"

스승은 자못 궁금했던 것이다.

"하루 중 밥 묵고 잠자는 시간 빼고는 소리만 했구만이라우. 심청가를 하루에 세 바탕씩 했어요."

"하루에 세 바탕씩이나! 무척 애썼다. 이제 심청가는 완창 할 수 있겠지야?"

"예. 스승님."

"심청가만 잘한다고 해서 소리꾼이라 부를 수는 없는 것이다. 계속 이어서 춘향가를 해보도록 해라. 쉬지 말고 연이어 해나가도록 해라."

"예. 스승님."

"그래도 너는 참 운이 좋은 편이다. 다른 사람은 스스로 장단을 쳐가면서 해야 하는 것인데 너는 장단을 쳐줄 아빠가 곁에서 계시니 그보다 행복한 일이 없는 것이제."

스승은 득창의 공덕을 칭송해주는 것까지 잊지 않았다.

"이왕 백일공부를 시작했으니 득음을 해야 하지 않겠는가?"

명창은 득창에게 마치 자기 일이라도 되는 것처럼 협조를 부탁하듯 말했다.

"예. 스승님. 최선을 다해 시켜볼라요."

"가을에는 명창대회가 있을 것 같으니 지금부터 그날까지 정진해야 하네."

"예? 명창대회가 있다고요?"

수양은 깜짝 놀란 기색을 보이며 물었다.

"옛날부터 매년 명창대회가 열렸던 것인데 일제 말부터 나라가 어지러워지면서 중단되었던 것이다. 그런데 이번에 열리게 되었다는구나. 이런 대회에서 명창으로 뽑히면 단박 유명해지면서 금방 이름을 날릴 수 있으니 소리꾼들은 다 눈독을 들이고 있을 것이다. 그러니 너도 이번 기회를 놓치지 않도록 해야 할 것이다."

명창은 감미로운 웃음을 입가에 그려가면서 격려하듯 말했다.

"이제 처음 백일공부를 끝냈는디 나갈 수 있을까요?"

어딘지 모르게 묻는 인상에는 미심쩍으면서도 불안한 기색이 감돌고 있었다.

"수양이 너 정도면 나가볼 만하다. 이제부터가 중요하단 말이다. 아직 기간이 남아 있으니 집중적으로 연습을 한다면야 너는 장원을 하고도 남을 것이다."

스승은 등을 다독거려주며 사기를 북돋워주었다.

"예. 스승님."

"앞으로가 더욱 중요하다. 너야 충분히 해내고 말 것이다."

안면에 온유한 미소를 떠올리면서 계속 사기를 진작시키려 애를 쓰는 눈치였다. 수양은 심신이 물안개가 되어 산허리로 퍼져나가는 기분이었다. 흥분을 가라앉힐 수가 없었다.

"대회에 나가려면 어떻게 연습을 해야 하능가요?"

듣고만 있던 득창이 얼굴에 회심의 미소를 지어가며 정중하게 물었다. 그도 가슴이 설레긴 마찬가지였다. 그러나 그는 정작 대회에 나가기 위해선 무엇을 어떻게 준비해야 할지 궁금했던 것이다.

"대회에 나가려면 창만 잘해서 되는 것이 아니지. 창자는 연기를 하듯 너름새가 유연해야 하고 어색함이 없어야 한다네. 슬플 때는 우는 시늉을, 흥겨울 땐 춤도 추어야 하고. 뱃노래가 나오면 노를 젓는 시늉을, 상여가 나갈 땐 눈물을 쥐어짜내며 읍곡까지 할 줄 알아야 하네. 그것뿐인 줄 아는가? 합죽선을 폈다 접는 것도 능수능란해야 하는 것. 부채는 지팡이도 되고, 눈물을 닦아내는 수건도 되는 것이며 글월로도 활용할 줄 알아야 하네. 더울 때는 부채질을, 비가 올 때는 삿갓이 되어주고 햇볕이 날 때는 해가림까지 다목적 소도구로 사용하는 방법까지 능숙하게 연습하도록 허소."

스승은 창자로서 갖춰야 할 내용을 구체적으로 조목조목 열거해가면서 들려주었다.

"예, 스승님."

"그리고 득창이 자네는 고수로서 역할을 잘 알고 해야 하네. 고수가 갖춰야할 것은 우선 세 가지가 있는 것이제. 첫째가 자세요, 둘째는 가락, 그리고 셋째는 추임새라는 것을 명심하게. 비록 몸이 불편하다고 하지만 창자를 똑바로 바라보고 앉아야 하고 창자가 소리를 하는 도중엔 쓸데없는 동작으로 산만을 가져와서는 아니 되는 것이네. 항상 자세를 자연스럽고 의젓하며 유연하게 장단을 쳐줘야 하는 것은 말할 것도 없고. 구경꾼들이 바라볼 적에 친근감을 느끼도록 여유로움을 주도록 노력허소. 다음으론 가락인데 자네야 어려서부터 장단을 쳐왔으니 걱정할 것까지야 없지만 창에 알맞은 북가락을 쳐줌으로써 소리가 더욱 빛이 나도록 힘써야 하네. 창을 하는 공간을 북가락으로 잘 메꿔줘야 하고 효과음이 되어주어 거두기와 늘이기는 자네 손에 달려 있는 것이니 명심하게. 다음으론 추임새를 잘 넣어야 하네. 창자는 고수의 추임새를 먹고 산다고 해도 과언이 아닌 것이네. 적재적소에 추임새를 해주면 창자는 힘을 얻어 신명나는 창을 할 수 있는 것이네. 오늘부터는 경연장에서 시합 중이라는 자세로 둘이서 손발을 맞춰가도록 하소. 성음만 좋아서 명창이 되는 것이 아니니 장단과 호흡이 딱딱 맞도록 연습을 해야 할 것이야. 한 가지 더한다면 생글생글 웃는 표정까지 세세히 연습을 해두도록. 알았는가?"

스승은 득창을 향해 고수로서의 역할을 세세히 들려주었다. 득창은 소리를 하는 데 있어 첫 번째 청중이요, 두 번째 고수이고 세 번째는 창자라고 하더니 고수의 역할이 이토록 중요한 것인 줄 이제야 알 것 같았다.

꽃피는 춘삼월이 시작되자마자 수양은 곧바로 두 번째 백일공부를 시작했다. 이번에는 집을 떠나 계곡에서 백일공부를 하기로 정했다. 활성산 바윗골을 독공장소로 정했다. 산형을 따라 굽이굽이 계곡이 펼쳐져 가뭄이 들어도 맑은 물이 콸콸거리며 흘러내리고 있는 곳이다. 커다란 바위들이 중첩으로 포개어져 인적도 드물었다. 옹달샘 같은 소(沼)에서 떨어지는 폭포소리는 소리꾼들의 목청을 키워주기에 안성맞춤이었다. 울울한 숲 그늘 아래 넓은 너럭바위에 자리를 잡았다.

아침을 먹으면 득창은 수양과 함께 활성산으로 올랐다. 해가 지고 어두워질 때 내려왔다. 잠자고 밥 먹는 시간을 제외하곤 오직 소리만 하는 것이었다. 세상의 인연을 다 끊은 채 춘향가만 300회 이상 완창을 할 요량이었다.

가을에 명창대회가 열린다는 소식에 수양은 가슴이 설렜다. 스승님께서 가르쳐주신 대로 최선을 다하자고 단단히 결심했다. 소리를 시작했을 때만 해도 목적의식이 뚜렷하지 못했던 것인데 나이가 들면서 사뭇 달라졌다. 그것은 스승으로부터 비롯되었다. 고절한 인품과 학식으로 숭앙받는 스승을 지켜보면서 자신도 꼭 명창이 되겠다고 마음먹었다. 또 다른 이유가 있다면 엄마가 이루지 못한 한을 풀어드리는 것이기도 했다. 비록 백일공부가 초인적 인내 없이는 버텨내기 힘든 일일지라도 기어코 정복하고 말겠다고 다짐했다.

득창도 수양과 별반 다르지 않았다. 명창대회가 있다는 스승님의 말씀에 가슴이 설레어 잠을 이루지 못할 지경이었다. 이왕지사 여기까지 온 마당. 필생 아내의 염원이었던 명창의 꿈을 딸이 이뤄주길 절절히 바랄 뿐이었다. 북을 치다 몸이 부서지고 뼛골이 녹아든다 할지라도 후회하지 말자고 속다짐을 했다.

불구의 몸으로 활성산 바윗골을 오르내리기란 쉽지 않았다. 비탈진 돌너덜 언덕배기를 돌아들 때면 오금이 굳어지면서 완전히 녹초가 되곤 했다. 그러나 독공은 폭포수 밑에서라는 것을 아는 마당에 욕심을 저버릴 수 없었다.

민순은 딸과 남편의 뒷바라지에 하루를 보냈다. 온종일 딸이 소리 연습을 하는 데 부족함이 없도록 혼신의 힘을 쏟았다. 불구의 남편 대신 집안 살림을 혼자서 도맡았다. 논농사는 물론이요 밭일까지. 그것만이 아니었다. 남편과 딸의 건강을 챙기는 것 또한 그녀의 몫이었다. 틈만 나면 활성산을 오르며 도라지를 비롯한 약초를 캐어 말렸다. 산딸기와 오디를 따서 즙도 내어 먹였다. 웅치국민학교로 달려가 뒷간 삭힌 물까지……. 금지옥엽 딸의 목에 탈이라도 날까 봐 아침마다 소금물 헹굼은 물론 약초를 다려 챙겨 먹였다. 똥물이라는 것을 알려주지 않은 채 조금만 이상스럽다 싶으면 억지로 마시게 했다.

그러나 민순은 마음 한구석에 늘 송구스러움이 자리 잡고 있었다. 진정 가엾은 사람은 딸보다 남편이었다. 정작 자기가 낳은 딸이 아닌데도 아무런 내색도 하지 않은 것이 너무 가련했다. 마치 친딸처럼 자애롭게 대해준 남편을 대할 땐 몸 둘 바를 몰랐다.

다리를 질질 끄집은 채 위험하기 짝이 없는 산고곡심(山高谷深) 바윗길을 오르내리는 것을 바라볼 때면 가슴이 미어질 지경이었다. 지근의 거리인데도 벌레처럼 구물거리며 비지땀을 흘려대며…… 저녁이면 기진맥진 초주검이 되어 돌아오곤 했다.

"수양이 명창 만들려다 당신이 먼저 쓰러질까 봐 걱정이랑께요."

민순이 밤마다 남편의 팔다리를 주물러주며 가엾은 정감을 토해낼 때면

"나는 벌써 일본에서 거지가 되어 동냥질이나 하다 굶어 죽었을 몸이었당께. 살아 고국으로 돌아온 것만도 감지덕지한 은혜란 말이여. 북을 치다가 쓰러진다고 해도 나는 이일을 마다하지 않을 것이구만. 내가 받은 사랑을 실천하는 일잉께 걱정 말어."

득창은 지칠 대로 지쳐 자기 몸을 제대로 가누지도 못하면서도 마음은 넉넉하고 가슴은 뿌듯했다. 얼굴에는 항상 굳센 의지가 넘쳐나고 곰살가운 성품으로 식구들을 대해주었다. 자신이 입은 은혜를 생각하면 모든 것을 산화해야 그것이 사랑이라고 말해주었다. 정신이 허물어질 때면 어김없이 신부님의 기도말씀을 되새기려 들먹이곤 했다.

"나는 당신한테 입이 열 개라도 할 말이 없는 사람이랑께요."

"그 무슨 말을 그렇게 하능가?"

"당신한테 죄송스러워 죽겠당께요. 낳아준 아부지는 따로 있는디 당신이 나서서 도와주는 것을 보면 얼굴을 들 수 없구만이라우."

"내 잘못으로 이뤄진 일인데 들먹인들 무슨 소용있당가? 여태껏 나

를 기다려준 당신한테는 백골이 난망이란 말이여. 병신이 되어 돌아
온 주제에 무슨 할 말이 있다고. 수양이는 이미 내 딸이랑께. 당신이
지금껏 굶어죽지 않게 해준 이가 수양인디 내가 낳은 아들 성음이보
다 더 자랑스럽당께. 기어코 명창으로 만들어내고 말텡께 기다려봐.
내 이름이 왜 득창인지 아능가? 얻을 득(得) 부를 창(唱). 아부지께서
꼭 명창이 되라고 지어주셨는디 그 뜻을 이루지 못했지 않능가? 이루
지 못했던 한을 수양이가 풀어준다면 더 바랄 것이 뭣이 있겠능가? 우
리 수양이는 꼭 명창이 될 것이구만. 메기가 눈은 작아도 지 먹을 것은
알아본다고 나도 사람 볼 줄 안당께."

득창은 바짝 마른 얼굴임에도 부러 서글서글한 웃음기를 매달아가
며 말했다. 어색함이란 찾아볼 수도 없었고, 결연한 의지로 안면을 채
워가고 있었다.

"당신이 그리 말해주니 몸 둘 바를 모르겠구만요."

"몸 둘 바를 모르다니? 나는 벌써 일본에서 예쁜 딸이 있는 줄 알
고 왔당께. 신부님께서 나보고 집으로 돌아가면 가족의 품에서 사랑
을 실천할 수 있는 일이 있을 거라고 일러주시드라니까. 그것이 하느
님의 사랑을 실천하는 것이라고 가르쳐주셨단 말이여. 그랬는디 내가
게을리 해서야 쓰겠능가? 몸땡이가 뭉개지고 뼛골이 빠져든다고 해도
나는 이 길을 가야 쓴당께. 그것만이 살려주신 은혜에 보답하는 길이
란 말이여."

"나도 명창이 될라고 집을 나왔고 당신 아내가 되었지라우. 웬수 같
은 일본 때문에 명창 못 되었던 것인디. 인자 내 딸이 우리의 한을
풀어줄랑개비요. 때마침 당신이 돌아와 북고수가 되어준 것을 보니
우리 수양이가 천복을 타고 났는개비구만요."

오랜만에 민순이 남편의 두 손을 부여잡고 밝은 미소를 떠올리며

감회에 젖어드는 말을 꺼내들었다. 그러나 눈언저리에는 가녀린 눈물이 송골송골 맺혀 있었다.

"신부님께서 비록 다리가 온전하지 못할지라도 그에 맞는 일을 주실 거라고 하시더니 그 말이 딱 맞드랑께. 나는 수양이와 한 몸이 되어야 한단 말이여. 소리와 장단이 하나가 되어야 될 것 아닝가? 눈만 봐도 그리고 몸짓만 봐도 속마음을 읽을 수 있어야 고수라고 허는 것이제. 수양이와 이심전심 마음이 통해야 명창으로 만들어낼 것 아닝가부네."

"내 딸 수양이가 나를 우리 엄니 묏등에 보내줄랑개비요. 꼭 명창이 되어 갖고 돌아오겠다고 약속을 해놓고 집을 나온 탓에 진즉 가보고 싶어도 못 갔었는디. 생각하면 생각할수록 내가 불효막심한 년이란 말이요. 찾아줄 사람 하나 없고 돌볼 사람도 없는데 나마저 떠나왔으니 비탈진 산자락에 혼자 얼마나 외로우실 것이요? 살붙이라곤 나밖에 없는디 오가지도 않으니 얼마나 울고 계실까 모르겠소? 늦게라도 외손녀가 명창이 되었다고 하면 저승에서라도 좋아 춤을 추실 거랑께요."

민순은 새삼스럽게 지난날의 감회를 들춰내며 눈물을 쏟아내었다. 그것은 늘 가슴속에 맺혀있던 응어리였던 것이다. 돌아가신 엄마 앞에서 기어코 명창이 되어 돌아오겠다고 약속을 한 지 어언 17년이 되어가고 있었다.

"그러시겠제. 그땐 우리 식구 같이 가야제."

그녀가 활성산을 오르내리며 백일공부를 한 지 어언 석 달이 넘고 백일이 다가왔다. 처음 오르내릴 때만 해도 골짜기에 철쭉이 흐드러졌다 싶더니만 어느새 푸름이 짙어가는 신록으로 뒤덮였다. 그녀는 이미 심청가에 이어 춘향가까지 완창을 할 수 있었다. 성음이 날로 좋아지면서 곰삭은 소리가 일품으로 튀어나왔다. 성량도 커지면서 낮

고 실한 소리가 무겁게 울려 퍼졌다. 추임새에 맞추는 능력이며 너름
새까지 능수능란한 면모를 보여주었다. 두 번째 백일공부를 성공리에
마친 수양은 곧장 또 스승을 찾아갔다.

"그래 애썼다. 이왕 소리를 배우는 마당이니 두 바탕만 해서야 되겠
느냐? 양반청중이 좋아하는 적벽가는 할 줄 알아야 하는 것이다. 비록
어렵다고 하지만 대명창이 되기 위해서라면 해두는 것이 좋을 듯싶
다. 그리고 수궁가까지 말이다."

"예. 스승님."

"그건 그렇고 명창대회 날짜가 잡혔단다."

"언제인가요?"

수양은 심히 두려운 듯 떠는 목소리로 물었다.

"돌아올 추석 뒷날이란다."

명창은 어딘지 모르게 자신감에 찬 시선으로 바라보며 말했다. 살며
시 미소 짓는 입가에는 믿음직스러움마저 배어들고 있었다. 그러나 수
양은 놀란 토끼처럼 눈을 휘굴리며 잔뜩 긴장의 눈치를 지어보였다.

"수양아! 너 정도면 내놓을만하니 걱정할 것 없다. 지금부터서는 창
을 하기에 앞서 단가를 한 곡 불러야 한다. 내 보기엔 사철가가 어울릴
것 같다. 그리고 창은 심청가 중에서 심봉사 눈 뜨는 장면을 허도록 해
라. 알았느냐?"

"예. 스승님."

"원래 고수와 창자는 마음이 하나가 되어야 허는 것이네. 창자의 표
정만 봐도 그의 속마음을 읽어야 진정한 명고수가 아니겠는가? 다시
말하면 창과 장단이 하나가 되어야 되는 것이니 그렇게 연습을 하도
록 하소."

명창은 대회에 나가기 전 고수가 해야 할 일을 말해주었다. 그만큼

고수의 역할을 중요하게 여겼던 것이다.

"예. 스승님. 그리 준비하도록 하겠습니다요."

"수양이가 아직 어리기 때문에 많은 청중 앞에 서게 되면 긴장이 되어 떨 수 있는 것이네. 이제는 사람들이 많이 모이는 곳으로 가서 연습을 하도록 하소. 내가 보기엔 장마당이 좋기는 하지만 그건 그렇고, 곰재 용추골에는 소리 연습하는 사람들이 모여드는 곳이니 그곳이 안성맞춤일 것 같네."

진중하고 어진 성품만큼이나 세세한 부분까지도 큰 관심을 보이며 일일이 친절하게 일러주었다.

"예. 그렇게 허겠습니다요."

집으로 돌아오느라 한치재를 넘은 득창은 가슴이 우르르 떨리면서 외다리마저 휘청거렸다. 명창대회가 얼마 남지 않았다는 소식을 접한 탓에 좀처럼 흥분을 가라앉힐 수 없었기 때문이다. 명창으로 나아가는 길이 이렇게 빨리 찾아올 줄이야 진정 몰랐던 것. 한낱 꿈으로만 여겼던 것인데……. 긴장이 감돌면서 등짝에서부터 식은땀이 솟았다. 떨리는 가슴을 진정시켜보려고 애를 써보지만 뜻대로 되지 않았다. 초조로움이 밀려들면서 마음도 다급해지기 시작했다. 집으로 돌아온 수양은 곧바로 대회준비에 들어갔다. 득창은 스승께서 권해준 곳으로 다가가기로 했다. 대회에 나가려면 우선 여러 사람 앞에 서보는 담력부터 키워야 한다는 스승의 말씀에 전적으로 공감했던 것이다. 관중 앞에서 떠는 것부터 줄여주고 싶었다.

용추폭포는 서편제 비조 박유전 명창께서 늘 제자들을 가르치는 곳이기도 했다. 기암절벽에서 거대한 소리를 내며 쏟아지는 폭포는 소리연습 하기에 안성맞춤이었다. 녹음방초와 함께 어울려지는 폭포수는 한껏 시원함과 운치를 더해주었다. 때문에 날마다 소리꾼들로 들끓기도 했다. 득창은 수양과 함께 십리 길을 오가며 정열을 불태웠다. 높은 바위에서 떨어지는 폭포 밑에 자리를 잡고서 폭포 소리와 씨름을 해대는 것이었다. 폭포수보다 더 씩씩하고 웅장한 성음을 내기 위해 피땀을 흘렸다.

다행히도 그가 소리를 할 때면 사람들이 몰려들어 에워싸고 구경을 했다. 그럴 때면 둘이는 더욱 신바람을 일으켰다. 두려움도 부끄러움도 시원히 떨쳐버리고 하나가 되어가고 있었다. 조약돌도 녹아내린다는 삼복더위에도 아랑곳하지 않고 정열을 불태웠다.

수양은 스승님의 가르침에 따라 사철가와 심청가 중 「심봉사 눈을 뜨는 대목」을 집중적으로 익히는 데 힘썼다. 생글생글 웃어가며 여유만만한 자세는 물론이요 북장단에 맞춰가는 얼굴 표정까지…… 합죽선을 자유자재로 폈다 접어가며 장단을 맞추는 것까지…… 고수와 장단은 물론이요 마음까지 맞춰가고 있었다. 득창도 명창의 가르침을 따라 자세를 유연하고 의젓하게 하면서 장단을 치는 데 열중했다. 둘이서 호흡을 맞추는 데 심혈을 기울였다.

40
혼이 소리가 되어

날마다 숨이 가쁠 정도로 연습에 매진하다 보니 하루해가 화살처럼 빨리 지나갔다. 무더웠던 여름이 끝자락 길에서 허우적거린다 싶었는데 어느덧 가을이 들판에 누런 물감을 뿌려가고 있었다. 득창과 수양은 용추골 폭포에서 소리연습에 푹 빠져 있었다. 소리에 몰두하다 보니 추석명절인 줄도 몰랐는데 한가위 덩두렷한 만월이 서쪽 하늘에서 상광(祥光)의 기운을 뿌리고 있을 때

"수양아! 얼른 일어나야제. 첫차를 타야 한단다."

민순은 곤히 잠에 취해 있는 딸을 깨웠다. 추석날도 종일 소리연습을 하느라 수양은 새벽까지 고단한 잠에 떨어져 있었다.

"차 시간 놓치면 큰일이다. 어서 일어나거라."

영념이 되었는지 눈을 번쩍 뜬 수양은 헝클어진 머리를 부스스 털고 자리에서 일어났다.

"어서 세수하고 밥을 묵고 나서야 쓰겄다."

"예. 엄니."

조금도 머뭇거림도 없이 아침을 마친 득창은 첫차를 타기 위해 한

밤 중 집을 나섰다. 보름달이 덩두렷하게 떠있는 한가위였다. 교교한 만월이 서천(西天)에서 조요한 달빛을 뿌려대는 산길. 고요한 산천은 숨이 죽은 채 달빛만 흠씬흠씬 빨아들이고 있었다.

외다리 목발로 비탈진 산길을 오르는 것은 쉽지 않았다.

민순은 남편의 겨드랑이 안으로 어깨를 끼어 부축을 하고서 단걸음을 놓기 시작했다. 수양은 소리북을 머리에 이고서 부리나케 뒤를 따랐다. 조금도 머무적거릴 여유가 없는 처지. 정해진 시각에 보성역에 도착해야 했다. 동암을 지나 장거리에 이르자 저 멀리 그럭재에서 왜 애앳거리는 기차소리가 아득하게 들려왔다. 그들은 마음이 한껏 부풀어 오르면서도 불안과 흥분으로 가슴이 두근두근 떨렸다. 갈 길 바쁜 득창은 숨고를 틈도 없었다. 아내의 곁부축만 의지한 채 종종걸음을 내딛었다. 발바닥이 땅에 닿는지조차도 모를 정도였다. 기차는 점점 가까이 다가오면서 오기진 소리로 어둔 새벽 적막을 휘젓기 시작했다. 외짝다리가 휘청거리도록 앙감질을 해대면서 보성역마당으로 들어섰다. 아직도 동녘은 낮의 주인공 햇덩이를 맞이할 채비마저 갖추지 못했을 때였다. 희읍스레한 달빛이 아직 서성거리고 있는데도 새벽부터 기차를 타려는 사람들로 역마당은 붐볐다. 대합실로 들어선 순간 민순은 마음이 울적해지기 시작했다. 엄마 생각에 코끝이 매워오면서 눈시울도 시큰거렸다. 아빠를 기다리며 쑥대머리를 불러대던 곳. 명창의 꿈을 접지 못하고 한스러워하던 엄마의 잔영이 눈앞에서 아롱거렸다.

풀어드리겠다고 집을 나섰지만 이루지 못한 꿈이 되고 말았던 것인데…… 늦게나마 외손녀가 위안이 되어주었으면 하는 마음이 간절했다. 마음이 울적하긴 득창도 마찬가지였다. 목포형무소로 압송되어 가던 기억이 불끈 솟아오르면서 가슴을 짓눌렀다. 한순간 허물이 불구자가 될 줄이야. 돌이킬 수 없는 회한이 사무치면서 가슴살이 저미어 들었다.

동녘이 붉어지면서 플랫폼이 어둠에서 어슴푸레 깨어나기 시작할 때 기차가 역내로 들어왔다. 도강재에서 함께 소리공부를 했던 오빠들과 나란히 기차에 올라 자리를 같이했다.

"수양이 너는 연습 많이 했지야?"

만석 오빠가 믿음성스럽게 바라보며 물었다.

"예. 오빠."

"너는 열심히 공부했웅께 이번에 명창으로 뽑힐 것이다. 스승님께서도 장담하시드랑께. 이번에 너는 반드시 명창으로 뽑힐 것이라고 말이여."

그는 넌지시 속마음을 떠보는 듯 생긋거리며 말했다. 수양은 말만 들어도 흥분되면서 기분이 좋았다. 하지만 내심으론 초조와 긴장으로 입안이 바싹바싹 마를 지경이었다.

"뽑혔으면 좋겠지만 잘 모르겠어요."

"스승님께서 너는 꼭 뽑힐 것이라고 허셨당께."

월식이 오빠가 또다시 부러움에 찬 시선으로 바라보며 말했다.

"우리 수양이만 되지 말고 여기 모두 다 뽑혔으면 좋겠네."

민순이 해맑은 웃음집을 지어보이며 말했다.

"그랬으면 좋겠지만 여섯 사람만 뽑는단디요. 스승님께서는 수양이가 제일 잘한다고 말씀하셨구만이라우. 그러심서 이번에 틀림없을 것이라고요."

월식은 계속해서 호기에 찬 눈빛으로 바라보며 칭송하고 나섰다. 듣고만 있던 득창 부부는 너무나 흥분되어 눈시울이 뜨거워졌다. 딸이 명창대회에 나가는 것만으로도 감격스러울 일인데……. 뒤설레지는 마음을 가라앉히려 애를 써보지만 쉽지 않았다.

소마소마 마음을 졸이다 보니 어느덧 광주역에 도착했다. 그들은 만석 오빠 일행과 함께 역마당으로 나왔다. 찾아간 곳은 어느 학교 운동장이었다. 마당에는 간이무대가 세워져 있었고 옆에는 천막도 쳐져 있었다.

경연대회에 참가하기 위해 온 사람들이 물밀 듯이 모여들었다. 아직 앳된 젊은이에서부터 나이가 지긋한 사람들까지 각양각색 외양을 치장한 채 모여들었다.

마당가에서는 자기네들끼리 북장단에 맞춰 목청을 다듬느라 여념이 없었다. 군데군데에서 내지르는 소리가 온통 운동장을 흔들어대었다. 수양도 운동장 한 귀퉁이에 자리를 잡았다. 장단에 맞춰 목청을 뽑아보지만 이상하게도 떨렸다. 목이 잠겨드는 것 같기도 하고, 가시가 걸린 것처럼 따갑기도 했다. 그녀는 차분해지자고 자신을 채근해보지만 생각보다 쉽지 않았다. 컹컹 생기침을 두어 번 하고 나서 다시 목청을 가다듬었다. 아직도 심히 떨리면서 덜덜거리는 느낌이었다. 마음을 졸이며 지켜보고 있던 민순이 조심스럽게 입을 열었다.

"수양아! 너는 이 땅에서 제일가는 스승님한테 배웠응께 절대로 떨 것 없다. 배운 대로만 하면 틀림없이 명창이 될 것잉께 걱정마라."

일부러 생긋이 웃어주면서 딸에게 용기와 자신감을 불어넣어주려 들었다.

"그럼! 조금도 부끄러워할 것 없당께. 스승님만 생각하란 말이다. 그리고 장단에 맞추기만 허면 된다."

득창은 입술을 깨물면서 오기진 말을 꺼내들었다. 그것은 스승에 대한 굳은 신뢰심에서 비롯된 말이었다.

"예. 아부지."

"그래야제. 목청을 길게 뽑고서 다시 한 번 해보자."

득창이 북장단을 쿵딱 두드리며 흥을 북돋웠다. 수양은 힘을 내어 사철가부터 뽑아들었다.

"얼씨구! 잘헌다!"

득창의 신명나는 추임새에 수양은 금시 소리를 굴렸다가 깎기도 하고 멎었다가 돌리기도 하면서 자신감을 되찾으려 안간힘을 썼다. 마른 침을 삼켜가면서 목청을 다듬기 시작했다.

이어 쉬지근한 삭은 소리로 곱고도 실하게 목청을 뽑았다. 득창도 이제야 신명을 되찾은 것 같았다. 장단과 소리울림이 조화를 이루어 운동장으로 뻗어나가고 있었다.

"아이고 내 딸 참말로 잘헌다. 명창은 따 논 당상이구만!"

지켜보고 있던 민순의 얼굴에 드디어 함박웃음이 차오르면서 흥분을 감추지 못했다. 박수를 치면서 목청을 돋우며 외쳐댔다. 잠시 후 만석이 냅다 달려왔다.

"지금부터는 대회가 시작되니 소리를 멈추라고 허구만요. 총 스물 여덟 명이 참가했는디 민순이가 여섯 번째랍니다."

그는 대회 규정을 일러주었다.

"알았네."

잠시 참가자를 모두 불러 모으는 소리가 들렸다. 연습을 끝내고 무대 앞으로 갔다. 이어 진행자가 단상에 올라 행사요령을 낱낱이 알려주었다. 무대 위에 심사위원으로 보이는 사람들이 나란히 앉자 곧바로 경연이 시작되었다.

첫 번째 창자가 무대에 올랐다. 스무 살이 훨씬 넘었을 것으로 보인 남자였다. 그는 단가로 「진국명산」을 그리고 창으로는 수궁가 중 「고고천변」 한 대목을 불렀다. 두 번째에 이어 세 번째로 일사천리라 진행되었다.

드디어 여섯 번째 수양의 차례가 다가왔다. 수양과 득창은 무대 뒤에서 대기하고 있다가 사회자의 호명소리가 들리자 천천히 무대로 나아갔다. 그러나 불구의 몸 득창이 계단을 오르는 일이란 여간 쉽지 않았다. 수양은 오른손에 소리북을 들고 왼손으로 득창을 떠받쳐가며 계단을 올랐다. 절뚝절뚝 거린 득창이 수양과 손을 잡고서 인사를 했다.

청중들 모두 안타까운 시선으로 바라보았다. 불구자가 고수라는 것이 믿기지 않는 눈치들이었다. 이어 자리에 앉아 소리북을 끌어당겨 발로 괴고서 시작을 알리는 장단을 쳤다. 북통의 꼭대기를 힘 있게 탁 치자 수양은 호방한 웃음부터 지어가면서 사철가를 구성지게 뽑아들기 시작했다.

「이산 저산 꽃이 피니 분명코 봄이로구나

봄은 찾아 왔건마는 세상사 쓸쓸허구나.

나도 어제 청춘일러니 오늘 백발 한심하구나

내 청춘도 날 버리고 속절없이 가버렸으니

왔다 갈 줄 아는 봄을 반겨 헌들 쓸데 있나

봄아 왔다 가려거든 가거라.

니가 가도 여름이 되면 녹음방초승화시라

옛부터 일러 있고 여름이 가고 가을이 돌아오면

한로삭풍 요란해도 제 절개를 굽히지 않는

황국 단풍도 어떠한고.

가을이 가고 겨울이 돌아오면 낙목한천 찬바람에

백설만 펄펄 휘날리어 은세계가 되고 보면

월백 설백 천지백허니 모두가 백발의 벗이로구나

무정세월은 덧없이 흘러가고 이 내 청춘도

아차 한번 늙어지면 다시 청춘은 어려워라.

어화 세상 벗님네들 이내 한말 들어 보소

인간이 모두가 백 년을 산다고 해도

병든 날과 잠든 날 걱정 근심 다 제하면

단 사십 년도 못 살 인생

아차 한번 죽어지면 북망산천의 흙이로구나

사후에 만반진수 불여생전 일배주만도 못하느니라.

세월이 세월아 세월아 가지 말어라

아까운 청춘들이 다 늙는다

세월아 가지를 마라 가는 세월 어쩔거나

늘어진 계수나무 끝끝어리에다 대랑 매달아 놓고

국곡 투식허는 놈과 부모형제 불효하는 놈과

형제 화목 못허는 놈

차례로 잡아다가 저 세상으로 먼저 보내 버리고

나머지 벗님네들 서로 모여 앉아서

한잔 더 먹소 그만 먹게 하면서

거드렁거리고 놀아보세」

고수의 북장단에 맞춰 가슴속에 묻어두었던 여유로움까지 펼쳐가며 사철가를 불렀다. 가슴이 확 트이도록 창연하고 우람한 목소리. 청중들을 눅여 주고 싶은 심사를 부리는 것. 날카롭게 맺어 끊기도 하고, 천천히 몰아들이는가 하면 차근차근 주워 담는 목소리로 애간장을 녹이려 들었다. 육신과 영혼을 한꺼번에 쥐어짜내기라도 할 듯 엇붙임의 추임새가 한몫을 거들고 나서기도 했다.

득창은 생글생글 웃어가며 북장단을 쳐대었다. 신명나는 고갯짓으로 흥을 더해주고, 시원스러운 추임새로 막힘없이 공간을 메꿔주기까지. 추임새 소리는 수양의 마음속까지 파고들 기세였다. 수양의 목소리는 죽죽 뻗어 널어놓듯 하다가도 밀었다 당기며, 찍어낸 뒤 엮어내는 목소리를 힘차게 내질렀다.

단가가 끝나자 수양은 한숨을 건너뛰고서 합죽선을 펴들었다. 넌지시 부채로 얼굴을 가렸다 거둬가면서 구성진 아니리 가락을 뽑아들었다.

「심봉사, 정신(精神)을 차려, 궁(宮)안을 살펴보니, 칠모금관(金冠) 황홀(恍惚)하여, 딸이라니, 딸인 줄 알지, 전후불견초면(前後不見初面)이라. 가만히 살펴보니.」

이어 득창이 새판잡이 장단으로 바꿔들면서 격정을 토해내는 몸놀림으로 청중을 사로잡으려 들었다.

「덩 쿵 따 쿵 따 따 쿵 쿵 척 쿵 쿵 쿵」

중모리 장단이 울려 퍼지면서 심청가 중 「심봉사 눈을 뜨고서」 한 대목이 너른 마당을 흔들었다.

중머리=계면

「옳지 인제 알겠구나. 내가 인제야 알겠구나. 갑자(甲子) 사월(四月) 초파일야(初八日夜), 꿈속에 보던 얼굴, 분명한 내 딸이라. 죽은 딸을 다시 보니, 인도환생(引導還生)을 하였는가. 내가 죽어서 따라 왔느냐. 이것이 꿈이냐. 이것이 생시(生時)냐. 꿈과 생시, 분별(分別)을 못 하겠네. 나도 이제까지 맹인(盲人)으로 지팽이를 짚고 다니면은, 어디로, 갈 줄을 아느냐. 올 줄을 아느냐. 나도 오늘부터, 새 세상(世上)이 되었으니, 지팽이 너도, 고생 많이 하였다. 이제는 너도, 너 갈데로 잘 가거라. 피르르 내던지고, 얼씨구나 얼씨구나, 좋네 지화자자, 좋을시구.」

중중머리=계면

「얼씨구나 절씨구. 지화자 좋을시고. 어둡던 눈을 뜨고 보니, 황성궁
궐(皇尾宮闕)이 웬일이며, 궁(宮)안을 살펴보니, 창해만리(滄海萬里)
먼 먼 길에, 인당수(印塘水) 죽은 몸이, 환세상(還世上) 황후(皇后) 되
기, 천천만만(千千萬萬) 뜻밖이라. 얼씨구나 절씨구. 어둠침침 빈방 안
에, 불킨듯이 반갑고 산양수(山陽水) 큰 싸움에, 자룡(子龍) 본듯이, 반
갑네. 홍진비래(興盡悲來) 고진감래(苦盡甘來), 나를 두고 이름인가.
얼씨구나 절씨구, 지화자자 절씨구. 일월(日月)이, 밝아 조림(眺臨)하
여, 요순천지(堯舜千地)가 되었네. 부중생남(不重生男) 중생녀(重生
女), 나를 두고 이름이로구나 얼씨구나 절씨구, 여러 봉사들도, 좋아라
춤을 추며 노닌다. 얼씨구나 얼씨구나. 얼씨구 좋구나. 지화자 좋네. 얼
씨구나 절씨구. 이 덕(德)이 뉘덕(德)이냐. 심황후(沈皇后), 폐하(陛下)
의 덕(德)이라. 태고(太古)적 시절이후(時節以後)로, 봉사 눈 떴단 말
처음이로구나. 얼씨구나 절씨구. 송천자(宋天子), 폐하(陛下)도 만만세
(萬萬歲). 심황후(沈皇后) 폐하(陛下)도 만만세(萬萬歲). 부원군(府院
君)도 만만세(萬萬歲). 여러 귀빈(貴賓)들도 만만세(萬萬歲), 천천만만
세(千千萬萬歲)를, 태평(太平)으로만 누리소서. 얼씨구나 좋을시고.」
　　-보성소리 심청가 중에서-

　수양은 생글생글 웃어가며 유연한 자태에서 소리를 뽑아내기 시작
했다. 한 군데 막힘없이 계곡물이 철철 흘러가듯. 굽힘없이 유장하고
창연한 소리는 온통 흥분의 열기로 휘몰아가고 있었다. 심금에 박혀
있는 소리를 죽죽 뽑아 마당에 던져주는 것 같기도 하고, 훨훨 타오르
는 숯덩이를 가슴팍에다 들이부으려는 것처럼 감흥을 불러일으키려
들었다. 득의만만한 표정에서 여유로운 연기까지 부끄러움도 스스러

움도 없어보였다. 아랫배로부터 치솟아 오른 광포한 힘이 통성이 되어 덜미소리를 이뤄내었다.

손가락을 슬그머니 감아쥐고서 흔들어대는 너름새. 부채를 폈다 접었다 해가면서 손수건처럼 눈물을 닦고, 얼굴을 가렸다가 걷어내면서 흔들어대는 오달진 표정……. 무대는 경연장(競演場)이 아니라 마치 대명창의 공연(公演)을 보는 것이나 다름없었다.

득창 또한 마찬가지였다. 그 순간만은 절대로 불구자가 아니었다. 지난날 원한의 회상 속에서 원망기를 잠재우려는 듯 북장단으로 흥을 돋웠다. 창자를 바라보는 의젓하면서도 유연한 자세. 친근감과 여유로움까지 더해주면서 북가락으로 창의 공간을 메꿔주었다. 흥분에 차 울부짖는 황소처럼 우렁찬 추임새로 열기를 더해가고, 거두기와 늘이는 효과음이 창과 하나가 되어 울려 퍼졌다. 뼛속에 깊이 사무쳐 있는 통한의 한스러움을 토해내듯이…… 무아도취에 빠져 혼을 다 빼어놓을 것처럼…… 정열을 불태웠다.

민순은 딸의 창 소리를 숨을 죽여 가며 듣고 서 있었다. 두려움도 떨림도 없이 거뜬하고 시원하게 부르는 딸의 창 소리는 절망으로만 이끌어오던 증오와 분노를 삭여주는 용서의 어울림음이었다. 그것은 정녕 이제껏 삭일 수 없었던 원한의 울분과 심곡에 얽히고설킨 한스러웠던 앙금을 일각에 뽑아주는 희열로 다가왔다. 비탄에 젖어 울먹였던 지난날 응어리들이…… 영롱한 이슬이 아침햇살에 산화되어가는 것처럼 녹아내리는 것이다. 정녕 혼(魂)이 되어 평생 씻어낼 수 없을 것만 같은 응어리들이었는데.

그것은 엄마의 절규……. 아빠로부터 버림받고 기어코 명창이 되어 쑥대머리 한 대목 들려주겠다던 엄마의 절규……. 지금도 귓속에서 떠나지 않았던 응어리였는데. 그것만이 아니었다. 노기에 찬 할머니의 악담도 귓속에서 쟁쟁거리고…… 대합실에 쪼그리고 앉아 넋을 놓고 아빠를 기다리던 엄마의 처처한 모습이…… 비련의 창을 하다 운적봉 산자락에 홀로 누워계신 엄마의 봉분이 눈앞에서 아른거린 응어리들이었다.

혼백이 된 엄마를 위해 가슴살을 떼어주고라도 원혼을 달래주겠다고 다짐했던 그녀…… 비탈진 산길에 외로이 누워있는 엄마를 찾지도 않고 되돌아선 아빠에 대한 분노…… 집을 나와 자정골로 찾아갔던 일…… 처녀공출의 마수에 걸려 능주로 도망가던 일…… 글자를 깨우치기 위해 야학에 다니던 일…… 광주 속골을 찾아가 소리 책을 구해오던 일…… 폭행의 위기에서 살아남은 일…… 남편을 만나 소리 공부를 하던 일…… 남편이 헌병보조원에 붙잡혀 징용으로 끌려가던 일…… 탁란의 둥지가 되어 딸을 낳았던 일…… 명창을 찾아가 소리를 가르쳐달라고 사정을 하던 일들이 머릿속에서 새벽녘 잔월효성(殘月曉星)처럼 반짝거렸다.

도저히 풀어지지 않을 것만 같던 응어리들이 양파의 속껍질처럼 한꺼풀 한꺼풀 벗겨지면서 소리가 되어 날아가는 것이었다.

…… 이제 명창의 반열에 오를 딸. 꿈같은 현실 앞에서 달아오르는 감격을 좀처럼 가라앉힐 수 없었다. 설렘과 기쁨이 뒤엉키면서 눈가에 물비늘이 찰랑거리기 시작했다. 이제껏 맛보지 못했던 그리운 감정이 가슴속에서 솟구쳤다. 천신으로부터 내림을 받은 사람처럼 딸과 숨결을 맞춰가며 한을 토해내었다. 운명도 세상도 이제껏 모질게만 다가오던 것인데…….

객석을 꽉 메운 청중들도 하나같이 눈과 귀가 수양에게 사로잡혀 무아의 경지에 빠져있는 것 같았다. 심금을 울려주는 소리에 동화되어 심봉사도 그리고 심청이가 다 되어 있었다. 흥에 겨워 눈물을 쥐어짜는가 하면 더덩실더덩실 어깨춤까지…….

수양은 자신만만한 표정으로 창을 끝냈다. 곧바로 득창에게 다가가 어깨를 부축하여 일으킨 뒤 만면의 웃음을 지은 채 곱게 인사를 했다. 청중들은 우레와 같은 박수갈채를 보내주었다. 한동안 멈출 줄 모르는 열광적인 환호는 열기가 되어 마당을 뜨겁게 달구고 말았다. 수양은 곁부축을 한 채 무대를 내려왔다.

"내 딸 장하다. 참말로 잘했다."

감격에 겨운 민순은 딸을 얼싸안고 볼비빔을 해가며 등을 다독거렸다.

"수양이가 장원하고도 남겠다."

만석도 그리고 같이 온 스승의 제자들 모두 입입이 칭찬을 하고 나섰다. 부러운 시선들이 모두 그녀에게 모아졌다.

"고맙구만요."

수양도 싱글벙글 웃으며 어찌할 줄 몰랐다.

마지막 창이 끝나고 심사결과를 모아 점수를 계산하느라 분주히 움직였다.

발표를 앞둔 순간. 입술이 마르고 가슴이 떨렸다. 모두들 긴장한 나머지 고개를 움찍대면서도 시선만은 무대로 향하고 있었다. 사회자가 결과표를 들고 무대 위로 올라왔다. 장내는 일순간 침묵으로 빠져들면서 눈길을 한곳으로 끌어당겼다.

"이번 남도민요경연대회 소리부문 명창으로 뽑힌 사람을 호명하겠습니다. 총 스물여섯 사람이 경연을 했던 바 여섯 사람이 뽑혔습니다. 박만석, 이춘행, 나수양, 정월식, 김종채, 이하섭, 유달수입니다. 이 중에서 차장원 박만석, 오늘의 장원 나…… 수양……!"

나수양이라는 이름 석 자가 호명되자마자 득창 부부는 일순간 머릿속이 텅 비어버린 채 무아몽중에 빠져버렸다. 둘이는 희어멀뚱한 눈을 휘둥글리면서 얼굴만 뚫어지게 바라보았다. 청천벽력과 같은 충격에 벗어나지 못한 부부는 멍하니 바라보며 눈알을 되록 굴렸다.

하늘로 날아올라 세상을 호령하는 기분…… 세상을 다 얻은 사람처럼…… 감격의 눈물을 흘리더니 이내 수양을 부둥켜안고 엉엉 울어버렸다. 기쁨을 주체하지 못하여 오열하면서…….

"수양아! 참말로 고생했다. 인자 너는 명창이 되었당께."

득창은 너무나 감격스런 나머지 오열을 삼키며 말했다. 등짝을 다독거리며 그동안의 고생스러움을 위로해주었다.

"아부지가 도와주셔서 할 수 있었당께요."

기쁨에 젖은 수양은 북받쳐 오르는 감정을 이기지 못한 채 눈물을 글썽여가며 말했다.

"내 딸이 내 한풀이를 해줬구나!"

민순은 얼굴에 웃음집을 매달며 딸과 볼비빔을 해대었다.

"엄니, 고마워요."

"고맙긴? 내 딸이 장하제."

수양은 손에 들고 있던 명창의 인증서를 엄마에게 내밀었다. 인증서를 받아 가슴에 안은 민순은 눈물 젖은 시선으로 햇빛 쏟아지는 하늘을 쳐다보았다.

"정녕 하느님께서 주신 복인개비요."

"그랬는개비구만. 온전한 다리가 아니어도 일을 주실 거라고 허시더니. 딴 생각 말고 고향으로 돌아가라고 하시더니. 인자 죽어도 여한이 없게 되었구만. 저승에 가더라도 장모님도 그리고 아부지를 뵈어도 부끄럽지 않게 되었어."

득창은 밀려드는 감회에 입술을 지그시 감쳐물면서 하늘을 향해 기도를 했다.

"우리 도강재에서 온 사람이 네 사람이나 명창에 올랐당께요."

만석이 다가와 감격에 찬 목소리로 말했다. 시종 싱글벙글거리며 입을 다물지 못했다.

"여섯 사람 중에서 네 사람이라니요? 스승님의 훌륭한 가르침 때문이지요."

"인자 어서 갑시다. 스승님께 감사의 말씀을 올려야지요."

한이 혼이 되고 혼이 소리가 되는 순간이었다. 수양이 엄마의 가슴에 맺힌 한을 풀어주었던 것이다.

맹자는 '욕심을 적게 하는 것이 마음을 키우는 가장 좋은 것'이라고 말했다. 욕심이 적은 사람은 마음을 보존 못한 사람이 없다고도 했는데…….

부모로부터 비롯된 욕심이 한 여인의 가슴에 첩첩한 멍울 같은 한(恨)이었고, 대물림으로 혼(魂)이 되었던 것이다. 결국 선지자를 만나 예술로 승화되었던 것이다.

그 후 수양은 한국의 저명한 명창으로 국악계의 큰 별이 되었다. 1960년대부터 한국의 판소리계를 주름잡는 명창이 되었던 것이다. 중요무형문화재보유자가 되기까지 선지자 송계 정응민 선생님의 가르침을 빼놓을 수 없다.

송계 정응민 선생은 서편제의 비조 박유전 명창으로부터 강산제의 전승과 동편제의 맥을 받아들여 자신의 소리를 집대성하기에 이른다. 이렇게 탄생한 소리가 보성소리이다. 선생은 나이 스무 살 무렵 고향인 보성군 회천면 영천리에 정착하면서 후진양성에 몰두한다. 소리교육에 남다른 열정과 신념은 물론이요, 끊임없는 변화와 숙고의 과정을 거쳐 새로운 소리를 창달해내는 훌륭한 선지자이다.

반도 끝자락 보성에서 세계가 인정한 우리의 전통 문화를 유네스코 세계무형문화유산으로 자리매김을 하게 만든 스승은 분명 민족문화의 창달자이다. 스승이 길러낸 명창들만도 수십 명에 달한다. 현대 판소리를 대표하는 진중한 보성소리를 통해 탄생한 명창으로는 정광수, 박춘성, 박기채, 조상현, 성우향, 성창순, 안채봉, 김연수, 김준섭, 조통달, 김소희, 안향련, 박금선, 한혜순, 안애란, 정순임 등을 들 수 있다. 이들은 하나같이 우리의 문화를 창달한 국악계의 별들이다.

「끝」

출간후기

권선복(도서출판 행복에너지 대표이사)

　성경에는 '지혜를 얻는 것이 은을 얻는 것보다 낫고 그 이익이 정금보다 나음이니라'고 적혀 있습니다. 책이야말로 '지혜'라는 보물을 가득 담은 창고가 아닐까요? 출판을 해 오며 가장 기쁜 순간이 있다면 지혜라는 귀중한 가치를 담은 글을 발견할 때입니다. 출판인의 입장에서 원석과도 같은 원고를 잘 편집하여 빛나는 보석으로 세상에 내놓는 일보다 뿌듯한 순간은 없습니다. 그 순간을 위해, 책으로 행복해지는 세상을 만들겠다는 사명감 하에 설립된 도서출판 행복에너지는 대한민국 방방곡곡에 행복에너지를 전파하고자 하는 열정으로 부단한 노력을 경주하고 있습니다.

　좋은 책을 만들어 내는 것이 결코 쉬운 일은 아니었습니다. 바다 속에서, 숲 속에서 보물을 찾아 헤매듯 수많은 원고들 중 보석 같은 글을 찾기 위해 늘 다양한 모임과 함께 열려있는 사고로 한 달 평균 이십여 편 이상의 원고를 접수하고 세밀한 검토 과정을 거쳐 두세 편 정도가 출판이 결정됩니다. 사실 정상래 선생님의 글을 처음 접했을 때에는 엄청난 분량의 원고에 선뜻 출간을 결정하기 쉽지 않았습니다. 문학가로서 이렇다 할 명망이 없으신 분의 글을, 그것도 열 권 분량의 대하소설을 도서출판 행복에너지에서 세상에 펴낼 수 있을까 하는 고민을 많이 하였습니다.

하지만 원고를 읽으면 읽을수록 걱정은 환희로, 의문은 확신으로 굳어졌습니다. 한 장 한 장 페이지를 넘길 때마다 진주를 덮고 있는 진흙을 손수 걷어내는 느낌이었습니다. 그렇게 애써도 찾을 수 없었던 보석이, 바로 기쁨 충만한 행복에너지로 변신하여 눈앞에 다가온 것입니다. 그것이 바로 '한이 혼을 부르다'『소리』와의 첫 만남이었습니다. 내부 회의를 수십 차례 거쳐 행복에너지에서는 8권의 대하소설 『소리』를 2013년에 출간하기로 과감히 결정하였습니다.

정상래 교장선생님은 40성상(星霜)을 후세교육에 바친 분입니다. 선생님의 고향은 유달리 소리문화가 살아 숨 쉬고 있는 곳이었다고 하셨습니다. 그중에서도 서편제의 산실이었다는 것이 너무너무 자랑스러웠답니다. 소리를 위해 살아간 선지자의 고결한 삶을 직접 듣고 자랐던 터라 그냥 묻어두기에는 너무 아쉬워 글을 쓰기로 했다고 하셨습니다. 틈나는 대로 자료를 모으고 지인들을 찾아 자문을 구한 지 6년의 세월이 걸렸고, 현지답사만도 수십여 차례가 넘었다고 합니다. 많은 사람들의 박수를 받으며 명예롭게 정년을 마치고서도 소설 '소리'를 원고지에 담아오셨습니다. 10년에 가까운 긴 세월동안 빚어낸 인고의 결정체를 본인에게 출판해 달라고 찾아오셨던 것입니다. 출판인으로 보았을 땐 이건 분명 하나의 보석이었습니다.

다이아몬드는 하루아침에 뚝딱 생겨나는 게 아닙니다. 검정 탄소 덩

어리가 억겁의 시간 동안 땅속에서 고열과 어둠을 견뎌낸 끝에 찬란한 빛을 뿜어내는 '결정'이 됩니다. 우리 삶에서 강산이 변한다는 10년의 시간, 그 긴 시간 동안 저자의 열정으로 빚어낸 소설 '한이 혼을 부르다' 『소리』는 세상 그 어떤 보석보다도 찬란하게 빛나고 있습니다.

한 여인의 기구한 삶을 통해 지난 세기 대한민국이 겪었던 고난과 극복의 시간을, 그 한(恨)의 정서를 구성진 '소리'로 뽑아내신 정상래 선생님에게 힘찬 응원의 박수를 보내 드립니다. '가치와 철학'을 잃어버리고 방황하는 모든 현대인에게 한이 혼을 부르는 『소리』는 흐릿한 정신을 깨우는 명징한 울림이자 어두운 미래를 밝게 비출 횃불로 다가오리라 믿어 의심치 않습니다. 독자 여러분의 많은 성원과 지도편달을 부탁드리며 만사 대길한 행복에너지 샘솟으시기를 기원 드리겠습니다. 정말 감사드립니다.